U0116000

古代禮俗中的文體與文學

郗文倩　著

第三輯

總序

　　三載以來，通過兩岸學者及出版界同仁的協力合作，《福建師範大學文學院百年學術論叢》在臺北已出版兩輯凡二十種，目前第三輯十種又將推出，我為之由衷高興。

　　朱子詩曰：「千里煙波一葉舟，三年已是兩經由。今宵又過豐城縣，依舊長江直北流。」（〈次韻擇之發臨江〉）他吟嘆的是人生履跡，我卻想藉以擬喻兩岸學術傳播交流的景況：煙海茫茫之間，矢志於弘揚中華文化的學人，駕一葉之扁舟，舉學術以相屬，僶俛努力，增進溝通，諸多同道，樂曷如之？今宵，我又提筆為第三輯作序，腦海中浮現的盡是福建師範大學文學院百年學術精品入臺後相繼產生的美好影響，以及兩岸學術交流更加輝煌的明天。

　　本輯所收論著，依舊如前兩輯的格調：辯章學術，融貫古今。

　　述古代文化者凡有四種：一是張善文《象數與義理》，考論歷代易學發展的主要流派；二是郗文倩《古代禮俗中的文體與文學》，溝通禮與文在特定意義上的關聯；三是歐明俊《唐宋詞史論》，從史的角度評騭唐宋詞作的蘊蓄；四是涂秀虹《明代建陽書坊之小說刊刻》，就版本範疇追考明代建本小說刊行的情貌。

　　論現代文學者亦有四種：一是鄭家建《透亮的紙窗（修訂本）》，為多層面的現代文學理論與個案研究；二是朱立立《臺灣及海外華文文學散論》，考察漢語文學在臺灣及海外的發展創新；三是余岱宗《現代小說的文本解讀》，參合審美風格對現代小說名著作出新的解

讀；四是拙作《現代散文學論稿》，探討現代散文多樣發展的情形，乃亦忝列此間。

另有語言與修辭學專著兩種：陳澤平《十九世紀以來的福州方言——傳教士福州土白文獻之語言學研究》，考論福州方言在近代的歷史演變和話語特點；朱玲《意象・主題・文體——原型的修辭詩學考察》，從修辭詩學角度闡發文學原型的意蘊。

以上十種，合為論叢第三輯，與前兩輯相輔相成，共同呈示我校中文學科近年較有代表性的研究成果，並奉獻給臺灣文教學術界的同道，以相切磋研磨，以期攜手發展。

唐劉知幾云：「尺有所短，寸有所長。切磋酬對，互聞得失。」（節《史通》〈惑經〉語）無論是斗室間的師友講習，還是大規模的學術研討，劉氏之語仍然是今天頗可遵循的正確理念。當此全球化浪潮洶湧澎湃的關頭，如何不丟失我們五千年的學術文化，發揚傳統精華，滋培濟濟多士，實屬兩岸學者應相與擔當的歷史使命，也是本論叢陸續刊行的首要宗旨。

臺北萬卷樓圖書公司為論叢的編校出版付出辛勤工作，我們始終感荷於心，謹再次敦致謝忱。

汪文頂

西元二○一六年仲冬序於福州

目次

第三輯總序 ……………………………………………………… 1

目次 ……………………………………………………………… 1

陳序／禮俗文體：獨特的研究領域 ………………………… 1

代前言／古代禮俗文體的特性及其研究方法 …………… 1

第一章　成相：文體界定、文本輯錄與文學分析 ……… 1

　一　問題的提出 ………………………………………… 1

　二　成相體的句法結構及文體體式界定 ……………… 3

　三　成相體與先秦時期三言句式的流行 ……………… 14

　四　從拍節節奏看成相體、楚辭與七言詩的關係 …… 22

　五　成相體的文體性質及唱誦特點 …………………… 31

第二章　祖餞儀式與相關文體的生成空間 ……………… 39

　一　何為「祖」 ………………………………………… 40

　二　祖道儀式與祖祝辭 ………………………………… 42

　三　祖餞、宴樂與公共空間 …………………………… 47

　四　祖餞離別之歌、樂、詩、文 ……………………… 52

　五　「祖餞」詩和「離別」詩 ………………………… 57

第三章　說「隱」 ………………………………………… 63

　一　隱與古代占繇辭 …………………………………… 63

二　巧言狀物的「隱」語遊戲……………………………………66

三　隱語遊戲的問對特點…………………………………………73

四　隱語的社交功能………………………………………………77

五　隱、賦、謎……………………………………………………80

第四章　張衡〈西京賦〉「魚龍曼延」發覆
**　　　　──兼論佛教幻術的東傳及其藝術表現**………89

一　引言……………………………………………………………89

二　含利、舍利與舍利弗、「魚龍曼延」與降魔故事…………92

三　「魚龍曼延」與「降魔故事」、「降魔變」及「降魔」
　　壁畫…………………………………………………………102

四　幻術與佛教東傳……………………………………………109

五　結語…………………………………………………………116

第五章　漢代圖畫人物風尚與贊體的生成、流變………119

一　漢代圖畫聖賢忠孝的風尚以及像贊的產生………………120

二　以武氏祠堂系列像贊為例看贊體的文體功能……………127

三　像贊影響下的其他贊體及其功能辨正……………………137

第六章　婚禮的「關鍵詞」
**　　　　──關於漢代婚禮禮物及禮辭的考察**…………145

一　問題的提出…………………………………………………145

二　禮物：婚禮的「關鍵詞」…………………………………147

三　名物：文化解釋系統的特殊構成…………………………157

四　附會：真實與意義…………………………………………160

五　文類的歸屬…………………………………………………162

第七章　贊體的「正」與「變」
——《文心雕龍》〈頌贊〉篇「贊」體源流考論 ················· 167

一　引言 ··· 167

二　古代禮儀中贊者的唱導之辭是贊文嗎？ ················· 170

三　最早以「贊」命名的文本——馬王堆帛書〈易贊〉 ····· 177

四　漢代像贊與贊體稱美義涵的衍生 ······················· 180

五　班固《漢書》「贊曰」的命名與意義 ··················· 186

六　漢代的婚物贊：禮「義」的通俗化解釋文本 ············· 189

第八章　批評與自我批評：漢代的罪己詔 ················· 195

一　引言 ··· 195

二　天人感應的壓力 ··· 197

三　文本象徵與政治修辭策略 ······························· 199

四　回應天譴與修政實踐 ····································· 203

五　結語 ··· 208

第九章　漢代拜見禮儀與名謁的使用 ····················· 211

一　釋「名謁」 ··· 211

二　名謁的使用方法 ··· 212

三　名謁的書寫 ··· 219

四　名謁的附加含義 ··· 225

五　名謁在後世的延續和演變 ······························· 229

第十章　漢代剛卯及銘文考論 ····························· 235

一　剛卯的形制、佩戴方式和功用 ························· 237

二　剛卯上的銘文 …………………………………241

三　剛卯的禁絕 …………………………………248

第十一章　漢代告地書及其文體淵源述論 …………251

一　告地書釋例 …………………………………252

二　告地書產生的心理動因 ……………………255

三　告地書與傳（過所） ………………………257

第十二章　東漢鎮墓文的文體功能及其文體借鑑 …263

一　鎮墓傳統與鎮墓文 …………………………264

二　鎮墓文、公文與巫術咒語 …………………268

附錄　學術短章五則 …………………………………277

一　「徐趨」的講究 ……………………………277

二　作為蒙學課本的《論語》 …………………279

三　演繹中的孔子和《論語》 …………………282

四　漢武帝的一則求賢詔 ………………………289

五　木蘭如何「帖花黃」 ………………………292

參考文獻 ………………………………………………295

後記 ……………………………………………………305

陳序

禮俗文體：獨特的研究領域

　　三、四月之後，工作緊張甚至有點忙亂：項目或後期資助項目評審，結項成果鑑定，審稿或閱稿，看一大堆的學位論文，此外，還有自己書稿清樣的校對等等。自己的書稿，反覆校讀，已經失去當初寫作時的新鮮感；至於看成果、看論文之類，或由於趕任務，或由於論著了無新意可言，審美嚴重疲勞。頭腦昏昏、雙眼瞶瞶之際，郗文倩教授送來她的新著《禮俗中的文體與文學──中國古代文體史研究》（原書名）一書的列印稿，好似悶熱的夏天突然送來爽氣，耳目也自然為之一新。

　　四言詩、騷體詩、五言詩、新體詩、格律詩，詩體如何產生又如何演變？荀卿賦、漢大賦、東漢末年抒情小賦、南北朝駢賦、唐律賦、宋文賦，賦體如何產生又如何演變？秦漢古小說、魏晉南北朝志人和志怪小說、唐傳奇、宋元話本、明清章回小說，小說如何產生又如何演變……各種文體最基本的特徵如何，隨著時代的變遷，某種文體又有哪些變化？文體研究由來已久。近二、三十年來，文體的研究越來越受學界的重視，好像不止一所大學成立了文體研究中心；有教授還讓碩士生每人做《文選》一種體，集腋成裘，蔚然大觀。「詩者，持也，持人情性」；「賦者，鋪也，鋪采摛文，體物寫志也」。文體研究，不僅有文學層面的，劉勰《文心雕龍》已經開啟文字學層面的文體研究，今天從這個層面來研究文體，亦大有人在。文倩的文體研究，則是從禮俗的視角對早期文體的發生發展進行討論，換句話說，她研究的就是「禮俗文體」。「禮俗文體」這一概念的提出，或是文倩的首創。

　　曹丕「四科」、陸機「十體」、《文選》三十九類（詩又分為若干小類）、《文苑英華》單單賦就分成四十多種，文體越分越細，但是不管怎麼分，分得如何細，還是很難把禮俗的或應用型的文體「一網打盡」，按照文情的說法，文體是「活體」，隨著時代變遷，不斷有新文體產生，或者舊文體不斷得到改造。陳寅恪先生《金明稿叢書二稿》中有兩篇馮友蘭《中國哲學史》的〈審查報告〉，向「清華叢書」推薦馮氏的著作。「審查報告」，舊文體中似沒有與之相對應的文體，是一種新文體。今天我們為出版社寫的著作審稿意見書，與陳先生的〈審查報告〉相類似，推而廣之，項目的結項鑒定，職稱評定（升等）評語，不也是「審查報告」這種文體的旁衍？只不過這些鑒定、評語，既缺少陳先生的學術眼光，又無陳先生的文筆，浩如煙海的鑒定、評語，有幾篇可以傳世？晚清民初，東南沿海下南洋的民眾漸多，他們從南洋匯款回鄉，匯票往往有附言，史學界稱之為「僑批」。僑批，雖可以歸類於書信，但又與一般的書信不同，有它的特殊性，有的是用文言文寫的，帶有較濃厚的文學色彩，這是從舊文體（書信）改造而成的一種新文體（僑批）。

　　曹丕的時代，「成相」這種文體已經不太有人寫作了。但是「成相體」確實活躍過很長的時間。以往文學史著作提到這種文體，往往只說它是巷陌謳謠，與詩賦都有關聯，研究者寥寥可數。本書第一章，作者對這種文體作了迄今為止最詳盡的論述，認為這種文體源於舂米、擣衣、打夯，有明顯的節拍，後來則輔以相、築、琴等簡便的樂器之類；它是一種以三、四言為主的詩體，與楚辭、七言詩有著密切的關係。漢代的某些以三、四言句式為主的韻文，如俗語、謠諺、銘文、石畫像旁題，多與「成相體」相關聯；成相體在秦漢是一種活潑而有生命力的韻文文體。如果說，對成相體的研究，本書作者較多地關注音樂與禮俗文體的關係的話，那麼，研究「贊體」，作者便把目光更多地投注到美術與雕刻的領域了。贊體，大多論者以為是一種

褒揚或頌美的文體，贊體與頌體即使不能等同，也很接近。本書第五章認為，贊體有畫像贊、人物贊、史贊之區分，而畫像贊應當是贊體的原初形式。作者仔細觀察分析大量漢畫像，認為畫像的文字可分為兩類，一類題寫畫面的人物姓名、車馬器物名稱，另一類為四言韻語，介紹畫面的人物及其故事，後一類當即蕭統《文選》〈序〉所說的「圖像」之「贊」。贊語雖然偶有評價，但其主要功用則在於對畫像故事的說明、描述，起到了輔助作用。《文心雕龍》〈頌贊篇〉：「贊者，明也，助也。」畫像贊的功用、特徵，是「明」與「助」，原初贊體並沒有頌揚褒美的意思。至於史贊、婚物贊或後世書籍的插圖贊，均不失漢畫像「明」、「助」的本意。作者得出的結論是完全可以站得住腳的。明代別集中有大量的「畫像贊」，畫像贊中有一類是畫像「自贊」，顯然，自贊不是自我褒揚讚美，以期自我陶醉；至於他人的像贊，大多亦無有諛美之詞，還常常語帶詼諧，甚至挪揄，補充說明像主的體貌特徵，特別是繪畫這種藝術門類不太能表現的人物性格、嗜好，乃至家世、經歷等等，這種贊體，仍然不離原初贊體「明」或「助」的本質。

　　中國是一個重禮俗的國家，生老病死、人際往來、起居出行，不是離不開「禮」，就是脫不了「俗」。禮和俗，都是一種約定。社會生活繁複、五花八門、不同的場合、不同的景況，都可能有各種不同的禮俗約定，因此日積月累形成的禮俗文體，也是繁複多樣、五花八門的，有的禮俗文體已經引起文體研究者的注意，《文選》和《文苑英華》中的文體，自不必說，近年，還有學者研究了諸如上梁文、撒帳文、籤詩之類的禮俗文體。而有些文體，似未有文體學者進行研究，如醫案文、如僑批文等等。《古代禮俗中的文體與文學》一書，成相、祖餞、隱、贊，文情都是在前人研究的基礎上進一步深化，或提出新鮮的見解（如成相、贊），或拓展研究的空間（如祖餞、隱），而從禮俗的視野對諸如罪己詔、婚禮禮辭、名謁文、剛卯銘文、鎮墓

文、告地書等文體進行探討和研究，文倩似是第一人。文倩對禮俗文體的研究，開拓之功是顯而易見的。

　　文倩禮俗文體的研究，對上述所說的諸種文體的研究，都做得很深入，有根有據，但是她的研究，也並非就事論事，並非就一種文體論一種文體而已。通讀這部著作，似可以發現，文倩正在細心地，然而又是認真地闡發她的禮俗文體學理論，除了代前言〈古代禮俗文體的特性及其研究方法〉外，幾乎每一章都涉及到禮俗文體學的理論問題。例如第五章〈漢代圖畫人物風尚與贊體的生成、流變〉，她說，漢代是文體的生發期，大量文體都是應用文，與禮俗有著密切的關係，「忽視這一點而單從文字文體入手就很難抓住文體的本質，相關文體的辨析也會出現混亂」；文體在發展演變過程中，功能也在發生變化，呈現動態的複雜情形，「在『文體學』的核心對象——文本的左右，有太多的因素需要納入到文體研究當中」。也就是說，研究文體，僅僅侷限文字、文本還是很不夠的，還得在文體的功能方面多下點工夫，才能更準確地「揭示古代文體的歷史面貌」。

　　第四章〈張衡〈西京賦〉「魚龍曼延」發覆——兼論佛教幻術的東傳及其藝術表規〉，曾以單篇論文的形式發表在《文學遺產》上。研究漢大賦的發展，通常會引用張衡〈西京賦〉角觝百戲、幻術表演「魚龍曼延」的一段話，說明東漢張衡的大賦比早期班固〈兩都賦〉寫得更加生動明快，有更多的想像誇飾之辭，就文學史著作的闡述而言，當然是對的。〈兩京賦〉還有什麼需要研究的？或者更具體地說，角觝百戲、幻術表演有沒有值得深入研究的，內行看門道，作者從〈西京賦〉發現了一個重要問題，即「魚龍曼延」的藝術表演與早期佛教東傳的關係。作者從諸多的文獻中找出「魚龍曼延」與佛教的降魔故事之間的關係，又從壁畫找到充分的資料加以印證，認為「魚龍漫衍」幻術表演吸納了佛教降魔故事中的文化因素。學界通常認為，佛教傳到中土最直接也是重要的途徑，一是佛經，二是佛像（故

佛教也稱像教），而本書作者進一步提出：「魚龍曼延」幻術藝術表演也是佛教傳入中土重要途徑之一，由於這種表演具有較高的觀賞性和普及的意義，受到耳濡目染的民眾必然也可能更多、更廣泛。考慮到魚龍曼延、幻術和佛教的關係，作者推論「西元前二世紀，佛教就以一種粗淺的方式進入了中國」。這個結論比通常所說的西漢元壽元年（西元前二年）要早上一百多年。

　　本書十二章，絕大多數都在期刊發表過。我本人評價一部書，標準之一，就是看看這部書有多少內容可以用單篇論文的形式發表。書中各章，題目不一定都屬於宏闊的、把握全域的那種，然而大多都很具體，一章提出一個問題，進行分析、引證、論述，最後解決問題，給出令人信服或比較信服的結論。

　　新觀點的提出，令人信服或比較信服結論的得出，常常賴於有力的文獻資料的支撐。本書在文獻資料的挖掘使用方面也有獨到之處。就學術門類而言，有經學的、歷史的、文學的、文字學的、宗教學的和藝術學方面的文獻，其中一些資料為僻見文獻，有的係作者首次徵引。現在有些論著，擬一個大題目，抄摘若干常見資料，堆砌一些好聽的詞藻，發揮一堆空話。本書與這種論著，真謂是涇渭分明。

　　文倩說，做研究工作，有時是很快樂的，尤其在對一大堆資料排比分析、並得出符合邏輯的結論之時。提出問題、分析問題、解決問題，這是論著寫作的基本過程。文倩享受了解決問題的快樂。在我看來，享受解決問題的快樂，研究工作已經達到一種更高的境界。這種快樂，也源於對研究工作和自己所從事的事業的熱愛。

　　郗文倩師從王長華教授和詹福瑞教授，在河北大學獲博士學位，七年前和夫君郭洪雷南來福建師範大學任教，隨後進了博士後流動站，我是她的合作教授。文倩專攻兩漢文學，說來很巧，先後在流動站出站的徐華、胡旭，他們博士期間從事的研究都是兩漢。許多學者誤以為兩漢文學文獻深入研究似乎已經很困難，徐華和胡旭成績先不

說，文倩成功地開闢了禮俗文體學研究的一片天地，讀者如果翻閱一下此書，或許能給你增添較大的信心。

　　三年前，胡旭一部著作出版之前讓我作序，被我一拖再拖錯過了，至今仍感歉意。文倩之請，我也耽擱了一段時間。去年，當我完成一部書稿的最後一個字，立秋後的第一場雨帶了清涼，此序作畢，也是一陣清涼。

　　　　　　　　　　　　　　　　　　　　　　　　陳慶元

　　　　　　　　　　　　　　　　　　　　　二〇一四年八月九日

代前言
古代禮俗文體的特性及其研究方法

　　本書主要是在古代禮俗的視角下關注文體發展及相關文學問題。

　　「禮俗」一般指的是最高權力控制範圍內統一規定的禮儀規範以及民間一些經過選擇的習慣和儀式。中國古代許多文體都萌發於特定的禮俗活動中，是針對特定群體、在特定場合下所採取的特殊言辭方式，由此表現特定內容，實現著特殊目的，如頌、贊、銘、祝、盟誓、封禪、誄、碑、哀、弔文、墓誌、祭文等若干文體就是祭祀、喪葬等禮儀活動的產物，祝辭、巫術咒語、相書（文）以及告地書、買地券、鎮墓文等也與官方和民間信仰儀式活動密不可分，即使是詔策奏議等上下行公文某種程度上也是為實現人君之禮而細化明確的，如劉勰所稱是「漢初定儀則」[1]的產物。在各種禮俗活動中，言語文辭憑藉自身所傳遞的意義以及獨特的形象聲韻、篇章節奏等附加特性，承擔著解釋禮義、裝飾禮儀的功能。而古人對文字所持有的神秘和神聖性態度也使得相關儀式用辭受到特別的重視。在一次次的儀式活動中，言語文辭得到更多訓練的機會，從而漸漸形成較為穩定的文體形態，且在文體價值序列中處於前列，這種情形當看作中國古代文體發展的獨特現象。漢代是文體生發期，這一時期的文體發展奠定了古代文體的基本格局。而在兩漢時期，古代禮制也進行了一次大的調整，多源的中國禮制被整合成一個相對完整的系統，由此奠定了中國古代禮俗文化的基本樣態。漢代文字教育的普及以及文化方面的移風易俗，也使得整個社會表現出對於文字及其創作的濃厚興趣。可以說，

1　詹鍈：《文心雕龍義證》（上海市：上海古籍出版社，1989年），頁730。

禮儀文化的建設繁榮與文體的興盛是同步的，因此，將禮俗文體作為一個相對獨立的對象進行研究有著特別的意義。

　　然而，由於禮俗文體源於實際功用，屬於實用性文體，表現更多的是集體的文化意識而非個體的藝術想像與創造，而以往研究者對於文體對象篩選定位時往往不自覺的就包含有「精品」、「精緻」、「個性」、「審美」等潛在標準，遂將許多文體排除在視野之外（或僅作為一種旁證略有涉及）。而僥倖進入研究視野的文體也常常僅在「文學」層面加以解讀。其實，禮俗文體是歷史「活體」，文體與禮俗儀式之間存在約束和掙脫的動態過程，而即便一些文體在發展過程中逐漸脫開實用價值，成為文人抒情言志的載體（如輓歌等），由此被我們納入到文學研究範圍，它們原初的實用性功能也並未消失，只是因為後世對文字文本的重視而使得這些實用功能漸漸淡化為背景、不為人注意罷了。因此，對這些文體的解讀和價值的判定需要有新的視角，突破以文本為唯一關注對象的傳統研究方式，追溯歷史原境，由追尋文體「幹什麼用」（文體功能）到追尋一切與之有關的因素並提出問題，揭示禮俗文體的獨特意義，尋找解釋的多種可能性。

一　禮俗文體的獨特性

　　禮俗文體是實用性文體中比較特殊的一類，它們作為語言形態被有意識的納入到儀式當中，成為其核心環節，受到古人普遍重視，原因很多，但其中很大程度是和這些文體所承擔的解釋作用和美飾性功能分不開的。它們承擔著揭示禮義的現實任務，同時也以其符采炳耀、構型穩定、聲韻鏗鏘的內質，以或唱或誦、或寫或刻的方式，協同音樂、器物、繪畫、建築等其他藝術門類中所包含的裝飾性元素，共同構建著禮儀文化布局勻稱、張弛有度的形式美感和視覺美感。這一方面使得禮儀文體對相關儀式環境有較強的依賴性，乃至一旦該語

境消失，它們也就失去了活躍的土壤，但另一方面，也使得相關文體有可能擺脫被實用功能所淹沒的命運，從而獲得獨立的審美價值，這也是禮俗文體被古代文人所看重並獲得發展的重要原因。

比如嚴可均《全後漢文》卷二十二記載有署名鄭眾的婚禮謁文和贊文，文出《通典》五十八。根據上述記載，漢代婚禮納采、問名、納吉、納徵、請期、親迎六禮均有相應禮文和禮物，禮物合三十種（實錄二十九種），各有謁文、贊文（《全後漢文》載謁文之約文以及贊文十一條），以散體或四言短文解釋禮物的含義。如雁，謁文曰：「雁則隨陽。」贊文曰：「雁侯陰陽，待時乃舉，冬南夏北，貴得其所。」又如女貞，贊文曰：「女貞之樹，柯葉冬生。寒涼守節，險不能傾」[2]等等。這些禮辭撰寫在書版之上，隨同禮物一起層層封表、呈送。從禮辭的解釋看，禮物選擇是謹慎而非隨意的，禮物皆因具有某種獨特意義以及相似性而被採擇收集進入婚禮程序：玄、纁、羊、雁事關夫婦家庭秩序；鳳凰、鴛鴦、膠漆、合歡鈴寓意兩性和合；錢、酒、食糧、祥瑞、九子墨等兆示婚姻家庭的吉祥與滿足；蒲葦、卷柏、女貞等是對新婦品性德行的規導，這是家庭穩固和美的根基；長命縷等避邪之物則意味著對危險的警覺、對生命的隨時護佑以及家庭安康的期望。禮物既體現主流意識形態，又兼顧民間信仰——這也是漢代思想信仰的特點——它們協同謁文、贊文等解釋性文本組成了漢代思想價值觀念、倫理行為規範以及道德習俗等的「微觀世界」，禮「義」借「物」傳遞，「物」因「禮」而成為意涵穩定之「象」，「象」與「辭」的密切結合共同詮釋著「禮」的內涵，也成為營造婚禮內蘊豐富、喜慶莊重氣氛的重要元素。中國古代注重家和「秩序」的意義，婚禮小

---

2 〔清〕嚴可均：《全上古三代秦漢三國六朝文》，《全後漢文》（北京市：中華書局，1965年），卷22，頁591。

可通二族之好，大可關一國興亡，故為諸禮之本，因此，婚禮之物才被賦予格外豐富的象徵和意義，並且要將這些象徵和意義以特殊的文辭形式予以揭示。這份禮物清單在實際使用中或有省略，但當它們從眾多名物中被選擇出來逐一記錄解釋的時候，我們能感受到時人對婚禮及其禮辭所寄予的期望。記錄者相信，當這些文本被仔細撰寫，與一件件禮物配搭、封表、奉送，其言辭會被人們誦讀，其中的意義也會被人們傳誦，並成為文化傳統的一部分。

　　古人努力探索建設謹慎嚴肅、豐富深邃、秩序井然的禮儀文化，然而「禮」抽象空虛，器物無言而沉默，需要依靠複雜的解釋系統來說明建立權威，從而使「禮」變成實在可感、意義明確的真實存在。這種解釋系統由諸多方面構成，有單純的理論闡述，有繁瑣的經解疏證，更有相對輕巧靈便的簡短文辭，它們彼此互為補充，在社會各個層面滲透蔓衍，遂使禮儀文化中的諸多儀節器物飽含深意，成為無言的敘述。比如，婚禮何以用羊，贊文曰：「群而不黨，跪乳有敬，禮以為贄，吉事之宜。」這些內容源自董仲舒《春秋繁露》，只不過作為解經釋禮的理論專著，董氏的表述要淋漓盡致得多：「羔有角而不任，設備而不用，類好仁者；執之不鳴，殺之不諦，類死義者；羔食於其母，必跪而受之，類知禮者；故羊之為言猶祥與！」[3]

　　上述婚禮文體提醒我們重新審視中國古代從屬於禮俗活動的大量文體，它們數量眾多，品類豐富，是通向古代思想領域、政治領域、社會觀念領域的橋樑。雖然存留下來的文本有些只是零星的「個案」，仿若散兵游勇，然而，這些點的存在自有意義，而將這些點一一尋覓定位，描畫勾勒，或許就能勾畫出古代文體發生發展的時空地圖。

3　〔清〕蘇輿撰，鍾哲點校：〈執贄〉，《春秋繁露義證》（北京市：中華書局，1992年），頁419。

二　禮俗文體是歷史「活體」

　　古代禮俗文體並非只供「閱讀」的文字文本，而是內涵豐富的歷史「活體」。每一種文體都萌發於特定的歷史土壤，活躍在特定的歷史語境，具有特殊的功能用途，進而形成自身獨特的修辭方式，並最終以文字的方式「塑形」。一旦上述條件不再存在，該文體也就漸漸失去活性，逐漸消失或者調整、演變，從而孕育出新的文體。文體自身存在系統，同類文體又構成大的文體系統，因此，逐一梳理古代文體個案的歷史動態過程，有助於恢復古代文體系統全貌，進而才能解構層累的各種文體觀念，並在可能的情況下進行理論提煉。因此，研究禮俗文體理想的狀況是要提高到對整個文化的復原，借鑑考古學的研究方式，不僅關注一兩件器物，同時細緻保留整個原境，並循此進入歷史時空。儘管徹底「還原」歷史是不可能的，但研究者仍當時刻保持這一傾向，由追尋文體「幹什麼用」到追尋一切與之有關的因素並提出問題，比如文體為什麼用？在哪裡用？怎麼用？誰來寫誰來說？怎麼寫怎麼說？給誰寫給誰說等等。在問題的推動下，舊材料會獲得新的理解，以前不被注意的材料也會進入視野，隨之就需要結合文學、歷史、考古、思想、民俗等多學科的研究成果，學科之間的壁壘也就打破了。

　　以贊體的生成變化為例。贊體有多種類別，以往研究者多將視線集中於史書贊和漢魏以後大量出現的人物贊文，研究也多停留在文本的解讀層面，故帶來一系列誤解和爭議，比如說贊體有無讚揚之意？又比如贊、頌二體是否同一等等。事實上，早期文體論者在談到贊體起源時，更多先提及像贊，如蕭統《文選》〈序〉：「箴興於補闕，戒出於弼匡，……美終則誄發，圖像則贊興」[4]，將圖像之贊作為贊體的

4　〔南朝梁〕蕭統編，〔唐〕李善注：《文選》（上海市：上海古籍出版社，1986年），頁2。

原初樣式。李充〈翰林論〉談到贊體的風格特點時也以像贊為例：
「容象圖而贊立，宜使辭簡而義正。」[5]因此，若關注像贊的動態生
成，還原歷史原境，相關問題遂迎刃而解。通過研究我們發現，漢代
有圖畫聖賢忠孝以示表彰紀念並教化世人的風尚，這是像贊特殊的生
成條件，史書中多有記載，這是大環境。此外從山東嘉祥縣武氏祠堂
這一考古遺跡的具體語境看，像贊多寫在圖像一側，體制短小，言簡
意賅，主要說明畫面、敘述史事，起到宣明畫面內容和意義的作用，
並不含明顯的褒貶。那麼，後世為什麼常常將「贊」體的功能理解為
讚頌、讚揚呢？原來這些圖像的主人公多為聖君賢臣烈女孝子等有嘉
行令德者，畫像題贊這一行為本身就透出作像者紀念、表彰、教化的
意圖，於是，在人們的觀念中，贊體就連帶成為稱美不稱惡之文，而
當這些說明文字脫離圖像被整理結集以獨立的文本形式流傳時，就成
為人物贊文。後來，人們模仿這種體式以純文字形式對人物生平事蹟
德行進行記述讚美，由於缺少圖像的輔助，頌揚之旨完全借文字傳
達，文本遂表現出鮮明的頌揚情感，這直接影響了後世對贊體的認
識，贊隨之與頌發生了關聯。[6]因此，劉勰《文心雕龍》〈頌贊〉強調
「贊者，明也，助也」抓住了贊體本質，而他認為贊是「頌之細條」
將頌贊二體合併而談就存在時代侷限。

三　禮俗文體的共性和個性、「正」與「乖」

　　禮俗文體表現更多的是集體的文化意識而非個體的藝術想像和創
造，但這些文體在文人（或知識階層）寫作生活中卻占有極大比重。
當撰作者要進行創作時，他首先要有明確的目的，即他處在何種修辭

5　〔晉〕李充：〈翰林論〉，收入〔清〕嚴可均：《全上古三代秦漢三國六朝文》（北京
　　市：中華書局，1965年），頁1767。

6　郗文倩：〈漢代圖像人物風尚與贊體的生成、流變〉，《文史哲》2007年第3期。

環境下、要表達怎樣的內容和情感，由此，與之功能配套的某種文體就被「激活」了，而個人才華以及個性化的情感是附加於此且受到文體共性約束的。因此，當我們對某一個體創作的特性和價值進行分析評價時，首先當考慮在這些評價判定中，哪些是屬於文體本身的，哪些是屬於創作者個人的，如此，評價方能中肯。

　　如顧炎武就曾認為蔡邕多為碑頌，乃「文人受賕」，並以此批評蔡邕人品：「東京之末節義衰而文章盛，自蔡邕始，其仕董卓，無守；卓死驚歎，無識。觀其集中濫作碑頌，平日之為人可知矣。」[7]事實上，東漢奢靡厚葬的風氣已使得喪葬之事由一家的私事演變為一種社會公共活動和表演，對墓地的刻意經營也使得原先淒涼沉寂的死者世界一變而為熙熙攘攘的社會活動中心，在這樣的背景下，碑文應運而生。作為飾終禮文，碑文就是要頌揚亡人，以此展示仁孝之心、明示聲名以垂教，且附帶展示財富地位、密切家族集團聯繫等多重意義，「樹碑作頌，以示後昆」、「樹碑表墓，昭明景行」、「刊石立頌，以表德美」，對於碑文的禮儀功能，蔡邕是心知肚明的，他曾對盧植說：「吾為碑銘多矣，皆有慚德，唯〈郭有道〉無愧色耳。」[8]他的「慚德」源於對文章創作「文與質」的反省，恰恰體現出一種新的文體觀念，顯示出文人開始支配藝術取向，以嶄新的眼光來審視公眾性儀式文體。而明知如此卻「頌德」有加，正是受到墓碑文的文體共性約束，對此，後人是不必過於苛責的。漢末以後，誄文、哀辭、輓歌等禮儀之文漸漸遠離禮儀的束縛，成為文人抒發細膩情感、展示言辭才華的載體，但文人在創作時，其辭采的選擇、情感的濃淡把握、乃至主題內容的取捨仍受到這些文體「禮典之文」出身的潛在約束，是

7　〔清〕顧炎武著，黃汝成集釋：《日知錄集釋》（長沙市：嶽麓書社，1994年），頁470。

8　〔南朝宋〕范曄：《後漢書》〈蔡邕傳〉（北京市：中華書局，1965年），卷68，頁2227。

戴著鐐銬的舞蹈，理解這一點也才有可能對文人及其創作作出合理的
評價和定位。

　　禮俗文體對「共性」的強調同時帶來人們對「正體」的刻意維護
以及對「乖體」的警覺和貶斥，這也是禮儀文化的特殊要求。「禮」
相對抽象，是約束人們言行舉止的一種觀念和意識，而「儀」則是
「禮」的具體表現形式，是依據和遵循「禮」的內涵所制定的一套系
統而完整的程序和形式。借助於「儀」，相對抽象的「禮」得以顯
形。雖然禮一旦制度化，儀式感大大增強，裝飾性也隨之加強，「儀
文」本身便充溢著濃烈的象徵意味和表演性質，頗具觀賞性。[9]然
而，對古人而言，這些禮文儀節更是體現等級秩序、創造典雅莊重氣
氛的重要方式，儀「文」的表情答意以及審美價值乃至由此而產生的
濃重的裝飾性意味又是有條件限制的，即須「得體」，要在得體的一
系列儀節形式中展示「禮」節制人心、協調社會的核心意義。所以，
對從屬於禮樂文化的言語文辭等「儀文」因素進行價值判斷，首要標
準即是否「得體合禮」，即它是否在恰當的場合、由恰當的人、針對
恰當的對象發布了恰當的言辭。因此，禮儀文體對語境的要求是相當
依賴的，這種依賴決定了文體諸多要素的伸縮限度，不僅不可左右逢
源，隨意變更挪用，而且其功能的確定、情感的濃淡、修辭的選擇也
有無形的標準。

　　然而，中國古代文體的發展演變常常同時存在兩種動態的軌跡，
一方面是文體的逐漸規範到最終塑型，另一方面則是文人在創作中不
斷「破體」，從而使得文體分流別派，滋生出新的子文體。禮儀文體
亦如此，其嚴格的文體規範曾引導並培養書寫者的寫作技巧和能力，
並使其終至得心應手，嫻熟駕馭，然而某些書寫者會在有意無意的情

9　如研究者就認為「詩可以觀」不僅僅有「觀風俗，知得失、自考正」的抽象政治意
　　義，更和「觀樂」、「觀舞」一樣具有審美觀賞價值。傅道彬：〈鄉人、鄉樂與「詩可
　　以群」的理論意義〉，《中國社會科學》2006年第2期。

況下，以其積澱的才華、以其對諸種文體嫻熟的把握，衝破原有文體的既成規範，這便是「乖體」生成的動因。比如頌體源於宗廟祭祀儀式上的歌功頌德。儘管秦漢以後，頌體脫開樂舞成為獨立文體，但相關功能未發生變化，有美無刺遂成為頌「體」之要義，漢代《說文解字》、鄭玄《詩經》〈頌〉注以及劉熙《釋名》等均有類似的表達，如《釋名》〈釋言語〉：「頌，容也，序說其成功之形容也。」〈釋典藝〉：「稱頌成功為之頌。」[10]這些觀念為後世文體論者繼承，摯虞〈文章流別論〉：「古者聖帝名王，功成治定而頌聲興，於是史錄其篇，工歌其章，以奏於宗廟，告於鬼神。故頌之所美者，聖王之德也。」[11]所以當陸機創作〈漢高祖功臣頌〉，陸雲贊其「甚美」，但在劉勰看來，這些頌文卻「褒貶雜居」，為「末代之訛體也。」而輓歌本為生者悼往告哀之體，陸機卻多為死者自歎之言，顏之推遂批評道：「詩格既無此例，又乖製作本意。」[12]因此，古代文體理論者對於「體」的強調，對於正體的看重以及「訛」體、「乖」體的嚴苛批評都可以在禮樂文化的大背景下找到其心理根源。

　　我們也可以進一步關注「訛體」、「乖體」的意義，因為它們恰是一種文體新變，也是儀式文體發展的一條路徑。儀式文體與音樂、繪畫、舞蹈、建築、器物等諸多「儀文」一樣，以其從屬於禮的傲人地位、以其鮮明的秩序感、節奏感、色彩布局的諧和以及內涵的豐富等諸多因素受到格外關注，獲得加速生長的契機。在其活躍的時候，文體獲得尊崇，享有專人精心加工結撰的特權，其形式的整飭、音韻的和諧給參與者帶來聽覺和視覺上的美感，而典雅美懿、富含禮義的言

---

10 〔東漢〕劉熙著，任繼昉纂：《釋名匯校》（濟南市：齊魯書社，2006年），頁177、340。

11 〔清〕嚴可均：《全上古三代秦漢三國六朝文》，《全晉文》（北京市：中華書局，1958年），卷77，頁1905。

12 〔南朝梁〕顏之推撰，王利器集解：《顏氏家訓集解》（上海市：上海古籍出版社，1993年），卷4，頁285。

語大異於日常語言，也帶來新鮮的「陌生化」效果，遂引起更多矚目，也最有可能脫開禮制的束縛，獨立成體，進而成為文人士子彰顯才情、宣情達意的載體。漢魏以後，禮制鬆動，禮儀文體獲得較為寬鬆的成長環境，「訛變」就成為常態，誄文、輓歌、碑文等均成為文人抒發個人情致的載體，許多文人比蔡邕走得更遠，不僅以新的眼光審視程式化、公眾性文體，更將其轉化成個人藝術，如陶淵明〈擬輓歌辭〉三首就完全弱化傳統輓歌的實用功能，而將之轉化為虛擬的、想像的、有很強文學意味的創作。將文體的「正」與「變」放在禮儀文化的大視野下加以關注，許多歷史現象的深層意義或能得到揭示。

四　禮俗互滲與文體的觀察視角

中國古代「禮」、「俗」關係緊密，民俗當中一些對於民生影響較大的內容如婚喪嫁娶等也被納入到國家禮儀當中，因此，「禮」、「俗」之間存在互動互滲的關係，並無不可逾越的鴻溝。古代文體研究不僅要擴大研究對象範圍，將許多民間信仰儀式中使用的言語文辭納入視野，更要尋求言辭背後所隱藏的「一般的知識、思想和信仰」，從而找到這些言語文辭何以被選擇的理由，增加解釋的途徑。

比如近些年來大量出土漢代告地書、買地券和鎮墓文等隨葬文書，受到考古研究者和宗教研究者的普遍重視，人們意識到這三類文體儘管分別模仿傳、買地契約以及指令性公文等地上公文，看似功能各異，但作為墓葬文體，它們在本質上又無甚差別，即均有鎮墓意義，其大量出現在漢代墓葬中，似乎也有著前後承傳、相互影響的關係。然而從地域和時間上看，他們之間不僅存在著一定的時間斷檔，而且在分布區域上也存在著很大差異。對此，雖然可以從考古發現的侷限、書寫載體的變化等方面加以解釋，但畢竟缺乏強有力的可靠證據。為此，曾引起很長時間的爭論。其實，如果將民間信仰習俗、社

會心理以及文體發展做通盤考慮，相關問題也就能有較為合理的解釋。研究者發現，較前代相比，秦漢人對死後世界的想像和理解顯得更為具體，由此才形成極為豐富的喪葬文化，這就為上述喪葬文體的出現提供了契機。同時，漢代各類文體特別是傳（兼具戶籍身分證的作用）、民間契約、官府公文等實用性文體已經發展得十分成熟，社會應用也十分普遍，其功能和效力深深烙印在社會民眾心理當中，這就為上述隨葬文體的出現進一步提供了現實可能性。使用者相信，這些文書有著人間社會所賦予的權威，這種權威並不因陰陽兩界的不同而發生改變，而是具有某種共通的效力，是生者安排亡人地下生活時可資信賴的文書。此外，漢代對冥界的想像和信仰、「視死如生」的喪葬習俗以及傳統的鎮墓風俗也為這些墓券的使用提供了較為普遍的社會心理支撐。在這種情形下，不同時間、不同地域的人們就以某種具有普遍意義的文字形式來表達自己對冥世基本的理解和信仰，並採取彼時彼地所認為的最為重要的方式對陰陽兩界的平衡進行干預，對自己和他人即將進入的地下世界的生活作盡可能穩妥地安排，這就使得在人世間最具一般意義的實用文書進入墓葬，同時又在地域、時代和使用群體上表現出一定的特殊性。[13]民間信仰儀式文書在鄉土社會生活所具有的獨特意義還需我們多加關注。

　　此外，若將同為喪葬文書的東漢墓碑文與上述隨葬文書對看，也是有意思的事情。我們會發現，設定的「觀者」不同，文體的內容、修辭都會呈現差異。告地書、鎮墓文等文書出於鎮墓的需要，除了發揮言語文辭本身的神秘效用外，還要模仿上級對下級官吏的權威口吻，或展示巫師的意志力和法力以及神靈的力量，因此常有命令乃至威脅、恫嚇的言辭，露出巫術咒語的底色，如一九七九年出土於寶雞的東漢鎮墓瓶：

---

13 郗文倩：〈發往地下的文書〉，《中國古代文體功能研究──以漢代文體為中心》（上海市：上海三聯書店，2010年）。

　　黃神北斗，主為葬者阿丘鎮解諸咎殃。葬犯墓神墓伯，行利不
　　便，今日移別殃害，須除死者阿丘等，無責妻子、子孫、侄
　　弟、賓昏（婚），因累大神。如律令。[14]

文中的「北斗」為道士操縱的天神，「阿丘」當為死者的名字。「無責
妻子」云云，說的是墓葬行為如若有所觸犯，殃害要移往別處，不可
連累親屬。文中大量使用祈使句，顯示出巫術咒語的特點。而墓碑文
為死者述美記功，托之以傳不朽，是要展示給世人的，故對墓主多誇
飾褒美之辭。而西漢末期開始興起的墓祀習俗也對墓碑文的內容產生
影響。墓祠不僅是宗教場所，更是重要的行禮呈孝場所和家族禮儀活
動中心。[15]帝王公卿大族刻意經營墓地建築，上墓祭祖時往往召宗
族、會賓客、期故人，甚至置酒作樂，《漢書》〈敘傳〉：「（班）伯上
書願過故郡上父祖冢……因召宗族，各以親疏加恩施，散數百斤」。
《後漢書》載建武三年冬十月，光武帝「幸舂陵，祠園廟，因置酒舊
宅，大會故人父老。」永元十五年十月，和帝「幸章陵，祠園廟，會
宗族於舊廬，勞賜作樂」。〈馮異傳〉載建武二年「詔異歸家上冢，使
太中大夫賚牛、酒，令二百里內太守、都尉已下及宗族會焉」。東漢
墓地顯然已成為「公共空間」，今觀其時許多碑文除歌功頌德文字
外，尚刻有死者弟子、門生、故吏、屬吏名姓以及贊助金額，或當隱
含展示孝道、炫財耀富、密切集團關係的深層動機。將文體放入禮俗
的歷史語境中觀察也許能促使我們思考以下一些問題，比如：在一個
變化的社會中文體是如何發展並發揮功能的；在禮俗和宗教的背景

---

14 〈寶雞市鏟車廠漢墓——兼談 M₁ 出土的行楷體朱書陶瓶〉，《文物》1981年第3期。

15 《論衡》〈四諱〉：「古禮廟祭，今俗墓祀。」顧炎武《日知錄》也說：「漢人以宗廟
　　之禮移於陵墓。有人臣而告事於陵者，……有上冢而會宗族故人者，有上冢即太官
　　之供具者，有贈諡而賜之於墓者，有人主而臨人臣之墓者，有庶人而祭古賢人之墓
　　者。」可參考楊樹達：〈《上冢》輯錄豐富史料〉，《漢代婚喪禮俗考》（上海市：上海
　　古籍出版社，2007年）。

下，文體的內容和形式是如何被選擇的，它們在何種程度上決定著人們精神和物質生活的方向，如何表現社會心理、道德和價值體系，如何支持和影響社會群體和特殊集團的權利和規則，又是如何滿足個人的野心和需求的等等。

五　禮俗文體個案研究的意義

　　禮俗文體研究是一個古老而又全新的領域，研究的突破需要觀念的更新以及方法的多元，而方法的討論只能在個案中摸索，不能游離於具體問題。研究當以個案研究為主，盡可能將相關文體還原至其產生、發展的歷史語境中，了解在這一過程中文體功能、文體形態所呈現的變化，將文體與其他相關因素之間的複雜關係網絡描摹出來。筆者主張方法的討論不游離於具體問題之外，更不希望方法的預設成為遮蔽研究視線的障礙。同時筆者也不追求馬上能達到說一不二的結論，而是更希望從對象出發，通過對個案的細緻研究來豐富觀察古代文體的角度，增加解釋的可能性，進而在條件成熟的的情況下提出更為明確的概念和理論建構，推動學術研究中思辨性的發展。

　　我們需要思考和解決的問題還很多，比如在研究中怎樣擴大文體的定義和範圍，建立更廣闊而開放的研究基礎，從而獲得新的更合理結論？如何對史料的性質和內涵進行反思？如何加強研究的層次和深度，把文體研究從單純的考據、簡單的文本認知引申到對相關文化機制、歷史沿革等更複雜與更多元的解釋上來，發掘文體與其他文化因素的淵源和互動？是否通過努力有可能從根本上調整中國古代文體史的敘述方式和結構？這些問題都需要通過耐心而細緻的個案研究逐步積累，從而進一步深化認識，將研究逐步推進到更深入的層面中去。基於此，本書重點對以下文體個案加以研究：

第一章對「成相體」進行文體界定、文本輯錄與文學分析

「成相體」是先秦時期出現的一種說唱性質的雜體謠歌，具有相對穩定的形式結構和廣泛的運用領域。成相體在長期流傳中漸漸凝固穩定成特有的以三言為主的雜言體式，並形成有代表性的三三七言的詩體結構，具有深遠的影響以及充沛的文體活力。然而，作為一種傳統韻文品種，成相體並沒有正式納入到韻文史乃至文學史敘述中，本章擬對成相體的命名、性質、形制特點等文體特性加以界定，以使得這一特殊韻文品種能夠納入到文學史特別是韻文史的研究序列中，給予其應有的詩學地位。

第二章討論祖餞儀式與相關文體的生成空間

祖道是先秦時期就已出現的祭祀路神的儀式，包含「祖」與「餞」兩個重要環節。古人重土畏遷，祖道儀式象徵意味濃厚，可緩解出行前的緊張心理。祖餞時人員聚集，形成特殊的公共空間，儀式便附帶強調等級秩序、聯絡人際關係等社交功能。祖道儀式最初以「敬神」、「娛神」為目的，之後宗教意味逐漸減淡，世俗性的「自娛」功能加強，娛神變為娛己，與神靈交流轉而為社會人際交流，祖道簡化為餞行，各種表達別離情感的藝術形式遂應運而生，並最終與古老儀式相分離。

第三章對先秦兩漢時期流行的隱語遊戲加以考察

「隱」是先秦時期產生的一種獨特的言語交流方式和遊戲方式，其源出於占繇辭，具有描摹狀物的文體特性以及諧謔的功能品質。隱語遊戲中，參與雙方一問一答鋪設謎面，展開言語競技和智力測試，整個過程充滿新奇和諧趣。隱語的這些文體特徵在賦體和謎語身上皆有傳承，顯示出三者無法割斷的血緣關係。

第四章從民俗角度對「魚龍曼延」進行考辨，進而討論佛教幻術及其藝術表現

張衡〈西京賦〉描寫的「魚龍曼延」為漢代大型幻術表演，是西域幻術與本土雜技相結合的藝術形式。該表演取材於佛教典籍《賢愚經》所記舍利弗與外道魔頭勞度差以幻術鬥法的「降魔」故事，此故事在敦煌壁畫和變文中都有表現，但幻術、壁畫和文學根據各自特性做了不同的藝術發揮。佛教經典對於「幻」的意義有較為詳盡的理論闡述，且擅長以「幻術」、「幻師」（幻術家）作為教義的引證譬解，但「魚龍曼延」只能看作流行藝術對佛教因素的借用，而這正是佛教初入中國時的基本情形。了解魚龍曼延與佛教幻術的關係亦對研究者確立佛教傳入時間及傳入方式提供新的視角。

第五章討論像贊的產生和影響

漢代有圖畫聖賢忠孝以示表彰紀念並教化世人的風尚，這是像贊特殊的生成條件，對其體制風格都產生重要影響。從武氏祠堂等畫像贊看，像贊大都體制短小，言簡意賅，以說明性文字為主，體現出像贊的輔助性功能。受像贊影響的人物贊雖還保留其形制上的特點，但由於是獨立的文本形式，頌揚之旨完全藉文字傳達，故文體表現出鮮明的頌揚態度，這直接影響了人們對贊體功能的認識。

第六章對一組漢代婚禮禮辭進行討論

據東漢鄭眾記載，漢代婚禮禮物封表呈送時均配有謁文和贊文，以解釋禮物的特殊含意，遂使得禮物成為特殊物象。它們與禮辭緊密結合，詮釋禮儀內涵，成為營造婚禮內蘊豐富、喜慶莊重氣氛的重要元素，同時也構成了一個有關漢代思想價值觀念、倫理行為規範以及道德習俗的微觀世界。因此，此類文體的撰作者除去必要的「技巧」、

「知識」以外，尚需保有社會關懷、思想評判以及文化重建的趣味和能力，而相關文體也通過參與禮儀文化建設獲得自身存在的意義。

第七章對古代贊體的發生演變展開綜合調查

贊體的命名借用的是先秦時期使用廣泛、表明佐助導引等動作意義的「贊」字，早期禮儀活動中贊者贊助儀禮的「導引」之辭不具有文體意義。贊體大量出現並成熟是在兩漢時期，最初以「贊」命名且具有文體意義的贊體當為馬王堆出土帛書〈易贊〉篇，此為文贊。除此以外，漢代還有史贊、畫像贊、婚物贊等不同形態。它們適用領域不一，但從功能上看都以輔助說明為要義，基本保持「贊」之原初意義，故可看作贊之「正體」。而漢代畫像作贊以示表彰紀念的社會風氣又進一步催生了贊之「贊頌」之義的產生，後世人物像贊以讚美為主旨即源於此，此為贊之變體，影響深遠。劉勰《文心雕龍》〈頌贊〉篇在對贊體的溯源以及文體功能的認定上存在侷限，遂給後世帶來極大困惑。

第八章討論罪己詔的文體與文化意義

罪己詔是中國古代帝王在災異發生或政令失誤時頒布的反省罪己文書，文化內涵豐富。罪己詔最早出現在漢代，且數量眾多，這主要源於陰陽災異說的盛行。從修辭層面看，罪己詔壟斷了災變解釋權，限定了歸罪資格，有助於鞏固皇權，是政治修辭的重要形式。在後世發展中，其自我批評自我反省式的策略實施，日漸蛻變為取悅民眾、緩和矛盾的統治權術。應該肯定的是，罪己詔顯示君王自我反省精神，常伴有招賢納士、延問得失、敦勉臣吏的作用，且附帶救助優撫措施，能在一定程度上發揮修政功能。

第九章關注古人社交禮儀中使用的「名謁」

古人生活節奏慢，講究禮儀，日常生活中有許多程式化的規定，有些日後就進一步發展成為生活的藝術。名謁作為漢代上層社會、知識階層經常使用的交際工具，體現出時人對文字書寫形式的看重，展示了當時的書寫風貌，也反映了古人生活的一個側面。作為一種特殊的文體，名謁在漢代人生日用當中有著重要意義，隨著時間的延續，也逐漸蘊含了豐富的文化內涵。

第十章考察漢代辟邪玉器剛卯

剛卯是漢代出現的一種帶有銘文的辟邪玉配飾。從傳世文獻和出土實物所提供的資料看，剛卯的銘文文字與其方正之器形有著極為密切的關係，即都具有豐富的象徵意味，體現出時人基本的思想信仰。探查剛卯使用和傳播的具體歷史形態，有助於理解各類文體形式在古代人生日用方面的意義。

第十一章討論西漢初年使用比較普遍的隨葬文書——告地書

它模仿地上通關文書「傳」、「過所」的文本形式，借鑑政府公文在人世間的文體權威，向地下冥府告知死者戶籍財產等信息，希望死者借此在陰陽兩界順利而合法的通行，且如願入登冥府戶籍，安於地下生活。告地書發生於戶籍制度較為嚴格的西漢初期，承載著特殊的社會心理需求。由此也可以促使我們進一步思考這些民間信仰儀式文書在鄉土社會生活所具有的獨特意義。

第十二章討論鎮墓文的文體功能和文體借鑑

漢代民間信仰儀式對言辭、文書等有著特殊的重視，帶有濃重巫術宗教色彩的鎮墓文就是其中的代表。基於自身的特殊功用，鎮墓文

在文體的選擇和運用上也有著極強的目的性。它將已經具有穩定形態的指令性公文作為自身文體形態的基本框架，同時在官府文書威嚴的語言軀殼內附加了巫術咒語脅迫、恫嚇等情感性言辭，巧妙吸納兩種文體共同的修辭特性和文體權威以加強自身的震懾力，從而形成一種特殊的、極具時代特色的墓葬文體形式。

——本章核心內容原刊於《上海交通大學學報》

（哲學社會科學版）二〇一一年第五期

第一章
成相：文體界定、文本輯錄與文學分析

一　問題的提出

　　「成相」是先秦時期出現的一種說唱性質的雜體謠歌，具有相對穩定的形式結構和廣泛的運用領域。該文體主要是以三、四、七言為典型句式，擊節唱誦，荀子〈成相〉以及睡虎地出土秦簡〈為吏之道〉均是該體式較為完整的文本，二者甚至被稱為姊妹篇。[1]約成書於戰國中期的《逸周書》〈周祝〉亦有相類似的篇章，一度被看做〈成相〉之祖。[2]兩漢時期各種俗語、謠諺、樂府、銅鏡銘文、畫像石榜題等韻文中也多有類似短章，可見其活潑的生命力。從命名看，《藝文類聚》卷八十九木部下載有淮南王「成相篇」殘篇數字，《漢志》〈詩賦略〉有「成相雜辭」，它與「隱書十八篇」均列居「雜賦」之末但又有專名，可見在班固眼裡，它們雖然與賦體一樣「不歌而誦」，卻又是獨立的文體類別。漢代以後，該體式中「三三七言」句

1　關於〈為吏之道〉，可參看《睡虎地秦墓竹簡》（北京市：文物出版社，1978年）；譚家健：〈雲夢秦簡「為吏之道」漫論〉，《文學評論》1990年第5期。

2　黃懷信、張懋鎔、田旭東：《逸周書匯校集注》（修訂本）（上海市：上海古籍出版社，2007年），頁1048引陳逢衡語；其他相關研究可參看黃懷信：《逸周書源流考辨》（蘭州市：西北大學出版社，1992年）；李學勤：〈稱篇與周祝〉，《簡帛佚籍與學術史》（南昌市：江西教育出版社，2001年）；譚家健：《先秦散文藝術新探》（北京市：首都師範大學出版社，1995年）；伏俊璉：〈成相雜辭與早期歌訣體俗賦〉，《俗賦研究》（北京市：中華書局，2008年）等。

式被吸納進入詞、曲、京韻大鼓、童謠等文體樣式中，甚至成為某些民間曲藝的主要構成體式。[3]

　　然而，作為先秦時就已命名並發展成熟且影響深遠的一種韻文品種，成相體並沒有正式納入到韻文史乃至文學史敘述中，究其原因有二，一是缺乏必要的文體界定，二是散見各處的成相體文本尚未得到系統整理。「成相體」早期完整文本較少，研究者多不把它看作獨立文類，僅當作詩詞等的附庸或過渡句式，統歸為雜言詩，故早期主要圍繞荀子〈成相〉篇進行。如一九四四年杜國庠發表〈論荀子的〈成相篇〉──介紹兩千餘年前的一篇通俗文學〉全面討論了該文體的命名由來、篇章劃分、內容主題等，文後附有〈朱師轍（少濱）〉答著者論〈成相篇〉很像〈鳳陽花鼓詞〉書〉，信中對〈成相篇〉用韻情況做了詳細分析，並強調該文體與《詩》、漢唐樂府及宋詞、花鼓詞等文體的密切關係。杜、朱二先生雖僅從〈成相〉入手，但大致釐定了後世研究的方向，如朱氏說：「〈成相〉歌調，實戰國時期民間歌謠之一體，而為其常用者，故荀卿用其調以言治道而諷當世，其唱敲鼓以為節，實今大鼓書之始祖，然其詞調三字兩句，七字一句，則實沿於《詩經》。」[4]此後〈為吏之道〉的出土使研究者意識到當對「成相體」作系統關注，也有相關文章問世，然整體研究未超出杜、朱二位先生釐定的範圍。基於此，本文擬對成相體的命名、形制、拍節節奏、唱誦方式等文體特性加以界定，為相關文本的輯錄整理確立大致標準，進而將此韻文品種納入到韻文史的研究序列中進行討論，以使其獲得應有的詩學地位。

3　支菊生：〈荀子成相與詩歌的「三三七言」〉，《河北大學學報》1983年第3期。

4　杜國庠：〈論荀子的〈成相篇〉〉，杜國庠：《杜國庠文集》（北京市：人民出版社，1962年），頁180。

二　成相體的句法結構及文體體式界定

　　荀子〈成相〉是最早出現且以「成相」命名的完整文本，從其形式內容看，它是一篇有組織的詩篇，並非雜湊成功。全篇五十六章，大致分四節，分別以「請成相」（一章、二十三章、四十五章）、「凡成相」（十四章）領起，形式整齊。此外，第四十四章末尾云「托于成相以喻意」，「分明是詩篇的結束語，聲明作詩的意旨，好像《詩》〈嵩高〉篇『吉甫作誦，……以贈申伯』之類的結法」。[5]可見其是有意而作且為完篇，因此我們可將其看做成相體的「正體」，並據此討論該體的體式句法特點。

　　〈成相〉每章以三三七言開端（第二十八章稍特殊，分析見下），基本結構特點是每章二十四字，前十三字分三句，三三七言，後十一字分為四、七言兩句，全章共五句，為三加三加七加四加七結構，清人盧文弨較早提出這種斷句方式，至今較為通行，如：

> 請成相，世之殃，愚闇愚闇墮賢良！人主無賢，如瞽無相何悵悵！
> 請布基，慎聖人，愚而自專事不治。主忌苟勝，群臣莫諫必逢災。
> 論臣過，反其施，尊主安國尚賢義。拒諫飾非，愚而上同國必禍。[6]

　　然而仔細閱讀全文會發現，這種分法對於其中部分篇章也不盡合

5　杜國庠：〈論荀子的〈成相篇〉〉，杜國庠：《杜國庠文集》（北京市：人民出版社，1962年），頁162。

6　本章〈成相〉篇引文和所引眾家注解除特別注釋外均自〔清〕王先謙：《荀子集解》（上海市：上海書店，1986年，《諸子集成》本）。

適。因為從語義上看，很多篇章末句七言中前四字與上四言句意思連接緊密，且多能對仗，而末尾三字常常是對這兩句四言的總結，如：

請布基，慎聖人，愚而自專事不治。主忌苟勝，群臣莫諫／必逢災。（二章）

主之孽，讒人達，賢能遁逃國乃蹶。愚以重愚，闇以重闇／成為桀。（六章）

世之愚，惡大儒，逆斥不通孔子拘。展禽三絀，春申道綴／基畢輸。（十一章）

請牧基，賢者思，堯在萬世如見之。讒人罔極，險陂傾側／此之疑。（十二章）

基必施，辨賢罷，文武之道同伏戲，由之者治，不由者亂／何疑為？（十三章）

治復一，修之吉，君子執之心如結，眾人貳之，讒夫棄之／形是詰。（十五章）

水至平，端不傾，心術如此象聖人。（人）而有埶，直而用枹／必參天。（十六章）

思乃精，志之榮，好而壹之神以成。精神相反（及），一而不貳／為聖人。（二十章）

堯讓賢，以為民，泛利兼愛德施均。辨治上下，貴賤有等／明君臣。（二十四）

堯授能，舜遇時，尚賢推德天下治。雖有聖賢，適不遇世／孰知之？（二十五）

舜授禹，以天下，尚得推賢不失序。外不避仇，內不阿親／賢者予。（二十七章）

禹有功，抑下鴻，辟除民害逐共工。北決九河，通十二渚／疏三江。（三十章）

願陳辭，□□□，世亂惡善不此治。隱過疾賢，長由奸詐／鮮無災。（三十四章）

患難哉！阪為先，聖知不用愚者謀。前車已覆，後未知更／何覺時？（三十五章）

臣下職，莫遊食，務本節用財無極。事業聽上，莫得相使／一民力。（四十六章）

君法明，論有常，表儀既設民知方。進退有律，莫得貴賤／孰私王。（四十七章）

君法儀（義），禁不為，莫不說教名不移。脩之者榮，離之者辱／孰它師。（四十八章）

刑稱陳，守其銀（根），下不得用輕私門。罪禍有律，莫得輕重／威不分。（四十九章）

聽之經，明其請，參伍明謹施賞刑，顯者必得，隱者復顯／民反誠。（五十二章）

言有節，稽其實。信誕以分賞罰必，下不欺上，皆以情言／明若日。（五十三章）

君教出，行有律，吏謹將之無鈹（頗）滑。下不私請，各以〔所〕宜／舍巧拙。（五十五章）

上述章節末句若按四、七言斷句，則拆斷對句間關聯，甚至有些從語義上也講不通，如二章「主忌苟勝，群臣莫諫／必逢災」，意思是人主既猜忌又欲求勝，群臣則不敢進諫，由此君與國必逢災殃，若後七字連讀就會產生歧義。又十三章尾句「由之者治，不由者亂／何疑為」中「何疑為」是對「由之者治，不由者亂」的總結和反問；又五十二章「顯者必得，隱者復顯／民反誠」，意思是幽隱皆通則民不詐偽，顯然「民反誠」是結論句；又四十六章「事業聽上，莫得相使／一民力。」楊倞注曰：「所與事業皆聽於上，群下不得擅相役使，則

民力一。」若後兩句連讀為七言，意思也有些不通。

考慮到這些情況，文本整理記錄時可按三加三加七加四加七結構句讀，而在有爭議的句末七言間加「／」以表明其特殊性（或分或合），如上所列。

除了上述標準句式結構外，〈成相〉篇中還有兩類例外，一屬於闕字或衍文，如十四章：

> 凡成相，辨法方，至治之極復後王。〔復〕慎墨季惠，百家之說／欺不詳。

「慎墨季惠」即慎到、墨翟、季梁（一說「季」乃「魏」之訛，指魏牟；一說「季」乃「秉」之訛，為公孫龍字）、惠施四位好為異說之人，劉師培認為前「復」字，係上文「復後王」而衍[7]，是有道理的。

又十六章：

> 水至平，端不傾，心術如此象聖人。〔人〕而有埶（勢），直而用抴／必參天。

此章注家多認為闕「人」字，楊倞注：「『而有埶（勢）』，疑脫一字。言既得權勢，則度己以繩，接人用抴，功業必參天也。」郝注分析脫字原因：「蓋與『聖人』『人』字相涉而誤脫也。」

又二十八章：

> 禹勞〔心〕力，堯有德，干戈不用三苗服。舉舜甽畝，任之天下／身休息。

7　董志安、鄭傑文：《荀子匯校匯注》（濟南市：齊魯書社，1997年），頁841注32。

王引之注曰：「力」上本無「心」字，後人以《左傳》言「君子勞心，小人勞力」，故添加「心」字。《淮南》〈氾論〉、《論衡》〈祭意〉並言「禹勞力天下」，可為證。

　　第二類屬於變體，也分為兩種情況。一是前半部分發生變化，如十七章：

> 世無王，窮賢良，暴人芻豢，仁人糟糠；禮樂滅息，聖人隱伏／墨術行。

「暴人芻豢，仁人糟糠」，按例當為七言，李零認為可能原來做「暴人芻豢仁=糟糠」，只有七個字，「仁=」是合文，等於「仁人」。[8]但筆者認為，書於竹簡或可合文，作為可以誦讀的韻文，「人」是必要的音節，「仁人」從語義上看也不能拆分，這種三三四四言組合，在先秦韻文中並不乏見，如《詩經》：

> 山有榛，隰有苓。云誰之思？西方美人。彼美人兮，西方之人兮。（〈邶風〉〈簡兮〉第四章）

> 山有樞，隰有榆。子有衣裳，弗曳弗婁。子有車馬，弗馳弗驅。宛其死矣，他人是愉。（〈唐風〉〈山有樞〉第一章）

> 角枕粲兮，錦衾爛兮。予美亡此，誰與獨旦？夏之日，冬之夜。百歲之後，歸於其居。冬之夜，夏之日。百歲之後，歸於其室。（〈唐風〉〈葛生〉第三、四、五章）

8　李零：《蘭臺萬卷──讀《漢書》〈藝文志〉》（北京市：生活・讀書・新知三聯書店，2011年），頁140。

上〈唐風〉〈葛生〉首章去「兮」字，粲、爛、旦合韻，三章句式皆同。又如《左傳》宣公二年載〈宋城者謳〉：

> 睅其目，皤其腹，棄甲而復。於思於思，棄甲復來。

第二種情況是章節後半部分句式發生變化，如二十一、四十一章：

> 治之道，美不老，君子由之佼以好。下以教誨子弟，上以事
> 祖考。
> 上壅蔽，失輔埶（勢），任用讒夫不能制。執公長父之難，屬
> 王流於彘。

這兩章各二十四字，後兩句句意完整，為六加五結構，是根據內容做的變通，如「執公長父」注者認為即「郭（虢）公長父」，此人為周厲王嬖臣，厲王受其薰染，終至國破身亡。

綜上並結合先秦兩漢時期體式相近的謠歌，或可對成相體體式特徵做如下推定：

第一，成相體是三、四言為主要句式的雜言體謠歌，三言是必不可少的句式，且常領起全篇。

第二，較為成熟的文本包含有七言句式，且形成「三三七」的穩定組合。

第三，成相體有根據表達內容變通句式的情況，可兼有五、六言等雜言句式。《漢志》所謂「成相雜辭」，除了表示內容之「雜」外，當也含句式之「雜」的意思。

因此，筆者認為，除了研究者普遍認可的「三三七」言的典型句式外，凡包含三言的雜言體謠歌或都可納入到成相體的範圍加以關注，如前引〈宋城者謳〉就多被認為是〈成相〉類。再如漢史游《急

就篇》開篇以七言短章作引子：「急就奇觚與眾異，羅列諸物名姓字……」之後曰：「請道其章：宋延年，鄭子方。衛益壽，史步昌……」[9]此後又以三言、四言和七言韻文羅列眾字，為成相體長篇。又如山東蒼山縣東漢元嘉元年（151）畫像石墓中，有長達三二八字的題記，逐幅描繪墓室中石刻畫像內容，也屬此類，如後室頂部和前室西側室上方畫像題記：

> 室上㼤（即後室頂）：五子舉（舉），僮女隨後駕鯉魚，前有青龍白虎車，後□被輪雷公君，從者推車，乎理（狐狸）冤廚（鴟鵂）。
>
> 上衛（渭）橋，尉車馬，前者功曹後主簿，亭長騎佐（左）胡使弩，下有深水多魚（漁）者。從兒刺舟渡諸母。[10]

還有《後漢書》〈文苑列傳〉載邊韶師生間調笑之韻文：

> （邊韶）以文章知名，教授數百人。韶口辯，曾晝日假臥，弟子私嘲之曰：「邊孝先，腹便便。懶讀書，但欲眠。」韶潛聞之，應時對曰：「邊為姓、孝為字。腹便便，《五經》笥。但欲眠，思經事。寐與周公通夢，靜與孔子同意。師而可嘲，出何典記？」嘲者大慚。韶之才捷皆此類也。[11]

9　張麗生：《急就篇研究》（臺北市：臺灣商務印書館，1983年）。

10　巫鴻：《禮儀中的美術——巫鴻中國古代美術史文編》（北京市：生活·讀書·新知三聯書店，2005年），頁215。其他相關研究參看山東博物館、蒼山縣博物館：〈山東蒼山元嘉元年畫像石墓〉，《考古》1975年第2期；方鵬鈞、張勛燎：〈山東蒼山元嘉元年畫像石題記的時代和有關問題〉，《考古》1980年第3期。

11　〔南朝宋〕范曄：《後漢書》〈文苑列傳〉（北京市：中華書局，1965年），卷80上，頁2623。

又漢代銅鏡銘文除全部為三言或七言的銘文外，更有大量三四七言的隨意組合，個別還包含五言等雜言句式，如：

> 修相思，慎毋相忘，大樂未央。
> 富貴安，樂未央，長毋相忘。
> 愁思悲，願見忠。君不說，相思願毋絕。
> 昭明鏡兮，象日月光。宜佳人兮，平樂未央。
> 日有喜，月有富。樂毋事，宜酒食。居而必長無憂患兮。
> 日始出，天下光，作神鏡以照侯王。赤鳥玄武映四旁，子孫順息樂未央。
> 日有喜，月有富，樂毋事，宜酒食。居而必安毋憂患，竽瑟侍，心志驩，樂已茂兮固常然。
> 修翦義兮報善陰行，記□詔兮壽萬年。期光昭兮宜子孫，長保永福兮壽萬年。
> 尚方作竟真大巧，上有仙人不知老。渴飲玉泉饑食棗，浮天下，敖四海，壽如金石為國保（或作：長相保）。日月明兮。
> 食玉英，飲醴泉。駕蜚龍，乘浮雲。周復始，傳子孫。昭直萬金象衣服，好觀宜佳人，心意歡，長志固常然。
> 駕蜚龍，乘浮雲。上大山，見神人。食玉英，飲醴泉。宜官秩，保子孫。長樂未央大富昌。
> 君有行，妾有憂。行有日，反無期。願君強飯多勉之，卬天大息長相思，毋久。
> 李氏作竟自有紀，青龍白虎居左右。神魚仙人赤松子，八爵相向法古始。口長命，宜子孫，五男四女凡九子，便固章，利父母，為吏高遷……
> 宋氏作竟善有意，良時日，家大富，至官三公中常侍。長宜口。三羊。

宋氏作竟自有意，善時日，家大富，取婦時，□眾具，七子九孫各有喜。官至公卿中尚寺。上有東王父西王母。予天相保不知老，吏人服之帶服章。

維鏡之舊生兮質剛堅，處於名山兮俟工人。涷取精華兮光耀遵，升高宜兮進近親。昭兆煥□兮見躬身，福熹進兮日以前。食玉英兮飲澧泉，倡樂陳兮見神鮮。葆長命兮壽萬年。周復始兮傳子孫。[12]

長貴富，樂毋事，日有熹，常得所喜宜酒食。

伏念所驪（歡）狩無窮時，長毋相忘狩久相思。[13]

逐陰光，宜美人，昭察衣服觀容貌。結組中身，與禮無私／可取信。

內而光，明而清，涷石華下之菁見，乃已知人，請（清）心志得／卑（俾）長生。[14]

　　此外，早期還有很多含有「兮」、「乎」等語助字的韻文，去掉這些助詞，全文也具有成相體特徵，如《詩》〈摽有梅〉：「摽有梅，其實七兮，求我庶士／迨其吉兮。」又《左傳》載〈鄉人飲酒歌〉：「我有圃，生之杞乎！從我者子乎，去我者鄙乎，倍其鄰者恥乎！已乎已乎，非吾黨之士乎！」[15]此歌謠以杞、子、鄙、恥、已、士為韻，古音同在哈部，是三三四四續以五言的結構。又如《戰國策》載荊軻歌曰：「風蕭蕭兮易水寒，壯士一去兮不復還。」[16]漢初楚歌如劉邦〈大

12　以上摘自林素清：《兩漢鏡銘彙編》，為目前所見收錄漢代鏡銘最多者。見周鳳五、林素清編：《古文字學論文集》（臺北市：國立編譯館，1999年），頁235-312。

13　「狩」相當於「兮」。李學勤：〈兩面罕見的西漢銅鏡〉，《故宮博物院院刊》2008年第1期。

14　李零：《蘭臺萬卷──讀《漢書》〈藝文志〉》（北京市：生活・讀書・新知三聯書店，2011年），頁145。

15　楊伯峻：《春秋左傳注》（北京市：中華書局，1990年），頁1338。

16　《戰國策》〈燕策三〉（上海市：上海古籍出版社，1985年），頁1137。

風歌〉、〈瓠子歌〉、〈秋風辭〉等均類似。東漢亦不乏此例，典型如張衡〈四愁詩〉，每章開端去「兮」字也為三三七言。

這裡就有個問題需要解決：我們是否可以去「兮」字來觀察詩謠的句式特點？以往研究者多把它看做不言自明的前提，比如在討論楚辭和七言詩關係時就常這樣做，但筆者認為當加以說明。

在先秦時期，「兮」是一個專用於詩歌的特殊虛詞，《詩經》、楚辭使用最多，影響最廣泛。從該字作用看，是可以去掉以觀察詩謠句式特點的。《詩》是經過整理的樂歌，「兮」多在句中或句末，一般看有兩個作用，一是結構上補足四言即齊句作用，二是用作音樂上的修飾，即所謂「歌之餘聲」，也就附帶有表情的功能。這種形式當是樂師加工整理的結果，而入樂前徒歌中「兮」字就不是必須的，因為許多詩篇恰恰是在「兮」前一字押韻，故有關《詩經》韻律分析的著作如丁如筠《毛詩正韻》都不考慮「兮」字。到了楚辭，「兮」字作用發生了變化。從語法結構上看，楚辭不追求語句的齊整劃一，每句語義完整，「兮」沒有齊句、斷句的作用；其使用密度非常大，已失去表情作用，故林庚認為從這個角度看「無妨去掉」，它更多是一個「節奏上的字」[17]。因此，「兮」雖無實義，卻在詩歌拍節節奏上發揮作用，這也是《詩經》用來補足四言的原因，關於這一點，我們將在下面討論成相體拍節節奏與七言詩關係時詳述，此不贅。

鑒於「兮」字上述作用，古今都有記錄、改編同一詩歌而僅對「兮」字取捨的情況。如〈天馬歌〉載於《史記》〈樂書〉，句句有「兮」，《漢書》〈禮樂志〉雖多「志淑黨」等四句三言，但「兮」字概從刪汰：

---

17 林庚：〈楚辭中兮字的作用〉，《林庚楚辭研究兩種》（北京市：清華大學出版社，2006年），頁111。郭沫若、聞一多、郭紹虞、姜亮夫等都對楚辭中的「兮」字有專題研究，支菊生對此做了整理辨析，見〈也談《詩經》與楚辭中的「兮」字〉，《河北大學學報》1987年第3期。

太一貢兮天馬下，霑赤汗兮沫流赭。騁容與兮跇萬里，今安匹
兮龍為友。

太一況，天馬下。霑赤汗，沫流赭。……體容與，跇萬里。今
安匹，龍為友。[18]

故王先謙認為班固記載〈天地〉、〈天門〉、〈景星〉等多首樂歌時都省
去「兮」字[19]，陸侃如、馮沅君也據此推測漢代郊祀歌如〈練時日〉、
〈華燁燁〉、〈五神〉、〈朝隴首〉、〈象載瑜〉、〈赤蛟龍〉等三言詩也當
有「兮」。[20]又《宋書》〈樂志〉載〈今有人〉改編自〈九歌〉〈山
鬼〉，也無「兮」字，蕭滌非認為上述這些詩歌是「變化楚辭而創為
三言體和七言句。」[21]

　　綜上所述，我們可以去「兮」字來判定某一謠歌是否可納入成相
體範圍。同樣，早期歌謠有時還用乎、也、焉、載、思、只、些、與
等語助詞，其文字功能同於「兮」字的，亦可做上述理解。如《荀
子》〈大略〉篇載商湯禱雨辭也可歸為成相體：

政不節與，使民疾與，何以不雨至斯極也。宮室榮與，婦謁盛
與，何以不雨至斯極也。苞苴行與，讒夫興與，何以不雨至斯
極也。[22]

18　分別見〔漢〕司馬遷：《史記》（北京市：中華書局，1982年），卷24，頁1178；
　　〔漢〕班固：《漢書》（北京市：中華書局，1962年），卷22，頁1060。

19　〔清〕王先謙：《漢書補注》（上海市：上海古籍出版社，2012年），卷2，頁1492注
　　11、頁1499注20、頁1502注17。

20　陸侃如、馮沅君：《中國詩史》（天津市：百花文藝出版社，1999年），頁154。

21　蕭滌非：《漢魏六朝樂府文學史》（北京市：人民文學出版社，1984年），頁36。

22　《荀子集解》〈大略篇〉，《諸子集成》（上海市：上海書店，1986年），卷19，頁331-
　　332。

對照上述標準，先秦兩漢時期許多雜歌謠諺都可納入成相體佇列中加
以關注，檢索逯欽立《先秦漢魏晉南北朝詩》，特徵較明顯的有：

先秦：〈卿雲歌〉、〈夏人歌〉、〈采薇歌〉、〈南蒯歌〉、〈成人歌〉、
〈宋城者謳〉、〈凍水歌〉、〈穗歌〉、〈歲莫歌〉、〈萊人歌〉、〈彈鋏
歌〉、〈鄩民歌〉、〈申叔儀乞糧歌〉、〈徐人歌〉、〈越人歌〉、〈荊軻
歌〉、〈諷賦歌〉、〈琴歌〉、〈漁父歌〉、〈采葛婦歌〉、〈河梁歌〉、〈甘泉
歌〉、〈黃澤謠〉、〈趙民謠〉、〈楚童謠〉、〈齊人頌〉、〈秦世謠〉、〈禱雨
辭〉、〈成相雜辭〉、〈書後賦詩〉、〈金縷子引殷紂時語〉等。

兩漢：劉邦〈大風歌〉、項羽〈垓下歌〉、戚夫人〈舂歌〉、漢武
帝〈瓠子歌〉、〈秋風辭〉、〈天馬歌〉、〈西極天馬歌〉、漢昭帝劉弗陵
〈黃鵠歌〉、燕王劉旦〈歌〉附〈華容夫人歌〉、李陵〈歌〉、〈民為淮
南厲王歌〉、廣陵王劉胥〈瑟歌〉、烏孫公主細君〈歌〉、雜歌謠辭
〈民為淮南厲王歌〉、〈上郡吏民為馮氏兄弟歌〉、〈長安謠〉、〈汝南鴻
隙陂童謠〉、〈王莽末天水童謠〉、鼓吹曲辭〈戰城南〉、〈巫山高〉、
〈君馬黃〉、〈聖人出〉、〈遠如期〉、傅毅〈歌〉、張衡〈四愁詩〉、後
漢靈帝劉宏〈招商歌〉、後漢少帝劉辯〈悲歌〉附〈唐姬起舞歌〉、
〈桓帝初天下童謠〉、〈桓帝初城上烏童謠〉、〈桓帝末京都童謠〉、〈靈
帝末京都童謠〉、〈獻帝初童謠〉、〈時人為周澤語〉、〈崔寔引語〉、樂
府古辭〈薤露〉、〈平陵東〉、〈今有人〉、〈王子喬〉、〈西門行〉、〈東門
行〉、〈淮南王〉、〈古歌·上金殿〉、〈古歌·秋風蕭蕭愁殺人〉、〈古樂
府詩·請說劍〉、〈有所思·思昔人〉、〈將歸操〉、〈履霜操〉、〈雉朝飛
操〉、〈芑梁妻歌〉、〈飯牛歌〉、〈水仙操〉等。

三　成相體與先秦時期三言句式的流行

中國文學研究傳統歷來傾向作品主題意義的探測，而不太注重作
品形式的分析。而在形式要素受到關注的詩歌研究中，又多關注齊言

詩，其他各種謠歌雖數量眾多，卻多以「雜言」稱之，至多把它們看作齊言詩形成中的過渡，較少對「雜言」作進一步的分類定體。〈成相〉篇的命名記錄以及大量類似歌謠的存在，證明在先秦時期確有某種「雜言」已形成約定俗成的體式，販夫走卒、野婦村氓、築城擣衣舂米者乃至文化程度較高的士人均可信口唱誦。作為帶有原生態意義的有定名的雜體謠歌，成相體可以幫助我們理解各類雜言詩的生成特點，並通過與齊言詩作比較，觀察彼此之間的異同和聯繫，以便更清晰的描述韻文史的發展。

首先，成相體是以三、四言為主（七言為四三言組合）的謠歌，這使我們意識到，在以《詩經》為代表的四言詩時代，三言是相當流行的一種韻文句式。

就中國詩史而言，從上古到兩漢，是群體詩學為主流的發展時期，《詩經》和漢樂府是其成熟形態而非原始形態，因此，《詩經》絕非中國古代詩歌史的實際開端，就好像荷馬史詩產生之前有頌歌詩人與祭司歌手一樣。[23]《詩經》在整理配樂前的徒歌究竟形式如何似無從考定，但研究者也意識到，《詩經》多重章，每章內容差別不大，這多出於奏樂的需要，即通過往復重沓增加長度，故整體看是樂章的樣子，但任何一章都可獨立成為一首歌謠，從中可見入樂前徒歌的面目。[24]通觀《詩經》各篇句式，除四言外，三言句式是使用頻率最高的雜言句式。包括兩種情況：

一是去句尾「兮」字全篇基本為三言詩，如〈猗嗟〉、〈月出〉篇，數量較少。

二是含有三言句式的詩篇，包括本身即三言以及去兮、矣、思、

---

23 錢志熙：〈從群體詩學到個體詩學──前期詩史發展的一種基本規律〉，《文學遺產》2005年第2期。

24 顧頡剛：〈論《詩經》所錄全為樂歌〉，《顧頡剛民俗學論文集》（上海市：上海文藝出版社，1998年）。

止等語助詞為三言句的詩篇。筆者初步統計，這類詩篇共一〇二篇，占《詩經》總篇數的三分之一。其中〈國風〉、〈小雅〉九十篇（去兮字為三言的共四十三篇），占其總數百分之三十八；〈大雅〉、〈頌〉十二篇（去兮字為三言的共二篇），占其總數的百分之十七。其中還有三言聯貫的結構，如：

> 在我室兮，在我室兮，履我即兮。
> 在我闥兮。在我闥兮，履我發兮。（〈東方之日〉）
> 振振鷺，鷺於下。鼓咽咽，醉言舞。於胥樂兮！（〈有駜〉）
> 陟彼砠矣，我馬瘏矣，我僕痡矣，云何吁矣。（〈卷耳〉）
> 爾之遠矣，民胥然矣。爾之教矣，民胥效矣。（〈角弓〉）
> 苕之華，芸其黃矣。心之憂矣，維其傷矣！（〈苕之華〉）
> 如竹苞矣，如松茂矣。兄及弟矣，式相好矣，無相猶矣。（〈斯干〉）
> 日月陽止，女心傷止，征夫遑止。
> ……卉木萋止，女心悲止，征夫歸止！（〈杕杜〉）

除《詩經》外，《老子》也多三言體，且多在章首如「道可道，非常『道』；名可名，非常『名』」（一章）；「大道廢，有仁義；智慧出，有大偽；六親不和，有孝慈；國家昏亂，有忠臣。」（十八章）「執大象，天下往，往而不害，安平太。」（三十五章）等[25]，後兩則可斷為三三七句式，也是成相體。又先秦童謠如：「梧宮秋，吳王愁」（〈吳夫差時童謠〉）；「豐其屋，下獨苦。長狄生，世主虜。」（〈春秋時長春謠〉）等[26]。而《楚辭》〈九歌〉和〈離騷〉基本句式可概括為

---

25 陳鼓應：《老子注譯及評介》（北京市：中華書局，1984年），頁53、134、202。
26 本章先秦兩漢詩歌謠諺引文除注釋外均見逯欽立：《先秦漢魏晉南北朝詩》（北京市：中華書局，1993年）。

「三X二」（X為虛詞）如「合百草兮實庭，建芳馨兮廡門。」（〈湘夫人〉）、「伏清白以死直兮，固前聖之所厚。」（〈離騷〉）和「三X三」如「操吳戈兮被犀甲，車錯轂兮短兵接」（〈九歌〉）、「歷吉日乎吾將行」（〈離騷〉）兩種。[27]研究者統計，前者在〈九歌〉二五六句中有一三〇句，在〈離騷〉三七二句中有二七八句；後者在〈九歌〉中有七十三句，在〈離騷〉裡有五十五句[28]，因此，這兩種體式在〈九歌〉中占近百分之八十，在〈離騷〉中占近百分之九十。因此，我們有理由相信，三言是先秦時期除四言外運用最為廣泛的韻語句式，這就為三、四言組合成新的穩定句式（如七言）打下鋪墊。比如《詩經》中就有很多三、四言的組合形式，且大都在三言句尾押韻，可見以下幾類：

第一，四加三言組合（也可看做七言句式）如：

野有蔓草／零露漙兮。有美一人／清揚婉兮。邂逅相遇／適我願兮。（〈子衿〉）

無將大車／祇自塵兮。無思百憂／祇自疧兮。

無將大車／維塵雍兮。無思百憂／祇自重兮。（〈無將〉）

裳裳者華／其葉湑兮。我覯之子／我心寫兮。（〈裳裳者華〉）

鳲鳩在桑／其子七兮。淑人君子／其儀一兮。其儀一兮，心如結兮。（〈鳲鳩〉）

有扁斯石／履之卑兮。之子之遠／俾我疧兮。（〈有駜〉）

三歲為婦／靡室勞矣。夙興夜寐／靡有朝矣。言既遂矣，至于暴矣。兄弟不知／咥其笑矣。靜言思之／躬自悼矣。（〈氓〉）

中谷有蓷／暵其乾矣。有女仳離／慨其嘆矣。……

---

27 本章《楚辭》例句均見〔宋〕朱熹：《楚辭集注》（上海市：上海古籍出版社，2001年）。

28 廖序東：《楚辭語法研究》（北京市：語文出版社，1995年），頁39、68。

　　中谷有蓷／暵其脩矣。有女仳離／條其歗矣。……

　　中谷有蓷／暵其濕矣。有女仳離／啜其泣矣。(〈中谷有蓷〉)

　　騂騂角弓／翩其反矣。兄弟婚姻／無胥遠矣。(〈角弓〉)

　　漸漸之石／維其高矣。山川悠遠／維其勞矣。武人東征／不遑
　　朝矣。

　　漸漸之石／維其卒矣。山川悠遠／曷其沒矣？武人東征／不遑
　　出矣。

　　有豕白蹢／烝涉波矣。月離于畢／俾滂沱矣。武人東征／不遑
　　他矣。(〈漸漸之石〉)

　　我出我車／于彼牧矣。自天子所／謂我來矣。召彼僕夫／謂之
　　載矣。王事多難／維其棘矣。

　　我出我車／于彼郊矣。設此旐矣／建彼旄矣。(〈出車〉)

　　南有喬木／不可休思。漢有游女／不可求思。(〈漢廣〉)

　　采薇采薇／薇亦作止。曰歸曰歸／歲亦莫止。……

　　采薇采薇／薇亦柔止。曰歸曰歸／心亦憂止。……

　　采薇采薇／薇亦剛止。曰歸曰歸／歲亦陽止。(〈采薇〉)

第二，三加三加四加三 (或三加三加七) 組合如：

　　羔裘晏兮，三英粲兮。彼其之子／邦之彥兮。(〈羔裘〉)

　　匪風發兮，匪車偈兮。顧瞻周道／中心怛兮。

　　匪風飄兮，匪車嘌兮。顧瞻周道／中心吊兮。(〈匪風〉)

　　蓼彼蕭斯，零露湑兮。既見君子／我心寫兮。(〈蓼蕭〉)

　　白華菅兮，白茅束兮。之子之遠／俾我獨兮。(〈白華〉)

　　言既遂矣，至於暴矣。兄弟不知／咥其笑矣。靜言思之／躬自
　　悼矣。(〈氓〉)

　　爰采唐矣，沬之鄉矣，云誰之思／美孟姜矣……

爰采麥矣，沬之北矣，云誰之思／美孟弋矣……
爰采葑矣，沬之東矣，云誰之思／美孟庸矣。(〈桑中〉)

　　第三，三加三加四加四組合，除了前面所引〈邶風〉〈簡兮〉、〈唐風〉〈山有樞〉、〈唐風〉〈葛生〉外，還有：

山有樞，隰有榆。子有衣裳，弗曳弗婁。
山有栲，隰有杻。子有廷內，弗灑弗掃。(〈山有樞〉)
溱與洧，方渙渙兮。士與女，方秉蕑兮。女曰觀乎？士曰既
且。……
溱與洧，瀏其清矣。士與女，殷其盈矣。女曰觀乎？士曰既
且。(〈溱洧〉)
阪有漆，隰有栗。既見君子，並坐鼓瑟。今者不樂，逝者其耋。
阪有桑，隰有楊。既見君子，並坐鼓簧。今者不樂，逝者其
亡。(〈車鄰〉)
雞既鳴矣，朝既盈矣。匪雞則鳴，蒼蠅之聲。(〈雞鳴〉)
高山仰止，景行行止。四牡騑騑，六轡如琴。覯爾新婚，以慰
我心。(〈車舝〉)

　　第三，單句三言發端，分別和二、四、五、七言結合，三加四組合為最常見，如：

葛之覃兮，施于中穀，維葉萋萋。黃鳥于飛，集于灌木，其鳴
喈喈。(〈葛覃〉)
園有桃，其實之肴。心之憂矣，我歌且謠。……
園有棘，其實之食。心之憂矣，聊以行國。(〈園有桃〉)
苕之華，其葉青青。知我如此，不如無生！(〈苕之華〉)

子之湯兮，宛丘之上兮。洵有情兮，而無望兮。(〈宛丘〉)

昔我往矣，楊柳依依。今我來思，雨雪霏霏。(〈采薇〉)

彤弓弨兮，受言藏之。我有嘉賓，中心貺之。鐘鼓既設，一朝
饗之。(〈彤弓〉)

三加二結構如〈螽斯〉：

螽斯羽，詵詵兮。宜爾子孫，振振兮。

螽斯羽，薨薨兮。宜爾子孫。繩繩兮。

三加五結構如〈還〉：

子之還兮，遭我乎峱之間兮。並驅從兩肩兮，揖我謂我儇兮。

子之茂兮，遭我乎峱之道兮。並驅從兩牡兮，揖我謂我好兮。

子之昌兮，遭我乎峱之陽兮。並驅從兩狼兮，揖我謂我臧兮。

三加七如〈采葛〉：

彼采葛兮，一日不見／如三月兮。

彼采葛兮，一日不見／如三秋兮。

彼采葛兮，一日不見／如三歲兮。

綜上，先秦時期是四言和三言句式都比較活躍的時期，四言句式
由於入樂整理成《詩》而成為「雅言」，三言句式則除了在《詩經》
裡以一種較為隱蔽的方式保留外，在民間還非常盛行，並逐漸形成一
些較穩定的句式組合。而屈原辭賦是將三加二和三加三組合句式發揚
光大的代表，荀子〈成相〉則是三、四言組合而成的新的韻文體式的

代表。屈原與荀子大致生活在同一時期，他們的創作各自代表戰國後期漸成氣候的一種新的韻文體式。

三言句式在戰國後期已經成為一種流行的詩體句式，這種流行趨勢在漢代進一步發酵至蔚為大觀，使用領域更為廣泛，一類是樂府，主要在郊廟歌辭中，一類在民間，包括謠諺、俗語讖言、各類銘文等。而文人也有少量作品，如廣川王劉去、崔駰都作有三言詩。[29]而從形式上看，三言詩的使用亦可分為三類情況，一是模仿楚辭「三兮三」式，這種形式的謠歌也就常被人看作是楚歌，如〈垓下歌〉、〈天馬歌〉等；二是直接使用三言的句式如謠類「元帝時童謠」、「更始時南陽童謠」、「會稽童謠」、「河內謠」、「順帝末京都童謠」、「獻帝初京都童謠」、「興平中吳中童謠」等；諺語類如「氾勝之引諺」、「漢人為黃公語」、「長安為韓嫣語」、「諸儒為匡衡語」、「京師為諸葛豐語」、「時人為甄豐語」、「時人為王莽語」、「京師為揚雄語」、「更始時長安中語」、「三輔舊語」、「時人為張氏諺」、「光武引諺」等；歌類純粹三言的比較少但也有「穎川兒歌」、「通博南歌」、「王世容歌」等。而其中最突出的就是漢樂府裡多較完整的長篇三言詩，如郊祀歌就有〈練時日〉、〈天馬〉、〈西極天馬〉、〈天門〉、〈華燁燁〉、〈朝隴首〉、〈五神〉、〈象載瑜〉、〈赤蛟〉、〈靈芝歌〉等十首，占整個郊祀歌數量的一半。其中〈練時日〉四十八句、〈華燁燁〉三十八句，都是長篇三言詩，雜歌謠辭裡三言句更是多見。但兩漢樂府歌謠諺語等韻文體式中，純粹三言的還是占少數，更常見的即第三種情況是三言與七言或少數五言、六言組合，如歌類「民為淮南厲王歌」、「鮑司隸歌」、「蜀郡民為廉范歌」等；謠諺類如「時人為貢舉語」、「長安謠」、「成帝時童謠」、「汝南鴻隙陂童謠」、「靈帝末京都童謠」等；樂府裡雜歌謠辭裡亦多有，故三言詩在漢代呈崛起之勢，這一現象已經引起研究者的

---

29 逯欽立：《先秦漢魏晉南北朝詩》（北京市：中華書局，1983年），以下例同。

關注。有研究者認為，漢代民間歌謠諺語大量出現的三言主要出自民間自發的謳歌，其來源與郊廟歌辭源於楚辭自有不同，[30]筆者認為，這種判斷是不甚妥當的。因為文人創作與宮廷樂府所使用的語言與一個時期流行的語言句式一定是緊密相連的，武帝立樂府而採歌謠，「代趙之謳，秦楚之風」[31]皆在吸納之列，故戰國後期直至秦漢時期流行的的三言歌謠句式，民間、官方乃至知識者都加以吸納運用。這種流行句式和早先發展成熟的四言句式結合而形成的成相體韻文在各個領域廣泛運用，最終促成一種新的七言詩歌句式的出現也就順理成章了。

四　從拍節節奏看成相體、楚辭與七言詩的關係

成相體是包含成熟七言句式的韻文，可以幫助我們進一步探查七言詩的形成。關於七言體的起源和成熟問題，歷來爭訟不決，但以兩種說法最有代表性：一是認為七言源於楚辭，一是認為源於民間歌謠[32]。這兩種意見看似不同實則並不矛盾，因為古代詩歌創作有個很普遍的現象，即文人創制往往以民間流行的文體為基礎。[33]解決了上述爭論，研究開始向縱深推進，如葛曉音認為當轉換思路，從尋找標準句式和標準成熟的七言詩篇轉向考察其產生的路徑和原理方面，即關注七言的節奏提煉和體式形成過程。[34]

---

30 葛曉音：〈論漢魏三言體的發展及其與七言的關係〉，《上海大學學報》2006年第5期。此外討論三言詩的有周遠斌：〈論三言詩〉，《文學評論》2007年第4期。

31 〔漢〕班固：《漢書》（北京市：中華書局，1962年），卷30，頁1756。

32 李立信對古今近七十家說法做過較為全面的統計和歸納，《七言詩之起源與發展》（臺北市：新文豐出版公司，2001年），頁5-26。

33 褚斌傑：《中國古代文體概論》（修訂本）（北京市：北京大學出版社，1990年），頁138。

34 葛曉音：〈早期七言的體式特徵和生成原理——兼論漢魏七言詩發展滯後的原因〉，《中國社會科學》2007年第3期。

　　研究者普遍認為七言句式基本節奏是四三式，故葛文提出考察七言句如何形成四三節奏，是研究七言體生成原理的必要前提，由此她上溯楚辭，對其五種七言句進行了節奏分析，認為除其中一種為三四節奏外，其他四式基本都是四三節奏，這一研究思路無疑是很有價值的。但她在對七言節奏進行分析時，又存在一些值得商榷的地方。如她首先從楚辭基本句式「三X二」和「三X三」入手，認為「三X二」式開頭的單音詞若變成雙音詞或再加一個虛字就可產生七言句，這種基於假設的添加，顯然失之簡單。而對「三X三」句式卻只討論「X」為「之」、「乎」、「而」等虛字的，如〈離騷〉中「恐年歲之不吾與」、「願俟時乎吾將刈」；〈哀郢〉中「哀見君而不再得」等，認為其句腰是虛字，添加實詞就會產生七言句。儘管她承認這類句子在屈賦中不多，「更多的是三兮三節奏」[35]，但卻不把後者考慮在內，原因是認為此「三兮三」式與純七言有明顯差異。這樣就產生了問題：如果「之」、「而」、「乎」可作這樣的變通，那麼「兮」字為什麼不可以呢？更何況，漢唐人所謂七言是包含純七言及帶有「兮」字的七言句在內的，對此李立信就曾做過細緻的考察。李立信發現《文選》李善注中引的東方朔〈七言〉有「折羽翼兮摩蒼天」句，《北堂書鈔》卷一五二引繁欽〈七言詩〉有「陰雲起兮白雪飄」句。傅玄〈吳楚歌〉題下注明「七言」，而六句全為騷體句。因此他提出所謂「七言」包含以下幾種：「一、騷體七言：全篇皆帶有兮字之七言，如項羽〈垓下歌〉、班固〈寶鼎詩〉、東方朔〈七言〉等。二、純七言：全篇皆實字之七言，如劉向〈七言〉、崔駰〈七言詩〉、李尤〈九曲歌〉等。三、通篇皆七言，但偶雜有兮字者，如張衡〈四愁詩〉、〈琴操〉中〈將歸操〉、〈招商歌〉等是。四、雜入非七言句者。又可分為：一、

---

35 葛曉音：〈早期七言的體式特徵和生成原理——兼論漢魏七言詩發展滯後的原因〉，《中國社會科學》2007年第3期，頁179。

通篇大多為騷體七言，偶爾雜入少數非七言。如李翊夫人〈碑歎〉等
是。二、通篇大多為純七言，偶雜入部分非七言，而尤以三言為常。
如〈上郡吏民為馮氏兄弟歌〉、〈平陵東〉及〈今有人〉等是。」[36]上
述判斷，葛曉音認為言之有據，是合理的解釋，卻又毫不猶豫地將
「三兮三」這一在楚辭中數量眾多的句式剔出研究視野。為什麼明明
漢唐人所謂「七言」概念裡包含「三兮三」式結構，而研究者卻很難
認可這一事實？問題的關鍵在於對節奏的理解。

　　中國古代漢語以單音節詞為主，這就決定了其節奏特點。但對於
何為節奏，如何判斷節奏歷來較為模糊。松浦友久《中國詩歌原理》
專門談及「詩與節奏」的問題。他認為，詩歌節奏有「音節節奏」和
「拍節節奏」兩個概念：

　　　　在中國古典詩韻律結構的基礎部分，存在著一音節（一字）為
　　　　一單位的節奏。它成為不同詩型的節奏的素材或基礎，這種作
　　　　為基礎的節奏，就其性質，可以叫作「音節節奏」（音節數的
　　　　節奏）。與此相對，作為實際詩歌的音流更明確地律動著的，
　　　　是結合幾個音節、以「拍」為單位的節奏。在中國古典詩的場
　　　　合，（原則上[37]）兩個音節相結合為一拍的看法最為接近實
　　　　際。這種節奏，就其性質應叫作「拍節節奏」（拍節數的節
　　　　奏）。[38]

這種對古典詩歌「節奏」的細緻分類特別是對「拍節節奏」的強調無
疑是很有啟發性的，明瞭於此，將有助於解決上述疑問。因為研究者

---

36 李立信：《七言詩之起源與發展》（臺北市：新文豐出版公司，2001年），頁47-49。

37 原書注釋：在「君不見胡笳聲最悲」等有襯字的情況下，三音節構成一拍。

38 〔日〕松浦友久著，孫昌武、鄭天剛譯：《中國詩歌原理》（瀋陽市：遼寧教育出版
　　社，1990年），頁103。

討論的「三四節奏」、「四三節奏」其實都只是「音節節奏」而非「拍節節奏」。「音節節奏」要求與字數一一對應，標準的七言句式更要求語法上的協調；而「拍節節奏」則可以有空拍，即可以無字但有拍。我們看成相體最典型的「三三七」言，其拍節節奏以簡譜形式表示如下：

×× ×○，×× ×○，×× ××／×× ×○！×× ××，
請成 相　，世之 殃　，愚闇 愚闇／墮賢 良 ！人主 無賢，
×× ××／×× ×○。
如瞽 無相／何倀 倀 。

這裡的三言句從拍節節奏看都是兩拍，尾字一字為一個音節佔用半拍，另外半拍屬於空拍，因此，前兩句三言「請成相，世之殃」從字面上看是六個字，但從拍節節奏上看與後面的七言句式一樣，也是佔用兩拍。換句話說，詩歌中三言、四言、七言分別為兩拍、兩拍和四拍（兩個兩拍），因此，整篇謠歌雖由雜言組成，仍然拍節齊整、節奏鏗鏘。楚辭體「三兮三」句式同理，如：

×× ×○ ×× ×○，×× ×○ ×× ×○。
操吳 戈兮 被犀 甲　，車錯 轂兮 短兵 接 。（〈國殤〉）

因此，兮字雖為虛詞，但佔用拍節節奏，如同《詩經》裡虛詞構成四言同時也佔用拍節一樣。林庚就曾明確談到楚辭中「兮」字的性質「似乎只是一個音符，它因此最有力量能構成詩的節奏」。[39]從這個

---

39 林庚：〈楚辭中兮字的作用〉，《林庚楚辭研究兩種》（北京市：清華大學出版社，2006年），頁111。

角度看，漢魏至唐人所謂「七言」將「兮」字包含在內，是從誦讀時
的拍節一致上著眼的，換句話說，「三兮三」（或稱「三Ｘ三」）句式
與去掉句中虛詞而成的「三三」句式誦讀時在拍節節奏上沒有任何區
別，也正因此，《漢書》才將《史記》所載〈天馬歌〉、〈瓠子歌〉中
「兮」字刪去，《宋書》載樂府古辭〈今有人〉完全脫自〈山鬼〉，去
掉兮字，並有規律的填補實詞，將全詩「三兮三」結構變為漢代流行
的「三三七」結構，更是順應此節奏的創制：

> 今有人兮山之阿，被服荔兮帶女蘿。既含睇兮又宜笑，子慕予
> 兮善窈窕。乘赤豹兮從文狸，辛夷車兮結桂旗。被石蘭兮帶杜
> 衡，折芳馨兮遺所思。餘處幽篁兮終不見，天路險難兮獨後
> 來。表獨立兮山之上，雲何容兮而在下。杳冥冥兮羌晝晦，東
> 風飄飄兮神靈雨。……風颯颯兮水蕭蕭，思公子兮徒以憂。
> （〈九歌〉〈山鬼〉）
> 今有人，山之阿，被服薜荔帶女蘿。既含睇，又宜笑，子戀慕
> 予善窈窕。乘赤豹，從文狸，辛夷車駕結桂旗。被石蘭，帶杜
> 衡，折芳拔荃遺所思。處幽室，終不見，天路險艱獨後來。表
> 獨立，山之上，雲何容容而在下。杳冥冥，羌晝晦，東風飄遙
> 神靈雨。風瑟瑟，木搜搜，思念公子徒以憂。（《宋書》〈樂
> 志〉載樂府古辭）[40]

同理，張衡〈四愁詩〉全篇多為七言，常被看做最早的文人七言
詩，但每章首句仍為「三兮三」式，或許在張衡看來，這無傷全章
節奏：

> 我所思兮在太山。欲往從之梁父艱。側身東望涕沾翰。美人贈
> 送我金錯刀。何以報之英瓊瑤。路遠莫致倚逍遙。何為懷憂心
> 煩勞。（第一章）

　　除「三兮三」句式外，楚辭中使用比例較大且較為集中的「四三X」式也是同樣的拍節，有下列幾種：〈橘頌〉「四三兮」式，如「后皇嘉樹／橘徠服兮，受命不遷／生南國兮」，占全篇總句數百分之六十七；〈招魂〉「四三些」式，即巫陽所唱之招魂辭，七十二句中有六十四句，占百分之八十九；〈大招〉「四三只」式，一〇七句中有一〇一句，如「青春受謝／白日昭只，春氣奮發／萬物遽只」（「魂兮歸來／樂不可言只」一句中「不」為襯字，也入此類），占百分之九十四；〈九章〉之〈涉江〉、〈抽思〉、〈懷沙〉篇尾「亂曰」亦大多為「四三兮」體，分別占各自亂辭總句數的百分之八十三、百分之六十、百分之五十。

　　此外《荀子》〈賦〉佹詩中的「小歌」也接連七句用「四三X」式：

> 念彼遠方／何其塞矣。仁人絀約，暴人衍矣。忠臣危殆，讒人
> 服矣。璇玉瑤珠，不知佩也。雜布與錦，不知異也。閭娵子
> 奢，莫之媒也。嫫母力父，是之喜也。以盲為明，以聾為聰，
> 以危為安，以吉為凶。嗚呼上天，曷維其同。

此小歌即〈九章〉〈抽思〉裡的「少歌」，王逸《楚辭章句》注曰：「小吟謳謠以樂志也，『少』亦作『小』。」洪興祖補注謂：「少歌」即《荀子》之「小歌」。小歌在篇章裡的作用類似於楚辭中的「亂」「倡」，均為總結、引申之意。

　　研究者還注意到王逸在為《楚辭》作注時，也常用「四三兮」句式。如他為〈九辯〉作注：「盛陰修夜，何難曉也。」「思念糾戾，腸

摧繞也。」「思想君命，幸復位也。」「久處無成，卒放棄也。」後人
輯錄這些文字去「兮」組成一首七言詩，名為〈琴思楚歌〉：

> 盛陰修夜何難曉，思念糾戾腸摧繞，時節晚莫年齒老。冬夏更
> 運去若頹，寒來暑往難逐追，形容減少顏色虧。時忽晻晻若驚
> 馳，意中私喜施用為。內無所恃失本義，志願不得心肝沸，憂
> 懷感結重欲噫。歲月已盡去奄忽，亡官失祿去家室。思想君命
> 幸復位，久處無成卒放棄。[41]

　　此外，東漢張衡〈思玄賦〉、馬融〈長笛賦〉篇尾結音「系」、
「辭」也都是七言，但已沒有兮字等語氣詞，顯然受楚辭影響，故逯
欽立據此認為七言源自楚辭之「亂」。[42]

　　綜上可見，「三兮三」與「四三X」句式拍節節奏一致，均為四
拍，它們在楚辭體式裡都是使用比例較高且集中出現的句式，其拍節
節奏和七言詩是完全一致的。

　　因此從節奏角度看，楚辭、成相與七言之關係更準確的說法應當
是：它們把《詩經》時代就已初露端倪的四個節拍構成一句的拍節節
奏穩定下來，為七言詩的形成奠定了拍節習慣。此後漢代很多類似體
式的謠歌都可以看作這種拍節節奏和句式組合的延續，這是七言詩形
成的關鍵。

---

41 〔清〕張溥輯：《漢魏六朝百三家集》（臺北市：臺灣商務印書館，1986年，《景印
　　文淵閣四庫全書》第1412冊），卷20，頁506。
42 逯欽立以《楚辭》〈招魂〉〈亂〉與〈九章〉〈抽思〉〈亂〉與張衡〈思玄賦〉、馬融
　　〈長笛賦〉篇末「系」、「辭」為例進行比較，認為：「〈思玄〉之〈系〉，〈笛賦〉之
　　〈辭〉，均在篇末為結音，其即《楚辭》之〈亂〉，自不待言。又張、馬兩賦，其本
　　辭，仍以含兮之舊體出之，獨於此〈亂〉，去其兮字而變為七言，是此〈亂〉必有
　　可去兮字之先例或習慣，使之如此。」逯欽立：〈漢詩別錄〉，《漢魏六朝文學論集》
　　（西安市：陝西人民出版社，1984年），頁78。

　　而從句式語法結構上看，標準的七言句式還具備一個條件，即前四後三的誦讀節奏和意義片語的頓逗基本吻合。按照這個標準，上述「四三X」式也是符合條件的，即四言和三言都是語義獨立的片語。在楚辭中還有另外一種滿足這種條件的組合句式即「四兮三」式，數量雖比「四三X」式少得多，但也有比較集中的表現，如〈招魂〉篇尾「亂曰」十五句中有十二句用此句式，占百分之八十，如「路貫廬江兮左長薄，倚沼畦瀛兮遙望博。」此外〈九辯〉也有三句相連的情況：「悲憂貧戚兮獨處廓，有美一人兮心不繹。去鄉離家兮徠遠客，超逍遙兮今焉薄？」這種句式在誦讀時拍節節奏為：

××　××○　××　×○，××　××○　××　×○，
悲憂　貧戚兮　獨處　廓　　，有美　一人兮　心不　繹　　。

「兮」字與前面實字雙音節詞共同佔用一拍。整句拍節節奏與「四三X」式相同。

　　更為重要的是，上述「四三X」以及「四兮三」句式中四言和三言之間前後順接，語義連貫，顯示出相當緊密的關係，其連接成七言也就順理成章了。

　　研究者還發現，有些明明是完整的七言句，也會出現第四字與第七字押韻的情況。這也從一個側面反映出四、三言與七言的關係。逯欽立《漢詩別錄》收錄兩漢七言歌謠諺語四十五首，發現西漢三首皆句中用韻，即四言與三言諧韻。這三則謠諺為：《漢書》〈路溫舒傳〉載路溫舒上宣帝書引俗諺：「畫地為獄／議不入，刻木為吏／期不對。」獄、入協韻；吏、對協韻。兩句句尾並不諧韻。〈樓護傳〉載閭里歌云：「五侯治喪樓君卿。」喪、卿協韻；〈張禹傳〉載諸儒語云：「不欲為《論》／念張文」（今本《漢書》無不字，此據《御覽》引補）論與文協韻，均為句中協韻。而其他東漢謠諺，也大都屬於這

種情況，僅桓靈間九則謠諺例外，句尾諧韻，同於七言正格。[43]

　　前文談到，戰國後期至西漢初期，三言句式繼四言句式後成為流行句式，從楚辭和〈成相〉篇看，戰國後期，兩種獨立而成熟的句式在以各種方式進行組合，而前四後三的組合方式是最常見的，這就促成了七言詩的誕生。[44]作為詩歌句式裡新出的句式，七言句式頻繁現於歌謠、鏡銘、字書、碑刻及其他各類文獻中，使用範圍是很廣泛的。

　　因此，「成相體」與《漢志》所謂「成相雜辭」應當就是一種以三、四、七言為主要句式的雜言體謠歌，這種形式正反映出三、四言與七言句式形成的密切關係。在中國詩歌史上，一種詩體成為主流有一個前提，即該體句式有較為廣泛的流行，之後再經由官方整理或文人創作，實現由俗體到正體的轉換，四言經「詩三百」而成為正體、三言經漢代樂府整理也一度成為正體，都屬於這種情況。前者自不必說，從漢代郊祀歌一半都是三言詩看，三言在當時是被看做正體的。而七言詩句在漢樂府中數量比較少，大多在民間以雜言詩的形式流傳，故一直被看做是俗體，如晉傅玄〈擬張衡四愁詩序〉：「張子平作〈四愁詩〉，體小而俗，七言類也。」早期詩歌的發展或許存在這樣的趨向：某種詩歌句式大量使用，之後被官方主流文化機構採納，帶

---

43 逯欽立：〈漢詩別錄〉，《漢魏六朝文學論集》（西安市：陝西人民出版社，1984年），頁78-82。

44 葛曉音：〈早期七言的體式特徵和生成原理——兼論漢魏七言詩發展滯後的原因〉，《中國社會科學》2007年第3期。通過分析楚辭、〈成相〉等篇章的句法結構，認為到戰國末期，無論是楚辭還是民間歌謠，都出現了在語法關係上相對獨立的四言詞組和三言詞組以不同方式連綴成句的現象，這一結論與本文的觀察是一致的。然而，由於其選擇比較的楚辭七言文本並不夠典型，許多句式後半句三言詞組大都是由一個虛字加一個雙音節詞組組成，與前面四言句的尾字連接過於緊密，因此不夠獨立，如「朝飲木蘭之墜露兮，夕餐秋菊之落英」、「夫惟聖哲以茂行兮」、「唯此黨人其獨異」、「又況揭車與江蘺」（〈離騷〉）等，因此她得出結論：「從七言句要求前四後三的誦讀節奏和意義詞組的頓逗基本吻合這一點來說，這類騷體七言還是不完全合格的。」筆者文中所列舉的大量密集出現的符合這一標準的「四三X」和「四兮三」句式其文章大都沒有涉及。

來相應的齊言詩的成熟，該詩體也相應成為詩歌正體，進入詩體價值序列的前列。先秦時期三言、四言都有較廣泛的運用，《詩經》的編輯使得四言詩成熟並成為正體；秦漢間三言詩流行，漢代樂府吸納使之成熟並成為正體；而七言詩若成為正體，也需要更廣泛的運用以及被主流文化接納，而這個改變則需待唐人的努力。

五　成相體的文體性質及唱誦特點

「成相」屬於說唱性質的雜體街陌謳謠。「相」是由古人舂米等活動衍生的一種節奏樂歌，後又指稱樂器，關於「相」的解釋，以俞樾說最為大家認可：

> 此相字即「舂不相」之相。《禮記》〈曲禮篇〉：「鄰有喪，舂不相。」鄭注曰：「相謂送杵聲」。蓋古人于勞役之事，必為歌謳以相勸勉，亦舉大木者呼邪許之比，其樂曲即謂之相。[45]

《淮南子》〈道應訓〉：「今夫舉大木者，前呼耶許，後亦應之。」[46]陳琳〈飲馬長城窟行〉：「官作自有程，舉築諧汝聲。」[47]均指勞作時舉重同聲用力。呼唱協力送杵，發展起來就成為一種歌謳，故「鄰有喪，舂不相」，也是人情之常。[48]後來「相」就發展成為以米糠作芯、類似手鼓的打擊樂器，亦稱「拊」。《禮記》〈樂記〉：「治亂以相。」鄭玄注：「相即拊也，亦以節樂。拊者，以韋為表，裝之以糠，糠一

---

45 〔清〕王先謙：《荀子集解》（上海市：上海書店，1986年，《諸子集成》本），頁304。
46 張雙棣：《淮南子校釋》（北京市：北京大學出版社，1997年），頁1211。
47 逯欽立：《先秦漢魏晉南北朝詩》（北京市：中華書局，1983年），頁367。
48 杜國庠：〈論荀子的〈成相篇〉〉，《杜國庠文集》（北京市：人民出版社，1962年），頁159。

名相，因以名焉，今齊人或謂糠為相。」[49]古代用於節樂的樂器有「拊」、「搏拊」、「拊搏」、「撫拍」、「節」、「相」、「節鼓」七種異名，其實都是一類。孫詒讓曾列舉這些異名，並進一步指出了這些異名的得名之由：

> 參綜諸說，蓋此器以拊拍出音，故曰拊，曰搏拊，曰拊搏，曰撫拍；以節和樂，故曰節；其中著以糠，故曰相；其形似小鼓，故又曰節鼓。七者異名，實一物也。

他的意思是這些異名或得名於其演奏方法，如「拊」、「搏拊」、「拊搏」、「撫拍」；或得名於其作用，如「節」；或得名於其形質，如「節鼓」；或得名於其制料，如「相」。「相」、「糠」古音相近。[50]

「成相」之「成」，章太炎說：「成即打字，今俗謂猶言『打連相』」。劉師培贊同其說：「古成字從丁，丁訓為當。今淮南猶以打人為丁人，則成字即打字明矣。」[51]「人相毆、以物相擊，皆謂之打。」[52]故「成相」猶言「打相」，如擊鼓、彈琴之類。

在謠歌唱誦活動中，相主要用來控制樂調節奏，《禮記》〈樂記〉：「治亂以相，訊疾以雅。」雅也是樂器名，疏云：「舞者訊疾，奏此雅器以節之。」[53]禮儀歌舞常並行，相以節歌，雅以節舞。基於

---

49 〔漢〕鄭玄注，〔唐〕孔穎達等正義：《禮記正義》（北京市：中華書局，1980年，《十三經注疏》本），卷38，頁1538。

50 〔清〕孫詒讓撰，王文錦、陳玉霞點校：《周禮正義》（北京市：中華書局，1987年），第7冊，頁1849。

51 〔清〕劉師培：《荀子補釋》「請成相」條，收入嚴靈峰編：《荀子集成》第36冊（臺北市：成文出版社，1977年），頁146。

52 吳曾：《能改齋漫錄》卷五「打字從手從丁」條。〔宋〕吳曾：《能改齋漫錄》（臺北市：臺灣商務印書館，1986年，《景印文淵閣四庫全書》第850冊），卷5，頁576。

53 〔漢〕鄭玄注，〔唐〕孔穎達等正義：《禮記正義》，卷38，頁1538。

這樣的演奏特點，成相類謠歌在誦唱之前當先擊相成節，朱師轍認為
這就像北京大鼓書，先擊鼓拍板，再開唱，「請成相」即請備鼓而唱
歌，有類鼓書開場「請打打鼓來唱一曲」。[54]現今流傳的民歌〈新貨
郎〉首句「打起鼓來敲起鑼，推著小車來送貨」仍沿用此形式。[55]由
此，杜國庠認為〈成相〉中「請成相」、「請布基」、「基必施」一類語
句都是這類民歌的常套語，用在每套歌詞中間，藉以變換情調的。[56]
他如漢代古樂府詩云：「請說劍：駿犀標首，玉琢中央。六一所善，
王者所杖。帶以上車，如燕飛揚。」此「請說劍」與《急就篇》中
「請道其章」等也是類似的表達方式。

　　以相等樂器擊節唱誦當是成相體較為成熟正規的演出形態。而從
早期大量成相體謠歌記載看，即興使用各種器具擊節唱誦是更普遍的
方式：

　　如擊牛角為節，《史記》注引應劭曰齊桓公夜出迎客，而甯戚疾
擊其牛角，商歌曰：「南山矸，白石爛，生不逢堯與舜禪，短布單衣
適至骭，從昏飯牛薄夜半，長夜漫漫何時旦。」[57]

　　或彈劍而歌，《戰國策》載馮諼倚柱彈其劍，歌曰：「長鋏歸來
乎！食無魚。」「長鋏歸來乎！出無車。」「長鋏歸來乎！無以為

---

54 杜國庠：《杜國庠文集》（北京市：人民出版社，1962年），頁177。

55 貨郎搖鼓說唱可追溯到宋代，當也用成相形式。《水滸傳》七十四回燕青扮作貨
　　郎，挑著擔，腰裡別一把串鼗兒。宋江道：「你既然裝做貨郎擔兒，你且唱個山東
　　貨郎轉調歌與我眾人聽。」燕青一手撚串鼗兒，一手打板，唱出貨郎太平歌。
　　〔明〕李贄評：《李卓吾評本水滸傳》（上海市：上海古籍出版社，1988年），頁
　　1086。又清華廣生《白雪遺音》卷一錄「貨郎兒」曲：「貨郎兒，背著櫃子遙街
　　串，鼓兒搖得歡，生意雖小，件件都全。聽我一生喊。喊一聲，褃色帶子花紅線，
　　博山琉璃簪。還有那，桃花宮粉胭脂片，軟翠花冠。紅綠梭布，杭州絨纂，瑪瑙小
　　耳圈……」〔清〕華廣生：《白雪遺音》（上海市：上海古籍出版社，1995年，《續修
　　四庫全書》第1745冊），卷1，頁25。

56 杜國庠：〈論荀子的〈成相篇〉〉，頁160。

57 〔漢〕司馬遷：《史記》（北京市：中華書局，1982年），卷83，頁2473。

家。」[58]此處「來乎」（來兮）為語助詞，無實義。歸、魚、車、家諧韻。

　　或舂米而歌，《漢書》載呂后囚戚夫人於永巷，髡鉗衣赭衣，令舂。戚夫人舂且歌曰：「子為王，母為虜，終日舂薄暮，常與死為伍。相離三千里，當誰使告女。」[59]

　　或擊筑而歌，《戰國策》〈燕策三〉載荊軻刺秦：既祖取道，高漸離擊筑，荊軻和而歌云云。又《漢書》〈高帝紀〉載劉邦過沛與故人父老子弟飲，席間擊筑自歌：「大風起兮雲飛揚，威加海內兮歸故鄉，安得猛士兮守四方。」[60]

　　或援琴為節，《樂府詩集》引《風俗通》：「百里奚為秦相，堂上樂作，所賃澣婦自言知音，因援琴撫弦而歌，問之，乃其故妻。還為夫婦也。」其歌曰：「百里奚，五羊皮，憶別時，烹伏雌，炊扊扅，今日富貴忘我為。」[61]

　　此外有些史料雖未明確記錄擊打何物，但從情境大致能推測其方式，如前引〈宋城者謳〉為役人築城時所唱，或即夯土為節。《樂府詩集》曾收錄唐張籍〈築城曲〉亦為成相體，可資對照：

　　　築城去，千人萬人齊抱杵。重重土堅試行錐，軍吏執鞭催作遲，來時一年深磧裡，著盡短衣渴無水。力盡不得拋杵聲，杵聲未定人皆死。家家養男當門戶，今日作君城下土。

58　《戰國策》〈齊策四〉，頁395-396。「長鋏歸來乎」歷代記載有異，或作「長鋏歸來兮」、「大丈夫歸去來兮」、「長鋏歸兮」，詳見逯欽立：《先秦漢魏晉南北朝詩》（北京市：中華書局，1983年），頁14。《辭源》：來，助詞，用在句中或句末，表示祈使語氣。

59　〔漢〕班固：《漢書》（北京市：中華書局，1962年），卷97上，頁3937。

60　〔漢〕班固：《漢書》，卷1下，頁74。

61　〔宋〕郭茂倩：《樂府詩集》（北京市：中華書局，1979年），卷60，頁880。

題注引《古今樂錄》談其古老淵源：

> 《淮南子》曰：「秦發卒五十萬築修城，西屬流沙，北繫遼水，東結朝鮮，中國內郡輓車而餉之。後因有〈築城曲〉，言築長城以限胡虜也。又有〈築城睢陽曲〉，與此不同。」《古今樂錄》曰：「築城相杵者，出自漢梁孝王。孝王築睢陽城，方十二里。造唱聲，以小鼓為節，築者下杵以和之。後世謂此聲為〈睢陽曲〉。」《晉太康地記》曰：「今樂家〈睢陽曲〉，是其遺音。」《唐書》〈樂志〉曰「〈睢陽操〉用春牘」是也。按《漢書》曰「梁孝王廣睢陽城七十二里」，而云十二里，未知孰實。[62]

又如樂府〈薤露〉：「薤上露，何易晞。露晞明朝更復落，人死一去何時歸。」[63]《樂府詩集》題解謂為喪歌、輓歌，輓柩者歌之，也是協力的調子和節奏。

成相體源自舂米、打夯、擣衣時等用以協力的勞動號子，慢慢才發展成為特色鮮明的謠歌，擊節之物也信手拈來，後又輔以相、築、琴等較為便攜的樂器（如相類似小鼓，築形體小巧，以竹尺擊打發聲[64]），故成相體既可唱誦於閭巷曠野，亦能登上大雅之堂。而由此再反觀其體式特徵，會發現其句法形式、拍節節奏與這種即興隨意的唱誦方式也是相得益彰的。首先，成相體拍節穩定，節奏明晰，朗朗上口，便於把握。其奇偶相間的句式舒展頓挫有變化，具有獨特的韻律感。特別是成相體開頭兩句三言常入韻，一開口就會使人感到鏗鏘

---

62 〔宋〕郭茂倩：《樂府詩集》（北京市：中華書局，1979年），卷75，頁1060。

63 〔宋〕郭茂倩：《樂府詩集》（北京市：中華書局，1979年），卷27，頁396。

64 郭沫若：〈關於築〉，《高漸離》附錄（北京市：人民文學出版社，1979年），頁113-116。

悅耳，整章就有「音節跳蕩流轉之妙，雜而不亂，錯落有致」[65]的藝術效果。而從更實用的角度看，三言句後空拍停頓也為唱誦留出換氣空間，便於醞釀氣力，特別適合在運動中誦唱，故能雅俗共賞，綿延至今。[66]

　　綜上所述，「成相」是先秦時期就已發展成熟的一種說唱性質的雜體謠歌，本文從其形制、誦唱方式和節奏特點等幾個方面加以討論，意在使其文體特性更加明朗顯豁，進而彰顯其在韻文史中的價值和意義。陸侃如、馮沅君曾以〈賦〉和〈成相〉為例評價荀子創作，認為「沒有很高的文學價值」，但在文學史上，「位置卻相當的重要。他對前人後人的關係太明顯，我們不能不注意」[67]，並分別談及這些作品與《詩經》、楚辭、賦、樂府、七言詩的關係。可惜相關論述僅點到即止，這種情況頗顯示出民間謠歌俗體在韻文史敘述中的窘境：一方面被認為很重要，另一方面卻鮮能分享到足夠的研究資源。民間歌謠最大的特點即質樸自然，創作者大都是富於天才而吝於訓練的。其以情感做骨子，情動於中，不禁歌之舞之，足之蹈之，自然用的也是最樸素的、少有過度修飾和講究的節奏聲調、格式辭句，然而如此卻也是「聲」「情」相應，「辭」「情」相配的，這恰是韻文創作所追求的境界。人們感歎「雅正」乃是詩歌僵化的癥結，而俗體才是詩歌

---

65 支菊生：〈荀子成相與詩歌的「三三七言」〉，《河北大學學報》1983年第3期，頁135。

66 如蘇東坡借用此體作〈豬肉頌〉：「淨洗鐺，少著水，柴頭罨煙焰不起。待他自熟莫催他，火候足時他自美。黃州好豬肉，價賤如泥土。富者不肯吃，貧者不解煮。早晨起來打兩碗，飽得自家君莫管。」〔宋〕蘇軾撰：《蘇軾全集》（上海市：上海古籍出版社，2000年），頁1047。「三三七」言仍是現今民歌最常見的句式，如「正月裡（來）是新春，家家戶戶點花燈」、「四月裡，麥腳黃，家家戶戶田裡忙。」「小小子兒，坐門墩，哭著喊著要媳婦兒」、「小皮球，香蕉梨，馬蓮開花二十一」等。

67 陸侃如、馮沅君：《中國詩史》（濟南市：山東大學出版社，1996年），頁130。

希望之所在[68]，正是看到了謠俗新聲活潑的生命力，而這種生命力才是詩歌發展的內在動力和源頭活水。

　　——本章主要內容原刊於《文學遺產》二○一五年第四期

---

68 葛曉音：《八代詩史》（北京市：中華書局，2007年），頁279。

第二章
祖餞儀式與相關文體的生成空間

　　祖道是先秦時期就已出現的祭祀路神的儀式。古人出行道路險惡，交通不便，長途旅行窮年累月，旅途常常伴隨著危險，故出行前祈求神靈保佑成為緩解緊張情緒的重要方式。秦漢時期交通狀況有很大改觀，社會心理從重土畏遷轉而向慕遠行，也多有不遠萬裡開拓遷徙的情況，但總體說來，由於交通、醫療等條件的限制，更由於以定居農業為主體經濟形式的社會長期所形成的講究「定」、「靜」而「安」的傳統觀念造成的心理阻力，秦漢人對遠行仍充滿猶疑乃至畏厭。[1]因此，時人出行延續早期祭祀路神的道祭儀式，與之相關的祝辭也被保留下來。祖道除了祀神儀式外還有餞飲等禮儀活動，漢代以後，餞飲在整個禮儀活動中的分量漸漸超過祀神，祖儀也由原來的祀神娛神變成群僚聚會、宴飲歌舞、賦詩唱和的群體性活動。禮儀活動為人們吟詩作賦提供了交流空間，離情別愁也為這種聚會增加了情感因素和人文色彩，這直接帶來一種新的交流方式以及詩歌類別──祖餞詩。對於祖道以及與祖餞詩的關係，已有研究者關注[2]，然而，祖餞儀式如何由宗教儀式轉而為群體社交活動，此一過程中儀式功能發生了怎樣的變化，此儀式為個人道德形象、文學才華的塑造和展示營

1　《論語》〈季氏〉孔子批評「損者三樂」之一「樂佚遊」；《禮記》〈中庸〉：「君子居易以俟命，小人行險以徼幸。」《大學》：「知止而後有定，定而後能靜，靜而後能安，安而後能慮，慮而後能得。」相關研究參看王子今：《秦漢交通史稿》，〈第十七章秦漢人的交通心理與交通習尚〉（北京市：中共中央黨校出版社，1994年）。

2　如許志剛：〈祖道考〉，《世界宗教研究》1984年第1期；胡大雷：〈中古祖餞詩初探〉，《廣西大學學報》1998年第6期；李立：〈論祖餞詩三題〉，《學術研究》2001年第11期；戴燕：〈祖餞詩的由來〉，《南京師範大學文學院學報》2003年第4期。

造了怎樣的公共空間，它又是如何促成相關文體的產生？這些問題尚缺乏討論，筆者將對此加以探索。

一　何為「祖」

　　祖是一種古老的出行禮儀，秦漢時期又稱「祖道」。《詩經》〈大雅〉中有兩首詩記載了這一活動，〈烝民〉：「仲山甫出祖，四牡業業，征夫捷捷。」〈韓奕〉：「韓侯出祖，出宿于屠。」[3]另外《左傳》昭公七年載：「襄公將適楚也，夢周公祖而行。」[4]《風俗通義》〈祀典〉：「祖者，徂也。」[5]《爾雅》：「徂，往也。」這或許是祖道儀式得名的由來。又鄭玄云：「祖，始也，行出國門，止陳車騎，釋酒脯之，奠於軷，為行始也。」杜預注：「祖，祭道神。」強調祖的儀式意義。[6]從各種史料看，祖道儀式全程如下：先堆土臺像山形，樹草木為神主，叫做軷，如《說文解字》釋「軷」：「出將有事於道，必先告其神，立壇四通，樹茅以依神為軷。」之後，祀神以蕭草牲脂等祭品。《詩》〈大雅〉〈生民〉：「取蕭祭脂，取羝以軷。」鄭注：「軷，道祭也……取蕭草與祭牲之脂，爇之於行神之位，馨香既聞，取羝羊之體以祭神。」[7]再以車騎輾過軷壇，被稱為「範（犯）軷」，以示一路無險難。《說文》：「既祭軷，轢於牲而行為範軷。」《周禮》〈夏官司

3　程俊英：《詩經譯注》（上海市：上海古籍出版社，1985年），頁594、597。

4　楊伯峻：《春秋左傳注》（北京市：中華書局，1990年），頁1286-1287。

5　〔東漢〕應劭撰，吳樹平校釋：《風俗通義校釋》〈祀典〉（天津市：天津人民出版社，1980年），頁319。

6　〔漢〕鄭玄注，〔唐〕賈公彥疏：《儀禮注疏》（北京市：中華書局，1980年，《十三經注疏》下冊），卷24，頁1072。舊題〔周〕左丘明傳，〔晉〕杜預注，〔唐〕孔穎達疏《春秋左傳正義》（北京市：中華書局，1980年，《十三經注疏》下冊），卷44，頁2048。

7　〔漢〕毛亨傳，〔漢〕鄭玄箋，〔唐〕孔穎達疏：《毛詩正義》〈大雅〉〈生民〉，頁531。

馬〉〈大馭〉記王出入，「大馭掌馭玉路以祀，及犯軷，王自左馭，馭下祝，登受轡，犯軷，遂驅之。」鄭玄注：「行山曰軷。犯之者，封土為山象，以菩、芻、棘、柏為神主。既祭之，以車轢之而去，喻無險難也。」[8]

　　除指稱上述出行祀神儀式外，古時喪者出門儀式也稱「祖」。《禮記》〈檀弓上〉引子游曰：「殯於客位，祖於庭，葬於墓，所以即遠也。」[9]《儀禮》〈既夕禮〉：「有司請祖期。」鄭注：「將行而飲酒曰祖。」賈公彥疏：「此死者將行亦曰祖，為始行，故曰祖也。」[10]秦漢時期人們將死亡看作是去往另一個世界的遷徙出行，故祖有二義，儀式亦相似，《禮記》〈檀弓〉：「及葬，毀宗躐行，出於大門，殷道也。」鄭箋：「毀宗，毀廟門之西而出，行神之位在廟門之外。」[11]行，指行神，此言將葬，柩不從廟門出，而毀廟門西牆，並踐踏行神之土壇而出，保路上平安。至魏晉時「死者將行曰祖」仍是流行的說法，如陶淵明〈祭從弟敬遠文〉有「乃以園果時醪，祖其將行」的文句。嵇含〈祖賦序〉亦談及這一流行觀念：

> 說者云：祈道請道神謂之祖。有事於道者，吉凶皆名。君子於役，則列之於中路；喪者將遷，則稱名於階庭。[12]

　　在日常生活中，出行祖道較之亡人出祖要頻繁得多。古代交通以陸路為主，故「軷」主要是指走陸路時的祭神儀式，「水行曰涉，山

8　〔漢〕鄭玄注，〔唐〕賈公彥疏：《周禮注疏》，卷32，頁857。

9　〔漢〕鄭玄注，〔唐〕孔穎達疏：《禮記正義》，卷7，頁1285。

10　〔漢〕鄭玄注，〔唐〕賈公彥疏：《儀禮注疏》〈既夕禮〉，卷38，頁1148。

11　〔漢〕鄭玄注，〔唐〕孔穎達疏：《禮記正義》，卷7，頁1286。

12　嚴可均：《全上古三代秦漢三國六朝文》，《全晉文》（北京市：中華書局，1958年），卷65，頁1828。

行曰載」[13]不過，既然出行難免跋山涉水，故一併以祖載稱之。

　　祖道儀式與其他祀神儀式一樣，都是以娛神的方式祈求神靈保佑，故「祖」也是護佑出行的道神名稱。在漢代人的神靈譜系裡，祖為遠古歷史人物，一說是共工之子，如《通典》引《白虎通》：「共工之子曰修，好遠遊，舟車所至，足跡所達，靡不窮覽，故祀以為祖神。」[14]應劭《風俗通義》〈祀典〉引《禮傳》所述文字與此全同。但東漢後期則又出現祖神是「累祖」的說法，如《宋書》卷十二〈律曆中〉引崔寔《四民月令》曰：「祖者，道神。黃帝之子曰累祖，好遠遊，死道路，故祀以為道神。」[15]這一說法似乎在漢代以後很有影響，《文選》卷二十「祖餞」李善注也引崔寔《四民月令》曰：「祖，道神也。黃帝之子，好遠遊，死道路，故祀以為道神，以求道路之福。」[16]

二　祖道儀式與祖祝辭

　　從心理學角度看，儀式具有強烈的象徵意義，其氣氛莊嚴、程式規範、意蘊豐富，能夠產生心理暗示，故對心靈產生慰藉作用，因此，祖道儀式在某種程度上可以緩解人們出行的緊張心理。祖道時以酒脯膏脂祭載是希望通過娛神獲得神靈福佑，而以車騎輾過載壇的「範（犯）載」行為似乎又有一定威懾的意思，民間信仰對待神鬼常常持這種恩威並施的態度，既有請求和報謝，亦時有命令和威脅。而

13　〔漢〕鄭玄注，〔唐〕賈公彥疏：《周禮注疏》（北京市：中華書局，1980年，《十三經注疏》上冊），卷32，頁857。

14　〔唐〕杜佑撰，王文錦等點校：《通典》（北京市：中華書局，1988年），卷51，頁1421。

15　〔南朝梁〕沈約：《宋書》〈律曆中〉（北京市：中華書局，1974年），卷12，頁260。

16　〔南朝梁〕蕭統編，〔唐〕李善注：《文選》（上海市：上海古籍出版社，1986年），卷20，頁974。

在言語文字受到崇拜的時代，利用祝辭咒語與神靈交流以達成某種默契，更是一種通行的禮儀程式，甚至有時就是最核心的禮儀環節。祖道儀式也有此類祝辭，如戰國末期睡虎地秦簡《日書》簡文記錄早期祝祖儀式：

> 行行祠：行祠，東行南〈南行〉，祠道左；西北行，祠道右。
> 其謞（號）曰大常行，合三土皇，耐為四席。席叕（餟）其
> 後，亦席三叕（餟）。其祝曰：「毋（無）王事，唯福是司，勉
> 飲食，多投福。」
> 　　　　　　　　　　　　　　　　　　　　　　　145-146

這是向路神表達祈望。又有借助巫師巫術咒語的力量以示威懾，如：

> 行到邦門困（閫），禹步三，勉壹步，讄（呼）：「皋，敢告
> 曰：某行毋（無）咎，先為禹除道。」即五畫地，掫其畫中央
> 土而懷之。[17]
> 　　　　　　　　　　　　　　　　　　　　　111背-112背

禹步是一種巫術步法，《尸子》〈君治〉：「禹於是疏河決江，十年不窺其家，手不爪，脛不生毛，生偏枯之病，步不相過，人曰禹步。」[18]儀式中，祝詛者先發出長聲「皋——」，然後表達祈願。之後畫地五方，象徵東西南北中五方神靈，取最具權威的中央土懷之，以為辟邪

---

17 睡虎地秦墓竹簡整理小組：《睡虎地秦墓竹簡》（北京市：文物出版社，1990年），頁243、223。

18 〔戰國〕尸佼著，汪繼培輯：《尸子》〈君治〉（上海市：上海古籍出版社，1989年），卷下，頁20。關於禹步，揚雄《法言》〈重黎篇〉：「姒氏治水土，而巫步多禹。」李軌注：「姒氏禹也，治水土，涉山川，病足，故行跛也。……俗巫多效禹步。」《抱朴子》〈仙藥篇〉記禹步法云：「前舉左，右過左，左就右。次舉右，左過右，右就左。次舉右（按右當作左），右過左，左就右。如此三步，當滿二丈一尺，後有九跡。」可參看王子今：《睡虎地秦簡《日書》甲種疏證》釋文考訂》（武漢市：湖北教育出版社，2003年），頁481。

之物。放馬灘秦簡《日書》也有類似內容：

> 禹須臾，臾臾行，得。擇日出邑門，禹步三，向北斗質畫地，
> 視之曰：「禹有直五橫，今利行，行毋咎，為禹前除，得。」[19]

　　秦簡《日書》為戰國末期人們選擇時日吉凶的數術之書。它主要
為人們日常行歸宜忌提供行為規範，故祝詛之辭內容簡單，言辭樸
素，便於各個文化層次的人隨時套用，「某」字可根據情境替代為具體
人名。而到了漢代，隨著國家對禮儀文化建設的重視，一大批有著良
好語言訓練的文人才士加入到禮辭的撰寫當中，禮儀文體空前繁盛，
祖道儀式中的祝禱之辭遂有了嶄新的面目，從保留下來的蔡邕〈祖餞
祝〉看，其內容豐富，言辭雅麗，體現出鮮明的文人創作特點：

> 令歲淑月，日吉時良。爽應孔嘉，君當遷行。神龜吉兆，林氣
> 煌煌。著卦利貞，天見三光。鸞鳴雍雍，四牡彭彭。君既升
> 輿，道路開張。風伯雨師，灑道中央。陽遂求福，蚩尤辟兵。
> 倉龍夾轂，白虎扶行。朱雀道引，玄武作侶。勾陳居中，厭伏
> 四方。往臨邦國，長樂無疆。[20]

祝辭採用古老莊重的四言句式，首先強調出行時日是經過慎重占卜選
擇的，文中「令歲淑月」、「日吉時良」、「神龜吉兆」、「著卦利貞」等
句並非一般的套語，而是指實際出行前必要的程序。秦漢時期巫覡活
動、數術之學都有著廣泛的影響，生老病死、衣食住行也都有各種約

---

19 秦簡整理小組：〈天水放馬灘秦簡甲種日書釋文〉，《秦漢簡牘論文集》（蘭州市：甘
　　肅人民出版社，1989年），頁5。「視」或當為「祝」。
20 〔清〕嚴可均：《全上古三代秦漢三國六朝文》，《全後漢文》（北京市：中華書局，
　　1965年），卷79，頁899。

束和禁忌，人們在自然和社會生活中的自覺和自由都是比較有限的。據王子今統計，睡虎地秦簡《日書》所列行忌十四種，「不可以行」的日數超過三五五天，排除可能重複的行忌，全年行忌達一六五日，將近占全年日數的一半[21]，漢代人也同樣如此，如史載張竦「知有賊當去，會反支日，不去，因為賊所殺。」[22]又如陳伯敬「行路聞凶，便解駕留止，還觸歸忌，則寄宿鄉亭」[23]等，都是很典型的例子。有資料顯示，漢人出行祖神傾向於選擇「午日」，如《風俗通義》〈祀典〉：「漢家火行，盛於午，故以午祖也。」[24]此外，漢代還有正月上丁日即上旬丁日祀祖神的習俗，《四民月令》〈正月〉：「百卉萌動，蟄蟲啟戶，乃以上丁，祀祖於門。」本注「正月草木可遊，蟄蟲將出，因此祭之，以求道路之福。」[25]天氣回暖，人們走出家門如同蟄蟲將出，故祭祀道神，保佑一年行程順利。

　　蔡邕祝辭裡還提到一系列隨行護佑的神靈如風伯、雨師、蚩尤、倉龍、白虎、朱雀、玄武、勾陳等。神靈廣雜也是秦漢人的信仰特點，衛宏敘西漢和新莽制度云：「漢制：天地以下群臣所祭，凡一千五百四十，新益為萬五千四十。」[26]至於民間祭祀神祇更是不可計數，祖祝辭所列諸神即可見一斑。漢代流行的看法認為風伯雨師都是星神，風神是箕星或飛廉，雨師是畢星。[27]蚩尤為人格神，善用兵

21　參看王子今：〈交通禁忌〉，《秦漢交通史稿》（北京市：中共中央黨校出版社，1994年）。

22　〔漢〕班固：《漢書》（北京市：中華書局，1962年），卷92，頁3714注引李奇語。

23　〔南朝宋〕范燁：《後漢書》（北京市：中華書局，1965年），卷46，頁1546。

24　〔漢〕應劭撰，吳樹平校釋：《風俗通義校釋》〈祀典〉（天津市：天津人民出版社，1980年），頁319。

25　〔漢〕崔寔著，繆啟愉輯釋：《四民月令輯釋》（北京市：農業出版社，1981年），頁1。

26　〔漢〕衛宏撰，〔清〕孫星衍集校：《漢舊儀補遺》〈漢禮器制度〉（及其他五種）（北京市：中華書局，1985年，叢書集成初編本），卷下，頁27。

27　《周禮注疏》〈春官〉〈大宗伯〉卷十七鄭玄注：「風師，箕也。雨師，畢也。」〔漢〕鄭玄注，〔唐〕賈公彥疏：《周禮注疏》（北京市：中華書局，1980年，《十三

器，《山海經》：「蚩尤作兵伐黃帝。」[28]《呂氏春秋》〈蕩兵篇〉：「蚩尤作兵，蚩尤非作兵也，利其械也。未有蚩尤之時，民固剝林木以戰。」[29]秦漢時盛行的角觝之戲中蚩尤就被塑造成頭上長角、耳鬢如劍戟的神異，如《述異記》：

> 秦漢間說：「蚩尤氏耳鬢如劍戟，頭有角，與軒轅鬥，以角觝人，人不能向。」今冀州有樂曰名蚩尤戲，其民兩兩三三，頭戴牛角而相觝。漢造角觝戲，蓋其遺制也。[30]

祝辭中「蚩尤辟兵」蓋由上述傳說而來。此外，倉龍、白虎、朱雀、玄武是漢代最著名的動物神，分管東南西北方向，其顏色與此對應。勾陳即「鉤陳」，指北極星，劉向《說苑》〈辯物〉：「北辰勾陳樞星。」[31]陽燧，又稱陽遂，為向日取火的凹面銅鏡，既為實用器又是避邪之物，王充《論衡》〈率性〉：「陽遂取火於天，五月丙午日中之時，消練五石，鑄以為器，磨礪生光，仰以向日，則火來至。」[32]據東漢鄭眾記載，陽燧亦是漢代婚禮禮物，因其能「成明安身」。[33]

　　有上述諸位神靈開道保佑，行路者即可「往臨邦國，長樂無疆。」此祝辭篇幅短小，多為程式化的內容，表達了漢代人的基本信

經注疏》上冊），頁757。王逸：《楚辭章句》〈離騷〉卷一：「後飛廉使奔屬。」王逸注：「飛廉，風伯也。」〔漢〕王逸：《楚辭章句》（臺北市：臺灣商務印書館，1986年，《景印文淵閣四庫全書》第1062冊），頁10。

28 袁珂：《山海經校注》，〈大荒北經〉（成都市：巴蜀書社，1993年），頁490。

29 〔漢〕高誘注：《呂氏春秋》（上海市：上海書店，1986年），卷7，頁67。

30 〔南朝梁〕任昉：《述異記》（北京市：中華書局，1991年，《叢書集成初編》第2704冊），頁1。

31 〔漢〕劉向撰，趙善詒疏證：《說苑疏證》（上海市：華東師範大學出版社，1985年），卷18，頁524。

32 黃暉：《論衡校釋》（北京市：中華書局，1990年），頁76。

33 〔清〕嚴可均：《全上古三代秦漢三國六朝文》，《全後漢文》（北京市：中華書局，1965年），卷22，頁591。

仰。而「鸞鳴雍雍，四牡彭彭」語出《詩經》，為祝辭添加一抹典雅色調，言辭中的神秘主義氣息因此而有所減淡。在程式化的禮儀祝辭中引經據典，是漢代文體的新特點。祝辭對禮儀程序的內涵進行解釋，延續傳統，傳播知識，強化了人們對相關信仰的群體性認同。因此，祖道在與神靈交往的儀式外殼中，藏匿著一定的社會功能和意義。

　　祖道儀式是古人對未知世界的干預活動。古時出行前後的各種現象均可成為人們探知未來的徵兆，《左傳》載秦晉殽之戰前晉文公死後出殯，「柩有聲如牛」，卜偃認為是君命襲秦；秦師過周北門，「輕而無禮」，左史借王孫滿之口預測秦師必敗，後果敗績。[34]《漢書》載臨江閔王榮，在太子位第四年因侵佔文帝廟外矮牆擴建宮殿獲罪，皇上召其入都，出發前祖於江陵北門。「既上車，軸折車廢」，江陵父老流涕竊言曰：「吾王不反矣！」後果然受庭責畏懼自殺。[35]《焦氏易林》〈大畜〉甚至將祖道場景作為吉凶的表象：「住馬釃酒，疾風暴起，泛亂福器，飛揚位卓，明神降佑，道無害寇。」[36]在這樣的文化氛圍中，人們對形式表象、儀式規矩都格外重視。而儀式以相對穩定的嚴肅形式，提供某種權威解釋，儀式的展演過程也可大大緩解人們的緊張情緒。當人們對自然、對人自身的認識還停留在一個相對低下的階段，來自自然的威懾和人們心理、情感上的變化都得不到「正確」的解釋，儀式便有了存在的意義。

三　祖餞、宴樂與公共空間

　　祖道儀式除了祭祀道神以外，還有「餞」的禮儀程序。餞者，以

34　楊伯峻：《春秋左傳注》（北京市：中華書局，1990年），頁489、494。

35　〔漢〕班固《漢書》（北京市：中華書局，1962年），卷53，頁2412。

36　〔漢〕焦延壽：《焦氏易林》〈豫〉〈大畜〉（臺北市：臺灣商務印書館，1986年，《景印文淵閣四庫全書》第808冊），卷1，頁311。

酒食送行也。《儀禮》〈聘禮〉：「出祖釋軷，祭酒脯，乃飲酒於其側。」[37]《詩》〈邶風〉〈泉水〉說：「出宿於沛，飲餞於禰。」鄭玄注：「沛，地名，祖而舍軷，飲酒於其側曰餞，重始有事於道也。」〈大雅〉〈韓奕〉：「韓侯出祖，出宿於屠。顯父餞之，清酒百壺。其肴維何，炰鱉鮮魚。其蔌維何，維筍及蒲。其贈維何，乘馬路車。籩豆有且，侯氏燕胥。」鄭玄注：「顯父，周之公卿也，餞送之，故有酒。」孔穎達疏：「此言韓侯既受賜而將歸，在道餞送之事也。言韓侯出京師之門，為祖道之祭，為祖若訖，將欲出宿於屠地。於祖之時，王使卿士之顯父以酒餞送之。」[38]韓侯出行，顯父為之祖道，餞行宴飲中有清酒百壺以及鱉魚筍蒲等佳餚，且以「乘馬路車」相贈，儀式就比較隆重了。

　　祖餞需要一定開銷，出行多備資財也可應對不測，故送行者通常不會空手而至，這也是人際交往、表達情感的正常方式。從考古資料看，漢代一般百姓送錢至十錢或為常例，《居延漢簡釋文合校》簡104.9記祖道錢云：

侯史襃予萬歲侯長祖道錢	出錢十付第十七侯長祖道錢
□道錢	出錢十付第廿三侯長祖道錢
□道錢	出錢十[39]

　　史載劉邦因徭役赴咸陽，「吏皆送奉錢三，（蕭）何獨以五。」[40]

---

37 〔漢〕鄭玄注，〔唐〕賈公彥疏：《儀禮注疏》〈聘禮〉（北京市：中華書局，1980年，《十三經注疏》上冊），卷24，頁1172。

38 〔漢〕毛亨傳，〔漢〕，鄭玄箋，〔唐〕孔穎達疏：《毛詩正義》（北京市：中華書局，1980年，《十三經注疏》上冊），卷2，頁309；卷18，頁571。

39 謝桂華等：《居延漢簡釋文合校》（上）（北京市：文物出版社，1987年），頁173，「□」當為「祖」。

40 〔漢〕班固：《漢書》（北京市：中華書局，1962年），卷39，頁2005。

三國時會稽太守劉寵升遷，五六位七八旬老翁「相率共送寵，人齎百錢」[41]，表達對這位地方良吏的褒獎，這當為厚禮了。

秦漢似乎是非常注重人際關係的社會，流行於當時的謠諺如「貴易交、富易妻」、「結交莫羞貧，羞貧交不成」、「衣不如新，人不如故」、「結交在相得，骨肉何必親」[42]等，均顯示出人們對交往的認知和重視。而祖道這一本為緩解出行緊張心理的祭神儀式，在漢代則明顯發揮著社交功能，參加儀式人數之多寡、餞行宴會之地點規模、獲贈財物之多少都成為出行者地位和社會影響力的直接反映。

如《史記》載齊人東郭先生久待詔公車，「貧困饑寒，衣敝，履不完。行雪中，履有上無下，足盡踐地，道中人笑之。」及其拜為二千石，「佩青緺出宮門，行謝主人。故所以同官待詔者，等比祖道於都門外。榮華道路，立名當世」。為此司馬遷感歎道：「此所謂衣褐懷寶者也。當其貧困時，人莫省視；至其貴也，乃爭附之。諺曰：『相馬失之瘦，相士失之貧。』其此之謂邪？」[43]又如宣帝時，疏廣叔侄二人並為太子師傅，朝廷以為榮。其後廣尊古訓，以為「知足不辱，知止不殆」、「功遂身退，天之道矣」，與侄子俱稱病上疏乞骸骨。宣帝許之，「加賜黃金二十斤，皇太子贈以五十斤。公卿大夫故人邑子設祖道，供張東都門外，送者車數百兩，辭決而去。」道路觀者皆曰：「賢哉二大夫！」或歎息為之下泣。[44]又東漢高彪有雅才，甚為靈帝看重，後遷外黃令，「帝敕同僚臨送，祖於上東門，詔東觀畫彪像

41　〔晉〕陳壽撰，〔南朝宋〕裴松之注：《三國志》〈吳書〉（北京市：中華書局，1959年），卷49，頁1183注1。

42　分別見〔南朝宋〕范曄：《後漢書》（北京市：中華書局，1965年），卷26，頁905；〔宋〕李昉：《太平御覽》（北京市：中華書局，1960年），卷979，頁4339；卷907，頁4023；〔宋〕郭茂倩：《樂府詩集》（北京市：中華書局，1979年），卷87，頁1229。

43　〔漢〕司馬遷：《史記》〈滑稽列傳〉（北京市：中華書局，1982年），卷126，頁3208。

44　〔漢〕班固：《漢書》（北京市：中華書局，1962年），卷71，頁3039-3040。

以勸學者」[45]。古代宗教禮儀活動是日常生活中的大事件，屬於社會化的、群體認可的重複行為和活動，其時人員聚集，儀式便附加有強調等級秩序、聯絡人際關係等交際功能，故對社會秩序的穩定和道德形象的塑造有著其他社會活動所無法替代的作用。

　　祖道儀式群僚會聚，展示某種社會關係，宴飲送行遂成為一個特殊的交際空間，人們的行為舉止均暴露在公共視線裡，儀式亦成為時人展示性情的舞臺。如《漢書》載何並徙潁川太守，代陵陽嚴詡。嚴詡為官寬和，而何並則為政嚴苛，故嚴詡在同僚數百人為設祖道時「據地哭」，令眾人大驚，問其故，曰：「吾哀潁川士，身豈有憂哉！我以柔弱徵，必選剛猛代。代到，將有僵仆者，故相弔耳。」[46]《後漢書》載吳祐廉潔守志，後舉孝廉，將行，郡中為祖道，祐「越壇」即越過祭壇與小史雍丘黃真歡語多時，功曹認為吳祐態度倨傲，請黜之，後為太守勸阻。[47]又載禰衡才華橫溢，性情怪誕倨傲，曹操遣與劉表意借刀殺人，臨行前眾人於城南為之祖道餞行，因衡一向勃虐無禮，眾人遂相約待其到達「咸當以不起折之」，哪知禰衡到後見眾人皆坐不起，便坐而大號。眾問其故，衡曰：「坐者為塚，臥者為屍。屍塚之間，能不悲乎！」欲辱禰衡，反受其辱，祖道儀式成為一次有趣的社交遊戲。而動盪亂世，祖道儀式甚至可成為政嘩兵變的舞臺，如漢末董卓利用祖道儀式成功誘殺反叛者：「公卿已下祖道於橫門外。卓施帳幔飲設，誘降北地反者數百人，於坐中殺之。先斷其舌，次斬手足，次鑿其眼目，以鑊煮之。未及得死，偃轉杯案間。會者戰慄，亡失匕箸，而卓飲食自若。諸將有言語蹉跌，便戮於前。」[48]祖道儀式成了屠場。

45　〔南朝宋〕范曄：《後漢書》（北京市：中華書局，1965年），卷80下，頁2652。

46　〔漢〕班固：《漢書》（北京市：中華書局，1962年），卷77，頁3267。

47　〔南朝宋〕范曄：《後漢書》（北京市：中華書局，1965年），卷64，頁2100。

48　〔南朝宋〕范曄：《後漢書》（北京市：中華書局，1965年），卷72，頁2330。

　　一般看來，作為一種群體活動，儀式具有多種功能，如強調個人意志服從群體的「懲戒」功能，強調集體實踐的「凝聚」功能，以及傳遞群體價值的教化功能等，但最為重要的，儀式還具有娛樂功能，即儀式將個人的失落和不滿的體驗（如死亡的不可避免）遊戲化，從而使得儀式帶有歡娛（以宣洩情感）的色彩，因此，許多儀式最初雖都以「敬神」、「娛神」為目的，但隨著社會的發展，宗教意味逐漸減淡，世俗性的「自娛」功能漸漸加強，甚至有時成為單一性的目標活動。[49]對於祖道儀式而言，「餞」的儀式以及禮儀化無疑強化了這一娛樂趨向。有資料顯示，東漢時期祖道儀式的宗教意義已經大為弱化了，宴樂歌舞娛樂成為其重要內容。《後漢書》〈南匈奴列傳〉載順帝漢安元年（142）秋，遣行中郎將持節護送單于歸南庭：

　　　　詔太常、大鴻臚與諸國侍子於廣陽城門外祖會，饗賜作樂，角觝百戲。[50]

角觝百戲是漢代最為盛行的娛樂活動，「祖會」意在「會」而不在「祖」。又〈荀彧傳〉載彧死後，漢獻帝「哀惜之，祖日為之廢燕樂。」注曰：「祖日謂祭祖神之日，因為燕樂也。」[51]獻帝因傷悼而廢燕樂，可見此活動已經包含有濃重的娛樂成分。又《三國志》卷三十二〈蜀書〉〈先主備〉引《英雄記》載：劉備欲還小沛，呂布送行於泗水上，「祖道相樂」。〈吳書〉卷六十〈賀齊傳〉載齊受命討賊成功，及還郡，孫權「出祖道，作樂舞象。」都強調其群體娛樂的內容。〈吳書〉〈朱桓傳〉引《吳錄》記載了祖餞宴會時的一個細節：孫

49　彭兆榮：《人類學儀式的理論與實踐》（北京市：民族出版社，2007年），頁26、179。

50　〔南朝宋〕范曄：《後漢書》（北京市：中華書局，1965年），卷89，頁2963。

51　〔南朝宋〕范曄：《後漢書》（北京市：中華書局，1965年），卷70，頁2290-2291。

權遣朱恒還中洲，親自祖送，桓奉觴曰：「臣當遠去，願一捋陛下鬚，無所復恨。」孫權憑几探到席前，桓進前捋鬚曰：「臣今日真可謂捋虎鬚也。」權大笑。[52]這段敘述細節筆法似小說，亦可見祖道儀式中的娛樂因素。

　　而當出行祖道送行儀式由強調「祖」而轉為強調「餞」，宗教活動即轉變為世俗活動，娛神變為娛己，與神靈交流轉而為人群間的社會交流，祖道儀式遂簡化為餞行，古人離別餞行的交往習慣也許正由此而來。在此過程中，各種表達別離情感的文學形式就應運而生了。

四　祖餞離別之歌、樂、詩、文

　　生離與死別在人類情感世界裡占有極重的分量，在交通、通訊較為落後的古代，出行充滿未知因素，兩者更有著對等的地位，其中所凝聚的負面情緒也是十分強烈的，而祖道祀神、歌舞戲樂等群體性活動都有助於緩解這種負面情緒。當人們對於個體間情感交流有著更多需求時，更具個性色彩、更能表達細膩情感的歌、樂、詩、文等藝術形式就為人們傷別離提供了更好的宣洩方式，典型史例如荊軻刺秦前與太子丹易水分別：

> 太子及賓客知其事者，皆白衣冠以送之。至易水上，既祖，取道。高漸離擊筑，荊軻和而歌，為變徵之聲，士皆垂淚涕泣。又前而為歌曰：「風蕭蕭兮易水寒，壯士一去兮不復還！」復為慷慨羽聲，士皆瞋目，髮盡上指冠。於是荊軻遂就車而去，終已不顧。[53]

---

52 分別見〔晉〕陳壽撰，〔南朝宋〕裴松之注：《三國志》（北京市：中華書局，1959年），卷32，頁874注1；卷60，頁1379；卷56，頁1315注2。

53 《戰國策》〈燕策三〉（上海市：上海古籍出版社，1985年），頁1137。

刺秦為不歸路，送行者與行者此時心境如風，蕭蕭而寒，筑聲慷慨悲
壯，伴以歌詩激揚鏗鏘，引得眾士「垂淚涕泣」繼而「瞋目，髮盡上
指冠」，場面蕩人心魄。司馬遷喜愛這一段，幾乎原文抄錄入《史
記》。

　　至漢代，臨別以歌詩則屢見史載。如《漢書》載蘇武歷盡苦難得
以返漢，李陵置酒餞別。在李陵看來此次分別是「異域之人，壹別長
絕」，故情難自抑，遂起舞作歌：「徑萬里兮度沙幕，為君將兮奮匈
奴。路窮絕兮矢刃摧，士眾滅兮名已隤。老母已死，雖欲報恩將安
歸！」[54]隨之泣下數行。《漢書》〈武五子傳〉載燕刺王旦謀反失敗，
自知前路無多，置酒萬載宮，會賓客、群臣、妃妾坐飲。王自歌曰：
「歸空城兮，狗不吠，雞不鳴，橫術何廣廣兮，固知國中之無人！」
華容夫人起舞曰：「髮紛紛兮寘渠，骨籍籍兮亡居。母求死子兮，妻
求死夫。裴回兩渠間兮，君子獨安居！」坐者皆泣。[55]又廣陵王劉胥
因不滿宣帝立太子而行巫祝詛事，事發有司按驗，胥惶恐自殺，行前
置酒顯陽殿，召太子等夜飲，鼓瑟歌舞，自歌曰：「欲久生兮無終，
長不樂兮安窮！奉天期兮不得須臾，千里馬兮駐待路。黃泉下兮幽
深，人生要死，何為苦心！何用為樂心所喜，出入無悰為樂亟。蒿里
召兮郭門閱，死不得取代庸，身自逝。」左右悉更涕泣奏酒。[56]《後
漢書》〈皇后紀〉載弘農王被董卓逼迫飲鴆自殺，乃與妻唐姬及宮人
飲宴別。席間悲歌曰：「天道易兮我何艱！棄萬乘兮退守蕃。逆臣見
迫兮命不延，逝將去汝兮適幽玄！」因令唐姬起舞，姬抗袖而歌曰：
「皇天崩兮后土穨，身為帝兮命夭摧。死生路異兮從此乖，奈我煢獨
兮心中哀！」[57]因泣下嗚咽，坐者皆唏歔。

54　〔漢〕班固：《漢書》（北京市：中華書局，1962年），卷54，頁2466。

55　〔漢〕班固：《漢書》（北京市：中華書局，1962年），卷63，頁2757。

56　〔漢〕班固：《漢書》（北京市：中華書局，1962年），卷63，頁2762。

57　〔南朝宋〕范曄：《後漢書》（北京市：中華書局，1965年），卷10下，頁451。

　　由上述諸例可見，生離死別之前餞飲、起舞歌詩以為宣洩是當時人們頗為自然的情感表達方式。也正因此，東漢趙燁作《吳越春秋》講述勾踐入吳、群臣臨水祖道的故事，也用這一熟悉且流行的方式想像復原歷史場景：

> 大夫文種前為祝，其詞曰：「皇天佑助，前沉後揚。禍為德根，憂為福堂。威人者滅，服從者昌。王雖牽致，其後無殃。君臣生離，感動上皇。眾夫哀悲，莫不感傷。臣請薦脯，行酒二觴。」越王仰天太息，舉杯垂涕，默無所言。種復前祝曰：「大王德壽，無疆無極，乾坤受靈，神只輔翼。我王厚之，祉祐在側。德銷百殃，利受其福。去彼吳庭，來歸越國。觴酒既升，請稱萬歲。」

大夫文種奉殤勸祝，辭含悲壯，語多安慰。君臣遂垂泣別於浙江之上。越王仰天歎曰：「死者，人之所畏。若孤之聞死，其於心胸中曾無怵惕。」遂登船逕去，終不返顧。越王夫人乃依船哭，見烏鵲啄江渚之蝦，飛去復來，因哭而歌之，曰：

> 仰飛鳥兮烏鳶，凌玄虛兮翩翩。集洲渚兮優恣，啄蝦矯翮兮雲間。任厥□兮往還。妾無罪兮負地，有何辜兮譴天！颿颿獨兮西往，孰知返兮何年？心惙惙兮若割，淚泫泫兮雙懸。

又哀今曰：

> 彼飛鳥兮鳶烏，已回翔兮翕蘇。心在專兮素蝦，何居食兮江湖？徊復翔兮游揚，去復返兮於乎！始事君兮去家，終我命兮君都。終來遇兮何幸，離我國兮去吳。妻衣褐兮為婢，夫去冕

　　分為奴。歲遙遙兮難極，冤悲痛兮心惻。腸千結兮服膺，於乎
　　哀兮忘食。願我身兮如鳥，身翱翔兮矯翼。去我國兮心搖，情
　　憤惋兮誰識？[58]

　　《吳越春秋》為歷史小說，雖記春秋事，其渲染的場景以及離別歌詩
卻是漢人的習慣特點。

　　　　一般認為，秦漢風俗具有強烈的世俗化色彩，求富趨利、追逐享
樂消費是社會普遍心態。與此相應，人們對於精神世界、對個人情緒
的複雜細微處也有特別的關注，並懂得以多種方式加以表現，比如
《方言》、《說文》就記載了諸多漢代民間流行的描述小兒聲音泣笑的
語詞，顯示出人們對兒童情緒變化的關注。[59]此外如漢代人對幽冥世
界想像之具體細微以及樂府古詩對生命意義發出的各種問詢等，均顯
示出時人情感的細膩以及表達方式的多元。《後漢書》載光武帝寵愛
的東平憲王劉蒼歸封國，武帝車駕祖送，流涕而訣，手詔賜蒼曰：
「骨肉天性，誠不以遠近為親疏，然數見顏色，情重昔時。念王久
勞，思得還休，欲署大鴻臚奏，不忍下筆，顧授小黃門，中心戀戀，
惻然不能言。」[60]《後漢書》〈和熹鄧皇后紀〉載和帝崩葬後，宮人按
例歸於外園。升為太后的鄧皇后賜周、馮貴人策曰：「朕與貴人托配
後庭，共歡等列，十有餘年。不獲福祐，先帝早棄天下，孤心煢煢，
靡所瞻仰，夙夜永懷，感愴發中。今當以舊典分歸外園，慘結增歎，
燕燕之詩，曷能喻焉？」[61]相見時難別亦難的痛苦體味，帝王與普通人
是一樣的，上述詔、策之書亦可看作表達私情的惻隱之作。

58　〔漢〕趙曄：《吳越春秋》（南京市：江蘇古籍出版社，1999年），卷7，頁105-106、
　　112。

59　彭衛、楊振紅：《中國風俗通史・秦漢卷》（上海市：上海文藝出版社，2002年），
　　頁355-356。

60　〔南朝宋〕范曄：《後漢書》（北京市：中華書局，1965年），卷42，頁1441。

61　〔南朝宋〕范曄：《後漢書》（北京市：中華書局，1965年），卷10上，頁421。

　　許多資料顯示，東漢末期，祖餞宴會之上賦詩作文以交流情感已是一種群體性的行為，《後漢書》〈文苑列傳〉載高彪有雅才而訥於言。當時京兆第五永被派往幽州為督軍御史，百官大會，祖餞於長樂觀。議郎蔡邕等皆賦詩，彪乃獨作箴曰：

> 文武將墜，乃俾俊臣。整我皇綱，董此不虔。古之君子，即戎忘身。明其果毅，尚其桓桓。呂尚七十，氣冠三軍，詩人作歌，如鷹如鸇。天有太一，五將三門；地有九變，丘陵山川；人有計策，六奇五間：總茲三事，謀則咨詢。無曰己能，務在求賢，淮陰之勇，廣野是尊。周公大聖，石碏純臣，以威克愛，以義滅親。勿謂時險，不正其身。勿謂無人，莫識己真。忘富遺貴，福祿乃存。枉道依合，復無所觀。先公高節，越可永遵。佩藏斯戒，以屬終身。[62]

督軍御史為一方要員，高彪作箴勉勵，希望他能秉持傳統君子美德，以歷史先賢為楷模，克己正身，保持歸然不變的操守。此箴文蔡邕等人頗為欣賞，以為當時無出其右。

　　行前以詩賦文章款款寄語、暢達別情是交際俗事，亦能成為文人雅事。若進一步看，這種風尚還有著更深層的觀念認識。《荀子》〈非相〉：「贈人以言，重於金石珠玉；觀人以言，美於黼黻文章；聽人以言，樂於鐘鼓琴瑟。故君子之於言無厭。」〈大略〉篇載晏子送別曾子時亦云：「君子贈人以言，庶人贈人以財。」[63]《晏子春秋》作：「君子贈人以軒，不若以言。」[64]《史記》〈孔子世家〉載孔子問禮於老子，辭別時老子送之曰：「吾聞富貴者送人以財，仁人者送人以

---

62 〔南朝宋〕范曄：《後漢書》，卷80下，頁2650。

63 董治安、鄭傑文：《荀子匯校匯注》（濟南市：齊魯書社，1997年），頁164、913。

64 孫彥林等：《晏子春秋譯注》〈內篇雜上〉（濟南市：齊魯書社，1991年），頁257。

言。」[65]上述說法意思大致相同，反映出古人對物質產品和精神產品不同價值的認定。故宋人謝維新在《古今合璧事類備要》「事為門」如此解釋「餞送」之禮：

> 於其將行也，則有餞送之禮。然餞人以物，不若餞人以文，送人以酒，不若送人以言。蓋物之意有盡而文之意無盡，酒之味有窮而言之味無窮也。[66]

五　「祖餞」詩和「離別」詩

漢末魏晉六朝是文人士子群體和個體意識高度自覺時期，文人士子交往頻繁。而此一階段戰亂頻仍、疫病流行、朝代頻更，更顯禍福無常、命運難卜、生命脆弱，因此，文人尤多感傷，特重別情。《世說新語》〈言語〉載謝安對王羲之說：「中年傷於哀樂，與親友別，輒作數日惡。」[67]這種感受頗具代表性。別情傷離最易打動文人敏感的神經，故成為寫詩著文的重要動因。鍾嶸《詩品》曰：「嘉會寄詩以親，離群托詩以怨……凡斯種種，感蕩心靈，非陳詩何以展其義？非長歌何以騁其情？」[68]梁江淹更有〈別賦〉，描寫富貴、任俠、從軍、去國、夫妻、方外、戀情等各種離別情景，成為名篇。〈別賦〉與另外一篇〈恨賦〉均以情感為描摹對象，與此前賦體多以具體事物為中心不同，顯示出構思的精巧和別出心裁，實則也是時代風潮促成。送

65　〔漢〕司馬遷：《史記》〈孔子世家〉（北京市：中華書局，1982年），卷47，頁1909。

66　〔宋〕謝維新：《古今合璧事類備要》〈續集〉（臺北市：臺灣商務印書館，1986年，《景印文淵閣四庫全書》第939冊），卷43。

67　〔南朝宋〕劉義慶撰，徐震堮校箋：《世說新語校箋》（北京市：中華書局，1984年），頁68。

68　〔南朝梁〕鍾嶸著，陳延傑注：《詩品注》（北京市：人民文學出版社，1998年），頁3。

別之際集體賦詩更是六朝最為突出的文學現象，金谷集作詩、宋公戲
馬臺送孔令作詩與餞謝文學離夜賦詩等都是為後人津津樂道的盛況，
留下的作品也是數量可觀的。[69]

　　《隋書》〈經籍志〉稱「梁有魏、晉、宋《雜祖餞宴會詩集》二
十一部，一百四十三卷」，逯欽立《先秦漢魏晉南北朝詩》輯錄明確
以祖道名題的作品有：

　　　　王浚〈祖道應令詩〉；
　　　　孫楚〈祖道詩〉、〈征西官屬送於陟陽候作詩〉（《初學記》作
　　　　〈征西官屬於陟陽候祖道詩〉）、〈之馮翊祖道詩〉；
　　　　張華〈祖道征西應詔詩〉、〈祖道趙王應詔詩〉；
　　　　何劭〈洛水祖王公應詔詩〉；陸機〈祖道清〔潘〕正詩〉、〈祖
　　　　道畢雍孫劉邊仲潘正叔詩〉；
　　　　王贊〈侍皇太子祖道楚淮南二王詩〉；
　　　　慧曉（《詩紀》作釋曇遷）〈祖道賦詩〉（《詩紀》作〈緇素知友
　　　　祖道新林去留哀感賦詩一首〉，《續高僧傳》曰：「周道失御，
　　　　隋歷告興。遂與同侶俱辭建業，緇素知友，祖道新林，去留哀
　　　　感，各題篇什，曉禪師命章賦〈詩〉曰」云云。）[70]

《昭明文選》詩類亦單列「祖餞」類，可見其時出行祖餞賦詩送別的
流行風尚。又「公燕」類裡也有因祖餞活動而創作的詩篇，如謝瞻
（宣遠）、謝靈運同題詩〈九日從宋公戲馬臺集送孔令詩一首〉，《宋
書》解釋其創作背景：「孔靖，字季恭。宋臺初建，以為尚書令，讓
不受，辭事東歸，高祖餞之戲馬臺，百僚咸賦詩以述其美。」《宋書》

---

69 葉當前：〈六朝送別活動中的集體賦詩〉，《安慶師院學報》2008年第8期。
70 逯欽立：《先秦漢魏晉南北朝詩》（北京市：中華書局，1983年），頁591、599-600、
　　616、648、678-683、760-761、2774。

〈七志〉亦曰：「高祖遊戲馬臺，命僚佐賦詩，瞻之所作冠于時。」[71]
顏延年〈應詔宴曲水作詩一首〉，裴子野《宋略》曰：「文帝元嘉十一
年三月丙申，禊飲于樂游苑，且祖道江夏王義恭、衡陽王義季，有
詔，會者賦詩。」[72]詩中也有「郊餞有壇，君舉有禮」的詩句。其他
如丘希範〈侍宴樂游苑送張徐州應詔詩一首〉、沈休文〈應詔樂游苑
餞呂僧珍詩一首〉等也是相關內容。

　　不過，儘管《文選》詩類單列「祖餞」，但和其他詩歌大類相
比，這類時代特徵很強的詩類收錄數量顯得太少，共收七人八首，似
乎不能反映當時創作盛況。有研究者認為，這反映出蕭統對這一類題
材有限的肯定[73]，這是有道理的，因為許多因祖餞而作的詩篇並非全
為別情，如上引「公燕」五首詩主要以歌功頌德為主題，以烘托燕飲
之歡樂氣氛為目的。魏晉時還有很多詩歌雖也有一定篇幅表達別情，
手法卻尚顯稚嫩膚淺，如曹植〈鼙舞歌五首〉〈聖皇篇〉：「貴戚並出
送，夾道交輜軿。車服齊整設，韡曄耀天精。武騎衛前後，鼓吹簫笳
聲。祖道魏東門，淚下沾冠纓。扳蓋因內顧，俯仰慕同生。行行將日
暮，何時還闕庭。車輪為徘徊，四馬躊躇鳴。路人尚酸鼻，何況骨肉
情。」又如何劭〈洛水祖王公應詔詩〉：「遊宴綢繆，情戀所親。薄云
餞之，于洛之濱。嵩崖岩岩，洪流湯湯。春風動衿，歸雁和鳴。我后
饗客，鼓瑟吹笙。舉爵惟別，聞樂傷情。嘉宴既終，白日西歸。群司
告旋，鑾輿整綏。我皇重離，頓轡驂騑。臨川永歎，酸涕沾頤。崇恩
感物，左右同悲。」[74]無論是四言還是五言，均平鋪直敘，缺乏情
致。相比較而言，「祖餞」類八首則哀時速，歎路難，憂世事，傷別

71　〔南朝梁〕蕭統編，〔唐〕李善注：《文選》（上海市：上海古籍出版社，1986年），
　　卷20，頁956。

72　〔南朝梁〕蕭統編，〔唐〕李善注：《文選》（上海市：上海古籍出版社，1986年），
　　卷20，頁962。

73　傅剛：《《昭明文選》研究》（北京市：中國社會科學出版社，2000年），頁254-255。

74　逯欽立：《先秦漢魏晉南北朝詩》（北京市：中華書局，1983年），頁427、648。

離，情感表達深透，主題鮮明，也頗得情景交融之妙，如曹丕〈送應氏詩二首〉：

> 步登北芒坂，遙望洛陽山。洛陽何寂寞，宮室盡燒焚。垣牆皆頓擗，荊棘上參天。不見舊耆老，但睹新少年。側足無行徑，荒疇不復田。遊子久不歸，不識陌與阡。中野何蕭條，千里無人煙。念我平常居，氣結不能言。
> 清時難屢得，嘉會不可常。天地無終極，人命若朝霜。願得展嬿婉，我友之朔方。親昵並集送，置酒此河陽。中饋豈獨薄，賓飲不盡觴。愛至望苦深，豈不愧中腸！山川阻且遠，別促會日長，原為比翼鳥，施翮起高翔。

又孫楚〈征西官屬送於陟陽候作詩〉：

> 晨風飄歧路，零雨被秋草。傾城遠追送，餞我千里道。三命皆有極，咄嗟安可保？莫大於殤子，彭祖猶為天。吉凶如糾纏，憂喜相紛繞。天地為我爐，萬物一何小？達人垂大觀，誠此苦不早。乖離即長衢，惆悵盈懷抱。孰能察其心？鑒之以蒼昊。齊契在今朝，守之與偕老。

《文選》選文以「沈思」、「翰藻」為標準，因祖餞而創作的詩歌多應詔應景之作，很難都保證較高的藝術水準，故創作雖蔚為大觀卻佳作不多。

　　不過，從文字內容看，《文選》詩「祖餞」八首全為表達別情而不涉及祖道內容，故「祖餞」詩已成「別離」詩的代稱，是包著祖道外殼的離別詩。這也從另一個方面反映出，後世為文人所熱衷的「離別」主題與祖道詩歌的宗教含義此時正處在一個相脫離的過程。而後

世人們儘管仍保持臨行祖餞、賦詩送別的習俗，[75]但在詩歌的分類裡面已經少有「祖餞」的名稱，如北宋李芳等編《文苑英華》分文體為三十八類，其中詩類裡就有「送行」、「留別」兩個小類；姚鉉《唐文粹》「古調歌篇類」有「餞送」等，文學與古老的儀式已經漸行漸遠了。

　　——本章主要內容原刊於《中山大學學報》二〇一四年第一期

---

75 如李白〈留別金陵崔侍御十九韻〉：「群公咸祖餞，四座羅朝英。」〔唐〕李白：《李太白全集》（北京市：中華書局，2011年），頁632；《唐才子傳箋證》〈溫庭筠〉卷八：「庭筠之官，文士詩人爭賦詩祖餞。」〔元〕辛文房撰，周紹良箋證：《唐才子傳箋證》（北京市：中華書局，2010年），卷8，頁1865。

第三章
說「隱」

　　《漢書》〈藝文志〉「詩賦略」之雜賦裡錄有「《隱書》十八篇」，然而均已亡佚。根據顏師古的注解，劉向《別錄》曾云：「隱書者，疑其言以相問，對者以慮思之，可以無不喻。」[1] 從這句話的意思看，隱書收錄的是一種對談性的語段，交談雙方彼此猜測對方話語裡的意思，話題內容可關涉各類事物，由此可見隱書所收篇目的性質是非常獨特的。《史記》〈滑稽列傳〉載有「齊威王時喜隱」、「淳于髡說之以隱」等內容，《新序》〈雜事篇〉二有人以隱問，齊宣王「立發隱書而讀之」的記載，可見早在先秦時期就有一種非常流行的言語交流方式——「隱」，並且還有為這種交流方式提供查對資料的專書，被稱為「隱書」。「隱」語是怎樣一種言語交流方式？它在人們日常生活和政治生活中扮演怎樣的角色？它在後世消亡了還是綿延流傳？在流傳中有著怎樣的改變？以下將對此試做探討。

一　隱與古代占繇辭

　　從廣義上來講，一切暗語包括幫會隱語、江湖黑話、甚至暗示性的手勢動作等肢體語言都可以稱作隱語，而我們這裡談的隱語，是從狹義角度出發，指中國古代一種言語遊戲，隱又作廋、讔，《國語》〈晉語五〉：「有秦客廋詞於朝。」韋昭注云：「廋，隱也，謂以隱伏

1　〔漢〕班固：《漢書》〈藝文志〉（北京市：中華書局，1962年），頁1753。

譎詭之言問於朝也。」[2]《文心雕龍》〈諧隱篇〉說:「讔者,隱也;
遁詞以隱意,譎譬以指事也。」[3]即用隱約的言詞來暗藏某種意義,
用曲折的譬喻來暗指某件事物,這可以說給隱下了一個比較準確的定
義。然而細細推究一下,隱又與譬喻有很大差異,聞一多曾在〈說
魚〉一文中做了簡潔的對比說明:

> 它的手段和喻一樣,而目的完全相反。喻訓曉,借另一事物來
> 把本來說不明的說得明白些,隱訓藏,是借另一事物來把本來
> 可以說得明白的,說的不明白些。[4]

把本來可以說得明白的,故意說得不明白,在我們看來近乎是一種文
字遊戲,這也是先秦時期人們喜好說隱的很重要的原因。然而,如果
追溯隱語的來歷,它在產生之初卻與玩笑無關,其最早應用大概在預
言讖語上。朱光潛先生就曾說,詩歌在起源時曾是神與人互通款曲的
媒介,神諭要隱諱曲折方顯其神秘玄妙,所以符讖大多用「隱」
詩,[5]這恐怕就是「隱」得以產生的最初的心理根源。沈欽韓《漢書
疏證》給「隱書十八篇」作注時說:「蓋如今之謎語,掌於瞍,卜筮
者也。」[6]章太炎《國故論衡》〈辨詩〉在談到《漢志》中的雜賦時也
認為隱與占繇關係緊密:「雜賦有《隱書》者,……東方朔與郭舍人
為隱,依以譎諫,世傳《靈棋經》誠偽書,然其後漸流為占繇矣。管

2　〔三國〕韋昭注:《國語》〈晉語五〉(北京市:中華書局,1985年,《叢書集成初
　　編》本),卷11,頁144。

3　陸侃如、牟世金:《文心雕龍譯注》(濟南市:齊魯書社,1981年)。

4　聞一多:《聞一多全集》(北京市:生活・讀書・新知三聯書店,1982年),第1冊。

5　朱光潛:《詩論》第二章〈詩與隱〉(北京市:生活・讀書・新知三聯書店,1984
　　年),頁35。

6　〔清〕沈欽韓:《漢書疏證》(上海市:上海古籍出版社,1995年,《續修四庫全
　　書》第265冊)。

輅、郭璞為人占皆有韻，斯亦賦之流也。」[7]另外，從《漢書》〈東方朔傳〉中東方朔自稱「臣嘗受《易》，請射之」[8]以及描述隱謎答案的過程古人叫「占」等現象中，我們也能得到一些證實的線索。《周易》爻辭當中就保留了一些這樣的隱詩，如《易》〈歸妹〉「上六」爻辭暗指剪羊毛：

女承筐，無實，士刲羊，無血。

又如《易》〈明夷〉「上六」爻辭：

不明，晦，初登於天，後入於地。

這是在形容太陽。由於這種符讖隱語被認為是神憑附人體說出的，因此其最初的創作者也許就是巫師。《漢書》〈東方朔傳〉中，善於說隱的東方朔稱「臣嘗受《易》」，我們由此也能依稀發現隱語的源頭。另外，《吳越春秋》中記載的一首上古歌謠也似隱語：

斷竹，續竹，飛土，逐肉。

這首歌謠是在描寫作彈弓狩獵的情景，至於是否與符讖相關則未可知，但由此可見隱語產生的久遠了。

7　劉夢溪：《中國現代學術經典・章太炎卷》（石家莊市：河北教育出版社，1996年），頁86。
8　〔漢〕班固：《漢書》〈東方朔傳〉（北京市：中華書局，1962年），卷65，頁2843。

二　巧言狀物的「隱」語遊戲

　　隱具有巧言狀物的特點。《國語》〈晉語五〉：「有秦客廋詞於朝。」韋昭注云：「廋，隱也，謂以隱伏譎詭之言問於朝也。」[9]也是強調它的言語特徵。揚雄《方言》：「廋，隱也，謂隱匿也。」可見，隱、讔、廋可互訓。其主要技法是著力刻畫和渲染謎面所含的事物，從上文所引早期的占辭我們可以大致看到，由於不能點明要談及的事物名稱，故只得轉換角度，選擇詞語，隱譬提示，曲為渲染，這就為隱語狀物特徵的形成留下了空間。《逸周書》〈太子晉〉載師曠與太子之間的一段對話，就是用的隱語形式：

　　　　（師曠）稱曰：「溫恭敦敏，方德不改，聞物□□，下學以起，尚登帝臣，乃參天子。自古誰？」太子應之曰：「穆穆虞舜，明明赫赫，立義治律，萬物皆作，分均天財，萬物熙熙。非舜而誰能？」[10]

陳逢衡注云：「師曠蓋隱以舜德為問」，太子據以回答，換句話說，師曠和太子分別針對夏禹的德行功績鋪設謎面，形成問對。

　　下面我們再來看一些史料記載，從中體會隱語巧言狀物的特徵。《左傳》〈宣公二年〉載，宋人華元曾帶兵同鄭國打仗，兵敗被俘，逃回後做了監督築城的官吏，築城百姓遂編了一首諷刺他的「隱」詩：

　　　　睅其目，皤其腹，棄甲而復。於思於思，棄甲復來。[11]

9　〔三國〕韋昭注：《國語》〈晉語五〉（北京市：中華書局，1985年，《叢書集成初編》本），卷11，頁144。

10　黃懷信、張懋鎔、田旭東撰：《逸周書匯校集注》（上海市：上海古籍出版社，2007年），頁1024-1025。

11　楊伯峻：《春秋左傳注》（北京市：中華書局，1981年），頁654。

意思是華元雖然瞪著大眼睛，挺著大肚皮，神氣十足來監工，卻是丟盔棄甲的可恥逃兵。這則隱語，語言通俗，刻畫卻十分形象，把華元的容貌品格事蹟都隱含在內了。

　　較早的一則隱語還見於《國語》〈晉語二〉：驪姬欲殺太子申生而立自己的兒子奚齊，但又怕大臣里克發難。這時其身邊的優施就說：「我優也，言無郵」，意思是說他可以借助於俳優的身分探探里克的口風，或有唐突也不會令人過於在意。宴飲間，優施與里克玩起了隱語遊戲，以此試探里克：

> （優施）乃歌曰：「暇豫之吾吾，不如烏烏。人皆集於苑，己獨集於枯。」里克笑曰：「何為苑？何為枯？」優施曰：「其母為夫人，其子為君，可不謂苑乎？其母既死，其子又有謗，可不謂枯乎？枯且有傷。」[12]

這裡，優施暗含勸誡，唱誦隱謎描述里克的現實處境：安閒逸樂等待他呀，卻不敢主動親近。他的智慧呀，還不及鳥雀和烏鴉。眾人都棲息在草木豐美的林苑中，他卻獨自蜷縮在衰朽的枯枝上。意思是太子申生的母親齊姜已死，太子又受到驪姬的譖謗，里克若是站在太子一邊，無異於棲停於枯枝之上。這裡優施含蓄地勸誡里克不要站在申生一邊而惹禍於身。然而，里克顯然不是隱語高手，他不明就裡，還以遊戲的語氣和心態對之，「笑曰：『何為苑？何為枯？』」進一步提問要求優施對謎面加以解釋，並且在宴會之後才對遊戲語言中所蘊含的政治意圖反應過來，方叫來優施過問並表明態度。這則隱語產生時代較早，但它刻意描摹、曲為渲染的特點已經初露端倪。

　　又有「大鳥之隱」。《韓非子》載：

12　《國語》〈晉語二〉（大連市：遼寧教育出版社，1997年），頁60。

　　楚莊王蒞政三年，無令發，無政為也。右司馬御座而與王隱
　　曰：「有鳥止南方之阜，三年不翅，不飛不鳴，嘿然無聲，此
　　為何名？」王曰：「三年不翅，將以長羽翼；不飛不鳴，將以
　　觀民則。雖無飛，飛必沖天；雖無鳴，鳴必驚人。子釋之，不
　　穀知之矣。」[13]

　　同樣，類似的「大鳥之隱」還見於《呂氏春秋》〈審應覽第六〉、
《史記》〈滑稽列傳〉、《史記》〈楚世家〉以及《新序》〈雜事二〉，只
是人物略有不同，可見這則隱確實是非常流行的。進諫者鋪設謎面，
以三年不飛也不鳴的「大鳥」影射莊王的不作為，可謂巧妙。
　　再如《新序》〈節士篇〉載晉文公返國給功臣封賞，追隨他多年
的介子推卻受到冷落，於是介子推進「隱」表達不滿：

　　晉文公反國，酌士大夫酒，召咎犯而將之，召艾陵而相之，授
　　田百萬。介子推無爵，齒而就位。觴三行，介子推奉觴而起
　　曰：「有龍矯矯，將失其所。有蛇從之，周流天下。龍既入深
　　淵，得其安所。蛇脂盡乾，獨不得甘雨。此何謂也？」文公
　　曰：「嘻，是寡人之過也。吾為子爵與，待旦之朝也；吾為子
　　田與，河東陽之間。」[14]

這則「龍蛇之隱」，在《呂氏春秋》〈介立篇〉、《史記》〈晉世家〉、
《說苑》〈復恩〉等就都有記載，文辭也大致相仿。隱詩中以龍喻文
公，以蛇喻己，文公返國，就如龍入深淵，當然是「得其安所」，追
隨龍周流天下的蛇筋疲力盡，「蛇脂盡乾」，卻無甘霖滋潤。介子推就

---

13 陳奇猷：《韓非子新校注》（上海市：上海古籍出版社，2000年），頁456。
14 趙善詒：《新序疏證》〈節士〉（上海市：華東師範大學出版社，1989年），頁207。

這樣充分利用隱語鋪設謎面的特徵來描摹自己的處境和心境，傳達內心的不滿。可以說，隱語為他提供了理想的表達形式。

　　上面我們所引的幾則隱語被史家多次轉載、為後人談及，原因是它們大多具有「意義」，暗含諷諫，頗為嚴肅的史家所看重，故得以記載保留下來。其實從先秦隱語的實際使用來看，更多隱語是純粹屬於語言遊戲性質的，只不過不被特意保留而已。史載春秋戰國時期許多君主喜好隱語，而尤以齊楚兩地為勝。如《新序》載齊宣王自陳「隱，固寡人之所願也」[15]。而《史記》〈滑稽列傳〉也稱：「齊威王之時喜隱。」[16]而在記載中，這些君主喜好隱語，也往往與不理政事並列而談，隱含著對隱語這一遊戲非正統身分的批評。如《呂氏春秋》說「荊莊王立三年，不聽而好隱」；[17]《新序》載「楚莊王蒞政三年，不治而好隱戲」[18]。等等。隱語首要的突出特點就是其娛樂性，這也是它得以進入宮廷的首要原因。宮廷中的隱語遊戲風尚到漢代還很盛行，《漢書》〈東方朔傳〉載：

> 上嘗使諸數家射覆，置守宮盂下，射之，皆不能中。朔自贊曰：「臣嘗受《易》，請射之。」乃別著布卦而對曰：「臣以為龍又無角，謂之為蛇又有足，跂跂脈脈善緣壁，是非守宮即蜥蜴。」上曰：「善。」[19]

這裡的射覆是類似射隱的遊戲，顏師古注曰：「於覆器之下而置諸物，令暗射之，故云射覆。」將物品覆於盆盂之下令人猜，猜中者不

15　趙善詒：《新序疏證》〈雜事二〉（上海市：華東師範大學出版社，1989年），頁56。

16　〔漢〕司馬遷：《史記》〈滑稽列傳〉（北京市：中華書局，1982年），卷125，頁3197。

17　張雙棣：《呂氏春秋譯注》〈重言〉（長春市：吉林文史出版社，1986年），頁590。

18　趙善詒：《新序疏證》〈雜事二〉（上海市：華東師範大學出版社，1989年），頁51。

19　〔漢〕班固：《漢書》〈東方朔傳〉（北京市：中華書局，1962年），卷65，頁2843。

能簡單報出名稱，而是用韻語描摹。上面所覆謎底為守宮（即壁虎）。《漢書》〈東方朔傳〉還記載了武帝身邊的幸倡郭舍人和東方朔以隱謎逗趣，爭勝邀寵的故事：

> 時，有幸倡郭舍人，滑稽不窮，常侍左右，曰：「朔狂，幸中耳，非至數也。臣願令朔復射，朔中之，臣榜百，不能中，臣賜帛。」乃覆樹上寄生，令朔射之。朔曰：「是竇藪也。」舍人曰：「果知朔不能中也。」朔曰：「生肉為膾，乾肉為脯；著樹為寄生，盆下為竇藪。」上令倡監榜舍人，舍人不勝痛，呼謈。朔笑之曰：「咄！口無毛，聲謷謷，尻益高。」舍人恚曰：「朔擅詆欺天子從官，當棄市。」上問朔：「何故詆之？」對曰：「臣非敢詆之，乃與為隱耳。」上曰：「隱云何？」朔曰：「夫口無毛者，狗竇也；聲謷謷者，鳥哺鷇也；尻益高者，鶴俯啄也。」舍人不服，因曰：「臣願復問朔隱語，不知，亦當榜。」即妄為諧語曰：「令壺齟，老柏塗，伊優亞，狋吽牙。何謂也？」朔曰：「令者，命也。壺者，所以盛也。齟者，齒不正也。老者，人所敬也。柏者，鬼之廷也。塗者，漸洳徑也。伊優亞者，辭未定也。狋吽牙者，兩犬爭也。」舍人所問，朔應聲輒對，變詐鋒出，莫能窮者，左右大驚。上以朔為常侍郎，遂得愛幸。[20]

這裡，東方朔以「口無毛，聲謷謷，尻益高」來嘲戲作為閹人的郭舍人受懲罰時不勝其痛呼天喊地的狼狽相，然而當郭舍人在武帝面前狀告他「擅詆欺天子從官，當棄市」時，遂又轉而解釋說，自己其實只是又設置了三則隱謎，並逐一解釋謎底：「夫口無毛者，狗竇也；聲

---

20 班固：《漢書》〈東方朔傳〉（北京市：中華書局，1962年），卷65，頁2844-2845。

謷謷者，鳥哺鷇也；尻益高者，鶴俯啄也。」由此及時解脫了干係。其後，郭舍人不服，又隨意設隱，步步緊逼，信口胡諏，然而東方朔或從語詞角度加以解釋，如「令者，命也。壺者，所以盛也。齫者，齒不正也。」或者從語詞所可能指稱的事物及狀態來加以解答：「老者，人所敬也。柏者，鬼之廷也。塗者，漸洳徑也。伊優亞者，辭未定也。狋吽牙者，兩犬爭也。」郭舍人信口妄說，東方朔應聲輒對，從二人的鬥嘴爭言中，我們可以看到漢代宮廷中隱語的遊戲實況，同時也可以看到東方朔對隱語這一語詞遊戲描摹事物的功能性特點是把握得十分嫻熟的，故能應答從容，乃至引得左右皆驚，主上愛幸。

　　此外，我們還能從稍近的兩則記載中進一步加深對隱語狀物特徵的認識。《太平廣記》引〈東方朔傳〉云：

> 東方朔常與郭舍人於帝前射覆。郭曰：「臣願問朔一事，朔得，臣願榜百。朔窮，臣當賜帛。」曰：「客來東方，歌謳且行。不從門入，逾我垣牆。遊戲中庭，上入殿堂。擊之拍拍，死者攘攘。格鬥而死，主人被創。是何物也？」朔曰：「長喙細身，晝匿夜行。嗜肉惡煙，常所拍捫。臣朔愚憨，名之曰蟲（蚊）。舍人辭窮，當復脫褌。」[21]

又《淵鑑類函》引〈東方朔傳〉云：

> 郭舍人曰：「珠箈文章，背有組索。兩人相見，朔能知之為上客。」朔曰：「此玉之榮，石之精。表如日光，裡如眾星。兩人相睹相知情，此名為鏡也。」[22]

21　〔宋〕李昉：《太平廣記》（北京市：中華書局，1961年），卷174，頁1292。

22　〔清〕張英：《淵鑑類函》（臺北市：新興書局，1982年），卷380，頁6688。

上述二例中，東方朔同郭舍人就是以一來一往的鋪設謎面來展開隱謎遊戲的。從他們對「蚊」、「鏡」這兩個事物所應對的謎面短章看，語言齊整、描摹生動，隱語「狀物」的文體特徵就表現得更為明朗了。當然，我們不能排除上述二例有可能出於後人的假託，班固在《漢書》〈東方朔傳〉中就曾談到這樣的問題：「朔之詼諧，逢占射覆，其事浮淺，行於眾庶，童兒牧豎莫不炫耀。而後世好事者因取奇言怪語附著之朔。」[23]但即便上述二例是後人造語附著，其運用隱謎的方式也當有傳統的遺存，我們仍然可以此為參照來考察隱語遊戲的特點。

　　隱語的這一「狀物」特徵在荀卿的〈賦〉篇中得到完整的保留和強化。〈賦〉篇是我們迄今所見到的最早的以「賦」名篇的作品，而其「純用隱語」也成為學界一個不爭的事實。我們來看其中兩則：

> 爰有大物，非絲非帛，文理成章。非日非月，為天下明。生者以壽，死者以葬。城郭以固，三軍以強。粹而王，駁而伯，無一焉而亡。臣愚不識，敢請之王。王曰：此夫文而不采者與？簡然易知而致有理者與？君子所敬而小人所不者與？性不得則若禽獸，性得之則甚雅似者與？匹夫隆之則為聖人，諸侯隆之則一四海者與？致明而約，甚順而體，請歸之禮。──禮。
> 有物於此，儻儻兮其狀，屢化如神。功被天下，為萬世文。禮樂以成，貴賤以分。養老長幼，待之而後存。名號不美，與暴為鄰。功立而身廢，事成而家敗。棄其耆老，收其後世。人屬所利，飛鳥所害。臣愚而不識，請占之五泰。五泰占之曰：此夫身女好而頭馬首者與？屢化而不壽者與？善壯而拙老者與？有父母而無牝牡者與？冬伏而夏游，食桑而吐絲，前亂而後治，夏生而惡暑，喜濕而惡雨。蛹以為母，蛾以為父。三俯三

---

23 〔漢〕班固：《漢書》〈東方朔傳〉（北京市：中華書局，1962年），卷65，頁2874。

　　起，事乃大已。夫是之謂蠶理。——蠶。[24]

　　在這些賦作中，先由「臣」提問，多方面描述所要影射的事物的特點、作用，然後由「王」或「五泰」作答，後者並不直陳謎底，而是以問為答，對所述事物再作進一步猜測性的發揮描摹，最後才點出描述對象的名稱，這和隱語的特徵是若合符契的。

三　隱語遊戲的問對特點

　　從上面所引諸多隱語看，隱語遊戲大都是在參與者雙方一問一答中完成的。《國語》〈晉語二〉所載優施和里克間的隱語遊戲讓我們看到了隱語的遊戲問對實況。而「大鳥之隱」最早見於《韓非子》〈喻老〉，又見於《呂氏春秋》、《史記》〈滑稽列傳〉、《史記》〈楚世家〉、《新序》〈雜事二〉等。這則隱語在被廣為流傳抄載過程中，儘管文字已有些出入，但王與進諫者之間含蓄的問對過程卻一直被保留著，從而使我們得以發現隱語在當時具體實施的情況。進諫者鋪設謎面，以三年不飛也不鳴的「大鳥」影射莊王的不作為，莊王明知謎底卻不明言，反設另一謎面應對，表明態度。以隱語進諫能收到一個較好的效果，我們不能不說雙方對隱語的使用規則是心知肚明的。再如《新序》〈節士〉載晉文公返國給功臣封賞，追隨他多年的介子推卻被忽視了，於是介子推進「龍蛇之隱」表達不滿，文公也以韻語作答，表明自己的態度。隱語遊戲設置了一個較為輕鬆的環境，雙方只需按照慣例進行語言的應答就可以了。

　　因此，由以上諸材料我們可以大致推測出隱語的具體實施情況：在隱語的遊戲規則中，一方進「隱」，被問的一方並不以揭示謎底為

24　〔清〕王先謙：《荀子集解》（北京市：中華書局，1988年）。

上，如果一時不能明瞭，就再次深入發問，出謎者也不挑明，而是進一步陳說提醒。或者是，被問者明知謎底也不明白說出，而是再刻畫一個謎面來影射答案。這樣看來，隱語在運用過程中方式是較為獨特的。

問對體是上古時期應用頗為廣泛的一種言辭樣式。從甲骨卜辭中的問答之辭到《左傳》中的王公筮問，筮人解答；從孔子的師生問對到戰國諸子的詰辯實錄，問對一直是重要的結構篇章的方式。而隱語的「問對」又有其突出的特點，即它們多採用一問一答的方式而非多問多答，這種形式事實上也與占絲過程存在密切關係。

研究者曾深入分析《左傳》中記載的運用《易》占筮人事的過程，發現問對體作品與《易》之間的聯繫不是表現在文本的外在形式相同上（《周易》占絲辭中只有類似謎面的隱詩，而並不存在問對體篇章），而是《易》的占筮功能為問對體作品的產生提供了契機。在運用《易》等進行占筮的過程中，出現了問答，形成了主、客雙方，在記錄運用《易》占筮的過程中，自然而然的產生了問對體作品。[25] 這個結論對我們認識隱語的問對形式非常有意義，特別是，巫卜人員為保證占問行為的神秘性和神聖性，是絕對不允許問占者一而再、再而三的詢問的。《易》〈蒙〉卦辭曰：

> 童蒙求我，匪我求童蒙。初筮告，再三瀆，瀆則不告。

對此，高亨先生解釋說：「此童蒙謂求筮者也，我，筮人自謂也。」「初筮告，再三瀆，瀆則不告，言求筮者初來求筮，則為之筮，而告以休咎。若不信初筮，反覆多疑，而再三求筮，是狎辱筮人，則不為

---

25 于雪棠：〈《周易》的占問與上古文學的問對體〉，《東北師大學報》2001年第2期。

之筮也。」[26]也就是說，在問卜過程中，再三問訊的行為意味著對占筮神聖行為的侵犯，是遭到摒棄的，問筮者只有詢問一次的權利。所以，《左傳》所載運用《周易》占問的筮例中，一問一答成為最基本、最常見的結構模式。

　　以上對《易》運用實況的考察對我們極有啟發意義。隱語中的問對形式應當是古老占問形式的保留。只不過，隱語逐漸脫開神秘的預言功能而為一般人所普遍應用之後，莊嚴的「問對」就變成一來一往的語言遊戲規則了。一般論者在考察秦漢間隱語的時候，常常只將韻語謎面部分單剔出來，作為一個獨立的部分來研究，很少考慮隱語在當時的應用和發生情況。這一方面是囿於史料的匱乏，另一方面也是受現今謎語文體特徵的影響，因為我們現在所見的謎語，一般包括謎面、謎目、謎底三部分，謎面多為含蓄的詠物詩，如「兄弟七八個，圍著杆兒坐。一旦分了家，衣服都扯破。」謎目即「打一物」，謎底就是該事物的本體即「蒜頭」。通常情況下，謎面和謎底是分開的，謎底甚至只作為謎語的一個附屬部分。在謎語遊戲中，一方將謎面寫出或說出，另一方則大多只要說出答案即告遊戲結束。然而在先秦隱語遊戲的具體語境當中，情況則有些不同，謎底有時最終也不明示，一來一往，一對一答，形式的意義甚至多過答案，這樣一來，就有了特殊的意義。

　　我們看到，隱語的這一特徵在荀卿〈賦〉篇中得到完整的保留並加以強化。〈賦〉篇是我們迄今所見最早以「賦」名篇的作品，而其「純用隱語」也成為學界一個不爭的事實。這些賦作中，先由「臣」提問，多方面描述所要影射的事物的特點、作用，然後由「王」或「五泰」作答，後者並不直陳謎底，而是以問為答，對所述事物作進一步的猜測與發揮，最後再點出描述對象的名稱。這篇作品可以說首

26　高亨：《周易古經今注》（北京市：中華書局，1984年），頁18。

次將原先大多「行」之於口頭的語言方式「形」諸文字，加以謀篇布局，真正將隱語中的「問對」作為一種必不可少的骨架在「賦」體中固定了下來。

　　在隱語使用過程中，描述解釋隱謎答案的過程古人叫「占」、「射」。稱之為「占」，大概同隱語源於占卜之辭相關，猜出其含義猶如解釋卦義，故稱之為占。稱之為「射」，大概是說出隱語含義猶如以箭中的，描述不知就裡，亦即射之不得。最後說出謎底，稱之為「歸之」，如荀子〈禮〉、〈雲〉兩篇賦，其結尾就分別是「請歸之禮」、「請歸之雲」。另據《說苑》所載，咎犯對晉平公說隱語，晉平公召隱士十二人，平公問「占之為何？」隱官不知，平公曰「歸之」，於是咎犯一一說出隱語的含義。[27] 此處「占之」與「歸之」同時出現，可以看到二者的顯著區別。由此看來，作為一種文字遊戲，隱語運用過程中的「射」、「占」比起「歸之」更具意義。因為一種遊戲之所以能成為遊戲，結果或答案不能簡單化的呈現就是它必須具備的質素，否則，缺乏必要的過程，遊戲本身的趣味性就會大大消減。而「問對」的形式，延長了這一遊戲過程，從這個角度來看，「問對」之於隱語不是簡單的一問一答，而是不可缺少的重要文體構成部分。

　　「問對」的方式使得隱這種語言遊戲呈現出特別的趣味，後世為尋找「謎底」而設置的「謎語」遊戲，只保留了隱語測智的效果，而更有意味的展示語言你來我往遊戲的一面已大大減弱了。從文體角度考慮，恰恰就是隱語這種一問一對，使得謎面的鋪陳得以多方面展開。問對作為一個引子，使接下來的鋪陳描述「事出有因」，不至於顯得突兀和多餘，奠定賦體間架結構的「主客問答」也就包孕其中了。

---

27 趙善詒：《說苑疏證》〈正諫〉（上海市：華東師範大學出版社，1985年），頁242。

四　隱語的社交功能

隱語逐漸脫開神秘的預言功能而為一般人所普遍應用是在春秋戰國時期，這時候的隱語具有娛樂、測智、言理、諷諫等多種功能，甚至一些早期知識者也借助於這種獨特的語言形式廣布自己的學說，比如老子描述玄妙的「道」就是借助隱語形式：「有物混成，先天地生。寂兮寥兮，獨立而不改，周行而不殆，可以為天下母。吾不知其名，字之曰道，強為之名曰大。」[28]

隱語的突出特點就是其娛樂性，這也是它得以進入宮廷的首要原因。春秋戰國時期，許多君主喜好隱語，猶以齊楚兩地為勝。隱語在當時非常盛行，甚至宮廷內還有專門鑽研隱語的專業人員即「隱士」，史載咎犯對晉平公說「臣善隱」，平公能馬上「召隱士十二人」與之進行應對。[29]當時甚至還有關於隱語的專書，史料記載民間無鹽女向齊宣王獻隱，宣王「立發隱書而讀之」[30]，可見，當時隱語確實是宮廷的重要娛樂形式，在民間也頗流行，乃至已經有了相關的專業人士和專業書籍。先秦宮廷中的隱語遊戲風尚到漢代還很盛行，前引《漢書》〈東方朔傳〉記載武帝身邊的郭舍人和東方朔就常以隱謎逗趣爭勝，頗受愛幸，由此可見至少在漢武帝時期，漢代宮廷當中還保留著隱語遊戲的傳統。而在這樣的氛圍中，嫻熟的運用隱語遂成為古代宮廷滑稽優倡所必備的技巧，他們由此被君王所寵幸，侍於身側。

先秦隱語本身具有「遁詞以隱意，譎譬以指事」[31]的用語特點，其中便蘊含著豐富的想像，說者由此見風趣機智，以旁觀對方的懵懂摸索為樂趣；而聽者出於本能的好奇，也產生尋求答案的慾望。在幾

28　陳鼓應：《老子注譯及評介》（北京市：中華書局，1984年），頁163。
29　趙善詒：《說苑疏證》〈正諫〉（上海市：華東師範大學出版社，1985年），頁242。
30　趙善詒：《新序疏證》〈雜事二〉（上海市：華東師範大學出版社，1989年），頁56。
31　詹鍈：《文心雕龍義證》（上海市：上海古籍出版社，1989年），頁539。

經摸索之後恍然大悟，見出言語湊合中的巧妙，遂有一點驚歎，還有一點成就感，愉悅的心情隨之產生，而這些，也許就是隱語最初為時人所喜愛的心理根據之一。此外，隱語由神秘的預言變為一般人的娛樂以後，就變成一種「諧」。也就是說，這時的隱便更多帶有調笑諧趣的色彩，故劉勰特作「諧隱」篇，並在文中對「諧」加以解釋：「『諧』之言，『皆』也；辭淺會俗，皆悅笑也。」[32]陸侃如等認為劉勰用「皆」字來解釋「諧」，一方面是利用字形和字音相近，另一方面也因為諧談具有普遍性，而「皆」字也含有共同普遍的意思。這些分析都強調了隱語在人群的交流過程中調節氣氛的作用。到春秋戰國時期隱語使用達到高潮時，諧隱就常常並用了，其玩笑愉悅的功能也就愈發顯著。劉勰《文心雕龍》「諧隱篇」舉例就多為這個時期的隱，且認為隱「與夫諧辭可相表裡者也」[33]。

　　不過細細究來，諧隱互相表裡卻並不等同，用朱光潛的說法是，隱常與諧合，卻不必盡與諧合。諧的對象必為人間世相中的缺陷，隱的對象則沒有限制；諧往往含有幾分惡意，隱與文字遊戲則可以遮蓋這點惡意，同時要叫人發現嵌合的巧妙，發出驚讚，不把注意力專注在所嘲笑的醜陋乖訛上面。[34]所以，從這一點上看，正因為有了諧的匹配，加上隱語本身文字遊戲的固有樂趣，隱才為當時上至君王下至平民所普遍喜愛，乃至成為一種風尚。另外，借助於諧的詼諧幽默，隱在發揮諷諫譏刺功能時也就更加便利。勸者將批評隱藏在諧趣的韻語當中，聽者或在愉悅的心情中欣然接受，或雖心有不滿卻不便發作，這似乎也可以看作春秋戰國時期說隱成為風尚的另一重要心理根

---

32 詹鍈：《文心雕龍義證》（上海市：上海古籍出版社，1989年），頁529。

33 只不過劉勰更強調其「經世致用」功能，所列舉隱語含義也更寬泛，暗語、體態語等似乎也都包括在內了。

34 朱光潛：《詩論》第二章〈詩與隱〉（北京市：生活・讀書・新知三聯書店，1984年），頁40。

源，關於這一點我們從前文所舉的那些隱語用例中也可以看出一二。

　　戲謔、發笑、風趣、詼諧、玩笑、滑稽等等都是娛樂遊戲的特徵，這也是隱語精神層面的質素。在我們所能見到的隱語中，像郭舍人和東方朔之間進行的那種具有非常濃郁的調笑戲謔色彩的隱語並不是很多，這應當看作是正統史家篩選的結果。司馬遷曾陳述為滑稽者作傳的理由：「談言微中，亦可以解紛。」[35]認為這裡所記載的優倡類人物都以暗含諷諫的言語行動而獲得歷史地位，載之青史的。劉勰也談及司馬遷將這些人物入史傳的理由：「是以子長編史，列傳滑稽，以其辭雖傾回，意歸於正也。」但他同時對諧隱之體遊戲諧謔的本質有著清醒的理解，認為其「本體不雅，其流易弊」，又說「文辭之有諧隱，譬九流之有小說。」[36]認為諧隱和小說一樣，雖不入正流但也有可觀之處。由此可見，在俳優的言語行為中，只有那些諷諫意味較濃、含義較為嚴肅的隱語才得以被史家關注、記載，而更多詼諧調笑，純粹屬於語言遊戲的隱語卻沒有如此待遇，後人也就無從得見了。但我們可以想見，在當時，恰恰這一部分隱語才應當是演出的主角，且數量眾多，可以說它們正是「不雅」的隱語的主體。從有關隱語的記載中，我們仍能很清晰的發現這一持續的傳統。對於《史記》〈滑稽列傳〉之「滑稽」，古人的解釋有大同小異之處，司馬貞稱：「滑，亂也；稽，同也。言辨捷之人言非若是，說是若非，言能亂異同也。」又言：楚詞云：「將突梯滑稽，如脂如韋。」崔浩云：「滑音骨。滑稽，流酒器也。轉注吐酒，終日不已。言出口成章，詞不窮竭，若滑稽之吐酒。故揚雄酒賦云『鴟夷滑稽，腹大如壺，盡日盛酒，人復藉沽』是也。」又姚察云：「滑稽猶俳諧也。滑讀如字，稽音計也。言

35　〔漢〕司馬遷：《史記》〈滑稽列傳〉（北京市：中華書局，1982年），卷125，頁3197。

36　詹鍈：《文心雕龍義證》（上海市：上海古籍出版社，1989年），頁530、556。

諧語滑利，其知計疾出，故云滑稽。」[37]從這些解釋來看，「滑稽」者
所表現出來的「出口成章，詞不窮竭」，「言非若是，說是若非」、「諧
語滑利，其知計疾出」等特徵，其語言文字遊戲的功能是顯而易見
的，這也是嚴肅的正統史家對俳優諧隱頗有微辭的原因。

五　隱、賦、謎

　　隱在後世發展中有兩個流向，一是轉化為賦，一是轉化為謎。

　　作為一種帶有競技性的語言遊戲，隱語在運用時重在強調謎面的
鋪設，至於謎底的揭示則顯得不那麼重要，因為「謎面」的鋪設恰恰
是體現其「語言遊戲」的關鍵之處。因此在隱語遊戲進行的過程中，
檢測智力的「猜」的功能逐漸減淡甚至消失，而遊戲本身也就有可能
轉化為構思想像、描摹狀物的創作比賽了。為了爭勝，參與者在競賽
中一定要尋找表現角度，講求布局，鋪張語言，這就為一種新文
體──賦的誕生創造了契機。

　　隱語和散體賦間具有共同的本質性特徵，即都以「狀物」為文體
的基本功能，只不過前者較為質樸，而後者則是「美麗之文」罷了。
在二體之間的演進過程中，「體物」特徵像血脈一樣成為連接它們的
紐帶，體現出二者間親密的母子關係。[38]荀卿〈賦〉篇就是處於隱語
向漢賦過渡階段中的標誌性作品，它一方面具有較為鮮明的隱語特
徵，同時又具備賦的一般特點且以賦名篇，只是，比起典型的華彩絢
爛的漢賦巨章，它又呈現出一種較為樸質的萌芽狀態。

　　此外，從創作者及創作心態上看，二者也有著職業性的承傳。隱
語自春秋戰國傳入宮廷，便由倡優弄臣所嫻熟運用，有些隱語大家如

---

37 〔漢〕司馬遷：《史記》〈滑稽列傳〉，卷125，頁3203注。
38 郗文倩：〈從隱語到漢賦──關於西漢散體賦形成的文體功能考察〉，《中國古代文
　　體功能研究》（上海市：上海三聯書店，2010年）。

淳于髡、東方朔等，雖名義上非倡優，但言行上和倡優絕類。他們大
多善於察言觀色，諧笑取樂，時用詼諧俳詞諷諫；而在漢代，賦家與
優倡，賦與優語俳詞也經常並談，如《漢書》〈揚雄傳〉載揚雄言：
「雄以為賦者，將以風之也，……又頗似俳優淳于髡、優孟之徒，非
法度所存。」另外，《漢書》〈枚皋傳〉謂其「不通經術，詼諧類俳
優，為賦好嫚戲」，「賦辭中自言為賦不如相如，又言為賦乃俳，自悔
類倡。」《漢書》〈藝文志〉所載百二十篇賦中有數十篇「尤嫚戲不可
讀」，可見，賦家類倡，為賦乃俳，是漢代一種普遍性觀念，所以許
多賦家如東方朔、枚皋等人雖自視甚高，天子卻以俳優蓄之，終不見
重用。馮沅君先生曾較為詳盡的討論了漢賦與俳優的密切關係，依據
淳于髡、東方朔、枚皋等人的言語形式、作品，以及揚雄等人對漢賦
的批評，得出結論：「漢賦乃是『優語』的支流，經過天才作家發揚
光大過的支流。」[39]其眼光還是比較敏銳的。

　　如果說隱在戰國秦漢間衍生出賦體，後竟成一代之文，那麼，謎
則更多是隱語的一個自然延伸，不過，從史料記載看，謎已經不再那
麼強調問對間鋪設謎面，而是強調「猜」，與今天的謎語差別就不大
了。劉勰在《文心雕龍》〈諧隱〉篇中談到隱的流變時說：

> 自魏代以來，頗非俳優，而君子嘲隱，化為謎語。謎也者，回
> 互其辭，使昏迷也。或體目文字，或圖像品物。

他認為謎為魏晉以後隱的化身，又進一步解釋謎的內涵，談及謎的兩
方面內容，一是「體目文字」，即對文字進行離拆描述，此謂字謎；
二是「圖像品物」，即對物品加以描摹設置謎面，這就有類於謎語中
的「打一物」。

---

39 可參看《馮沅君古典文學論文集》中〈古優解〉及〈漢賦與古優〉二文。馮沅君：
　　《馮沅君古典文學論文集》（濟南市：山東人民出版社，1980年）。

　　據《三國志》〈吳書〉〈薛綜傳〉記載，蜀使張奉來吳，宴飲間他「列尚書闞澤姓名以嘲澤」，大概就是通過拆解其姓名作字謎的方式來譏諷當時的尚書闞澤，而被諷刺的闞澤卻無法對答，外交場合出此尷尬吳人深以為羞。此時薛綜上前敬酒，用兩則字謎為吳國挽回了面子：

　　　　綜下行酒，因勸酒曰：「蜀者何也？有犬為獨，無犬為蜀，橫目苟身，蟲入其腹。」奉曰：「不當復列君吳邪？」綜應聲曰：「無口為天，有口為吳，君臨萬邦，天子之都。」於是眾坐喜笑，而奉無以對。其樞機敏捷，皆此類也。

薛綜拆解「蜀」、「吳」二字，根據其字形結構分別鋪設謎面，將「蜀」與犬、蟲等聯繫起來，又有「橫目苟身」的姿態描摹，由此使得「蜀」成為不堪之詞；而將「吳」與「天」聯繫，認為「吳」隱含「君臨萬邦，天子之都」的帝王氣象。外交場合人們利用謎語鬥智鬥勇，在壇坫樽俎間取得外交勝利，這種情形頗有春秋時期「賦詩言志」的味道。

　　而對於「打一物」式的謎語，早在漢代宮廷「射覆」遊戲中就已初具模樣了，只不過「射覆」有時冠之以「占」，還包含一些神秘的意味。《三國志》〈魏志〉〈管輅傳〉載祖餞大會上「射覆」遊戲就已有猜謎大會的意思：

　　　　館陶令諸葛原遷新興太守，輅往祖餞之，賓客並會。原自起取燕卵、蜂窠、蜘蛛著器中，使射覆。卦成，輅曰：「第一物，含氣須變，依乎宇堂，雄雌以形，翅翼舒張，此燕卵也。第二物，家室倒縣，門戶眾多，藏精育毒，得秋乃化，此蜂窠也。第三物，觳觫長足，吐絲成羅，尋網求食，利在昏夜，此蜘蛛

也。」舉座皆驚。……平原太守劉邠取印囊及山雞毛著器中，使筮。輅曰：「內方外圓，五色成文，含寶守信，出則有章，此印囊也。高嶽岩岩，有鳥朱身，羽翼玄黃，鳴不失晨，此山雞毛也。」[40]

又《太平廣記》卷一七三「俊辯」類曹植條引《世說》保存有曹植隱謎作品一首，是先知答案，後設「謎面」：

> 魏文帝嘗與陳思王植同輦出遊，逢見兩牛在牆見鬥，一牛不如，墜井而死。詔令賦死牛詩，亦不得云是非，不得言其鬥，不得言其死。走馬百步，令成四十言。步盡不成，加斬刑。子建策馬而馳，即攬筆賦曰：兩肉齊道行，頭上戴橫骨，行至山土頭，峰起相唐突。二敵不懼剛，一肉墜土窟。非是力不如，盛意不得泄。

曹植圖像品物，語言詼諧生動，兩牛相鬥的情形因不能明說，故曲為描摹，從藝術角度看，則顯得含蓄細緻精巧了。

與隱語一樣，謎語更多帶有文字遊戲的性質，雅俗共賞，故而生生不息。周作人曾對古代謎語做了一些搜集整理和研究工作，認為謎語之中除了尋常事物謎以外，還有字謎和難問，其所說「難問」當是指早期隱語對問的形式。他還進一步認為：

> 它們在文藝上是屬於賦（敘事詩）的一類，因為敘事詠物說理原是賦的三方面。但原始的製作，常具有豐富的想像，新鮮的感覺，純樸而奇妙的聯想和滑稽，所以多含詩的趣味。與後來

---

40 〔晉〕陳壽撰，〔南朝宋〕裴松之注：《三國志》〈魏志〉〈管輅傳〉（北京市：中華書局，1959年），卷29，頁817、822。

文人的燈謎專以纖巧與雙關及暗射見長者不同；謎語是原始的
詩，燈謎卻只是文章工場裡的細工罷了。[41]

　　使用字謎是魏晉以後文人熱衷的一種語言遊戲，了解古人這一興
趣有時可以幫助我們破解歷史謎團，比如《越絕書》的作者，相繼有
子貢作，然而研究者從該書後序中暗藏的字謎找到了較為妥當的答
案。《四庫全書總目》提要：

> 不提撰人名氏。書中《吳地傳》稱勾踐徙琅琊，到建武二十八
> 年，凡五百六十七年，則後漢初人也。書末《敘外傳記》以廋
> 詞隱其姓名。其云「以去為姓，得衣乃成」，是袁字也。「厥名
> 有米，覆之以庚」，是康字也。「禹來東征，死葬其疆」，是會
> 稽人也。又云「文詞屬定，自於邦賢，以口為姓，承之以
> 天」，是吳字也。「楚相屈原，與之同名」，是平字也。然則此
> 書為會稽袁康所作，同郡吳平所定也。王充《論衡》〈按書
> 篇〉曰：「東番鄒伯奇，臨淮袁太伯、袁文衡，會稽吳君高、
> 周長生之輩，位雖不至公卿，誠能知之囊橐，文雅之英雄也。
> 觀伯奇之《元思》、太伯之《易童句》（案童疑作章），文術之
> 《箴銘》，君高之《越紐錄》，長生之《洞曆》，劉子政、揚子
> 雲不能過也。」所謂吳君高殆即平字，所謂《越紐錄》殆即此
> 書歟？楊慎《丹鉛錄》、胡侍《珍珠船》、田藝衡《留青日札》
> 皆有是說。核其文義，一一吻合。《隋唐志》皆云子貢作，非
> 其實矣。[42]

---

41 周作人：《周作人民俗學論集》〈謎語〉（上海市：上海文藝出版社，1999年），頁
　168。

42 〔清〕紀昀等編：《四庫全書總目》〈史部〉〈載記類〉（北京市：中華書局，1965
　年），卷66，頁583。

　　此外，後世許多詩賦詞人都沿用了這種文體技巧，以謎語狀事物，寫出很多詠物類韻文。如張華〈鷦鷯賦〉：

　　　飛不飄颺，翔不翕席；其居易容，其求易給；巢林不過一枝，每食不過數粒。

又虞信〈鏡賦〉：

　　　鏤五色之盤龍，刻千年之古字，山雞見而獨舞，海鳥見而孤鳴。臨水則池中月出，照日則壁上菱生。

又杜甫〈初月〉：

　　　光細弦欲上，影斜輪未安。微生古塞外，已隱暮雲端。河漢不改色，關山空自寒。庭前有白鷺，暗滿菊花團。

又史達祖〈雙雙燕〉：

　　　過春社了，度簾幕中間，去年塵冷，茶池欲往，試入舊巢相並，還相雕梁藻井，又輕語商量不定，飄然快拂花梢，翠尾分開紅影。

這些作品因了文人天才的構思，細膩的情感，嫻熟的技巧而顯得韻味十足，從藝術角度看，已遠遠不是隱或謎所能比擬的了。

　　以隱謎勾勒情節也是很多外傳筆記喜歡使用的手法，如《古逸叢書》收《珂玉集》被認為是六朝時古書，《宋史》〈藝文志〉有著錄。其〈聰慧篇〉載：

路婦不知何處人也，孔子遊行見之，頭戴象牙櫛，謂諸弟子曰：「誰能得之？」顏淵曰：「回能得之。」即往至婦人前跪而曰：「吾有徘徊之山，百草生其上，有枝而無葉，萬獸集其裡，有飲而無食，故從夫人借羅網而捕之。」婦人即取櫛與之。顏淵曰：「夫人不問由委，乃取櫛與回，何也？」婦人答曰：「徘徊之山者，是君頭也；百草生其上，有枝而無葉者，是君髮也；萬獸集其裡者，是君虱也；借網捕之者，是吾櫛也。以故取櫛與君，何怪之有？」顏淵默然而退。孔子聞之曰：「婦人之智尚也，況學士者乎？」[43]

文末稱此引古傳，文中顏回和婦人都是隱謎高手。當然這則故事更多帶有演繹性質，和劉向《列女傳》所載阿谷處女、以及清馬驌《繹史》卷八六注引《沖波傳》中採桑女故事一樣，都是後人編排的孔子師徒和女人之間以隱語對話的故事。[44]不過，喜隱、說隱、設謎、猜謎卻是孔子時代的文化風尚，也是古今講史聽書中的興奮點，它滿足了人們好奇的本性，演繹者拿它說事兒也就不奇怪了。

　　以上是將隱作為一種文體來探討其特徵、功能、淵源、流變。如果從更廣泛的意義上來看，春秋外交活動中的「賦詩言志」，《春秋》一書所講求的微言大義、一字寓褒貶，詩歌韻語中所含比、興、雙關，以及文章著述所追求的言在此而意在彼的寄託等也都含有隱語的意味，其他有關幫會隱語、江湖黑話等更顯示出民間文化中對於漢語言含蓄性的濃厚興趣和追求，民俗學研究者甚至認為一切神話寓言和宗教儀式乃至文學作品大都是隱語的變形，且各有謎底。這樣的話題

---

43 〔唐〕佚名輯：《珢玉集》（北京市：中華書局，1985年，《叢書集成初編》本第173冊），頁11。

44 郗文倩：〈演繹中的孔子和論語〉，《古典文學知識》2011年第1期。

當然牽扯的範圍就過於寬泛，已不是本文所能容納的了，姑且留待後話。

——本章部分內容原刊於《文藝理論研究》二○○三年第四期，

收入本書時做了較大補充修改

第四章

張衡〈西京賦〉「魚龍曼延」發覆
——兼論佛教幻術的東傳及其藝術表現

一　引言

　　「魚龍曼延」為漢代非常流行的幻術表演，對該表演描述最為細緻的是張衡〈西京賦〉，文中憑虛公子誇耀西京的繁盛富麗，展示精彩紛呈的角觝百戲，其中幻術表演倏忽變化、光怪陸離，尤為引人注目：

> 復陸重閣，轉石成雷。礔礰激而增響，磅礚象乎天威。巨獸百尋，是為曼延。神山崔巍，歘從背見。熊虎升而挐攫，猿狖超而高援。怪獸陸梁，大雀踆踆。白象行孕，垂鼻轔囷。海鱗變而成龍，狀蜿蜿以蝹蝹。含利颶颶，化為仙車，驪駕四鹿，芝蓋九葩。蟾蜍與龜，水人弄蛇。奇幻倏忽，易貌分形。吞刀吐火，雲霧杳冥。畫地成川，流渭通涇。[1]

　　「巨獸百尋，是為曼延。」李善注：「作大獸長八十丈，所謂魚龍曼延也。」東漢李尤〈平樂觀賦〉描述平樂觀展演的歌舞百戲時也稱：「魚龍曼延，峛崺山阜。」[2]此外，《漢書》〈武帝紀〉、《漢書》〈西域

1　〔南朝梁〕蕭統編，〔唐〕李善注：《文選》（上海市：上海古籍出版社，1986年），頁76-77。

2　〔唐〕歐陽詢撰，汪紹楹校：《藝文類聚》（上海市：上海古籍出版社，1965年），卷63，頁1134。

傳〉、《後漢書》〈安帝紀〉、《漢官典職》、《漢儀》等都談及這場表演
（詳注見下節），《晉書》〈樂志〉、《隋書》〈音樂志〉、《通典》等更記
載了這一表演在後世的延續發展。[3]根據這些記載及注家的解釋，我
們大致可知，此幻術表演在西漢時就已有較穩固的表演程式，魚龍變
化等表演環節也是歷代百戲的保留節目。

　　關於「魚龍曼延」，一種觀點認為它是產自中國本土的藝術，「反
映出在漢代我國民族傳統幻術與當時流行的神仙思想、方士、神仙家
的密切關係。」[4]然而，考之史料，漢代以前大多為展示氣力、形體
技巧的項目，如《國語》〈晉語〉的「侏儒扶蘆」[5]即爬杆技巧；《史
記》〈秦本紀〉「武王有力好戲……與孟說舉鼎，絕臏」是為「扛鼎」
遊戲；〈李斯列傳〉「二世在甘泉，方作觳（角）抵俳優之觀」[6]為角

3　《晉書》卷二十三〈樂志〉：「魏晉訖江左，猶有夏育扛鼎、巨象行乳、神龜抃舞、
　　背負靈岳、桂樹白雪、畫地成川之樂。」〔唐〕房玄齡等：《晉書》〈樂志〉（北京
　　市：中華書局，1974年），頁718。《隋書》〈音樂志〉卷十四、卷十五曆敘北周、北
　　齊及隋百戲：「（周）宣帝即位，而廣召雜伎，增修百戲。魚龍曼延之伎，常陳殿
　　前，累日繼夜，不知休息。」北齊時「有魚龍爛漫、俳優、朱儒、山車、巨象、拔
　　井、種瓜、殺馬、剝驢等，奇怪異端，百有餘物，名為百戲……（隋）大業二年，
　　突厥染干來朝，煬帝欲誇之，總追四方散樂，大集東都。初于芳華苑積翠池側，帝
　　惟宮女觀之。有舍利先來，戲於場內，須史跳躍，激水滿衢，黿鼉龜鱉，水人蟲
　　魚，遍覆於地。又有大鯨魚，噴霧翳日，倏忽化成黃龍，長七八丈，聳踊而出，名
　　曰黃龍變。……又有神鰲負山，幻人吐火，千變萬化，曠古莫儔。」〔唐〕魏徵
　　等：《隋書》〈音樂志〉（北京市：中華書局，1973年），第2冊，頁342、381。
4　蕭亢達：《漢代樂舞百戲藝術研究》（北京市：文物出版社，1991年），頁316。此外
　　傅起鳳、傅騰龍：《中國雜技史》第二章將雜技分為七大門類即力技、形體技巧、
　　耍弄技巧、高空技藝、幻術、馬戲和滑稽，認為這些門類離形在春秋戰國時期均已
　　出現，但其列舉幻術萌芽的唯一史例為《列子》〈周穆王〉：「周穆王時，西極之國
　　有化人來，……千變萬化，不可窮極。」一般認為《列子》為晉人所偽，而此時正
　　是佛教幻術、道家神仙方術興盛的時期，故此例用以證明先秦幻術表演不妥。且化
　　人來自「西極之國」，也明顯表現出幻術出自異域。傅起鳳、傅騰龍：《中國雜技
　　史》（上海市：上海人民出版社，1989年）。
5　《國語》（上海市：上海古籍出版社，1978年），卷10，頁387。
6　分別見〔漢〕司馬遷：《史記》（北京市：中華書局，1982年），卷5，〈秦本紀〉，頁
　　209；卷87，〈李斯列傳〉，頁2559。

力之戲等，基本上沒有類似幻術的記載。而同時卻有大量資料表明，在西漢人眼裡，幻術是令人耳目一新的來自異域的雜技巧術。《史記》稱西距安息數千里的條枝國「善眩」，應劭注：「眩，相詐惑。」顏師古云：「今吞刀、吐火、殖瓜、種樹、屠人、截馬之術皆是也。」[7]又西域開通後，安息王派使者隨漢使「以大鳥卵及黎軒善眩人」獻於漢武帝。犛軒即大秦，今土耳其等地。「眩人」，韋昭云：「變化惑人也。」《魏略》云「犛靳多奇幻，口中吹火，自縛自解。」[8]《後漢書》載永寧元年（120），撣國（今緬甸）遣使者朝貢，「獻樂及幻人，能變化吐火，自支解，易牛馬頭。」[9]這些異域奇幻之術連同各國所獻奇珍異物加入到角觗百戲表演中，成為展示大漢富麗廣大的重要元素。史載當時安息等國使臣皆隨漢使獻見武帝。天子大悅，行賞賜，酒池肉林，令外國客遍觀倉庫府藏之積，見漢之廣大：

　　　　及加其眩者之工，而觳抵奇戲歲增變，甚盛益興，自此始。[10]

顯然，異域奇幻之術的加盟，大大刺激了漢代「觳抵奇戲」的發展，而「魚龍曼延」當為這一文化交流的產物，其核心藝術元素來自異域而非本土。常任俠曾引用大量資料表明西域幻人幻術對中國百戲的影響，認為魚龍曼延即傳統百戲結合西域幻術推陳出新的結果，可惜他對「魚龍曼延」未作深究。[11]

7　〔漢〕司馬遷：《史記》〈大宛列傳〉（北京市：中華書局，1982年），卷123，頁3163-3164。

8　〔漢〕司馬遷：《史記》〈大宛列傳〉（北京市：中華書局，1982年），卷123，頁3172注。

9　〔南朝宋〕范曄：《後漢書》〈南蠻西南夷列傳〉（北京市：中華書局，1982年），卷86，頁2851。

10　〔漢〕司馬遷：《史記》〈大宛列傳〉（北京市：中華書局，1982年），卷123，頁3173。

11　常任俠：《絲綢之路與西域文化藝術》（上海市：上海文藝出版社，1981年），頁215-224。

　　那麼，對於這一引人注目的藝術「混血兒」，我們能否對其「血統」作更為細緻的分析？看看究竟是怎樣的內外因素促成了這一混融？于豪亮曾討論過魚龍曼延的取材來源，認為錢樹、錢樹座等漢代出土文物上有關仙山的圖案、古代巨鰲負山和三仙山的傳說以及張衡賦中「神山崔巍，欻從背見」的描寫，都是從「同一傳說——海上三仙山而來」，因此認定「蔓衍魚龍，即為三神山之戲」[12]。現在看來，「神山」僅僅是諸多變化中的一個，以此下結論顯然不甚妥當。通過分析比對多種資料，筆者認為，「魚龍曼延」幻術表演當取材於印度佛教典籍中著名的舍利弗與外道魔頭勞度差鬥法故事，即敦煌壁畫以及變文裡所描述的「降魔故事」、「降魔變」。舍利弗在漢語譯本中常簡作「舍利」，賦中所說表演主角「含利」實為「舍利」的訛寫，此舍利（獸）即為彼舍利（弗）的象徵。「魚龍曼延」體現了流行藝術對佛教因素的借用，而這正是佛教藝術初入中國時的基本情形。由於這些內容過去向乏論述，筆者試作探究。在此基礎上，本文將關注幻術、繪畫、文學等不同藝術種類在表現同一題材時所呈現出來的差異，此外進一步探討佛教與幻術之間的密切關係。

二　含利、舍利與舍利弗、「魚龍曼延」與降魔故事

　　「魚龍曼延」之「曼延」亦作「蔓延」、「漫延」、「漫衍」，而其表演主角即善於幻化的「含利」後世注家多作「舍利」，如《漢書》〈武帝紀〉：「作角觝戲，三百里內皆（來）觀。」注引文穎曰：「蓋雜技樂也。巴俞戲，魚龍蔓延之屬也。」[13]〈西域傳〉：「設酒池肉林以饗四夷之客，作巴俞都盧、海中碭極、曼延魚龍、角觝之戲以觀視

---

12 于豪亮：〈「錢樹」、「錢樹座」和魚龍曼延之戲〉，《文物》1961年第11期。
13 〔漢〕班固：《漢書》〈武帝紀〉（北京市：中華書局，1962年），卷6，頁194。

之。」顏師古注：「曼延者，即張衡〈西京賦〉所云『巨獸百尋，是為漫延』者也。魚龍者，為舍利之獸，先戲於庭極，畢乃入殿前激水，化成比目魚，跳躍漱水，化霧障日，畢，化成黃龍八丈，出水敖戲於庭，炫耀日光。〈西京賦〉云『海鱗變而成龍』即為此色也。」[14]《後漢書》：「罷魚龍曼延百戲。」李賢注引《漢官典職》曰：「舍利之獸從西方來，戲於庭，入前殿，激水化成比目魚，漱水作霧，化成黃龍，長八丈，出水遨戲於庭，炫耀日光。」[15]《通典》卷第七十注引蔡質《漢儀》記述元旦君臣一起觀看表演：「舍利獸從西方來，戲於庭極，乃畢入殿前，激水化成比目魚，跳躍漱水，作霧障日。畢，化為黃龍，長八丈，出水遨遊，於庭炫耀。」[16]上述表演內容相似，突出舍利獸遨戲於庭、魚龍變化、漱水作霧的情節，這些記載與〈西京賦〉描述的「含利」參與的幻術表演在許多環節上也都十分相似。

「含利」據李善注：「獸名，性吐金，故曰含利。」[17]認為此瑞獸有舍金散財的秉性。「含利」一詞還見於《太平御覽》卷九一三，為東漢鄭眾撰錄的婚禮禮物之一，其贊文曰：「含利為獸，廉而能謙。禮義乃食，口無譏慾。」[18]然此贊文嚴可均《全後漢文》「含利」亦作「舍利」。

14　〔漢〕班固：《漢書》〈西域傳〉（北京市：中華書局，1962年），卷96下，頁3929。

15　〔南朝宋〕范曄：《後漢書》〈安帝紀〉（北京市：中華書局，1965年），卷5，頁205。

16　〔唐〕杜佑撰，王文錦等點校：《通典》（北京市：中華書局，1982年），卷70，頁1928。《晉書》卷二十三《樂志》記載與此相類：「後漢正旦，天子臨德陽殿受朝賀，舍利從西方來，戲於殿前，激水化成比目魚，跳躍嗽水，作霧翳日。畢，又化成龍，長八九丈，出水遊戲，炫耀日光。」〔唐〕房玄齡等：《晉書》（北京市：中華書局，1974年），卷23，頁718。

17　〔南朝梁〕蕭統編，〔唐〕李善注：《文選》（上海市：上海古籍出版社，1986年），頁76「含利颬颬」注。

18　〔宋〕李昉：《太平御覽》（臺北市：臺灣商務印書館，1983年，《景印文淵閣四庫全書》第901冊），卷913，頁896。

　　綜合上述材料看，含（舍）利是漢代出現的瑞獸，既善於變化，又樂於施財，還有廉潔有禮，口無譏愬的品性，如此豐富的個性當在廣泛的流傳中累積而成的，然而「含利」一說僅有早期二例，後世不見記載；而大量記載的「舍利」與其特性多有相似，後世注家也大都不加理會文字上的差異而寫作「舍利」，可見，「含利」當為「舍利」的訛錄。

　　舍利還有與佛教相關的兩個含義。一指佛骨舍利，漢代亦作「猞猁」，內蒙和林格爾東漢墓壁畫有榜題為「仙人騎白象」和「猞猁」的圖像，後者為一盤中放置四個圓球狀物，顯然指佛體焚化後結成的舍利子。佛教初傳中國，畫師並不明確「舍利」的真正含義，只是模糊地把它當作一種祥瑞，故「舍利」二字上加反犬旁，意與同壁所繪中國傳統的瑞獸「青龍」、「玄武」等對應。[19]

　　其二，舍利為「舍利弗」的對音減省。如六世紀闍那崛多譯《佛木行集經》第四十九品〈舍利目連因緣品〉講述佛陀兩大弟子舍利弗和摩訶目鍵（乾）連出家前的種種因緣。[20]舍利、目連即為簡稱。目連救母故事在中國流傳甚廣，曾經是無數圖畫及戲曲的題材，敦煌變文中就有〈大目乾連冥間救母變文〉、〈目連緣起〉、〈目連變文〉，名字都用簡稱，舍利同理，如敦煌〈降魔變文〉散文部分作「舍利弗」，韻文部分多作「舍利」，此減省還有語言形式齊整的考慮。

　　舍利弗在中國最為人熟知的是其與六師外道勞度差（又作勞度叉）鬥法的「降魔變」故事，前人對繪畫和文學中的「降魔變」已做過大量研究。許多經文和一篇完整的變文都記載了這個故事。[21]全本

---

19 俞偉超：〈東漢佛教圖像考〉，《文物》1980年第5期；吳焯：〈關中早期佛教傳播史料鉤稽〉，《中國史研究》1994年第4期。

20 黃寶生：〈印度戲劇的起源〉，《外國文學評論》1990年第2期。

21 詳細目錄見李永寧、蔡偉堂：〈《降魔變文》與敦煌壁畫中的「勞度叉鬥聖變」〉，敦煌文物研究所：《1983年全國敦煌學術討論會文集 石窟・藝術編》（上）（蘭州市：甘肅人民出版社，1985年），頁166-167。

「降魔」故事包括兩部分。第一部分講述尋找佛教聖地祇園的故事。佛教徒須達希望佛去祖國布道，佛派門徒舍利弗助其選址建精舍，後找到祇陀太子的花園，須達以黃金覆地，購買土地奉獻給佛。第二部分情節急轉。六師外道聞聽欲請佛來，自恃長於魔法，要求建精舍前先與舍利弗鬥法。六輪爭鬥，舍利弗均戰勝外道魔頭勞度差，最終故事以外道屈服皈依佛法收尾。早期降魔故事見於北魏慧覺等八位中國僧人在于闐集會時編纂的佛教故事集《賢愚經》，其文曰：

六師眾中，有一弟子，名勞度差，善知幻術，於大眾前，咒作一樹，自然長大，蔭覆眾會，枝葉鬱茂，花果各異。眾人咸言：「此變乃是勞度差作。」時舍利弗，便以神力，作旋嵐風，吹拔樹根，倒著於地，碎為微塵。眾人皆言：「舍利弗勝！今勞度差，便為不如。」又復咒作一池，其池四面，皆以七寶，池水之中，生種種華。眾人咸言：「是勞度差之所作也。」時舍利弗，化作一大六牙白象，其一牙上，有七蓮花，一一花（上），有七玉女，其象庠徐，往詣池邊，並含其水，池即時滅。眾人悉言：「舍利弗勝！勞度差不如。」復作一山，七寶莊嚴，泉池樹木，花果茂盛。眾人咸言：「此是勞度差作。」時舍利弗，即便化作金剛力士，以金剛杵，遙用指之，山即破壞，無有遺餘。眾會皆言：「舍利弗勝！勞度差不如。」復作一龍，身有十頭，於虛空中，雨種種寶，雷電振地，驚動大眾。眾人咸言：「此亦勞度差作。」時舍利弗，便化作一金翅鳥王，擘裂噉之。眾人皆言：「舍利弗勝！勞度差不如。」復作一牛，身體高大，肥壯多力，粗腳利角，爬地大吼，奔隊（墜）來前。時舍利弗，化作師子王，分裂食之。眾人言曰：「舍利弗勝！勞度差不如。」復變其身，作夜叉鬼，形體長大，頭上火燃，目赤如血，四牙長利，口自出火，騰躍

奔赴。時舍利弗自化身作毗沙門王，夜叉恐怖，即欲退走，四
面起火，無有去處。唯舍利弗邊，涼冷無火，即時屈伏，五體
投地，求哀脫命。辱心已生，火即還滅。眾咸唱言：「舍利弗
勝！勞度差不如。」[22]

這場變幻鬥法共六個回合，依次為：

1 勞度差變作大樹，舍利弗作旋風吹拔大樹；
2 勞度差變作水池，舍利弗作大象吸乾水池；
3 勞度差變作大山，舍利弗作金剛力士以金剛杵碎壞大山；
4 勞度差變作龍發出雷電震動，舍利弗作金翅鳥王撕裂食之；
5 勞度差變作牛，舍利弗作師（獅）子王分裂食之；
6 勞度差變作夜叉鬼，口自出火，周圍火燃；舍利弗化作毗沙
　門王，身邊清涼無火。

那麼，既然擅長幻術鬥法的舍利弗被簡稱為「舍利
（弗）」是否就是彼「舍利（獸）」？這兩場幻術「表演」是否表現同
一題材呢？前面談及幻術主要來自於西南異域，《漢官典職》、《漢
儀》稱舍利獸「從西方來」，似乎都透露出幻術表演與佛教的關係。
此外〈西京賦〉所述表演有「白象行孕」，而「象」在前二世紀即被
認為是來自西方的祥瑞，如漢武帝〈象載瑜〉：「象載瑜，白集西，食
甘露，飲榮泉。」[23] 故研究者認為漢代藝術中的白象題材即源於佛

---

22 〔宋〕慧覺等撰譯：《賢愚經》〈須達起精舍品〉（北京市：中華書局，1985年，《中
　華大藏經》第51冊），卷10，頁153上中欄。
23 顏師古注云：「象載，象輿也。山出象輿，瑞應車也。瑜，美貌也，言此瑞車瑜然
　色白而出西方也。」〔漢〕班固：《漢書》〈禮樂志〉（北京市：中華書局，1962
　年），第4冊，卷22，頁1069。

教。[24]那麼，魚龍曼延幻術表演是否與上述佛教降魔故事有關呢？

帶著這種假設筆者將相關內容進行對照，驚喜地發現眼前顯現出一種新的邏輯：鬥法情節與表演變化之間多能一一對應（見下表），有些一目了然，如水池、白象、大山、龍、雷電、火等，有些則僅是敘述上詳略、概括和具體之分。

鬥法回合	主角	變化	《賢愚經》原文	〈西京賦〉原文
第一回合	勞度差	樹	作一樹，自然長大，蔭覆眾會，枝葉鬱茂，花果各異。	猿狖超而高援。
	舍利弗	旋風	作旋嵐風，吹拔樹根，倒著於地，碎為微塵。	
第二回合	勞度差	水池	作一池，其池四面，皆以七寶，池水之中，生種種華。	畫地成川，流渭通涇。
	舍利弗	白象	化作一大六牙白象，其一牙上，有七蓮花，一一花上，有七玉女，其象徐庠，往詣池邊，並含其水，池即時滅。	白象行孕，垂鼻轔囷。
第三回合	勞度差	山	作一山，七寶莊嚴，泉池樹木，花果茂盛。	神山崔巍，欻從背見。
	舍利弗	金剛力士	作金剛力士，以金剛杵，遙用指之，山即破壞，無有遺餘。	怪獸陸梁。
第四回合	勞度差	龍發出雷電	作一龍，身有十頭，於虛空中，雨種種寶。雷電振地，驚動大眾。	海鱗變而成龍，狀蜿蜿以蝹蝹。轉石成雷，礚礚激而增響，磅礚象乎天威。

---

24 巫鴻：〈早期中國藝術中的佛教因素〉，《禮儀中的美術——巫鴻中國古代美術史文編》（北京市：生活・讀書・新知三聯書店，2005年），頁300-304。俞偉超：〈東漢佛教圖像考〉，《文物》1980年第5期，頁8-15。

鬥法回合	主角	變化	《賢愚經》原文	〈西京賦〉原文
	舍利弗	金翅鳥王	作一金翅鳥王，擘裂噉之。	大雀踆踆。
第五回合	勞度差	牛	作一牛，身體高大，肥壯多力，粗腳利角，爬地大吼，奔突來前。	熊虎升而挐攫。
	舍利弗	獅	作師子王，分裂食之。	
第六回合	牢度差	吐火夜叉	作夜叉鬼，形體長大，頭上火燃，目赤如血，四牙長利，口自出火，騰躍奔赴。	巨獸百尋，是為曼延。吞刀吐火
	舍利弗	毗沙門王	作毗沙門王，夜叉恐怖，即欲退走，四面火起，無有去處。唯舍利弗邊，涼冷無火。	含利颲颲，化為仙車，驪駕四鹿，芝蓋九葩。

　　比如第一回合，勞度差化作大樹，賦中描寫為「猿狖超而高援」。猿棲息在樹上，從廣場表演角度看，表現猿狖在樹枝上攀援跳躍顯然比一棵靜止的大樹更具觀賞性，技術上也不是難事，比如可以人扮猿猴在竹木杆上翻騰跳躍，或人工控制彩紮模型等。漢代之前即有模仿各種動物的「象人」表演，高空類雜技在漢代已表現出高超水準，內蒙古和林格爾漢墓以及沂南石刻壁畫上，都有「橦枝圖」，即將大根橦木豎立於人額上或車上，橦木上端固定一橫木做十字架形，演員在上面表演探海倒掛等被稱為「戲車高橦」的技藝：「突倒投而跟掛，譬隕絕而復連」即：「突然倒投，身如將墜，足跟反絓橦上，若已絕而復連」，[25]動作嫺熟驚險。

　　又如第三回合舍利弗所化金剛力士與第六回合勞度差所化夜叉鬼均為形體巨大、神力超常、模樣怪異恐怖的形象。金剛力士為大力之

25　〔漢〕張衡：〈西京賦〉，〔南朝梁〕蕭統編，〔唐〕李善注：《文選》（上海市：上海古籍出版社，1986年），頁77。

神，敦煌藏經洞佛畫中對肌體及力量的描繪最明顯地就體現在這些半裸露的力士像中。夜叉鬼為地獄惡鬼，《賢愚經》描述為「形體長大，頭上火燃，目赤如血，四牙長利，口自出火，騰躍奔赴」，這些形象顯然都是漢代人所不熟悉的，故在〈西京賦〉對應的描述裡，他們是「陸梁」（跳躍）的「怪獸」、「百尋」的「巨獸」，沒有名姓。

又如第五回合舍利弗與勞度差分別化作牛獅相搏，這一情節在佛教裡應當是有深意的，因為獅子是佛祖釋迦牟尼的象徵，牛則是婆羅門教尊崇的聖物，而佛教就是以無常和緣起思想反對婆羅門梵天創世說，以眾生平等思想反對婆羅門種姓制度而獲得眾多信徒的。而賦家筆下的幻術表演，則以「熊虎」「挐攖」（李善注：「相搏持也。」）替代「牛獅」相鬥，這或可看作幻術表演者的變通與改造。因為獅子並非本土動物[26]，漢人也無馴獅鬥牛的經驗。反之，虎與熊則為漢人熟知，揚雄〈長楊賦〉描寫「大校獵」，即在以木柵繩網包圍的開闊獸圈中進行集體鬥獸表演：「張羅罔罝罘，捕熊羆豪豬虎豹狖玃狐兔麋鹿，載以檻車，輸長楊射熊館。以罔為周阹，縱禽獸其中，令胡人手搏之，自取其獲，上親臨觀焉。」[27]《漢書》也記載元帝到虎圈觀鬥獸時「熊佚出圈，攀檻欲上殿」的驚險場面。[28]馴鬥虎熊等猛獸是漢代極具時代特色的文化現象，漢代畫像石多有此類主題。[29]因此，從

26　《後漢書》卷三〈章帝紀〉稱章和元年（西元87年），「月氏國遣使獻扶拔、師子。」卷八十八〈西域傳〉載同年安息國「遣使獻師子、符拔。」〔南朝宋〕范曄：《後漢書》（北京市：中華書局，1965年），卷3，頁158；卷88，頁2918。

27　〔漢〕揚雄：〈長楊賦〉，〔南朝梁〕蕭統編，〔唐〕李善注：《文選》（上海市：上海古籍出版社，1986年），頁403。

28　〔漢〕班固：《漢書》，〈外戚傳〉（北京市：中華書局，1962年），卷97下，頁4005。

29　如魯迅收藏的漢畫像拓片就有「象人戲獸」、「象人鬥虎牛」、「熊虎鬥」、「二虎鬥熊」、「牛虎鬥」等多種。北京魯迅博物館、上海魯迅紀念館：《魯迅藏漢畫像一》（上海市：上海人民美術出版社，1986年）。相關研究可參看王子今：〈漢代的鬥獸和馴獸〉，《人文雜誌》1982年第5期。王子今、王心一：〈「東海黃公」考論〉，《陝西歷史博物館館刊》第11輯（西安市：三秦出版社，2004年）。文章亦收入王子今：《秦漢社會史論考》（北京市：商務印書館，2006年）。

技術層面看，以「熊虎」搏擊替代牛獅相鬥也更可行，實際表演時也許就是馴獸師訓導熊虎相搏，或者是以人喬裝熊虎作拼打動作。漢代畫像石描述的百戲圖多有人扮動物，如山東沂南畫像石人扮演豹子與小兒嬉戲，大雀下是一對人足；江蘇徐州銅山縣洪樓祠堂頂部畫像石，大魚之下有四條人腿。[30]喬裝動物之戲在後世也一直是傳統百戲節目。[31]

　　上述比對中唯一感到有些突兀的是第六回合舍利弗所化「毗沙門王」，與賦中描寫的「含利颬颬，化為仙車，驪駕四鹿，芝蓋九葩」之間的對應，然而收攏散落各處的信息可以看出，這個假設仍然是成立的。

　　首先，毗沙門王即佛教中的毗沙門天王，又名多聞天、多聞、普聞天、種種聞天、毗沙門天、毗沙門，又名托塔天王，是四天王之一，為守護道場的護法神，又兼財神之職，據說他原為古印度婆羅門教天神施財天[32]，一說他與印度財寶神阿茶般多音譯毗沙門同名。[33]前面談及舍利獸性能「吐金」，顯然兩者均有著施金散財的品性。

　　其次，〈西京賦〉描述舍利所化仙車「驪駕四鹿，芝蓋九葩」，以鹿為車駕、以靈芝為華蓋、裝飾各色鮮花，顯然為王者車駕特點。敦煌晚唐第九窟降魔變壁畫中，舍利弗端坐蓮花寶座，寶座兩旁長出兩根粗壯枝杈，牢牢支撐頂部宛若巨大靈芝的華蓋，而對手勞度差則坐

---

30 蔣英炬：〈山東漢畫像石〉，《中國畫像石全集》（濟南市：山東美術出版社，2000年），第1冊，頁152圖版203；蕭亢達：《漢代樂舞百戲藝術研究》（北京市：文物出版社，1991年），頁318圖205。

31 李昉：《太平廣記》卷二百四記載唐玄宗時喬裝畏獸之戲：「樂工數百人於車上，皆衣以錦繡，服箱之牛，蒙以虎皮。及為犀牛形狀，觀者駭焉。」〔宋〕李昉：《太平廣記》（北京市：中華書局，1961年），第5冊，頁1544。

32 方廣錩：《中國佛教文化大觀》（北京市：北京大學出版社，2001年），頁329「四大天王」條。

33 張永安：〈敦煌毗沙門天王圖像及其信仰概述〉，《蘭州大學學報》2007年11期。

在磚石壘砌的方形臺案上，四根細細的竹（木）竿支撐著橢圓形頂蓋，頂蓋下端窄窄的裙邊在風中上下波動，顯示材質為普通的布帛綢緞類。畫家繪製不同的華蓋以顯示神力等級差異。《高僧傳》強調高僧求那跋摩與眾不同也說：「時有信者，采華布席，唯跋摩所坐，華彩更鮮。」[34]可見在表現佛法高超的構思上，幻術和繪畫有著共同的知識和觀念來源。

因此，幻術表演中的「芝蓋九葩」當是舍利弗出場的象徵。而「驪駕四鹿」則是為廣場上的行進表演而準備的，〈西京賦〉：「臨回望之廣場，程角觝之妙戲」。山東沂南以及徐州銅山縣洪樓出土描寫百戲樂舞的漢代畫像石中百戲演員都面向同一方向，顯然是在行進中。研究者猜測，許多類似現代機關佈景似的幻術道具一部分當設置在戲車上，在行進中或行至看臺前突然發動。[35]

在《賢愚經》中，鬥法還有一個尾聲，即勞度差屈服後，舍利弗再次騰空躍起，顯示其萬千神通變化：

> 時舍利弗，身升虛空，現四威儀，行住坐臥，身上出水，身下出火，東沒西踊，西沒東踊，北沒南踊，南沒北踊。或現大身，滿虛空中，而復現小，或分一身，作百千萬億身，還合為一身，於虛空中，忽然在地，履地如水，履水如地。作是變已，還攝神足，坐其本座。

而〈西京賦〉有「奇幻倏忽，易貌分形」的描寫，以往人們常將此段文字看作是對前述變化的總結，但「倏忽」間「易貌分形」，似乎也是對上述或東或西、或南或北、或上或下以及「或現大身，滿虛空

34　〔南朝梁〕釋慧皎撰，湯用彤校注：《高僧傳》（北京市：中華書局，1992年），卷3，頁109。

35　傅起鳳、傅騰龍：《中國雜技史》（上海市：上海人民出版社，1989年），頁61。

中，而復現小，或分一身，作百千萬億身，還合為一身」情節的概括，因此或可以說這一情節也具有對應性。

綜上所述，幾乎可以肯定，〈西京賦〉所描繪的大型幻術表演「魚龍曼延」即取材於佛教「降魔」故事，表演設計者以變幻為基本線索，結合象人、馴獸、仙車、橦枝等漢代本土百戲，最終幻化出「魚龍曼延」這一眩人耳目的大型廣場表演。

三　「魚龍曼延」與「降魔故事」、「降魔變」及「降魔」壁畫

可以想見，在幻術不甚發達的中國古代，舍利弗降魔故事及其表演所展示的神奇「變幻」顯然給人們帶來強大的心理震撼。隨著漢譯佛經的傳播，「降魔故事」也在擴大影響，以繪畫、變文等多種藝術形式傳播。然而，對於同一題材，幻術、繪畫、文學等不同藝術種類在表現策略方面是有差異的。

比如〈西京賦〉描寫的幻術表演變化順序與降魔故事的敘述順序並不一致。幻術表演以「轉石成雷」開端，降魔故事則以勞度差變大樹開始，而勞度差變作巨龍發出雷電震動是在鬥法第三回合。這種差異或許來自於賦家的主觀敘述，即張衡並非按照表演順序「實錄」，而是根據「印象」、「記憶」甚至「傳聞」創作而成，他更多遵從的是敘述的方便以及言語修辭習慣，如「熊虎升而挐攫，猿狖超而高援。怪獸陸梁，大雀踆踆」，顯然為追求言辭的駢偶上口而將相關內容並列敘述，這是賦體的語言特點。而更大的可能是，幻術表演基於自身藝術特性、演出效果以及技術限制，僅吸納並表現原故事中各個「變幻」要素，而不必承擔「敘事」任務。比如以「轉石成雷」製造「礔礰激而增響，磅礚象乎天威」的轟動效果作表演開端，僅僅是為了先聲奪人，將觀眾注意力從前段表演中吸引過來。從〈西京賦〉描寫

看，前面是一段總會仙倡、女娥長歌的輕歌曼舞，之後「度曲未終，雲起雪飛，出若飄飄，後遂霏霏」，此時突現雷電霹靂之聲，其帶來的驚詫震恐就可以想見了，後世幻術表演也常沿用這種吸引觀眾的方式。[36]此外，幻術講求道具機關，若是一連串大型變幻，就必須兼顧前後變化轉換的可能和便利，因此，表演不可能完全遵從原故事的敘述順序，而只能提取各變化「元素」，打亂順序重新編排。

「變化」元素的相對獨立，也有利於表演者創造性發揮。比如故事中「白象吸水」，幻術表現為「白象行孕，垂鼻轔囷」，或許增加了釋迦牟尼出生的傳說，傳說中，釋迦牟尼母親摩耶夫人因夢見一白象潛入其胎中而感孕。而龍也由「海鱗」即海中大魚變化而成，這既符合漢代觀眾有關龍出入於海的印象，也增加了變化，獲得更佳的表演效果，從技術角度看似乎也不難做到，清代唐再豐所著《鵝幻彙編》就繪有魚龍變幻圖解，紙紮魚龍上下相連，利用機關上下移動。這一變幻或因其便於操作、寓意祥瑞而成為百戲表演的保留節目，山東沂南北寨村漢墓畫像石就在很顯眼的位置繪製藝人手持紙紮大魚行進的表演場面，「魚龍」表演直至清代還十分盛行。

受技術手段、場地表演等多方面限制，並非所有降魔故事談及的「變化」都能獲得理想的表現，比如「風」。鬥法第一回合，當勞度差變作大樹，舍利弗即「作旋嵐風，吹拔樹根，倒著於地，碎為微塵。」然而，在賦家的描述裡，我們很難找到相對應的文字，這可能有多種原因，比如由於風無形無聲，很難呈現；或者出於技術限制，在今天看來，要表現有一定威力的旋風狂風都需要強勁的鼓風系統，

36　孟元老撰、鄧之誠注《東京夢華錄注》卷七記錄宋徽宗觀看的幻術表演就用這種駭人方式作為開場和穿插：「忽作一聲如霹靂，謂之『爆仗』，……煙火大起，有假面披髮、口吐狼牙煙火如鬼神狀者上場。」此後「又一聲爆仗」，「硬鬼」上場；「又爆仗一聲」，鍾馗上場；「又爆仗響」，七人相互格鬥擊刺，破面剖心等等，煙火、爆仗和幻術結合，模擬駭人心魄的神鬼世界。〔宋〕孟元老撰，鄧之誠注《東京夢華錄注》（北京市：中華書局，1982年），卷7，頁194。

漢代以皮囊鼓風，顯然很難達到滿意效果。更何況，即便能做到，表演也要冒著將道具吹得七零八落的風險，因此將這一變幻放棄也是理所當然的。也正因此，從張衡這一「觀眾」視角看，除了「熊虎升而挐攫」顯示出鬥法的對抗性，其餘諸多變化並沒有彼此較量的意思。顯然，幻術表演重在展示「變化」的神奇，這才是其藝術之根本。

然而，到了唐代，「風鬥」情節卻引起敦煌畫師和變文作者更多的興趣。他們將「風鬥」從其他鬥法內容裡獨立出來，發展為一個主要的獨立題材。

敦煌石窟表現「勞度叉鬥聖變」壁畫共十九幅[37]，研究者認為，最早描述降魔故事的西千佛洞第十二窟北周壁畫尚模擬經文的敘述結構[38]，但三三五窟初唐「降魔」壁畫則開始著力渲染「風鬥」場面，畫中，舍利弗與勞度差在其追隨者的護擁之下被畫在龕中分立的兩壁，「風鬥」情節佔據突出地位，其他鬥法場面卻半隱在塑像後面：

> 壁畫中的風不僅把大樹吹得搖搖欲倒，也在襲擊勞度叉及其隨從。藝術家煞費苦心的描繪了這一攻擊如何使外道陷入一片混亂：勞度叉雙目難睜，其追隨者以手護面。舍利弗的安詳自信與外道的驚慌狂亂因此形成強烈的對比，成為畫面的焦點。為了強調這一情節的重要性，畫家進一步把旋風擬人化了，他創造的風神正用力壓擠著皮囊，釋放出強勁的狂風。[39]

---

37 李永寧等：〈《降魔變文》與敦煌壁畫中的「勞度叉鬥聖變」〉，敦煌文物研究所：《1983年全國敦煌學術討論會文集 石窟・藝術編》（上）（蘭州市：甘肅人民出版社，1985年），頁170圖表。

38 金維諾：〈敦煌壁畫祇園記圖考〉，周紹良、白化文編：《敦煌變文論文錄》上冊（上海市：上海古籍出版社，1982年），頁345；巫鴻：〈何為變相——兼論敦煌藝術與敦煌文學的關係〉，《禮儀中的美術——巫鴻中國古代美術史文編》（北京市：生活・讀書・新知三聯書店，2005年），頁371。

39 巫鴻：《禮儀中的美術——巫鴻中國古代美術史文編》（北京市：生活・讀書・新知三聯書店，2005年），頁376。

可見，畫師在將故事轉化為繪畫題材時加入了自己的理解和想像，敘事過程突出了繪畫的邏輯，巫鴻認為，這一側重點的轉化與壁畫位居兩壁的總體結構有關：

> 只有旋風可以把二者直接聯繫起來。風雖無形，卻可穿越空間距離襲擊惡魔。

顯然，畫師基於繪畫空間特點對故事做了創造性的表現，幻術所無法表現的「無形」之風在繪畫語言裡卻是可觀可感的。巫鴻進一步認為，這種新的對立主題繪畫成為後來所有「降魔」變相的藍本，圖像為講述故事提供了新的語彙，由此激發起人們的想像力並影響到了變文的寫作，因為在晚於這幅壁畫的降魔變文裡，「風鬥」也不再像《賢愚經》中描述的只是其中一個普通的變化環節，而是值得想像發揮和鋪敘言辭的主題，是鬥法的高潮，更是決定勝負的最終一戰：

> （外道）急於眾中化出大樹，坡（婆）娑枝葉，敝（蔽）日干雲，聳幹芳條，高盈萬仞。祥擒瑞鳥，遍枝葉而和鳴；翠葉芳花，周數里而斗（陡）闇。於時見者，莫不驚嗟。
> 舍利弗忽於眾里化出風神，叉手向前，啟言和尚：「三千大千世界，須臾吹卻不難；況此小樹纖毫，敢能擋我風道。」出言已訖，解袋即吹。於時地卷如綿，石同塵碎，枝條迸散他方，莖幹莫知所在。

韻文誦道：

> 瞬息中間消散盡，外道飄飄無所依。
> 六師被吹腳距地，香爐寶子逐風飛。

寶座頃（傾）危而欲倒，外道怕急總扶之。[40]

而敦煌第九窟發現的長篇題記，更是在風鬥情節上大力著筆，其言辭華美，鋪張似賦，與今所見〈降魔變〉言辭不同，或以其他「降魔變」為本：

其樹乃根鑿黃泉，枝梢（捎）碧□（霄）……□□萬丈，聳幹千尋，弊（蔽）日忓（干）雲，掩乾坤□扶□□，……齊，迷日月於行蹤。外道踴躍，並言神異。其風乃出天地之外，滿宇宙之中，偃立移山，傾河倒海。大鵬退翼，鯨鯢突流；地□（卷）如綿，石同塵碎。縱大樹千刃（仞），攝（摺）拉須史；巨木萬尋，摧殘倏忽。於是花非棄散，根拔枝摧。此樹上（尚）不可當，何物更能輒擬！……[41]

有關這一題材的文學和繪畫藝術交互影響長達幾個世紀，其間二者互相配合，共同發展，形式日益複雜。壁畫題記中很大一部分都圍繞著這一主題，顯然，畫師對此非常重視，著力描繪，並以榜題形式引導「觀者」更為清晰地了解其繪畫初衷：

（1）風神嗔怒，放風吹勞度叉時。（98）

（2）地神湧出助□吹外道時。（85，98）

（3）外道置風袋盡無風氣，口吹時。（146）

（4）外道風神無風□助風時。（25，454）

---

40 王重民、王慶菽、向達、週一良、啟功、曾毅公：《敦煌變文集》（北京市：人民文學出版社，1957年），頁387-388。

41 黃征：〈〈降魔變文〉研究〉，《南京師大學報》2002年第4期。

（5）外道風神解袋放風，風道□□不行時。（454）

（6）外道被風吹急誦咒止風時。（85，98）

（7）外道大樹婆娑，風吹枝葉不殘時。（72）

（8）外道被風吹……時。（9，454）

（9）外道被風擊急，奄頭藏隱時。（146，55，45，9）

（10）外道被風吹遮面時。（9，98，454）

（11）外道被風吹急，□手遮面回時。（146）

（12）外道被風吹急，遮面愁坐時。（98）

（13）……被風吹用急，惟愕……（98）

（14）外道被風吹急，止（？）風時。（146）

（15）外道（或外道天女）被風吹急，政（正）立不得，卻回時。（146，55）

（16）外道天女風吹得急，政（？）立不穩時。（55）

（17）外道風吹得急，相倚伏□時。（55）

（18）外道□□□急，相抱時。（55）

（19）外道欲擊□□，風吹倒時。（55）

（20）外道擊金鼓，風吹皮□破倒時。（9，146，72）

（21）被風吹外道帳幕□側慌怖慌急挽索打栓時。（9，55，146，454）

（22）風吹幄帳繩斷外道卻欲擊索時。（9，98，454）

（23）風吹勞度叉帳欲倒，（外）道挽繩斷，僕煞欲死時。（146）

（24）風吹幄帳杆斷……（25）

（25）外道風吹眼（睽）愁憂時。（98）

（26）外道被風吹眼（睽），遣人□（睽）時。（72，85）

（27）外道得急，以梯扶寶帳時。（25，454，98）

（28）外道忙怕竭力扶梯相正時。（146）

（29）外道美女數十人擬惑，舍利弗遙知，令諸美女被風吹
　　　急，羞恥遮面卻回時。（98，146）

（30）外道舍邪歸正，被風吹手遮面時。（454）[42]

大英圖書館收藏的一份卷子（S.4257）也有相關情節：

> 風吹幨帳繩斷，外道卻欲系時。風吹幨帳欲倒，外道將梯擬時。
> 風吹幨帳竿折，外道卻欲正時。
> 外道被風急吹，用幨幔遮郭時。
> 外道被風吹急遮面愁坐時。
> 外道欲擊論鼓皮破風吹倒時。[43]

　　在中國傳統觀念裡，能呼風喚雨是神力高超的象徵，《山海經》
〈大荒北經〉載蚩尤作兵伐黃帝，請風伯雨師縱大風雨，而黃帝魔
高一丈，乃下女魃，雨止，遂殺蚩尤。對風鬥情節的關注似乎影響到
明代馮夢龍筆下的鬥法故事，「真人知眾鬼不可善道，乃口救神符一
道，飛上雲霄；須臾之間，只見風伯招風，雨師降雨，雷公興雷，電
母閃電，天神將兵各持刃兵，一時齊集，殺得群鬼形消影絕」[44]。
　　可見，「風鬥」這一幻術表演所無法施展的手段，在畫師和文學
家的想像中卻可曼延出令人眼花撩亂的無數細節。變文對此鬥法情節

---

42 巫鴻：《禮儀中的美術──巫鴻中國古代美術史文編》（北京市：生活・讀書・新知
三聯書店，2005年），頁368。括弧內數位為題記所在洞窟的編號。

43 巫鴻：《禮儀中的美術──巫鴻中國古代美術史文編》，頁403。此外收錄此內容的
還有李永寧等：〈《降魔變文》與敦煌壁畫中的「勞度差鬥聖變」〉，敦煌文物研究
所：《1983年全國敦煌學術討論會文集・石窟・藝術編》（上）（蘭州市：甘肅人民
出版社，1985年），頁190-191。白化文：〈變文與榜題〉，周紹良編：《敦煌語言文學
研究》（北京市：北京大學出版社，1988年），頁146-147。

44 〔明〕馮夢龍：《古今小說》（上）（北京市：人民文學出版社，1958年），頁192-193。

次序的調整和對風鬥情節的演繹，顯然考慮到俗講的藝術效果，因為只有「風鬥」情節可以獲得「大獲全勝」的氣勢和感染力，將聽眾情緒引入高潮。而壁畫要求場面宏偉、重點突出，令觀眾一望便知主題，因此構圖時也必選擇能吸引視線、激動情緒的情節，於是鬥法場面被繪製在畫面中心部分，而其中又重點突出能獲得更強烈藝術效果的「風樹之鬥」。畫面上宏大的生死搏鬥緊張驚險，反方勞度差等人狼狼慌張，舉止失措，東奔西突，陣腳大亂，正方舍利弗卻穩坐蓮台，安詳自若，指揮若定，「畫筆之下一動一靜，對比強烈，勝負成敗，一目了然。」[45]

四　幻術與佛教東傳

「魚龍曼延」幻術表演吸納了佛教「降魔」故事中的變化元素，而這場幻術表演在西漢的上演盛況或者可以為我們思考佛教的傳入時間以及傳入方式提供新的視角。

東西各種宗教信仰，都或多或少有法術變化（幻）等神異現象或傳說，但對於「幻」的意義從理論上加以闡述、以「幻術」、「幻師」（幻術家）作為引證譬解的，只有在佛教經典中最為突出。傅天正對此作了概括而深入的分析：

> 佛教的哲學，認為一切諸法，都空無實性，如幻如化。所謂幻即是幻現，所謂化即是變化，二者都是假而非真，空無有實，以幻來喻解「法空」。在中國佛教徒所喜愛熟習的《楞嚴》、《華嚴》、《金剛》等經典裡，隨處可以看到。

---

45 李永寧等：〈〈降魔變文〉與敦煌壁畫中的「勞度叉鬥聖變」〉，敦煌文物研究所：《1983年全國敦煌學術討論會文集・石窟・藝術編》（上）（蘭州市：甘肅人民出版社，1985年），頁166-167。

如《楞嚴經》說「諸幻化相。當生處生，當滅處滅」，又說「真性有為空，緣生故如幻」；《華嚴經》說「知身如幻無體相，證明法性無礙者」，「說一切法，猶如幻化，明諸法性，無有轉動」。由於以「如幻」來解釋法空，能夠從而產生徹底了解幻的意義、幻所依的實質的是一種智慧；而熟練地運用幻化來作比譬說明的是一種善巧的布教方法。所謂「得如幻智，入方便門」，二者是具有圓通性連環性的，而如幻三昧，則成為佛家參悟的目標之一。

又佛教經典裡稱幻化的表現方法為幻法、或直稱為幻術，如《傳燈錄》援引梵志以「幻法」化大山，置於一位尊者頂上的故事；《楞嚴經》上也記有阿難在乞食的時候，遭到大幻術的事蹟；其他舉不勝舉的經典中有關於「幻術」「幻事」的解說很多。指出能夠掌握運用創造「幻術」奇蹟的，則稱為「幻師」；其中工力深厚，技法巧妙的，稱為「工幻師」「巧幻師」；具有最高度水準的偉大幻術師則稱為「大幻師」。經稱「如彼幻師，得化美園」，「譬如工幻師，普現諸色相」，「如世巧幻師，幻作諸男女」，「譬如善巧大幻師，念念現示無邊事」，等等。[46]

由於佛教理論通過「如幻」顯示法空本義，結合幻術助人理解法空即成為佛教教義的重要闡述方式。如大乘佛教認為佛有無數「化身」、「應身」，釋迦牟尼從出生、修道至涅槃，不過是法身「佛」的一種「示現」，因此佛陀涅槃也仍以「種種變化施作佛事」[47]。故在佛典闡

---

46 傅天正：〈佛教對中國幻術的影響初探〉，張曼濤主編：《佛教與中國文化》（上海市：上海書店，1987年），頁239-240。

47 〔印度〕跋陀羅譯：《華嚴經》（北京市：中華書局，1985年，《中華大藏經》第12冊），卷1，頁1下欄。

釋中，佛有無數變化，弟子、菩薩乃至外道，也均能變化，目的是啟發眾生了悟，龍樹《大智度論》卷二十八：

> 菩薩離五欲，得諸禪，有慈悲，故為眾生取神通，現諸稀有奇特之事，令眾生心清淨。何以故？若無稀有事，不能令多眾生得度。……能變化諸物，令地作水，水作地，風作火，火作風。如是諸大，皆令轉易。令金作瓦礫，瓦礫作金，如是諸物，各能令化。[48]

因此，佛教經典中多有如真似幻的故事和情節，如《雜譬喻經》中的「甕中影」、「木師畫師相誑」；《舊雜譬喻經》中的「壺中人」；《生經》中的「木偶人」；《大莊嚴論經》中的「斫刺拆解木女」等[49]。佛教經傳若干神通變化的描寫為幻術提供素材，幻術則以形象手法展示教義。許多史料顯示，最初東來弘法的高僧即借重幻術來吸引信徒。《高僧傳》記載，康僧會能空瓶變舍利；安世高施展過斷頭術；曇無讖號稱「大咒師」，「明解咒術，所向皆驗」，曾咒石出水，還能以麻油雜胭脂塗掌，「千里如對面焉」；佛圖澄「善誦神咒，能役使鬼物」，為石勒證佛道靈驗，以法術生青蓮花。又能致活水吉雨、識吉凶禍福、知過去未來、令死者復生，曾以酒灑地熄滅遠方城火、自我清洗腹腸；耆域曾活枯樹、醫死人；涉公「能以密咒，咒下神龍」，炎旱降雨。[50]他如訶羅竭、竺法慧、安慧則、釋曇霍、安世高等也都擅於此道。顯然，幻術表演以其奇幻生動在吸引民眾注意力方面更具

---

48 鳩摩羅什譯：《大智度論》，《中華大藏經》第25冊，頁572下欄。

49 以機關木人譬喻虛空是幻術中的重要手段，也直接影響了中國傀儡戲的發展。康保成：〈佛教與傀儡戲的發展〉，《民族藝術》2003年第3期。

50 〔南朝梁〕釋慧皎撰，湯用彤校注：《高僧傳》（北京市：中華書局，1992年），卷1、卷2、卷9、卷10，頁5、16、76、345-357、365、374。

優勢。佛教經傳種種有類「怪力亂神」的奇幻講述、傳聞和表演在當時都屬於令人驚異的新鮮話題，大大擴展了時人的知識和思想領域，故魯迅稱：「魏晉以來，漸譯釋典，天竺故事亦流傳世間，文人喜其穎異，于有意或無意中用之，遂蛻化為國有。」[51]

也正因此，佛教初傳東土時，人們多把它與神仙道教相比附，將佛教幻術看作神仙方術一類的技藝，如牟子《理惑論》稱：

> 佛者，謚號也。猶名三皇神、五帝聖也。佛乃道德之元祖，神明之宗緒。佛之言覺也，恍惚變化，分身散體，或存或亡，能小能大，能圓能方，能老能少，能隱能彰，蹈火不燒，履刃不傷，在汙不染，在禍無殃，欲行則飛，坐則揚光，故號為佛也。[52]

對比西晉葛洪《抱朴子》〈對俗〉所描述的成仙得道者，兩者是極為相似的：

> 身生羽翼，變化飛行，失人之本，更受異彩……老而不衰，延年久視，出處任意，寒溫風濕不能傷，鬼神眾精不能犯，五百兵毒不能中，憂喜毀譽不為累。[53]

---

51 魯迅：《中國小說史略》，《魯迅全集》（北京市：人民文學出版社，1991年），卷9，頁50。季羨林一九七八年發表〈《西遊記》裡面的印度成分〉也談及古典魔幻小說在佛教故事基礎上的幻想和潤飾，文見《中印文化關係史論文集》（北京市：生活·讀書·新知三聯書店，1982年）。

52 〔南朝梁〕僧佑：《弘明集》（臺北市：臺灣商務印書館，1986年，《景印文淵閣四庫全書》第1048冊），卷1，頁4上欄。

53 〔晉〕葛洪《抱朴子》（上海市：上海書店，1986年，《諸子集成》第8冊），卷3，頁11。

這種情形是兩種異質文化交會時常出現的，即人們對於超出經驗以外的知識文化的認識和接納都是從已有的經驗知識中去選取對應物開始。東漢時一度盛行的老子化胡說也是如此。[54]

　　一般認為，佛教最早傳入的內容主要是兩部分：經典和佛像，而後者作為教義形象的載體，更是征服民眾的有效手段，故佛教又稱「象教」。但事實上，幻術以其新奇令人訝異的表現，容易引起民眾興趣，產生莫名的敬畏和尊崇，進而生發嚮往之情，也為教義的滲透做了鋪墊。佛教是作為一種異質文化傳入中國的，首先採取行之有效的方式引起民眾興趣最為重要，若進一步獲得民眾的敬畏和好感，就更是向成功邁進了。[55]法國學者雷奈・格魯塞認為佛教是「東亞無與倫比的虔誠的和人格性的宗教」，這種教義「通過每一位菩薩的無數神話、通過為使其獲得頂禮而塑造起來的慈和莊嚴的神像，通過僧徒的生平——佛教的『金色傳奇』（golden legent），通過其變相的天堂和地域，以及最後也是最為重要的，通過佛教藝術本身，它們贏得了民眾的情感」[56]。幻術可以帶來好奇、訝異乃至敬畏有加的情緒變化，也當看作贏得民眾「情感」的重要手段。

　　從時間上看，某一宗教或文化傳入到陌生國度乃至融入到異質文化中，應當是個長期而緩慢的滲透過程。早在前三世紀印度阿育王統

54　湯一介：〈佛道關於老子化胡問題的爭論〉，《佛教與中國文化》（北京市：宗教文化出版社，1999年），頁123-134。

55　佛教傳播很重視實效，如釋慧皎撰、湯用彤校注《高僧傳》〈唱導〉卷十三認為講解教義要「適以人時」：「如為出家五眾，則須切語無常，苦陳懺悔。若為君王長者，則須兼引俗典，綺綜成辭。若為悠悠凡庶，則須指事造形，直談聞見。若為山民野處，則須近局言辭，陳斥罪目。凡此變態，與事而興。可謂知時知眾，又能善說。雖然故以懇切感人，傾誠動物，此其上也。」〔南朝梁〕釋慧皎撰，湯用彤校注：《高僧傳》〈唱導〉（北京市：中華書局，1992年），卷13，頁521。

56　《中華帝國的崛起》〈第十一章佛教的啟迪〉，何兆武等主編：《中國印象——世界名人論中國文化》上冊，頁95。轉引自孫昌武《中國佛教文化史》〈導論〉（北京市：中華書局，2010年），第1冊，頁55。

治時期，佛教已從西北印傳入中亞喀什米爾、阿富汗東部一帶，古稱
犍陀羅地區，那裡正是後來「絲綢之路」的孔道。[57]儘管近些年來有
出土文物證明佛教傳入中國有海上、西南邊疆等多個路線，但從整體
看，西來路線一直是佛教輸入的主要管道。按《史記》〈大宛列傳〉
所記漢武時期西域諸國，自大宛向西南有大月支、大夏（今阿富汗北
部）、安息（今伊朗）、條支（今伊拉克）、犛軒（即大秦，今土耳其
一帶）等，彼此多有經濟文化往來，大夏更與西南身毒（今印度）往
來密切，張騫曾在那裡見到邛竹杖、蜀布，就是大夏國商賈從身毒購
買的。武帝時獻炫人的安息與撣國等都是中印與中西交通樞紐，其文
化多受天竺文化影響，《魏書》〈釋老志〉稱：「及（漢武帝）開西
域，遣張騫使大夏還，傳其旁有身毒國，一名天竺，始聞有浮屠之
教。」[58]將佛教傳入東土時間上溯至武帝時期。不過，由於〈大宛列
傳〉雖言及身毒，但沒有記錄浮屠事，故研究者認為《魏書》所記有
臆測之嫌，由此學界一度公認明帝永平年間（58-75）派遣使者到西
域求佛法是佛教傳入中國的標誌事件。[59]不過，《後漢書》載永元八年
（65）楚王英就對黃老和浮屠同樣禮拜，「誦黃老之微言，尚浮屠之
仁祠，潔齋三月，與神為誓。」[60]這說明在此之前佛教傳入中國已有
一段時間，故湯一介認為相對更準確的表達是「自永明以後佛教在中
國才較有影響。」[61]這個判斷是合理的，因為稍後的張衡（78-139）

---

57 孫昌武：《中國佛教文化史》（北京市：中華書局，2010年），第1冊，頁113。

58 〔北齊〕魏收撰：《魏書》〈釋老志〉（北京市：中華書局，1974年），第8冊，卷
　　114，頁3025。

59 湯用彤：〈永平求法傳說之考證〉，《漢魏兩晉南北朝佛教史》（武漢市：武漢大學出
　　版社，2008年）。

60 〔南朝宋〕范曄：《後漢書》〈光武十三王列傳〉（北京市：中華書局，1965年），第
　　5冊，卷43，頁1428。

61 湯用彤：《漢魏兩晉南北朝佛教史》（武漢市：武漢大學出版社，2008年），頁9；湯
　　一介：《佛教與中國文化》（北京市：宗教文化出版社，1999年），頁10。

〈西京賦〉在描述宮女美貌時說：「展季桑門，誰能不營？」李善引《國語》韋昭注認為，展季即柳下惠的字，桑門即沙門，美國學者康達威英譯《文選》認為桑門即梵文śramana的早期漢譯。[62]此句話是說佳麗目光迷人，即使是坐懷不亂的柳下惠和修道的沙門也抵擋不住誘惑，顯然張衡是知道相關佛教戒律的，亦可見此時佛教影響已經比較深入了。

目前學術界一般將西漢元壽元年（西元前2年）作為佛教傳入的標誌性年份和事件，此據《三國志》〈東夷傳〉卷三十注所引三國魏魚豢《魏略》〈西戎傳〉：「昔漢哀帝元壽元年，博士弟子景盧受大月氏使伊存口授《浮屠經》」[63]。不過儘管如此，研究者仍認為張騫「鑿空」已帶回佛教信息的說法是有一定道理的，因為當時雪嶺之外的廣大地區，佛教正十分繁盛，即便張騫使團沒有對佛教多加留意，還有更多東來西往的商旅、使臣、流民，以及外來的歸化人、逃亡者等等，其中必然會有一定數量的佛教信徒，他們在中國也應當有所活動。[64]從這個角度看，《魏書》〈釋老志〉的記載即便出於臆測，也是合理的推斷。佛教傳入東土經過長期而緩慢的滲透過程，最初的方式如展示方術以眩人耳目、展示醫術以獲取信任等等都是粗淺而實用的，近代基督教之初入中國亦有類似方式。待整個社會有了一定認識和興趣、產生信任後，佛經等闡述教義的正規形式才能獲得引介的機會。因此，考慮到魚龍曼延、幻術和佛教的密切關係，或者我們可以說，在西元前二世紀，佛教就以一種粗淺的方式進入了中國。

---

62 Wenxuan: *Translated*，轉引自孫昌武：《中國佛教文化史》（北京市：中華書局，2010年），第1冊，頁217注3。

63 〔晉〕陳壽撰，〔南朝宋〕裴松之注：《三國志》〈東夷傳〉（北京市：中華書局，1959年），卷30，頁859。

64 孫昌武：《中國佛教文化史》（北京市：中華書局，2010年），第1冊，頁73、113。

五　結語

　　如上所述，既然幻術與佛教有密切的關係，成為後世相關藝術創作的重要源泉，「魚龍曼延」更是直接從佛教故事中選取表演素材，在佛教傳播中曾扮演過特殊的角色，那麼是否可以將之稱其為「佛教藝術」呢？類似這樣的問題曾經引起過研究者的思考和爭論，比如沂南畫像石墓就有右手五指外伸、狀若佛像手印的帶翼坐像，還有頭頂光環的上半身裸露的立像，俞偉超將這些認定為佛教藝術[65]，而曾昭燏、阮榮春等則認為，這裡作手印的人，並非佛像，而是肩生雙翼的人，像東王公、西王母的樣子；頭繞佛光的人，也非佛像，而是著普通衣服的童子：

　　　　當時畫家對於佛教藝術，只是一知半解，偶有所見，便採入自
　　　　己的作品中。這是佛教傳到中國不久、其藝術在中土開始萌芽
　　　　的現象，當達到相當成熟時期以後，這種現象便不存在了。[66]

　　巫鴻考察了中國早期佛教題材的造像藝術，也認為「沒有一例具有原有的佛教意義或宗教功能」，佛像與西王母、東王公像之間不但對應，而且可以互相置換；蓮花、舍利和白象等佛教象徵物也是作為祥瑞出現的，因此，這只能看作為流行藝術對佛教因素的借用，而這正是佛教藝術初入中國時的基本情形。但他同時也強調，「正是以這樣一種粗淺的方式，佛教逐步得以在這片廣袤而陌生的土地上紮根立

---

65 俞偉超：〈東漢佛教圖像考〉，《文物》1980年第5期；阮榮春：〈「東漢佛教圖像」質
　　疑──與俞偉超先生商榷〉，《東南文化》1986年第2期。吳焯：〈關中早期佛教傳播
　　史料鈎稽〉，《中國史研究》1994年第4期。
66 曾昭燏、蔣寶庚、黎忠義：《沂南古畫像石墓發掘報告》（北京市：文化部文物管理
　　局，1956年），頁65-66。

足。」⁶⁷

　　「魚龍曼延」大型幻術表演也當作如是觀。而一旦了解其與降魔故事的密切關係以及在佛教初傳過程中所扮演的角色，我們就可以體會到何以賦家對此敷以濃墨重彩，這場表演又何以常演不衰。在漢人乃至中國古人眼裡，這場來自異域的廣場藝術有著太多令人瞠目結舌的新奇玩意兒，它大大滿足了人們好奇求新的情感需求。

　　　　——本章主要內容原刊於《文學遺產》二〇一二年第六期

67　巫鴻：《禮儀中的美術——巫鴻中國美術史文編》（北京市：生活・讀書・新知三聯
　　書店，2005年），頁304-305。

第五章
漢代圖畫人物風尚與贊體的生成、流變

　　人物畫像贊是古代贊體當中較為重要的一類，所出較早，大致在兩漢之際開始形成較為穩定的體式特徵，對人物贊、史贊等其他類別的生成、定名均有影響。早期文體論者在談到贊體起源時，常常先及像贊，如蕭統〈文選序〉：「箴興於補闕，戒出於弼匡，……美終則誄發，圖像則贊興。」[1]將圖像之贊作為贊體的原初樣式。李充〈翰林論〉談到贊體的風格特點時也以像贊為例：「容象圖而贊立，宜使辭簡而義正。」[2]中國古代有圖畫聖賢忠孝以示表彰紀念並教化世人的傳統，漢代尤勝，這是像贊得以產生的特殊文化背景，特殊的生成條件對贊體的體制風格都產生重要影響，也給我們進行文體辨析提供了重要的參照。然而迄今為止，尚無研究者關注這一現象，導致人們對於贊體的認識存有誤解和爭議，比如說贊體有無讚揚之意？又比如贊、頌二體是否同一等等。通過關注漢代圖像之風以及像贊、人物贊的撰作，將會給我們帶來新的啟發，並有可能對相關問題作出更為合理的解釋。

1　〔南朝梁〕蕭統編，〔唐〕李善注：《文選》（上海市：上海古籍出版社，1986年），頁2。

2　〔清〕嚴可均：《全上古三代秦漢三國六朝文》，《全晉文》（北京市：中華書局，1965年），卷53，頁1767。

一　漢代圖畫聖賢忠孝的風尚以及像贊的產生

以圖畫傳遞信息經驗、保存記憶本是文化傳承的重要方式，在文字產生之前這種方式已經被廣泛運用了，而給聖君賢臣畫像以示表彰紀念的傳統也由來已久。《韓非子》〈用人〉篇談道：「昔者介子推無爵祿而義隨文公，不忍口腹而仁割其肌，故人主結其德，書圖著其名。」同書〈大體〉篇亦稱當天下太平，內無怨治，外無攻伐時，「豪傑不著名於圖書，不錄功於盤盂，記年之牒空虛。」[3]意思是理想的政治社會依法制行事，豪傑義士無用武之地，無法建功，也就不可能被圖像表彰，更不會載入史冊。這裡圖書、盤盂、紀年之牒（史書）並提，可見用畫像記功追念、彰顯其名在先秦時期當是一種較為普遍的行為，甚至是制度化的。對此，周勳初先生〈說圖像〉一文也曾有分析。[4]這種傳統在後世一直保持下來，如清惠士奇撰《禮說》卷一、秦蕙田撰《五禮通考》卷一二二在談到功臣配享制度時也談到相關內容，可見此項風尚制度影響深遠。

漢代圖畫功臣賢能之士以示表彰紀念的情形史書多有記載，較早的一則見於《漢書》〈李廣蘇建傳〉：

> 甘露三年，單于始入朝。上思股肱之美，乃圖畫其人于麒麟閣，法其形貌，署其官爵姓名。……（共十一位大臣，人名略），皆有功德，知名當世，是以表而揚之，明著中興輔佐，列于方叔、召虎、仲山甫焉。[5]

史書稱這次圖畫功臣的活動是經過篩選而定的，當時還有一些人「著

3　陳奇猷：《韓非子新校注》（上海市：上海古籍出版社，2000年），頁545、555。

4　周勳初：《《韓非子》札記》（南京市：江蘇人民出版社，1980年），頁178。

5　〔漢〕班固：《漢書》（北京市：中華書局，1962年），卷54，頁2469。

名宣帝之世，然不得列於名臣之圖。」此外卷六十九〈趙充國傳〉
載：「初，充國以功德與霍光等列，畫未央宮。」[6]等都是較早的記
載。除了文官武將以外，西漢還有一些皇親貴戚中的特殊女子被畫像
紀念，如《漢書》卷六十八載金日磾的母親因教子有方而被圖畫甘泉
宮；卷九十七上亦載武帝寵姬李夫人，妙麗善舞，頗受寵幸，然年少
早卒，武帝憫之，圖畫其形於甘泉宮等等。

　　有資料顯示，後世以各種載體廣為傳播的列女圖像也在西漢出
現[7]，列女圖最早是依據劉向《列女傳》而作，劉向有一段編輯《列
女傳》的說明，存於《初學記》卷二十五：「臣向與黃門侍郎歆所校
《列女傳》，種類相從為七篇，以著禍福榮辱之效，是非得失之分，
畫之於屏風四堵。」[8]從這個記載看，這部書（更可能為部分節選）
似乎最初就是被圖繪和注解於一座四扇屏風之上的，形式也很特殊。
孝子也被畫像，《初學記》卷十七引孫盛《逸人傳》曾記載宣帝時期
一個神異的故事，講述丁蘭在父母去世後特意雕刻一座木雕像代表父
親，日夜供奉恭謹，做事均徵得木像許可方行，然而一次他遵從雕像
的授意拒絕了鄰居的要求，鄰居就損壞了雕像，丁蘭一怒將其殺死。
當丁蘭被差役帶走前辭別木雕時，木雕垂淚。「郡縣嘉其至孝，通於
神明，圖其形象於雲臺也。」[9]此事亦見《太平御覽》卷四一四、《宋
書》〈樂志四〉，可見是個廣為流傳的孝子故事，丁蘭事東漢武梁祠堂
畫像亦有描繪（或稱雕像代表母親）。此事雖有類「小說家言」，然由
此可見畫像已成為宣傳表彰忠孝節義等道德品行的重要媒介。

6　〔漢〕班固：《漢書》（北京市：中華書局，1962年），卷69，頁2994。

7　列女圖曾以屏風、壁畫、卷軸等多種形式流傳，甚至也被複製在石棺、銅鏡和竹篋
　　等物品上，巫鴻著，柳揚、岑河譯：《武梁祠──中國古代畫像藝術的思想性》第
　　五章有介紹。巫鴻著，柳揚、岑河譯：《武梁祠──中國古代畫像藝術的思想性》
　　（北京市：生活・讀書・新知三聯書店，2005年）。

8　〔唐〕徐堅：《初學記》（北京市：中華書局，1962年），卷25，頁599「屏風條」。

9　〔唐〕徐堅：《初學記》（北京市：中華書局，1962年），卷17，頁422。

　　圖像人物在東漢更是蔚為大觀，史料多載。對朝廷官方而言，圖像仍然是表彰紀念賢臣功將的重要方式，如《後漢書》卷四十四〈胡廣列傳〉載：「熹平六年，靈帝思感舊德，乃圖畫廣及太尉黃瓊于省內」。卷八十六〈西南夷列傳〉載張喬遣從事楊竦將兵大破叛夷，然未及論功楊竦就因傷病去世，「張喬深痛惜之，乃刻石勒銘，圖畫其像」。等等。與西漢相比，東漢圖像人物的數量、規模都大大增強，最典型的是永平年間，明帝追感前世功臣，在南宮雲臺為三十二人畫像，《後漢書》詳細記載了相關名姓次第。東漢畫像的角色身分也有所擴大，這應當看作是當政者進一步移風易俗的行為體現，文學之士開始成為圖像人物，如《後漢書》〈陽球傳〉載，朝廷「詔敕中尚方為鴻都文學樂松、江覽等三十二人圖像立贊，以勸學者」。孝子、義士等更成為常見的描繪對象，如《後漢書》卷六十二〈陳寔傳附子陳紀傳〉載陳紀在父親死後，「每哀至，輒歐血絕氣，雖衰服已除，而積毀消瘠，殆將滅性。豫州刺史嘉其至行，表上尚書，圖象百城，以厲風俗」。今存山東嘉祥縣武梁祠堂亦有孝子忠臣義士等人物畫像。而列女圖屏風以及其他形式的列女圖愈加流行，《後漢書》〈宋弘列傳〉曾記載光武帝在大殿商談國務時，由於頻頻回顧新制屏風上的列女圖而受到宋弘「未見好德如好色者」的直言批評，光武帝意識到行為不當，差人將屏風移開。在漢代，烈女像的教化效果有時是非常明顯的，《後漢書》曾記載順帝皇后「少善女工，好史書，九歲能誦論語，治韓詩，大義略舉。常以列女圖畫置於左」。為此，她的父親「深異之」，以為此女必將給家們帶來榮耀。[10]

　　實際上，並不是只有德行高尚、身被功勳才可能被圖像，歷史當

_____

10　〔南朝宋〕范曄：《後漢書》（北京市：中華書局，1965年），分見卷44，頁1511；
　　卷86，頁2854；卷22，頁789；卷77，頁2499；卷62，頁2067-2068；卷26，頁904；
　　卷10下，頁438。

中一些口碑不佳的人物也會被畫像以示警戒，《孔子家語》卷三「觀
周」條記載：

> 孔子觀乎明堂，睹四門墉有堯、舜之容，桀、紂之象，而各有
> 善惡之狀，興廢之誡焉。又有周公相成王，抱之負斧扆南面以
> 朝諸侯之圖焉。[11]

《孔子家語》是後出的書，記載古代制度未可盡信，然而《淮南子》
〈主術〉亦有類似記載：「文王周公觀得失，遍覽是非，堯舜所以
昌，桀紂所以亡者，皆著於明堂。」高誘注：「著，猶圖也。」[12]當可
以給《家語》這段話作注，這說明其記載大至還是具有歷史真實性
的。圖畫聖主明王、忠臣義士對照昏君亂臣以示褒貶，這種風氣在漢
代還保持著，班固就曾記載其祖先班伯與漢武帝就其屏風上所繪商紂
王和妲己深夜嬉戲醉酒的故事展開討論，指明此圖的警戒意義，無疑
這幅圖描摹的是反面「榜樣」。[13]再如王延壽〈魯靈光殿賦〉描繪殿內
壁畫時也稱：「上及三後，淫妃亂主。忠臣孝子，烈士貞女。賢愚成
敗，靡不載敘。惡以戒世，善以示後。」[14]早期繪畫少有純裝飾意
味，大都附之以紀念、教化、禮儀等實用性功能，善惡並舉也是為求
得鮮明的對照效果。

　　然而儘管如此，在漢代人眼裡，圖像正面人物以示紀念表彰仍然
是圖像人物的主要功用，起到主流輿論導向的作用，東漢時頌揚之風
甚烈，這種觀念就表現得尤為明顯。王充曾作〈須頌〉篇提及早先宣

11　〔三國〕王肅：《孔子家語》（上海市：上海古籍出版社，1990年），頁29。

12　〔漢〕高誘：《淮南子注》（上海市：上海書店，1986年），頁149。

13　〔漢〕班固：《漢書》，〈敘傳〉（北京市：中華書局，1962年），卷100上，頁4200-
　　4201。

14　〔清〕嚴可均：《全上古三代秦漢三國六朝文》，《全後漢文》（北京市：中華書局，
　　1965年），卷57，頁790。

帝圖畫功臣以示表彰教化的史事，並以此作為例證，闡明文人當以頌
主令功，彰顯漢德為己任：

> 宣帝之時，畫圖漢列士，或不在於畫上者，子孫恥之。何則？
> 父祖不賢，故不畫圖也。夫頌言，非徒畫文也。如千世之後，
> 讀經書不見漢美，後世怪之。故夫古之通經之臣，紀主令功，
> 記於竹帛；頌上令德，刻於鼎銘。文人涉世，以此自勉。[15]

因為父祖不賢不能列居畫像乃至於「子孫恥之」，時人對畫像心存何
種期待由此可見一斑。

　　那麼，配合圖像的像贊究竟何時出現的呢？史料似乎沒有確切記
載，但從現有材料看，圖像並作贊的形式約在兩漢之際興起，至東漢
則成氣候，如應劭《漢官儀》在介紹「尹」這一職官時說：「尹，正
也。郡府聽事壁諸尹畫贊，肇自建武，訖於陽嘉。」[16]也就是說，從
東漢初期即光武帝建武年間（25）到漢順帝陽嘉年間（132）長達一
百餘年的時間裡，在郡府辦公場所給歷屆執政者畫像作贊就已成慣
例，由此可推斷像贊風氣產生並興盛的大致時間。此外，《後漢書》
卷四十八〈應奉傳〉附應劭傳還記載：「初，（劭）父奉為司隸時，並
下諸官府郡國，各上前人像贊，劭乃連綴其名，錄為狀人紀。」[17]由
「各上前人像贊」句也可以看出，在此之前，像贊這種文體運用就已
經很廣泛了，數量已有一定規模，乃至有了結錄成冊的舉動。畫像作
贊的風氣到東漢末期還十分盛行，像贊作為輔助文字更常常被書寫於
畫側以配合大型公示性教化紀念類繪畫，蔡邕就曾經是主要的創作

15 劉盼遂：《論衡集解》（北京市：古籍出版社，1957年），頁404。

16 〔清〕嚴可均：《全上古三代秦漢三國六朝文》，《全後漢文》（北京市：中華書局，
　　1965年），卷35，頁670。

17 〔南朝宋〕范曄：《後漢書》（北京市：中華書局，1965年），卷48，頁1614。

者，《太平御覽》七五〇卷引孫暢之《述畫》曰：「漢靈帝詔蔡邕圖赤泉侯楊喜五世將相形像於省中，又詔邕為贊，仍令自書之。邕文畫書，於時獨擅，可謂備三美矣。」[18]張彥遠《歷代名畫記》也記載其繪製小列女圖、講學圖等。漢代是文人直接參與繪畫藝術活動的時期，除專業畫工外，劉向、蔡邕、趙岐、張衡等文人學者作畫也見於史料，[19]這在某種程度上促進了像贊這種特殊文體的發展。

　　一般而言，早期的畫像作贊更大程度上是較為鄭重的官方舉動，是一種自上而下的表彰教化行為，從前面所引史料大致也能看出這一點。而事實上，到東漢末期，這一行為已經有了世俗化、個人化的傾向，據《後漢書》卷六十四〈趙岐傳〉載，趙岐建安六年卒，年九十餘，但他生前就曾自為壽藏（墓室），「圖季札、子產、晏嬰、叔向四像居賓位，又自畫其像居主位，皆為贊頌」[20]。另外，與單純的畫像類似，早期畫像作贊的行為也並不全為稱頌，應劭《漢官儀》在敘及「郡府聽事壁諸尹畫贊」一事時還特別強調此舉意在「注其清濁進退，所謂不隱過，不虛譽，甚得述事之實。後人是瞻，足以勸懼，雖春秋采毫毛之善，貶纖介之惡，不避王公，無以過此，尤著明也」[21]。大有立此存照，是非功過留待後人評價的意思。但在漢代褒美之風的影響下，此行為同樣漸漸強化了其中頌美的莊重成分。前引〈陽球傳〉漢帝下詔為鴻都文學樂松、江覽等三十二人圖像立贊，以勸學者。陽球對此表示異議，認為松、覽等人出身卑微、品行低下，依憑

---

18 〔宋〕李昉：《太平御覽》（北京市：中華書局，1960年），卷750，頁3331。

19 前引劉向作列女圖，《漢書》〈藝文志〉亦載其「列女傳頌圖」（頁1727），趙岐事《後漢書》卷六十四亦有載。此外，唐張彥遠《歷代名畫記》記載張衡作神怪壁畫、蔡邕作講學圖、小列女圖傳於世；生活於西元二世紀後半期的趙岐生前為自己設計墓室壁畫並題贊（北京市：人民美術出版社，1963年），頁100-102。

20 〔南朝宋〕范曄：《後漢書》（北京市：中華書局，1965年），卷64，頁2124。

21 〔清〕嚴可均：《全上古三代秦漢三國六朝文》，《全後漢文》（北京市：中華書局，1965年），卷35，頁670。

世戚權豪、雕蟲小技而位升郎中，顯然不應當作像立贊，享受殊榮。
為此，他特別談及圖像並立贊的意義：

> 臣聞圖像之設，以昭勸戒，欲令人君動鑒得失。未聞豎子小
> 人，詐作文頌，而可妄竊天官，垂象圖素者也。[22]

而三國魏桓範更作《贊象》明確談及畫像立贊的表彰功能：

> 夫贊象之所作，所以昭述勳德，思詠政惠，此蓋《詩‧頌》之
> 末流矣，宜由上而興，非專下而作也。世考之導。（舊校云，
> 疑有誤字。）實有勳績，惠利加于百姓，遺愛留于民庶，宜請
> 于國，當錄于史官，載于竹帛，上章君將之德，下宣臣吏之
> 忠。若言不足紀，事不足述，虛而為盈，亡而為有，此聖人之
> 所疾，庶幾之所恥也。[23]

　　由桓範之說我們大致看出，最遲在漢魏之時，畫像作贊就已被看
作是「上章君將之德，下宣臣吏之忠」的重要表彰方式，應當由上而
興，不能自下而作，這體現出時人對這種文體社會功用的認識。也正
是因為人們普遍認為贊像被用於表彰功績德行，一些德行不夠的人被
畫像作贊才會受到非議，從中我們也可見贊像的普及乃至氾濫之勢，
前引趙岐生前自為墓室並為自己和四大賢臣並列畫像作贊、且自居主
位的行為就十分典型。無論趙岐的行為出於自信、自炫抑或表明自己
對某種理想人格的追求，我們都可以從中窺到當時的社會心理，借畫
像作贊以稱頌紀念已成為時人傳播聲名的重要方式了。

---

22 〔南朝宋〕范曄：《後漢書》（北京市：中華書局，1965年），卷77，頁2499。
23 〔清〕嚴可均：《全上古三代秦漢三國六朝文》，《全三國文》（北京市：中華書局，
　　1965年），卷37，頁1263。

二　以武氏祠堂系列像贊為例看贊體的文體功能

儘管像、贊配合的形式顯示出稱頌的功能，然而單就像贊本身而言，無論從內容還是篇章結構看，都更像是說明書，並沒有過多稱頌之意。下面我們以迄今能見到且保留、識讀最為充分的山東嘉祥武氏祠堂系列畫像及題贊為例，來考察像、贊配合的具體情形，以期對像贊以及其他相關文體能有更為鮮活、準確的認識。[24]

武氏祠堂約建立於西元二世紀，石室牆壁和屋頂雕刻有栩栩如生的畫像，包括帶翼的精靈、男女眾人以及祥瑞之類，許多石刻還有豐富的榜題，它們也是祠堂畫像程式不可分割的一部分，代表著漢代頗為流行的一種圖像和文字組合的藝術門類。這些畫像題字的情形大致有兩類。一類只題寫畫面上的人物名姓、車馬器物名稱，偶有標明人物當時的身分，或簡短幾字注明畫面所繪史事，這一類占多數，如武梁祠西壁荊軻刺秦圖（圖一。上為原圖，下為復原圖）。畫面描繪刺殺瞬間：荊軻將匕首投出刺中木柱，秦王在柱子另一邊奔逃，秦舞陽因害怕而撲倒在地，一個衛士用雙臂抱住荊軻，但似乎不能讓他屈服。畫面中下方

圖一

---

24 高文：《漢碑集釋》（鄭州市：河南大學出版社，1997年）以及巫鴻撰，柳揚、岑河譯：《武梁祠——中國古代畫像藝術的思想性》（北京市：生活‧讀書‧新知三聯書店，2005年）對相關圖像、文字考釋甚詳，可參看。本文所引武梁祠像贊資料均據此，以下不注。

有一打開的盒子，內有樊於期的頭顱。繪畫語言清楚的呈現了刺秦的
各個環節，只在人物下方提示姓名。

　　又如祥瑞圖，大都在畫面右上方寫有簡單榜題，如神鼎：「神鼎
不炊自熟，五味自成。」玉馬：「玉馬，王者清明，尊賢則出。」（圖
二，為復原圖）

圖二

　　第二類圖像在數量上不及第一類，但卻受到更多關注，主要因為
這類畫像多配以四言韻語的贊文介紹畫面故事、人物身分行事，偶有
評價，遂提供給後人更為豐富的歷史信息。這些題贊大都篇幅不長，
刻寫於畫面一側（角），它們是本文關注的重點。

　　從已有的資料來看，上述配有贊文的畫像共計二十餘幅，所繪人
物有帝王賢聖、孝子烈女等等，贊文主要圍繞畫面故事或畫像人物的
生平事蹟做簡明扼要的陳述說明，以便觀者進一步明瞭圖像之意。中
國古代一些措辭質樸的韻文，通常標誌著它們與通俗文化的某種聯繫
（即使它們時而也出自文人之手），這些像贊就透露出在民間進行教
化和文化傳播的獨特方式。在繪製大型教化類公示性畫像的同時配寫

贊文，作像者所推重的忠、義、節、孝等道德觀念借助直觀的畫像以及簡明便於誦記的文字說明進一步擴大著影響。從這些畫像來看，上古帝王大多只繪出單個肖像，缺乏相關具體情境，贊文陳述也較為籠統，只以簡明扼要的四言短句申述其事蹟品德。

　　如祠堂畫像第三幅神農氏像（圖三。左為原圖，右為復原圖），畫一人著緊窄短褲，兩手右提左抑，操耒耜以教耕，左側有題贊曰：「神農氏：因宜教田，辟土種穀，以振萬民。」

　　再如第七幅堯像（圖四。左為原圖，右為復原圖），畫一人冕服衣裳，面側向右，左手外伸微揚，右手屈於胸前，做歡迎狀，左側題贊曰：「帝堯放勳，其仁如天，其知如神，就之如日，望之如雲。」

　　又如第九幅禹像（圖五。左為原圖，右為復原圖），畫一人著短服斗笠，右手執兩刃鑄鍬，左手向前揮擺，頭回顧，從旁附贊文看，似描畫其櫛風沐雨領導治水的模樣：「夏禹：長於地理，脈泉知陰。隨時設防，退為肉刑。」贊文首兩行是針對大禹治水能力的描述，後兩行陳說其政治策略的變更，《漢書》〈刑法志〉

圖三

圖四

圖五

圖六

載：「禹承堯舜之後，自以德衰而制肉刑。湯武順而行之者，以俗薄于唐虞故也。」[25]上古帝王在漢代就已成為某一歷史階段的象徵或者某種歷史觀念和品行道德的化身，贊文將這些主題性的特徵描述出來，便於觀者在這些形象相仿、有類剪影的圖像中辨識其特定身分和特定的意義。

這些帝王中唯一只注名姓沒有贊文的是最後一幅夏桀圖（圖六。左為原圖，右為復原圖），但是他的圖像特徵鮮明，畫中其身著長袍，肩扛長刃彎勾的戟，坐兩名婦人肩背之上。夏桀駕人車是其諸多惡行之一，與此圖像相關的文獻記載見於《後漢書》〈逸民傳〉中的井丹傳：「丹笑曰：『吾聞桀駕人車，豈此邪？』」[26]至於十幅上古帝王圖中為何只有此幅沒有題寫贊文，我們在下文談及贊體的功能性變遷時將涉及到，此不贅。

---

25 〔漢〕班固：《漢書》（北京市：中華書局，1962年），頁1112。
26 〔南朝宋〕范曄：《後漢書》（北京市：中華書局，1965年），頁2765。

　　而相比之下，晚近一些的人物則被描繪為人物故事畫的中心，由於他們的品德正是在各種具體情境下與其他人物相聯繫時才顯現出來，故圖畫大多展示其生平事蹟中有代表性的一個場景，贊文也常常針對這些場景進行陳述描摹。如前面提及的丁蘭刻木遵奉父（母）親一事見於武梁祠堂西壁第四幅（圖七。左為原圖，右為復原圖），關

圖七

於這個故事，《太平御覽》記載了漢代和魏晉時期流傳多個版本，卷三九六人事部三十七「偶像」條引《孝子傳》曰：

　　　丁蘭早孤，不識其母，乃刻木作母而事之。

又卷四一四人事部五十五「孝」條下引孫盛《逸人傳》曰：

　　　丁蘭者，河內人也。少喪考妣，不及供養，乃刻木為人，彷彿親形，事之若生，朝夕定省。後鄰人張叔妻從蘭妻借物，看蘭妻跪拜木人，木人不悅，不以借之。叔醉酣來罵木人，以杖敲其頭。蘭還，見木人色不懌，乃問其妻，具以告之，即奮劍殺張叔。吏捕蘭，蘭辭木人去，木人見蘭，為之垂淚。郡縣嘉其至孝通於神明，圖其形像於雲臺也。

又卷四八二人事部一二三「仇讎」條下引《搜神記》曰：

> 丁蘭，河內野王人。年十五喪母，乃刻木作母事之，供養如
> 生。鄰人有所借，木母顏和則與，不和不與。後鄰人忿蘭，盜
> 斫木母，應刀血出。蘭乃殯殮報讎。漢宣帝嘉之，拜中大夫。[27]

曹植〈靈芝篇〉也以五言詩的方式記錄了這個故事：

> 丁蘭少失母，自傷早孤煢。刻木當嚴親。朝夕致三牲。暴子見
> 陵悔。犯罪以亡形。丈人為泣血。免戾全其名。[28]

　　上述故事中，丁蘭侍奉木人一事涉及諸多情節，如鄰人借看、醉
罵木人或鄰人忿蘭，盜斫木母乃至丁蘭憤劍報仇、吏捕丁蘭、木蘭辭
親等等，畫像石僅僅選擇其中「侍奉木人」的情節。圖中左有木像
一，丁蘭跪於前，妻子跪在一邊，如果單從圖像看，是很難讀懂的，
但旁有題贊曰：「丁蘭：二親終歿，立木為父，鄰人假物，報乃借
與。」根據這個榜題，我們得以知道畫面可能欲表現丁蘭在詢問木雕
像是否允許借物給鄰居。

　　又如祠堂後壁畫像有關孝子伯榆圖（圖八。左為原圖，右為復原
圖），圖中左面畫一婦人執杖拄地，題「榆母」。右有一人跪聳兩肩，
似俯首悲思涕泣，榜題贊文二行：「伯榆：〔傷〕親年老，氣力稍衰，
苔之〔不〕痛，心懷楚悲。」「悲」字書於跪者肩上。關於這個畫面
的故事，《說苑》卷三曾有記載：「伯俞（榆）有過，其母笞之，泣，
其母曰：『他日笞子，未嘗見泣，今泣何也？』對曰：『他日俞得罪，

---

27 〔宋〕李昉：《太平御覽》（臺北市：臺灣商務印書館，1986年，《景印文淵閣四庫
　 全書》第901冊），卷482，頁449。

28 逯欽立：《先秦漢魏晉南北朝詩》（北京市：中華書局，1983年），頁428。

咨嘗痛，今母之力衰，不能使痛，是以泣也。」」[29]該圖即據此故事進行描畫，並加贊文說明。

圖八

　　再如左石室畫像第一幅描述的是顏叔子避嫌的故事。據《詩》〈小雅〉〈巷伯〉傳云，顏叔子曾獨處於室，鄰婦亦獨處於室。夜，暴風雨至而婦室壞，婦人請求進屋避雨，顏叔子同意，但為避嫌遂點燃燭火。然而天未明燭火燃盡，顏叔子遂抽取屋草而繼之。該畫像就依此傳說而作，圖中畫一室二柱，簷角飾二獸。室中一婦人拱跪，榜題「乞宿婦」三字。右一人仰面，右手執火，左手向屋角抽薪，榜題「顏淑握火」四字。柱左旁題贊文兩行，凡三十二字，文曰：「顏淑獨處，飄風暴雨。婦人乞宿，升堂入戶。燃蒸自燭，懼見意疑。未明蒸盡，掮苄續之。」以四言短章對這一事件做概括性敘述。

　　上述圖贊中的大多數贊文都針對圖像做解說，偶有拋開畫面故事而概述人物生平行事，並稍作評價，如祠堂畫像第十三幅狀老萊子。（圖九。上為原圖，下為復原圖）圖中畫四人，萊子父母坐於右，二人上有帷幔。其右立而舉手進食者為萊子妻，萊子跪其後。在萊子父

29 趙善詒：《說苑疏證》（上海市：華東師範大學出版社，1985年），卷3，頁67。

圖九

母之下，各橫題一行，皆三字，分別介紹人物身分「萊子父」、「萊子母」。圖畫右上方又題贊六行，行四字，贊文曰：「事親至孝，衣服斑連。嬰兒之態，令親有歡。君子嘉之，孝莫大焉。」畫圖描摹的是老萊子日常侍奉雙親的情景，但贊文則強調其作嬰兒之態娛親的典型情節，並作簡要評價。不過，這種評價性的語言在畫像贊文中所占比例非常小。

　　從上面的分析中我們可以看到，大多數圖像贊文陳述人物事蹟，或描摹說明畫面故事，而對所繪人物操行品德較少評價，頗具有圖再現，不言自明；有史為證，不頌自宣的意味，只有少數幾則贊文發表評論。由此可以看到，贊文在這裡起到對畫像進行輔助說明的作用，因此言語簡短質樸，便於上口誦記。無論是對畫像所繪內容的描摹講述，還是對所繪中心人物事蹟的敘述，書贊的目的都為便於觀者了解畫像人物史事、清楚圖像情節的來龍去脈，像贊因圖像而生，圖像借贊文進一步彰顯意義，這應當是像贊生成時的基本功能。

　　從前面對漢代畫像題記所進行的分析歸類來看，第一類中對畫像人名器物作簡要注釋的文字在早期或許也叫「贊」，也就是說明文字，與我們所關注的「文章」模樣的「贊」功能相同，只是繁簡不一。劉勰《文心雕龍》〈頌贊〉談到贊體時開篇即稱：「贊者，明也，助也。」[30]儘管他根據《尚書》「樂正重贊」而把贊導源於「唱發之

---

30 詹鍈：《文心雕龍義證》（上海市：上海古籍出版社，1989年），頁338。

辭」似有所誤，但上述對贊本意的追溯和強調非常重要，因為贊文得名為「贊」就是借用「贊」字的本意，此名稱也就同時強調出贊體最初的功能用途。劉師培曾對贊字本意進行辯證：

> 「樂正重贊」見《尚書大傳》。此贊字見于古書之最早者，當為贊禮之贊，有助字之義，猶言相禮也。彥和以為唱發之辭，恐不盡然。[31]

「贊」字本為「助」、「明」之意，古籍多有，范文瀾總結說：

> 《周禮》州長、充人、大行人，注皆云「贊，助也。」《易》〈說卦傳〉「幽贊于神明」，《書》〈皋陶謨〉「思曰贊，贊襄哉」，韓注、孔傳皆曰明也。[32]

至漢代，「贊」字仍常用此意，在臣下朝拜天子、祭祀等重大禮儀場合，有相者從旁習禮，稱「贊拜」，也就是「唱拜」，即以唱名引拜於殿上，漢代就設有負責「贊拜」的官職，《漢書》卷十九上〈百官公卿表〉：「典客，秦官，……景帝中六年更名大行令，武帝太初元年更名大鴻臚。」應劭注曰：「郊廟行禮讚九賓，鴻聲臚傳之也。」[33]又《後漢書》卷四十七〈何熙傳〉載何熙「身長八尺五寸，善為威容，贊拜殿中，音動左右」[34]。「贊」在這裡均是輔助、導引、幫助使彰顯之意。黃侃《文心雕龍札記》也談及「贊」的本意並兼及其他相關贊體，論述更為清晰：

31　詹鍈：《文心雕龍義證》（上海市：上海古籍出版社，1989年），頁339。

32　詹鍈：《文心雕龍義證》（上海市：上海古籍出版社，1989年），頁340。

33　〔漢〕班固：《漢書》（北京市：中華書局，1962年），卷19，頁730。

34　〔南朝宋〕范曄：《後漢書》（北京市：中華書局，1965年），卷47，頁1593。

彦和兼舉明、助二義，至為賅備。詳贊字見經，始于〈臯陶
謨〉。鄭君注曰：明也。蓋義有未明，賴贊以明之。故孔子贊
《易》，而鄭君復作〈易贊〉，由先有《易》而後贊有所施，
〈書贊〉亦同此例。至班孟堅〈漢書贊〉，亦由紀傳意有未
明，作此以彰顯之，善惡並施。故贊非讚美之義。[35]

　　近代學者談到贊文多談史贊、人物贊等書面形式的贊體而少以像
贊為例，蓋源於文物史料的缺乏或忽略，故對贊體有無讚頌之義常有
爭議。贊體的得名源出於其所承擔的輔助說明功能，這種功能直接決
定了其篇章體制、內容以及語言風格，像贊尤其如此。從武梁祠堂等
畫像贊來看，贊文因圖像而作，常常題於畫面一角（側），已成為整
個畫像的一部分。由於贊像以畫為主，以贊為賓，贊不能喧賓奪主，
但又要發揮宣明畫面內容和意義的特殊作用，因此文字內容多說明畫
面故事或敘述人物史事，以便能給觀圖者以相應的知識提示，而且限
於空間，篇章不能長，敘述評價都要盡量簡潔、概括，故「促而不
廣」、「結言於四字之句，盤桓於數韻之辭」[36]。上述像贊就多在八句
以內，因此前引李充《翰林論》談到贊體的風格特點時也強調：「容
象圖而贊立，宜使辭簡而義正。」[37]

　　單從像贊本身來看，它所承擔的功能主要是說明畫面、敘述史
事，並不含明顯的褒貶，但是，由於像贊所作，多針對聖君賢臣烈女
孝子等有嘉行令德者，再加上東漢以後圖像作贊以示表彰紀念之風甚
為流行，致使贊體在人們的觀念中就漸漸變為稱美不稱惡之文，前文
提到武梁祠堂十位上古帝王畫像中唯有口碑甚差的夏桀沒有贊文，也

---

35 黃侃：《文心雕龍札記》（上海市：上海古籍出版社，2000年），頁74。
36 詹鍈：《文心雕龍義證》（上海市：上海古籍出版社，1989年），頁348。
37 〔清〕嚴可均：《全上古三代秦漢三國六朝文》，《全晉文》（北京市：中華書局，
　　1965年），卷53，頁1767。

許就是這種觀念的早期體現。畫像題贊這一行為本身顯示出對畫像主人公及其事蹟中所包含的忠孝節義等觀念的推重，從而也透出作像者紀念、表彰、教化的意圖，由此，人們對圖像本身表彰稱美功能的認識也就漸漸連帶到像贊這一文字形式上，成為其文體功能的附加部分，也就相應的使得贊體和頌發生了聯繫。

三　像贊影響下的其他贊體及其功能辨正

　　東漢後期除了像贊外還有一些人物贊，多嘉美令德，漢魏之後這類作品更大量出現，這應當看作是像贊之風盛行之後的產物，前引東漢應劭將前人像贊「連綴其名，錄為狀人紀。」[38]的舉動就甚有啟發。把像贊摘錄出來另立為紀，似乎昭示出像贊到人物贊的流變軌跡：最初為圖像人物作贊，後來畫贊分離，贊文逐漸從畫像中剝離出來，以文本形式被收集和流傳，於是人物贊出現。後來時人就乾脆以純文字形式對人物生平事蹟進行記述、品評和讚美，這樣，文體也就逐漸脫離為圖像服務的功能呈現出不同的修辭特點，比如說，像贊中說明性文字占有很大比重，而人物贊則以議論、評述為主，特別是其中頗多褒美之辭，這就使得贊體本身「稱頌」的功能進一步被強化。比如曹植系列畫贊，〈序〉曰：

> 觀畫者見三皇五帝，莫不仰戴；見三季暴主，莫不悲惋；見篡臣賊嗣，莫不切齒；見高節妙士，莫不忘食；見忠節死難，莫不抗首；見放臣斥子，莫不歎息；見淫夫妒婦，莫不側目；見令妃順后，莫不嘉貴。是知存乎鑒者圖畫也。

---

38 〔南朝宋〕范曄：《後漢書》（北京市：中華書局，1965年），卷48，頁1614。

贊文帝：

> 孝文即位，愛物檢身。驕吳撫越，匈奴和親。納諫赦罪，以德懷民。殆至刑錯，萬國化淳。

贊景帝：

> 景帝明德，繼文之則。肅清王室，克滅七國。省役薄賦，百姓殷昌。風移俗易，齊美成康。

贊武帝：

> 世宗光光，文武是攘。威震百蠻，恢拓土疆。簡定律曆，辨修舊章。封天禪土，功越百王。

贊班婕妤：

> 有德有言，實惟班婕。盈沖其驕，窮悅其厭。在夷貞堅，在晉正接。臨颯端幹，沖霜振葉。[39]

　　從保留下來的人物贊看，它們大都保持像贊篇幅短小、簡潔概括的特點，但意在褒美，顯示出文本脫離實踐功能後相應發生的變異。像贊最初應圖像而生時，更近似於圖像說明書，像、贊二者是一種共生的關係。圖畫形象這一形式本身就體現出褒美紀念的鮮明意圖，像

---

39 〔清〕嚴可均：《全上古三代秦漢三國六朝文》，《全三國文》（北京市：中華書局，1965年），卷17，頁1147。

贊只需進行簡單說明即可，甚至文字越簡單明瞭越好；而當它逐漸從這種共生關係中剝離出來並以獨立的文本形式存在時，圖像讚頌的功能也被它攜帶而出，並轉而成為自身的文體功用。特別是人物贊失去圖像的說明，自身成為主角，褒贊之意只能借文字闡發，故文字內容也就相應的發生了變化，像贊平靜客觀的陳述到人物贊熱情洋溢的稱美，修辭的變化背後有諸種複雜因素，我們甚至也可以說這是文本從原有的功能實踐中剝離出來時，自身所進行的一種「機能補償」，這也可以看作是文體生成的一途。

　　同時，由於沒有圖像空間的限制，文字成為表達的唯一方式，這就給文人的展示才華、抒情言志提供了相對寬廣的自由空間。比方說與像贊相比，人物贊呈現出言辭典麗的特點，如同樣是對上古帝王的贊文，武梁祠堂「伏戲像贊」簡述事蹟，言詞質樸：「伏戲倉精，初造王業，畫卦結繩，以理海內。」而曹植〈庖羲贊〉則語詞典雅，用韻齊整，體現出鮮明的文人創作特點：「木德風姓，八卦創焉。龍瑞名官，法地象天。庖廚祭祀，罟網魚畋。瑟以像時，神德通玄。」[40]另外，在這種情況下，創作者的情感也可以有更豐富、暢達的表達，曹植〈庖羲贊〉就灌注比較濃郁的褒美情感，再如蔡邕〈焦君贊〉：

　　　　猗歟焦君，常此玄墨。衡門之下，棲遲偃息。泌之洋洋，樂以忘食。鶴鳴九皋，音亮帝側。乃徵乃用，將受袞職。昊天不弔，賢人邁邁。不惟一志，並此四國。如何穹蒼，不昭斯惑。惜哉朝廷，喪茲舊德。恨以學士，將何法則。[41]

─────────────

40　〔清〕嚴可均：《全上古三代秦漢三國六朝文》，《全三國文》（北京市：中華書局，1965年），卷17，頁1144。

41　〔清〕嚴可均：《全上古三代秦漢三國六朝文》，《全後漢文》（北京市：中華書局，1965年），卷74，頁875。

洋洋讚歎與唏噓悲情互動交融，亦能感動人心。

　　由此，漸漸分化出一些新的體類，如〈焦君贊〉即被稱為哀贊。又如傳贊體（述贊體），由於沒有像贊可以借圖像幫助生動傳達人物生平事蹟的優勢，再加上受到序以及史傳的影響，先述後贊的人物贊文也出現了，即先以述、傳的形式對人物生平事蹟進行描述，最後用贊文頌揚，如嵇康《聖賢高士傳》中傳贊司馬相如：

> 司馬相如者，蜀郡成都人，字長卿。初為郎，事景帝。梁孝王來朝，從遊說士鄒陽等，相如說之，因病免，游梁。後過臨邛，富人卓王孫女文君新寡，好音，相如以琴心挑之，文君奔之，俱歸成都。後居貧，至臨邛，買酒舍，文君當壚，相如著犢鼻褌，滌器市中。為人口吃，善屬文。仕宦不慕高爵，嘗托疾不與公卿大事，終於家，其贊曰：
> 長卿慢世，越禮自放。犢鼻居市，不恥其狀。托疾避官，蔑此卿相。乃賦大人，超然莫尚。[42]

據《隋志》〈雜傳類〉載，《聖賢高士傳贊》共三卷，嵇康傳，周續之注。據康兄喜為康傳云：「撰錄上古以來聖賢隱逸、遁心、遺名者，集為《傳贊》，自混沌至於管寧，凡百一十有九人。」[43]由此可見，此類文體創作的規模也是甚為可觀的。

　　此外，伴隨著碑文的興盛，人物贊文還入墓碑文，成為其後的韻語總結部分，如蔡邕〈太尉楊賜碑〉，前面序文敘述碑主生平事蹟，

---

42 〔清〕嚴可均：《全上古三代秦漢三國六朝文》，《全三國文》（北京市：中華書局，1965年），卷52，頁1348。

43 〔清〕嚴可均：《全上古三代秦漢三國六朝文》，《全三國文》（北京市：中華書局，1965年），卷52，頁1344。

最後「以贊銘之，銘曰：……」[44]這一點，和東漢後期頌文入碑文的情況相彷彿。

中國古代文體的發展演變常常同時存在兩種動態的軌跡，一方面是文體的逐漸規範到最終塑型，另一方面則是文人在創作中不斷「破體」，從而使得文體分流別派，滋生新的子文體。有些新生文體還保留著其家族特徵，有些則慢慢變得面目全非，非仔細辨別方可察其血脈，上述幾種贊體還是較為濃重的保留其遺傳因子的。

劉勰稱西漢司馬相如曾作〈荊軻贊〉，從名稱上看，這應當是一則人物贊，但世已不傳。除此贊以外，西漢似沒有贊體出現，《漢書》〈藝文志〉雜家有〈荊軻論〉五篇，班固自注：「軻為燕刺秦王，不成而死，司馬相如等論之。」[45]從前面所引的史料看，贊體似至早在西漢晚期才產生，由此似乎可以推斷，劉勰說的這則贊文也許為論之誤。東漢人物贊保留下來的不是太多，僅楊修〈司空荀爽述贊〉，蔡邕〈焦君贊〉、〈太尉陳公贊〉，王粲〈正考父贊〉、〈反金人贊〉等少量作品，嚴可均《全後漢文》有收。但是從《後漢書》可知，很多文人生前都作有贊文[46]，考慮到漢代特別是東漢的頌揚風尚，這其中應當有不少是人物贊。魏晉時期，贊文創作更為豐富，流傳下來的也很多，且多為像贊及人物贊，內容主要以讚頌為主，嚴可均《全文》收錄甚多，有些甚至以系列贊文的形式出現，如《全三國文》收曹植畫像贊三十一則（並序），楊戲系列人物贊三十餘則，涉及人物五十餘人（有時一贊贊多人），由此可見贊文創作的繁盛情況。

---

44 〔清〕嚴可均：《全上古三代秦漢三國六朝文》，《全後漢文》（北京市：中華書局，1965年），卷78，頁893。

45 〔漢〕班固：《漢書》（北京市：中華書局，1962年），卷30，頁1741。

46 如范曄《後漢書》卷三十七〈桓榮傳〉附〈桓麟傳〉、卷五十四〈楊震傳〉附〈楊修傳〉、卷六十〈蔡邕傳〉、卷六十五〈皇甫規傳〉、卷八十上〈杜篤傳〉、〈夏恭傳〉附〈夏牙傳〉、卷八十四〈烈女傳〉等均有相關記述。〔南朝宋〕范曄：《後漢書》（北京市：中華書局，1965年）。

　　另外，從時間上看，研究者談論甚多的史贊也當是像贊影響下的產物，前引應劭《漢官儀》稱從建武至陽嘉年間近百年的時間裡一直保留有「郡府聽事壁諸尹畫贊」的慣例，可見在東漢初年像贊已有較為普遍的運用，而此後活躍於永平至永元年間的班固作《漢書》也於紀傳之後皆題「贊曰」，品評人物，意兼褒貶，彰顯紀傳意有未明之處，乃至形成「史贊」這一新的文體樣式，二者在輔助說明這一文體功能上頗有異曲同工之處。因此，無論從時間先後還是從運用的普及與廣泛看，在文體的命名、文字內容、功用等諸多方面，史贊的產生似乎直接受到了像贊的啟發。

　　東漢以後，許多文士以文章顯，單篇文章漸多並傳世，許多人也以此獲得聲名。到魏晉時期，文人多已有詩文專集，據《晉書》與《隋書》〈經籍志〉所載，西晉、東晉兩代，文人的專集已不下一二百種，加之後世《文選》等大型文集的出現，贊文特別是其中有關人物像贊以文本形式流傳後世，它們最初與圖畫相配合的輔助功能就漸漸變得不太明朗了，後世研究者對贊文生成演變的情況相對模糊，對贊體的認識就難免開始產生誤解，儘管劉勰明智地強調「原始以表末」的研究觀念，論及贊體兼舉明、助二義，至為賅備，但仍囿於當時的贊文創作實況而將頌贊並舉，且認為贊體「乃頌家之細條」。[47]如果我們將目光對贊體的生成發展作全程掃描，這種說法也許就會得到部分修正。無論是像贊、史贊、婚物贊[48]以及後世如郭璞《山海經》、《爾雅》圖贊等贊體，均不失贊字「明、助」本意，人物贊的稱頌之意則自有來頭，但由於其影響深遠，乃至對後世造成贊體即「讚頌」的普遍印象，徐師曾《文體明辨序說》就是在這種觀念下批評劉勰

47　詹鍈：《文心雕龍義證》（上海市：上海古籍出版社，1989年），頁349。

48　《全後漢文》卷二十二記載有署名鄭眾的婚物贊文，是婚禮中隨同禮物一起聘送的四言短章，意在揭示禮物的意義。〔清〕嚴可均：《全上古三代秦漢三國六朝文》，《全後漢文》（北京市：中華書局，1965年），卷22，頁591。

〈頌贊篇〉將史贊一併論述有些不妥，認為當入「論類」。更有甚者如王應麟《辭學指南》引西山先生（真德秀）曰：

> 贊頌皆韻語，體式類相似。贊者讚美之辭，頌者形容功德。然頌比于贊，尤貴瞻麗宏肆。[49]

這裡面就存在兩種明顯的誤解，一是認為贊體即讚美之詞，二是認為頌贊二體只是在語言風格上有些不同，頌體比之贊體，更為鋪張揚麗，以典雅豐縟為貴，這種頗有偏差的認識很能代表許多論者的觀念。

中國古代文體的一個重要的生成方式就是源於功用，這種生成方式體現出特定社會行為和特定文本之間的密切關係。漢代是文體生發期，大量文體湧現出來，奠定了中國古代文體的基本格局，這其中大多都是應用文，實用功能很強，與禮儀制度、社會風俗等都有著密切的關係，習俗和共性遂成為文體創造中最起作用的因素，這種關係以及文體實踐直接決定著文體的塑形，忽視這一點而單從文字文本入手就很難抓住文體的本質，相關文體的辨析也會出現混亂。此外，各種文體在發展演變的過程中，文體功能也在發生變化，文本和功能實踐之間存在著或鬆或緊的變化，甚至發生剝離，加之不同時代、不同的社會心理和需求，以及其他諸多因素的影響，致使文體呈現動態的複雜情形。在「文體學」的核心對象——文本的左右，有太多的因素需要納入到文體研究當中，在人們希望更準確的揭示古代文體的歷史面貌時，文體功能的視角也許是理想的選擇之一。

> ——本章主要內容原刊於《文史哲》二〇〇七年第三期；人大複印資料《中國古代、近代文學研究》二〇〇七年十一月複印；收入本書時做了補充修改

---

49 詹鍈：《文心雕龍義證》（上海市：上海古籍出版社，1989年），頁338。

第六章
婚禮的「關鍵詞」
──關於漢代婚禮禮物及禮辭的考察

一　問題的提出

　　嚴可均《全後漢文》卷二十二載有署名鄭眾的婚禮禮物清單以及相關謁文和贊文，並簡述這些文體與禮物一起封表呈送、配合使用的情況：

> 六禮文皆封之。先以紙封表，又加以皂囊，著篋中。又以皂衣篋表訖，以大囊表之，題檢文言「謁表某君門下」。其禮物凡三十種，各有謁文。外有贊文各一首，封如禮文。篋表訖，蠟封題，用皂帔蓋於箱中。無囊表，便題檢文言：「謁篋某君門下」，便書贊文通共在檢上。[1]

根據上述記載，漢代婚禮納采、問名、納吉、納徵、請期、親迎六禮均有相應禮文和禮物。禮物合三十種（實錄二十九種，贊文有女貞贊，但禮物中未載有女貞，或即為第三十種），各有謁文、贊文以解釋其象徵意義，它們與撰寫禮文的書版一樣被層層封表，隨同禮物一起奉上，並附加謁帖，或將贊文並寫於謁帖之上。[2]謁文即拜謁、請

1　〔清〕嚴可均：《全上古三代秦漢三國六朝文》，《全後漢文》（北京市：中華書局，1965年），卷22，頁591。

2　據《通典》卷五十八記載東晉婚禮禮文、禮物的具體使用儀式：「于版上各方書禮文、婿父名、媒人正版中，納采于版左方。裏于皂囊，白繩纏之，如封章，某官某

謁之文，在漢代已成為一種文類[3]，但相關記載較少，目前筆者所見
文本只有此「約文」，總言物之所象。贊文則以簡短整齊的四言韻文
解釋每件禮物的特殊含義，《全後漢文》稽錄有雁、粳米、稷、卷
柏、嘉禾、長命縷、九子墨、金錢、舍利、鴛鴦、女貞贊文十一則。
此外，《初學記》卷二十九獸部還有署名鄭眾的關於「羊」的贊文，
《全後漢文》未收，故漢代婚物贊文共計十二則。漢代贊文有多種類
型，如以馬王堆三號漢墓出土的帛書〈易贊〉篇為代表的文贊[4]、班
固《漢書》中的史贊、山東嘉祥縣武氏祠堂畫像贊為代表的像贊[5]，
以及漢魏之際由像贊衍生出的以讚頌為目的的人物贊文等，故這些禮
辭為我們了解相關文體的生成、分類以及深入探究功能性應用對文體
形式、內容的影響提供了又一種文本。

　　此外，從這些禮辭所提供的信息看，三十種禮物各有內涵，它們
協同謁文、贊文等解釋性文本構成漢代思想價值觀念、倫理行為規範
以及道德習俗的微觀世界，體現出漢代思想信仰中主流意識形態與民
間信仰兼顧的特點，我們可由此探知漢代文體介入禮儀文化建設的複
雜樣態，並進一步體會古代文體在人生日用當中的意義。由於以往研
究者較少關注此婚物禮辭，許多名物甚至不知其詳，其在禮儀活動當
中所發揮的「關鍵詞」作用更不為人所注意。本文將相關禮物分為五

　　君大門下封，某官甲乙白奏，無官言賤子。禮版奉案承之。酒羊雁繒采錢米，別版
　　書之，裹以白繒，同著案上。羊則牽之，豕雁以籠盛，繒以笥盛，采以奩盛，米以
　　黃絹囊盛。米稱斛數，酒稱器，脯臘以斤數。」〔唐〕杜佑撰，王文錦等點校：《通
　　典》（北京市：中華書局，1988年），卷58，頁1651。

3　范曄：《後漢書》〈文苑傳〉卷八十下：「（張超）著賦、頌、碑文、薦、檄、箴、
　　書、謁文、嘲，凡十九篇。」〔南朝宋〕范曄：《後漢書》，〈文苑傳〉（北京市：中
　　華書局，1965年），卷80下，頁2652。

4　邢文：〈論帛書〈周易〉的篇名與結構〉，《考古》1998年第2期。

5　巫鴻撰，柳楊、岑河譯：《武梁祠——中國古代畫像藝術的思想性》（北京市：生
　　活‧讀書‧新知三聯書店，2006年）；郗文倩：〈漢代圖像人物風尚與贊體的生成、
　　流變〉，《文史哲》2007年第3期。

組逐一考索，辨明其在漢代日常話語中的確切含義，並由此揭示其中所承載的歷史意涵和文體意義。

二　禮物：婚禮的「關鍵詞」

在漢代知識者看來，婚禮是諸禮之本，因婚姻而結成的夫婦家庭組成社會基本單元，是整個社會秩序穩定和諧的基本要素；夫婦為人倫之始，天下道德的完善也當從夫婦之德開始，禮物前四種玄、纁、羊、雁即作為這一思想的代言而為婚禮首選。

玄、纁本為色彩名，黑中揚赤曰玄，赤黃色曰纁，此處指兩種顏色的帛，一般為玄三匹，纁二匹，《儀禮》〈士昏禮〉鄭注：「用玄纁者，象陰陽備也。」[6]《白虎通義》〈嫁娶〉亦稱：「玄三法天，纁二法地也，陽奇陰偶，明陽道之大也。」[7]天地、乾坤、陰陽、夫婦是古代使用頻率頗高的對應詞語，也是表達秩序的關鍵詞，謁文稱「玄，象天。纁，法地」，顯然以上述說法為本。

羊、雁本是古代禮儀中使用頻繁、意義特殊的禮物。據《周禮》〈大宗伯〉記載，古人平級相見或以卑見尊當行摯禮，以禽作六摯，禮物各不同，孤執皮帛，卿執羔，大夫執雁，士執雉，庶人執鶩，工商執雞，均各有深意。作為婚禮，二者意涵似更為豐富。如有關羊，謁文稱：「羊者，祥也，群而不黨。」贊文曰：

群而不黨，跪乳有敬，禮以為贊，吉事之宜。[8]

6　〔漢〕鄭玄注，〔唐〕賈公彥疏：《儀禮注疏》〈士昏禮〉（北京市：中華書局，1980年，《十三經注疏》本），卷4，頁962。

7　〔漢〕班固：《白虎通德論》〈嫁娶〉（上海市：上海古籍出版社，1990年），卷9，頁71。

8　〔唐〕徐堅等撰，司義祖點校：《初學記》（北京市：中華書局，1962年），卷29，頁709。

羊作為祥瑞是漢代畫像石的常見題材，《說文解字》即釋羊為「祥
也」，體現出時人對羊的基本態度。「群而不黨」意謂羊樂群居、彼此
相處融洽卻不結私黨，顯然將羊好群居的特性倫理化了。「群而不
黨」語出《論語》：「君子矜而不爭，群而不黨」，本是公卿君子的
「持世之準」[9]，《儀禮》〈士相見禮〉談及上大夫（卿）相見時即以
羔為摯，鄭注：「取其從帥，群而不黨也。」賈公彥疏云：「凡羔羊群
皆有引帥，若卿之從君之命者也。……羊羔群而不黨，義取三卿亦皆
正直，雖群居不阿黨也。」[10]然而，一旦進入婚禮敘述中，強調羊和
諧相處卻又不私相黨助，就已經把它作為人的基本品格來要求了。
「跪乳有敬」也是根據羊跪乳的生物特性，衍生出孝敬有禮的人文涵
義。對以羊（羔）作贄禮意義闡釋最為淋漓盡致的是董仲舒：「羔有
角而不任，設備而不用，類好仁者；執之不鳴，殺之不諦，類死義
者；羔食於其母，必跪而受之，類知禮者；故羊之為言猶祥與！」[11]

　　再看雁。按摯禮大夫執雁，董仲舒解釋道：「雁乃有類於長者，
長者在民上，必施然有先後之隨，必俶然有行列之治，故大夫以為
贄。」鄭玄則云：「雁，取知時，飛翔有行列也。」疏云：「『雁，取
知時』者，以其木落南翔，冰泮北徂，隨陽南北，義取大夫能從君政
教而施之。云『飛翔有行列也』者，義取大夫能依其位次，尊卑有敘
也。」[12]雁正是在此意義下進入婚禮，並附加更明確的旨意，《白虎通
義》〈婚嫁〉：「取其隨時南北，不失其節，明不奪女子之時也。又取

9　〔漢〕鄭玄注，〔清〕劉寶楠正義：《論語正義》（上海市：上海書店，1986年），卷
　　18，頁343注。

10　〔漢〕鄭玄注，〔唐〕賈公彥疏：《儀禮注疏》，〈士相見禮〉（北京市：中華書局，
　　1980年，《十三經注疏》本），卷7，頁976。

11　〔清〕蘇輿撰，鍾哲點校：《春秋繁露義證》（北京市：中華書局，1992年），頁
　　419。以下釋雁同。

12　〔漢〕鄭玄注，〔唐〕賈公彥疏：《儀禮注疏》〈士相見禮〉（北京市：中華書局，
　　1980年，《十三經注疏》本），卷7，頁976。

飛成行，止成列也，明嫁娶之禮，長幼有序，不相逾越也。」[13]以雁做婚禮當是一種古老習俗，早先或為顯示男方勇猛善射，但儒家賦予其特殊的倫理指向，故謁文稱：「雁則隨陽」，贊文也含蓄歌詠：「雁侯陰陽，待時乃舉，冬南夏北，貴得其所。」這些內容，實則是經學家們理論闡釋的通俗化表達，只不過前者詳盡周全、持重嚴肅，後者則抓其一點，口吻輕鬆。

　　與第一組禮物略顯嚴肅端莊的「表情」相比，第二組可謂吉慶、祥和，滿是世俗的喜悅和滿足，它們是清酒、白酒、粳米、稷米、金錢、嘉禾、祿得香草、鹿、舍利獸、受福獸。

　　清酒、白酒為古代酒之二分。清酒為祭祀之酒，白酒（包括事酒、昔酒）為一般禮儀及日常飲品。《禮記》〈內則〉：「酒：清、白。」鄭注：「白，事酒、昔酒也。」[14]「事酒，有事而飲也；昔酒，無事而飲也；清酒，祭祀之酒。」[15]婚禮既要敬神祭祖，又要展現人間歡樂，清白二酒即為不可少的儀文和佐助。然酒可使人血氣飛騰，減痛苦增愉悅，但亦能亂性，嗜酒更是奢靡行為，故古人對日常助興之酒持保留態度，漢高祖和漢宣帝就曾先後禁塞嫁娶飲酒，只不過禁令影響甚微，惠帝后酒宴即成為婚禮重要組成部分，婚禮中酩酊大醉更是常態。[16]謁文稱：「清酒降福。白酒歡之由。」口吻輕鬆和悅，這是婚禮的表情。

13　〔漢〕班固：《白虎通德論》〈嫁娶〉（上海市：上海古籍出版社，1990年），卷9，頁70。

14　〔漢〕鄭玄注，〔唐〕賈公彥疏：《禮記正義》〈內則〉，卷27，頁1463。王夢鷗：《禮記今注今譯》：「酒冬釀而夏成者，澄久而清，新釀者濁，故曰白。」王夢鷗：《禮記今注今譯》（天津市：天津古籍出版社，1987年），頁368注4。

15　〔漢〕鄭玄注，〔唐〕賈公彥疏：《周禮注疏》〈天官〉〈酒正〉（北京市：中華書局，1980年，《十三經注疏》本），卷5，頁669注。

16　彭衛、楊振紅《中國風俗通史‧秦漢卷》（上海市：上海文藝出版社，2002年），頁336。

　　粳米，即粳稻之米，其味甘淡，性平和，古人謂之天下第一補物，可安脾胃、養五臟、壯氣力，宜每日食用，故謁文稱其「養食」，贊文曰：「粳米馥芬，婚禮之珍」，贊其馥郁芬芳，頤養身心，為婚禮必選。稷米、粢，均指粟米，即高粱米，稷去殼後即為粢，《玉篇》：「粢，稷米也。」《說文解字》段注：「稷……北方謂之高粱。」雖均為糧食作物入選婚禮，但古人對稷米似更偏愛些，也附加更多的人文內涵。應劭《風俗通義》卷八《祀典》引《孝經》：「稷者，五穀之長。五穀眾多，不可遍祭，故立稷而祭之。」[17]謁文稱「稷米，粢盛（ㄔㄥˊ，chéng）」就是強調稷米為盛在祭器裡以供祭祀的穀物。[18]稷是古農事之官名，相傳周代先祖棄曾任此職，《漢書》〈百官公卿表〉：「棄作後稷，播百穀。」[19]在周禮官職系統裡，「稷為大（天）官」[20]。婚禮讚文亦沿襲這一說法，體現出古人對此日用不可少之穀物的敬畏與深情。

　　金錢，謁文曰：「金錢，和明不止。」贊曰：「金錢為質，所歷長久。金取和明，錢用不止。」秦漢社會意識中有熱切追求富貴金錢的傾向，各地間貿易往來頻繁，社會重「積聚」，財富增加很快，作為重要交換媒介，金錢遂成為財富的最直觀體現，《太平御覽》卷九八四引任昉《述異記》載漢世古諺云：「雖有神藥，不如少年；輸有珠玉，不如金錢。」[21]雖然對金錢和富有的熱望是歷代社會的共同心

17　〔漢〕應劭撰，吳樹平校釋：《風俗通義校釋》（天津市：天津人民出版社，1980年），頁297。

18　《公羊傳注疏》〈桓公十四年〉卷五：「御廩者何？粢盛委之所藏也。」何休注：「黍稷曰粢，在器曰盛。」〔漢〕何休解詁，〔唐〕徐彥疏：《公羊傳注疏》〈桓公十四年〉，卷5，頁2221。

19　〔漢〕班固：《漢書》（北京市：中華書局，1962年），卷19，頁721。

20　上海師範大學古籍整理組點校：《國語》（上海市：上海古籍出版社，1978年），頁16。

21　〔宋〕李昉：《太平御覽》（臺北市：臺灣商務印書館，1986年，《景印文淵閣四庫全書》第901冊），卷984，頁665。

理，但漢代人表露得更為坦誠，更為直接、更為公開，更為心安理得、理直氣壯。這種毫不掩飾的求富心理，是漢代時代精神的特徵之一，與當時社會文化「閎放」、「毫不拘忌」的風格也是相一致的[22]。

嘉禾、祿得香草為植物類祥瑞。嘉禾典出《尚書》〈微子之命〉：「康叔得禾，異畝同穎，獻諸天子。王命康叔，歸周公於東，作〈歸禾〉。周公既得命禾，旅天子之命，作〈嘉禾〉」。據孔疏，嘉禾是異壟同穗之禾。不過，漢代似指多穗之禾，《太平御覽》卷八七三「嘉穀」條引《東觀漢紀》稱光武帝出生時「有嘉禾，一莖九穗」。又引《後漢書》曰：「安帝時，九真嘉禾生，五百六十本，七百六十八穗。」[23]出土的王莽時期量器銅斗左壁就有嘉禾圖，描繪誇張，一本多穗，莖稈彎曲，狀如樹冠，圖下銘文曰「嘉禾。」[24]漢代與此相似的祥瑞還有嘉穀、嘉麻、嘉麥、嘉黍、嘉豆、嘉瓠等多種，均以其豐產寓政通人和，讖文稱「嘉禾頒祿。」贊文稱：「嘉禾為穀，班祿是宜。吐秀五七，乃名為嘉。」

祿得香草不知具體所指，或為各類香草的總稱，使用時可因習俗喜好擇選。古人對各類植物關係直接而密切，熟稔程度以及情感上的依戀亦遠勝今人，讖文稱：「祿得香草，為吉祥。」

鹿、舍利獸、受福獸為三類瑞獸。讖文曰：

鹿者，祿也……受福獸，體恭心慈……舍利獸，廉而謙。

鹿，取其諧音，象徵官祿亨通，多見於漢代畫像石，更是漢代織錦的

22 王子今：《錢神——錢的民俗事狀和文化象徵》（西安市：陝西人民出版社，2006年），頁39注釋2；〈秦漢人的富貴追求〉，《浙江社會科學》2008年第3期。

23 〔宋〕李昉：《太平御覽》（臺北市：臺灣商務印書館，1986年，《景印文淵閣四庫全書》第900冊），卷873，頁660。

24 國家計量總局、中國歷史博物館、故宮博物院主編：《中國古代度量衡圖集》（北京市：文物出版社，1984年），頁81-82。

圖案母題，體現追求富貴利祿的社會普遍心理。「受福」獸，取其接受天地神明降福之意，《易·困卦》：「利用祭祀，受福也。」[25]《漢書》〈禮樂志〉載〈安室房中歌〉云：「下民安樂，受福無疆。」[26]此瑞獸當與漢代眾多祥瑞一樣，是想像的產物，謁文稱其「體恭心慈」、贊舍利獸「廉而謙」，都將瑞獸人格化了。

三獸中，僅舍利獸有贊文，《全後漢文》收錄，並標明出自《太平御覽》卷九一三。然查《御覽》並無「舍利獸」條，僅有「含」利獸贊文：

　　　含利為獸，廉而能謙。禮義乃食，口無譏愆。[27]

此「含」利獸贊文與上引舍利獸謁文內容相似，均贊該獸「廉」且「謙」，當指同一類瑞獸，嚴可均《全後漢文》將「含利」寫作「舍利」，或認為「含利」本係誤寫。「含利」之稱還見於張衡〈西京賦〉「含利颬颬，化為仙車」句，李善注：「含利，獸名，性吐金，故名。」[28]可見，禮辭稱該獸「廉而能謙」，當由此「性吐金」而來。不過，〈西京賦〉更多描述的是含利獸倏忽變幻、光怪陸離的幻化表演，這一表演史稱「魚龍曼延」，亦作「魚龍曼延」、「魚龍曼衍」，而其表演主角「含利」，後世注家多作「舍利」，如《漢書》〈西域傳贊〉：「設酒池肉林以饗四夷之客，作巴俞都盧、海中碭極、曼延魚龍、角抵之戲以觀視之。」顏師古注：「曼延者，即張衡〈西京賦〉所云『巨獸百尋，是為漫延』者也。魚龍者，為舍利之獸……」[29]

---

25 周振甫：《周易譯注》（北京市：中華書局，1991年），頁164。

26 〔漢〕班固：《漢書》（北京市：中華書局，1962年），卷22，頁1051。

27 〔宋〕李昉：《太平御覽》（臺北市：臺灣商務印書館，1986年，《景印文淵閣四庫全書》第901冊），卷913，頁896。

28 〔南朝梁〕蕭統編，〔唐〕李善注《文選》（北京市：中華書局，1977年），頁48。

29 〔漢〕班固：《漢書》（北京市：中華書局，1962年），卷96，頁3929。

《通典》卷第七十注引蔡質《漢儀》記述皇帝在元旦接受朝賀後與群臣一起觀看魚龍漫延表演：「舍利獸從西方來，戲於庭極……」[30]《後漢書》〈安帝紀〉：「乙酉，罷魚龍曼延百戲。」李賢注引《漢官典職》說法與前相類，亦稱「舍利」。可見，舍利即含利，二者當為一物。以舍利獸為主角的魚龍曼延幻術表演在漢代極為盛行，近年來也陸續出土描繪這一場景的畫像石，故舍利獸為婦孺皆知且喜聞樂見的瑞獸，由此進入漢代婚物名單中。

　　第三組膠、漆、鳳凰、鴛鴦、合歡鈴、九子婦、九子墨七種以及第四組為蒲、葦、卷柏、女貞、烏，都可看作婚禮之專屬禮物。

　　膠、漆，均為黏合黏著之物，「膠也者，以為和也。」[31]揚雄《法言》〈先知〉：「聖君少而庸君多，如獨守仲尼之道，是漆也。」意思是像漆一樣黏著拘泥。膠漆常連用，並指黏結牢固之物，《淮南子》〈說山訓〉曰：「天下莫相憎於膠膝。」（膠漆相持不解，故曰憎。）[32]《後漢書》載雷義與陳重為至交密友，鄉人為之語曰：「膠漆自謂堅，不如雷與陳。」[33]不過，膠漆漸專喻男女之情，如漢末古詩〈客從遠方來〉：「以膠投漆中，誰能別離此？」此外，漆器以其光亮鮮豔成為上層社會禮儀日用的奢侈品，謁文正是借膠漆的這些特性來表達對婚姻夫婦的期望與祝福。故謁文曰：「膠，能合異類。漆，內外光好。」

　　鳳凰是古老瑞鳥，因其雌雄相諧，羽毛五色，聲如簫樂而為瑞應，「雄曰鳳，雌曰皇。雄鳴曰即即，雌鳴曰足足。」[34]鳳凰在漢代出

30　〔唐〕杜佑撰，王文錦等點校：《通典》（北京市：中華書局，1982年），卷70，頁1928。

31　〔漢〕鄭玄注，〔唐〕賈公彥疏：《周禮注疏》〈考工記〉〈弓人〉（北京市：中華書局，1980年，《十三經注疏》本），卷42，頁934。

32　張雙棣：《淮南子校釋》（北京市：北京大學出版社，1997年），頁1643。

33　〔南朝宋〕范曄：《後漢書》（北京市：中華書局，1965年），卷81，頁2688。

34　黃暉：《論衡校釋》（北京市：中華書局，1990年），頁733。

現頻率頗高，漢宣帝甚至因鳳凰五至而改元為「五鳳」，儘管有學者
認為漢代大量出現的鳳凰有些恐怕就是普通鶗雀之類[35]，但這絲毫不
影響時人喜愛。鳳凰因雌雄諧飛唱和而成為夫妻和合之象，《左傳》
載懿氏妻為女兒出嫁陳完而占卜，占辭曰：「鳳凰于飛，和鳴鏘
鏘。」[36]占辭常有古老的淵源，其物象間的對應也有廣泛的社會心理
基礎，謁文稱「雌雄伉合儷」反映的正是民間一般的知識和思想。

　　鴛鴦，古傳雌雄偶居不離，故稱「匹鳥」。《詩經》〈小雅〉〈鴛
鴦〉：「鴛鴦于飛，畢之羅之。」《毛傳》：「鴛鴦，匹鳥也。」崔豹
《古今注》：「鴛鴦……雌雄未嘗相離，人得其一，則一思而至死，故
曰匹鳥。」[37]鴛鴦很早就作為夫妻男女成雙結對的代稱，司馬相如
〈琴歌〉：「室邇人暇獨我腸，何緣交頸為鴛鴦。」《古詩十九首》〈客
從遠方來〉：「文彩雙鴛鴦，裁為合歡被。」故謁文曰：「鴛鴦，飛止
須匹，鳴則相和。」贊文曰：「雌雄相類，飛止相匹。」

　　合歡鈴，婚禮專用之鈴，取其音聲和諧以象徵夫婦和睦。謁文
曰：「音聲和諧。」

　　九子婦、九子墨，均取健康長生、多子多孫的吉義。漢代以來有
九子母神崇拜，《漢書》〈成帝紀〉：「元帝在太子宮生甲觀畫堂。」顏
師古注引漢應劭曰：「畫堂畫九子母。」[38]《荊楚歲時記》載：「四月
八日，長沙寺閣下有九子母神。是日市肆之人無子者，供薄餅以乞
子，往往有驗者。」[39]此九子母，或即為九子婦，謁文曰：「九子婦有

---

35 〔清〕趙翼著，王樹民校證：《廿二史劄記校證》（北京市：中華書局，1984年），
　　頁64。

36 楊伯峻：《春秋左傳注》（北京市：中華書局，1990年），頁221。

37 〔晉〕崔豹：《古今注》（臺北市：臺灣商務印書館，1986年，《景印文淵閣四庫全
　　書》第850冊），卷中，頁106。

38 〔漢〕班固：《漢書》（北京市：中華書局，1962年），卷9，頁301。

39 〔南朝梁〕宗懔撰，宋金龍校注：《荊楚歲時記》（太原市：山西人民出版社，1987
　　年），頁102。

四德」，當是對該生育之神的讚譽。九子婦為婚禮，實物或為九子母神的畫像或塑像。九子墨漢代具體形制不確，今傳九子墨是繪有龍所生九子的墨塊。《山堂肆考》卷三十三引晉陸云〈與兄書〉：「古有九子之墨，祝婚者，取多子之義。」[40]故謁文曰：「九子墨長生子孫。」墨古取自松煙，加膠定型製成，松柏長生，讚文以此為據：「九子之墨，藏于松煙，本性長生，子孫圖邊。」

第四組為蒲、葦、卷柏、女貞、烏，婚禮以此對新婦進行品行規導。

蒲、葦性柔韌，莖葉可供編織，是與古人生活密切相關的植物。蒲葦常並稱，《荀子》〈不苟〉：「與時屈伸，柔從若蒲葦，非懾怯也。」[41]蒲葦以其特有的品質滿足了人們的實際生活需要，也漸漸在人們內心深處積澱下特定的情愫，由自然物轉化成情感的承載體，化為情感堅韌、持久的象徵，〈孔雀東南飛〉裡劉蘭芝與夫君所立誓言就以此作比。謁文稱：「蒲眾多性柔，葦柔韌之久」，顯然意在希望女方柔婉堅韌專一。

卷柏又稱還魂草，生於峭壁岩隙，耐乾旱，細葉如柏，旱時內卷如拳，吸水則復平展，故名。中醫以其全草入藥，具收斂止血之效，《神農本草經》列其為草部上品。此物為婚禮，或因其為常用便利草藥，但讚文曰：「（卷柏）屈卷成性，終無自伸」，當取其內斂依順之意。

女貞，木名，淩冬青翠不凋，古人謂其有貞守之操，故以貞女狀之。《漢書》載司馬相如賦有女貞，師古曰：「女貞樹，冬夏常青，未嘗凋落，若有節操，故以名為焉。」[42]故讚文曰：「女貞之樹，柯葉冬

---

40 〔明〕彭大翼：《山堂肆考》（上海市：上海古籍出版社，1992年），卷33。

41 〔戰國〕荀況著，〔清〕王先謙集解：《荀子集解》（上海市：上海書店，1986年，《諸子集成》本），卷2，頁25。

42 〔漢〕班固：《漢書》（北京市：中華書局，1962年），卷57，頁2561注15。

生。寒涼守節，險不能傾。」

烏，據傳此鳥初生，母哺六十日，長則反哺六十日，漢代尤重孝，以烏作為婚禮，即為表現之一。謚文曰：「知反哺，孝于父母。」

漢代強調社會規範落實於個人言行，所謂「修身踐行，謂之善行，行修言道，禮之質也」[43]。道德建設的理論探索同樣具體、系統而深入，劉向《列女傳》設母儀、賢明、仁智、貞順、節義、辯通等諸篇就體現出這樣的趨勢。柔婉、貞順、內斂、堅韌、仁孝，漢代所倡導的這些品行要求即成為傳統中國女性的內在規範和美德。

第五組長命縷、五色絲、魚、陽燧，均為避邪之物。漢代神秘主義信仰頗為濃厚，請求神靈護佑、威嚇異怪的祭禱巫祝儀式和器物非常普遍，這些禮物即其一例。

長命縷、五色絲為一物，由五彩絲線編織而成，在漢代為避邪延壽之物。應劭《風俗通義》：「五月五日，以五彩絲繫臂，名長命縷，一名續命縷，一名辟兵繒，一名五色縷，一名朱索……辟兵及鬼，令人不病溫（瘟）。」[44]《荊楚歲時記》載：「以五彩絲繫臂，名曰辟兵，令人不病瘟。」[45]古代以五月為惡月，天氣炎蒸，疾病易生，故形成此俗，五彩蘊涵青赤白黑黃五方神力。婚禮選擇此物，顯然不再侷限於五月使用，而是普遍避邪之物，故謚文曰：「長命縷，縫衣延壽。五色絲，章采屈伸不窮。」此外，五色絲或有相連接之意，《西京雜記》卷三：「至七月七日臨百子池，作〈于闐樂〉。樂畢，以五色

43　〔漢〕鄭玄注，〔唐〕孔穎達疏：《禮記正義》〈曲禮〉（北京市：中華書局，1980年，《十三經注疏》本），卷1，頁1231。

44　〔漢〕應劭撰，吳樹平校釋：《風俗通義校釋》（天津市：天津人民出版社，1980年），頁415。

45　〔南朝梁〕宗懍撰，宋金龍校注：《荊楚歲時記》（太原市：山西人民出版社，1987年），頁50。

縷相羈，謂為相連受。」⁴⁶

　　魚因處深水，無受損害，謁文稱「魚處淵無射」，巫術意思非常明顯，意在避免新人受到傷害。此婚物之魚與後來「富富有餘」之意有些不同。

　　陽燧，又稱陽遂，為向日取火的凹面銅鏡，王充《論衡》〈率性〉：「陽遂取火欲天，五月丙午日中之時，消練五石，鑄以為器，磨礪生光，仰則向日，則火來至。」⁴⁷陽遂取火於日，既為實用器又是避邪之物，故蔡邕〈祖餞祝〉亦稱「陽遂求福」，謁文謂其「成明安身」。

三　名物：文化解釋系統的特殊構成

　　以上筆者對漢代婚禮禮物以及相關謁文、贊文進行了梳理，乍一看，這些禮辭並非理想的研究文本——謁文是「約文」，禮物三十，贊文僅十二則，且有些僅是片段——它們被勾輯而出重新組合排列，很難看到完整原貌。可是遺憾之餘，我們仍感到這些禮物及禮辭包含著豐富的信息，漢代禮俗社會中的許多基本觀念都集中體現於此，禮物成為特殊的「關鍵詞」，簡短的謁文和贊文則是路標，以或隱或顯的方式引導我們進入那個時代，記錄者當希望讀者對它們作出「正確」反應，體會其中的良苦用心。

　　從禮辭的解釋看，禮物選擇是非常謹慎的，諸物皆因具有某種獨特意義而被採擇進入婚禮程式：玄、纁、羊、雁事關夫婦家庭秩序；鳳凰、鴛鴦、膠漆、合歡鈴寓意兩性和合；錢、酒、粳米、稷米、祥

---

46 〔漢〕劉歆撰，〔晉〕葛洪集，向新陽、劉克任校注：《西京雜記校注》（上海市：上海古籍出版社，1991年），頁138。

47 黃暉：《論衡校釋》（北京市：中華書局，1990年），頁76。

瑞、九子墨等兆示婚姻家庭的吉祥與滿足；蒲葦、卷柏、女貞、烏等
是對新婦品性德行的規導，這是家庭穩固和美的根基；長命縷等避邪
之物則意味著對危險的警覺、對生命的隨時護佑以及家庭安康的期
望。禮物既體現主流意識形態，又兼顧民間信仰——這也是漢代思想
信仰的特點——它們協同謁文、贊文等解釋性文本構成了漢代思想價
值觀念、倫理行為規範以及道德習俗的「微觀世界」。禮「義」借
「物」傳遞，「物」因「禮」而成為意涵穩定之「象」，「象」與「辭」
的密切結合共同詮釋著「禮」的內涵，也成為營造婚禮內蘊豐富、喜
慶莊重氣氛的重要元素。在實際使用中這份禮物清單或有省略，但當
它們被從眾多名物中選擇出來逐一記錄解釋的時候，身上遂背負了時
人對婚禮所寄予的期望，而歷史的細節和溫度也由此傳遞出來。

　　秦漢四百餘年，中國歷史幾乎在各個方面都經歷了進化性的重大
變革，而以怎樣的內容填充承接而來的帝國框架、以何種方式移風易
俗，建立並維持社會秩序，構建基本社會道德價值標準，諸多問題均
是漢代知識者的討論探索重點。在他們看來，婚姻和「秩序」有著緊
密關聯：「昏禮者，將合二姓之好，上以事宗廟，而下以繼後世也，
故君子重之。共牢而食，合巹而酳，所以合體同尊卑而親之也。成男
女之別，立夫婦之義，而後父子親，君臣正，故曰：昏禮者，禮之本
也。」[48]故〈毛詩序〉將〈關雎〉列為〈風〉之始，認為可風天下而
正夫婦，可用之鄉人，用之邦國。東漢蔡邕有〈協和婚賦〉、秦嘉有
〈述婚詩〉兩首[49]，均體現出一般知識者對上述說法的認同，賦曰：

　　惟情性之至好，歡莫偉乎夫婦。受精靈之造化，固神明之所

48　〔漢〕鄭玄注，〔唐〕孔穎達疏：《禮記正義》（北京市：中華書局，1980年，《十三
　　經注疏》本），卷61，頁1681。

49　〔唐〕徐堅等撰，司義祖點校：《初學記》〈婚姻〉（北京市：中華書局，1962年），卷
　　14，頁356。

使……良辰既至，婚禮以舉。二族崇飾，威儀有序。嘉賓僚黨，祈祈雲聚。車服照路，驂騑如舞……。

詩曰：

群祥既集，二族交歡；敬茲新姻，六禮不愆。羊雁總備，玉帛爰爰；君子將事，威儀孔閑。猗兮容兮，穆矣其言。

又曰：

紛紛婚姻，禍福之由；衛女興齊，褒姒滅周。戰戰兢兢，懼其不仇；神啟其吉，果獲令攸。我之愛矣，荷天之休。

婚禮，小可通二族之好，大可關一國興亡，因此，婚禮之物才被賦予格外豐富的象徵和意義，並且還要將這些象徵和意義以特殊的文辭形式予以揭示。記錄者相信，當這些文本被仔細撰寫，且與一件件禮物配搭、封表、奉送，其中的意義也會被人們傳誦，移風易俗，甚至成為文化傳統的一部分。禮辭參與社會生活，協調成員關係，不離禮義教化、人格培養的目的，亦與興觀群怨的詩教傳統保持一致。

　　從婚禮謁文和贊文內容看，這些禮辭多有所「承襲」，換句話說，禮辭是依據當時主流話語、主流觀念以及一般民間流行表達語和民間觀念加工而成的。漢代努力探索建設謹慎嚴肅、豐富深邃、秩序井然的禮儀文化，然而「禮」抽象空虛，器物無言而沉默，需要依靠複雜的解釋系統來幫助建立權威，從而使「禮」變成實在可感、意義明確的真實存在，然而，在漢代知識者看來，解釋系統可由諸多方面構成，有單純的理論闡述、繁瑣的經解疏證，更當有悅人耳目、淺顯易懂為一般民眾所喜聞樂見的方式。它們在諸多方面滲透蔓衍，遂使

諸多儀節、器物飽含深意，以靜默姿態作遙遙的呼應。而以解釋說明為基本功能的「贊」體在此一時期、在多個場合以各種形式集中出現，或許就顯示出知識者參與文化建設的熱情和執著。[50]可見，漢代文體是以某種複雜樣態介入到國家禮儀文化建設中的，在文體形成及具體撰作過程中除去「技巧」、「知識」以外，參與者尚需保有社會關懷、思想評判以及文化重建的趣味能力，這也是一種將言語修辭與家國命運聯繫在一起的特殊情懷。

四　附會：真實與意義

通過上述分析，我們似乎可以進一步理解中國傳統自然觀中用儒家的倫理綱常解釋、附會自然物特性的傾向。在古人眼裡，自然可看作是人類社會的一面鏡子，借助於自然物發言，更有說服力，於是，人與物兩個世界有了隱喻性關聯，之間的界限遂變得模糊甚至最終融合為一。解釋者相信兩個世界具有不可見的相似性，而這個「不可見」應當被指出來，不可見的類推也要有可見的標誌，於是，圍繞名物形成解釋系統，物的存在和價值正取決於此：「羊有跪乳之禮，雞有識時之候，雁有庠序之儀，而人取法焉。」[51]婚禮中的謁文和贊文正是構築解釋系統的一個環節，是人與物間往來溝通的媒介。也正是

---

50 從時間上看，婚物贊的記載者（或創作者）鄭眾與首創史書「贊曰」的班固均活躍於東漢早期，像贊亦至遲在兩漢之際興起，故我們大致可以鎖定贊體生成定體的時間。婚物贊解釋禮物之「義」，史贊意在彰顯紀傳意有未明之處，像贊則「容像圖」，早期贊體的三大類型使用場合各異，但文體功能一致，均為輔助說明之意，故劉勰《文心雕龍》所說「贊者……明也，助也」，即為贊體得名的原因。為了給功能相近的言辭篇章命名，知識者從當時的語庫中選取了表意最為準確的「贊」，文體命名看似信手拈來，其實是有充足理由的。

51 〔唐〕徐堅等撰，司義祖點校：《初學記》（北京市：中華書局，1962年），卷29，頁709引譙周《法訓》。

憑藉這種理性的「附會」，我們看到古人為建立一個秩序社會所付出的特殊努力，這也使得基於這種觀念的相類似的文本不再是簡單的「襲用」，而成為富有創造性的作品。

　　當然，這種「觀念先行」的解釋和敘述系統也使人們遠離了物的「真實」，進入一個觀念世界，在這個世界中，物因為「意義」而存在，在反覆的敘述中，物與其意義最終成為合二為一的有機體，變成新的經驗和知識進入到文化傳承中，凝固為某種固定之「象」，這就消弭或壓制了「物」的個性與差異。例如羊，漢代之前人們對羊的種類、特性已形成豐富知識，《說文》就收錄相關詞彙近二十種，羊的某些性格和行為特徵遂成為人們信手拈來的喻體。如《周易》〈大壯〉〈上六〉：「羝羊觸藩，不能退，不能遂，無攸利，艱則吉。」描摹公羊觸藩（籬笆）進退兩難作為吉凶之象。又如人們發現羊看似溫順但性格執拗，《周易》〈夬卦〉王弼注云：「羊者抵很，難移之物也。」意為羊脾氣執拗，人牽牠走就硬不肯走。《史記》〈項羽本紀〉敘巨鹿之戰前，主帥宋義下軍令曰：「猛如虎，很如羊，貪如狼，強不可使者，皆斬之。」也是以羊執拗的特性做喻。[52]此外，羊還可斷獄，王充《論衡》曰：「觟觸者，一角之羊也，性知有罪。皋陶治獄，其罪疑者，令羊觸之。有罪則觸，無罪則不觸。」[53]故崔豹《古今注》曰：「羊一名長髯主簿。」然而，在婚禮禮辭中，羊的上述形象——雄健、衝突、激烈、爭鬥、不馴順、甚或有些靈異——皆消失不見，代之以吉祥安順、群而不黨、孝敬有禮的「喜羊羊」，並使之成為一種主流形象。又如雁也是文人常用之象，或以其南歸寓悲秋之思，或

---

52 「很如羊」歷來多解作「凶狠如羊」，「很」釋為「狠」。但羊性溫和並不凶狠，故此說法引起質疑。《學術月刊》曾先後發表沙金成：〈「很」不通「狠」〉，《學術月刊》1981年第2期、豐家驊：〈「很如羊」舊解質疑〉，《學術月刊》1991年第4期加以討論，認為舊解不僅不符合事理，亦是對字義的誤釋，《說文解字》釋「很」為「不聽從也」。

53 黃暉：《論衡校釋》（北京市：中華書局，1990年），卷17，頁760。

以孤雁寄失群思鄉之痛，但其作為贊禮所附加的含義幾乎不出現在文人創作中，可見，儘管古人以人情觀物態，以物態度人情，但物態紛繁，人情微妙，以何物態對應何人情，卻是大有講究的。文人自可觸景生情，發抒感傷慨歎，禮儀用辭則需考慮禮的內涵，挖掘「物」與「禮義」之間相妥帖的部分並使之凝固穩定下來，以便發揮其社會功效。

　　而一旦禮物的意義凝固下來，謁文、贊文等禮辭遂變得程式化，這些曾經使名物獲得意義和價值的紐帶、曾經使得儀式變得意味深長含義雋永的解釋文本就可能變得不那麼重要了。飽含深情的莊重書寫，字斟句酌的齊整語言，朗朗上口的節奏也會因司空見慣淪為一個個冷漠的字眼、乏味的音調，所以，在後世，很難再看到有關禮物的深情敘述，上述謁文贊文遂成為相關領域裡碩果僅存的文本[54]，它們的命運亦映射出許多禮儀文體的宿命。

五　文類的歸屬

　　從文體發展史的角度看，這些禮辭也有著特殊意義。我們先看謁文、贊文與它們所屬文類的關係。

　　從上述謁文看，該文體似乎是解釋禮物意義的文本，但按《通典》的說法，此謁文為「約文」，僅記錄文本核心內容，並不能顯示全貌。有關謁文歷史記載較少，《後漢書》〈文苑傳〉載張超著作中有謁文，可見在東漢謁文已是一種獨立文類。此外，《元史》〈姚燧列

---

54 筆者僅見段成式《酉陽雜俎》〈禮異〉卷一有類似解釋：「婚禮，納采有合歡嘉禾、阿膠、九子蒲、朱葦、雙石、綿絮、長命縷、幹漆。九事皆有詞：膠漆取其固；綿絮取其調柔；蒲葦為心，可屈可伸也；嘉禾分福也；雙石義在兩固也。」〔唐〕段成式：《酉陽雜俎》〈禮異〉（臺北市：臺灣商務印書館，1986年，《景印文淵閣四庫全書》第1047冊），頁643。

傳〉稱燧為文閎肆該洽，有西漢風，當時孝子順孫爭請其為家族先人寫頌文，「每來謁文，必其行業可嘉，然後許可，辭無溢美。」[55]可見，謁文為拜見、請謁時進行自我介紹、說明事由的文本，內容當根據具體使用情況而定，上述婚禮謁文也應表明婚禮程序中拜謁的特殊目的以及行送聘禮的內容和意義，因此，謁文與漢代之「謁」（漢末又稱「刺」，今稱名謁、名刺）功能類似，或即為名謁中的複雜文本。[56]劉熙《釋名》卷六〈釋書契〉：「謁，詣也，詣告也。書其姓名於上，以告所至詣者也。」不過，從出土文物看，名謁除了通報姓名外還常表明來意，如問起居、問病、拜訪求見、邀請等，形式往往比較簡單。名謁上有時還記載所奉錢物禮品數量名稱，《漢書》載高祖劉邦就詐為謁曰「賀錢萬」[57]騙得呂公親迎，婚禮謁文或與此相類，只是內容更複雜，除記錄所奉禮物名稱（數量）外，還要解釋相關禮物的象徵意義，與其他同類文本相比，它就當屬於「大製作」了，或需有較高文才以及必要的知識儲備方可撰寫得出。此外，拜謁之文常常根據事由以及拜謁物件臨時寫就，就更非人人做得[58]，故《後漢書》要將謁文列入張超的「代表作」中。「謁」與「謁文」一字之別或許就顯示出一般性禮儀文書與「事出於沉思，義歸乎翰藻」[59]的創作之「文」的區別與聯繫。

　　謁文在後世使用較少，姚華《論文後編》〈目錄中〉稱：「祭文之

55　〔明〕宋濂：《元史》（北京市：中華書局，1976年），卷174，頁4059。

56　名謁使用情況及流變，可參看揚之水：〈說不盡的拜匣〉，《紫禁城》2007年第2期；王元軍：《漢代書刻文化研究》（上海市：上海書畫出版社，2007年）。

57　〔漢〕班固：《漢書》（北京市：中華書局，1962年），卷1，頁3。

58　范曄：《後漢書》〈劉盆子傳〉卷十一：「至臘日，崇等乃設樂大會，盆子坐正殿，……酒未行，其中一人也刀筆書謁欲賀，其餘不知書者請起之，各各屯聚，更相背向。」〔南朝宋〕范曄：《後漢書》〈劉盆子傳〉（北京市：中華書局，1965年），卷11，頁481。

59　〔南朝梁〕蕭統編，〔唐〕李善注：《文選》（北京市：中華書局，1977年），頁2。

不韻者，別流為筆，其類於祭文而以筆行之，如祝文、祈文、謁文之屬，皆起流俗，以其來已舊，或經名手，遂亦流傳。祝文今尚盛行，祈、謁則不多見。」[60]

再看婚物贊。從上述贊文看，其功能是顯而易見的，即揭示禮物的獨特內涵和意義，贊文使禮「物」超出其實用功能而變得富有詩意，成為映射人們思想和心緒的載體，婚禮中帶有普遍意義的情感、期望以及相應的教化內涵等諸多「深意」借此得以傳達，故婚物贊文頗符合贊體「明也，助也」[61]即輔助說明的文體特性。[62]婚物贊解釋禮物之「義」；史贊因「紀傳意有未明，作此以彰顯之」[63]；像贊則意在「容像圖」[64]，早期贊體的三大類型使用場合各異，但文體功能一致。從時間上看，婚物贊的記載者（或創作者）鄭眾與首創史書「贊曰」的班固均活躍於東漢早期，像贊亦至遲在此時興起，故我們大致可以鎖定贊體生成穩定成體的時間。為了給功能相近的言語篇章命名，知識者從當時的語庫中選取了表意最為準確的「贊」，文體命名看似信手拈來，其實是有充足理由的。

贊體這一意在輔助說明的文體功能，決定了其質勝於文，自然典雅，意長語約，不貴華辭的文體風格，上述婚物贊就是以短促簡潔的篇章，樸質典雅的語言使「禮義」得到彰顯的。作為禮儀之文，婚物贊表達的多是集體的文化意識而非個體的藝術想像，故筆觸十分收斂，不任意描摹，這一點可與其他詠物類作品相區別。比如單從文字

---

60 姚華：《弗堂類稿》，《近代中國史料續集》第二輯（臺北市：文海出版社，1974年），第20冊，頁48。

61 詹鍈：《文心雕龍義證》，〈頌贊〉（上海市：上海古籍出版社，1989年），頁338。

62 除婚物贊外，贊體尚有像贊、史贊以及漢魏之後衍生出的人物贊，參見郗文倩：〈漢代圖像人物風尚與贊體的生成、流變〉，《文史哲》2007年第3期。

63 黃侃：《文心雕龍劄記》（上海市：上海古籍出版社，2006年），頁74。

64 李充：〈翰林論〉，《全晉文》卷五十三，嚴可均：《全上古三代秦漢三國六朝文》（北京市：中華書局，1965年），頁1767。

上看，婚物贊與西漢一些詠物小賦頗有相似之處，如同樣都以詠物為中心，同樣用四言，時有韻語等，但賦以體物為上，以描摹取勝，「擬諸形容，則言務纖密」[65]，顯然，二者功能目的不一，從內容到形式乃至風格都產生極大的差距。因此，我們在感歎禮儀性文體千篇一律的同時，當意識到其作為儀文所承擔的特殊功能，以及這一功能對其自身言語修辭、篇章結構等外在形態的儀式化制約。

　　以上我們考察了漢代婚物及相關禮辭，並對其中的歷史意涵進行考索和挖掘。它提醒我們當再次審視古代文體發展與禮儀文化的關係，關注漢代在整個文體發展史中的意義，體察那個時期政治思想、道德習俗等各種觀念在文體中的表現。漢代是古代文體生發期，奠定了古代文體基本規模。儘管一些文體承接先秦傳統，但更多還是時代的產物，是與漢代社會整體文字水平的普及提高以及禮儀文化建設同步進行的。[66]古代禮俗文體數量眾多，品類豐富，是通向古代思想領域、政治領域、社會觀念領域的橋樑。雖然存留下來的文本有些只是零星「個案」，彷若散兵游勇，然而，將這些點一一尋覓定位，描畫勾勒，或許就能勾畫出古代文體發生發展的時空地圖，也能更好的體會文體在古代人生日用當中的意義。

　　——本章主要內容原刊於《福建師範大學學報》二○一四年第四期

65　詹鍈：《文心雕龍義證》〈詮賦〉（上海市：上海古籍出版社，1989年），頁288。

66　郗文倩：《中國古代文體功能研究——以漢代文體為中心》（上海市：上海三聯書店，2010年）。

第七章
贊體的「正」與「變」
──《文心雕龍》〈頌贊〉篇「贊」體源流考論

一　引言

　　劉勰《文心雕龍》〈頌贊〉篇似乎是其文體論中帶給後人最多疑義的一篇，因為他認為贊為「頌之細條也」[1]，肯定二體均意在讚美稱頌，故合併而談。然而，在其「原始以表末」的分析中，卻又首先強調「贊」之本義為「明也、助也」，即申明意旨、輔佐助佑之意，並列舉「虞舜之祀，樂正重贊」等早期用例，以及漢置鴻臚以唱拜為贊等「古之遺語」作為贊體之濫觴。接下來的描述中，劉勰首先列舉漢司馬相如〈荊軻贊〉，認為其文以讚頌為目的[2]，似將之看做贊體的「正體」，因為以下他又列舉《漢書》等文末的史論（贊）及郭璞〈爾雅圖贊〉，認為這些贊文「托贊褒貶」、「義兼美惡」，不純為讚頌，故為變體。〈頌贊〉篇以不到兩百字的短小篇幅梳理了贊體的產生和流變，雖簡要概括，卻也留下諸多疑問。研究者最疑惑的是如果說贊體與頌體一樣意在稱美，那《漢書》贊文、郭璞〈爾雅圖贊〉等諸多以贊命名卻兼具褒貶之文該如何安置？既然「贊」早期只是明、助之意，又因何產生讚揚之意？如鄭樵〈通志序〉云：「紀傳之中，

1　詹鍈：《文心雕龍義證》〈頌贊〉（上海市：上海古籍出版社，1989年），頁349。以下〈頌贊〉篇均出自於此，不再加注。

2　此文世已不傳，唯《漢書》卷三十〈藝文志〉「雜家」有「《荊軻論》五篇」，班固注云：「軻為燕刺秦王，不成而死，司馬相如等論之。」〔漢〕班固：《漢書》〈藝文志〉（北京市：中華書局，1962年），卷30，頁1741。劉勰所論或與此有關。

既載善惡，足為鑒戒，何必紀傳之後，更加褒貶？……況謂為贊，豈有貶詞？」[3]徐師曾《文體明辨序說》也覺劉勰之說不妥：

> （劉勰）謂「班固之贊，與此同流」，則余未敢以為然也。蓋嘗取而玩之，其述贊也，名雖為贊，而實則評論之文……安得概謂之贊而無辯乎？[4]

為了解決這一疑問，徐師曾遂將贊體一分為三：「一曰雜贊，意專褒美，若諸集所載人物、文章、書畫諸贊是也。二曰哀贊，哀人之歿而述德以贊之者是也。三曰史贊，詞兼褒貶，若《史記》索引（案司馬貞《史記索引》在《史記》每篇後皆附述贊。）、東漢（案指《後漢書》）、晉書諸贊是也。」不過，他將不同時期的贊文並置在一起進行分類，沒有考慮文體的承傳流變，只能說陳述了現象，對解決上述疑問仍差強人意。

劉勰留下的疑問持續受到近代學者關注，劉師培、黃侃、范文瀾等均進行過討論，以劉師培論述最為精當，他強調應從「贊」之早期訓詁義出發來討論贊體的「正」與「變」。他認為贊體本明、助之意，表達此種意圖的贊文方為「正體」，而「讚美」之意恰與古訓相乖，表達讚美之意的贊文才是贊體之「變」：

> 贊之一體，三代時本與頌殊途，至東漢以後，界圍漸泯。考其起源，實不相謀。贊之訓詁：（一）明也；（二）助也。本義惟此而已。文之主贊明者，當推孔子作《十翼》以贊《周易》為最古；乃知贊者，蓋將一書之旨為文融會貫通以明之者也。及

3　〔宋〕鄭樵：《通志》〈總序〉（杭州市：浙江古籍出版社，2000年），頁1。

4　〔明〕徐師曾：《文體明辨序說》（北京市：人民文學出版社，1962年），頁143。

　　　　班孟堅作《漢書》，於志表紀傳之後綴以「贊曰」云云，皆就
　　　　其前之所紀，貫串首尾，加以論斷，亦與此旨弗悖⋯⋯
　　　　逮及後世，以贊為讚美之義，遂與古訓相乖。不知《漢書》紀
　　　　傳所載，非盡賢哲，而孟堅篇必有贊，豈皆有褒無貶，有美無
　　　　刺乎？（如〈吳王濞傳〉亦有贊。）蓋總舉一篇大意，助本文
　　　　而明之耳。正以見其不失古義也。⋯⋯至如後之以贊頌相近，
　　　　蓋就變體以言，非其本也。然自東漢以後，頌與贊已不甚分別
　　　　矣。[5]

　　由此，劉師培認為「彥和于贊之本源，考之猶有未精」，完全反
轉了劉勰有關「正體」和「變體」的說法，這樣，就解決了大量以
「贊」命名卻義含褒貶的文類歸屬問題。然而，劉氏雖指出讚美之
「贊」為後世「變體」，但明助之意的「贊」何以「變」出頌揚之意
的「贊」仍是疑問。此外，劉氏認為孔子作《十翼》為贊文之最古，
並不認同劉勰種種上溯虞舜時期的說法。那麼，劉勰談及虞舜時期
「樂正重贊」、「益贊于禹」等又該如何理解？受劉勰此說影響，研究
者遂將贊禮之官的儀式導引之辭看作贊體的源頭[6]，那麼這一推斷合
理嗎？

　　筆者認為，贊體的命名借用的是先秦時期使用廣泛、表明佐助導
引等動作意義的「贊」字，早期禮儀活動中贊者贊助儀禮，但其「導
引」之辭只能看作是一種禮儀程序的宣告，不具有文體意義。贊體大
量出現並成熟是在兩漢時期，其形式各異，最初以「贊」命名且具有

5　〔清〕劉師培：《文心雕龍講錄二種》，陳引馳編校：《劉師培中古文學論集》（北京
　　市：中國社會科學出版社，1997年），頁153-154。
6　受劉勰說法影響，張立兵：〈贊的源流初探〉，《文學遺產》2008年第5期、余琳：
　　〈贊體起源考〉，《文學評論叢刊》第12卷第1期（2009年）等均將贊者禮辭作為
　　「贊文」之源頭。

文體意義的贊體當為馬王堆三號漢墓出土的帛書〈易贊〉篇[7]，此為文贊。除此以外，漢代還有史贊、畫像贊、婚物贊等，它們適用於不同場合，從功能上看都以輔助說明為要義，基本保持「贊」之明、助義，此四類可看作贊體之「正體」。而漢代畫像作贊以示表彰紀念的社會風氣又進一步催生了贊之「讚頌」之義的出現，漢魏之際的人物像贊以讚美為主旨即源於此，此為贊體之變體，影響深遠。[8]贊體在漢代的大量出現反映出漢代（特別是東漢）文人的創造和文體自覺，即他們選取語庫中字意穩定而明確的「贊」字為同樣具有輔助說明意義的各類書寫形式命名，由此使得贊體蔚為大觀。贊體的產生定體與漢代社會文字使用領域的擴展以及漢代知識者對「名實」的關注密切相關，漢代贊體的多種形式也顯示出文體參與禮儀文化建設的某種複雜樣態。以下將對上述問題和這四類贊文逐一評述，並就古代文體研究的方法進行思考。

二　古代禮儀中贊者的唱導之辭是贊文嗎？

「贊」字本義含義明確，即劉勰所稱「明也，助也」，並無讚美頌揚之意，范文瀾據先秦史料及眾注證此言不差：

> 《周禮》州長、充人、大行人，注皆云：「贊，助也」。《易》〈說卦傳〉：「幽贊於神明」，《書》〈皋陶謨〉：「思曰贊，贊襄哉」，韓注、孔傳皆曰：「明也。」[9]

7　邢文：〈論帛書〈周易〉的篇名與結構〉，《考古》1998年第2期。

8　郗文倩：〈漢代圖畫人物風尚與贊體的生成、流變〉，《文史哲》2007年第3期。

9　范文瀾：《文心雕龍注》（北京市：人民文學出版社，1958年），頁172注26。

　　也正是考慮到「贊」之字義，劉勰將贊體起源追溯到虞舜時代，認為「虞舜之祀，樂正進贊，蓋唱發之辭也。」「益贊于禹，伊陟贊于巫咸，並颺言以明事，嗟歎以助辭也。」並認為「漢置鴻臚，以唱言為贊，即古之遺語也。」那麼，這幾則用例是否可以看作贊體源頭？以下試做分析。

　　首先看「虞舜之祀，樂正重贊，蓋唱發之辭也」。事見《尚書大傳》：

> 舜為賓客而禹為主人。樂正進贊曰：「尚考大室之義，唐為虞賓，至今衍于四海。成禹之變，垂于萬世之後。」于時，卿雲聚，俊士集，百工相和而歌〈卿雲〉。[10]

這裡描述的是樂正做儐相以助祀禮的場景。樂正發言引導典禮展開，其意為：唐據賓位，使虞攝正位，於是一統四海；現在舜居賓位，讓禹攝政天下，亦可垂於後世。這段文字有情境、有文本，故主張贊為讚頌之義的研究者認為，樂正說的這段話，言語齊整，內含頌揚舜禪讓的德行，應看作贊體的最初文本，也是贊為讚頌的直接證據。而主張贊為明、助之意的讀者，也看重此例，認為贊體即源於禮儀人員的唱發導引之辭。特別是劉勰緊接著又說：「故漢置鴻臚，以唱言為贊，即古之遺語也。」更顯得證據確鑿。那麼，上述樂正所言乃至禮儀活動中謁贊者的導引辭能否看作贊文的濫觴呢？回答是否定的。

　　首先，上述對唐虞堯舜時期的記錄在真實性上就值得懷疑，因為樂正、工等官職以及賓、卿、士等稱謂均為商周以後的說法，相關禮儀程序也與《周禮》、《儀禮》等記載類似。而一般認為《尚書大傳》

---

10 〔清〕王闓運補注：《尚書大傳補注》（北京市：中華書局，1991年，《叢書集成初編》第3570冊），頁17。

為漢伏勝（生）所作，顯然這些記載以今推古，帶有歷史想像的成分，故以此為贊體溯源就很不妥當。

其次，即便此例可信，此處「贊」的使用也不具有文體意義，對此，劉師培分析道：

> 此為贊字見於古書之最早者。當為贊禮之贊，有助字之義，猶言相禮也。彥和以為「唱發之辭」，恐不盡然。[11]

古代禮儀中協助儀程的司儀人員有贊者、擯（儐）、相等稱謂，有些是專職，有些則由地位較高的人兼任。他們協助「主人」即主持者布席、傳遞器物、引導禮儀程序順利展開，所發言辭或導引提示，或陳述儀程，或說些禮節性的客套話，這些程式化言辭在古代禮儀活動中比比皆是，並不具文體意義，如《儀禮》〈聘禮〉：「公賓館，賓辟，上介聽命」，鄭玄注「上介聽命」：

> 聽命於廟門中，西面，如相拜然也。擯者每贊君辭，則曰：「敢不承命，告於寡君之老。」[12]

聘禮是諸侯間使卿相問之禮，被聘問國之主君在賓將要返國的前一天到賓館去看望賓，賓避而不見以示不敢當，令上介到場聽公致辭、應對。上介是外交使團的副使，此時做擯者，寡君之老是對己國之君的禮稱。這裡擯者代本國之君表達謝意並稱回國後要轉達對方美意，這是典型的禮儀客套話。故賈公彥疏：

11　〔清〕劉師培：《文心雕龍講錄二種》，陳引馳編校：《劉師培中古文學論集》（北京市：中國社會科學出版社，1997年），頁154。

12　〔漢〕鄭玄注，〔唐〕賈公彥疏：《儀禮注疏》〈聘禮〉（北京市：中華書局，1980年，《十三經注疏》本），卷23，頁1067。

云「擯者每贊君辭，則曰：敢不承命，告於寡君之老」者，以
其君尊，不自出辭，以是故君之擯者，每事贊君出辭，則曰
「敢不承命」者，謂上介答君之辭，知告賓。

又〈冠禮〉：「前期三日，筮賓。」即在冠禮前三日占筮選定一位
加冠之賓。賈公彥疏注筮賓常用的禮辭套語：

宰贊蓋云：「主人某為適子某加冠，筮某為賓，庶幾從之。」
若庶子，則改「適」為一「庶」字。[13]

再如《尚書正義》〈顧命〉孔穎達正義稱王受冊命之時，上宗
「酌福酒以授王，贊王曰：『饗福酒。』」然後，「祝酌同以授太保，
宗人贊太保曰：『饗福酒。』」[14]此處「饗福酒」即請飲此福酒之意，
顯然也是禮儀性程式化言辭。上述這些言辭是不能作為文體看待的。

漢代禮儀活動中的相關言辭也當作如是觀，如《後漢書》〈志第
五〉〈禮儀（中）〉記錄拜諸侯王公之儀：

百官會，位定，謁者引光祿勳前。謁者引當拜〔者〕前，當坐
伏殿下。光祿勳前，一拜，舉手曰：「制詔其以某為某。」讀
策書畢，謁者稱臣某再拜。尚書郎以璽印綬付侍御史。侍御史
前，東面立，授璽印綬。王公再拜頓首三。贊謁者曰：「某王
臣某新封，某公某初〔除〕，謝。」中謁者報謹謝。贊者立
曰：「（謝）皇帝為公興。」（皆冠）〔重坐，受策者拜〕謝，起

13　〔漢〕鄭玄注，〔唐〕賈公彥疏：《儀禮注疏》〈冠禮〉（北京市：中華書局，1980
　　年，《十三經注疏》本），卷1，頁1067。
14　〔漢〕孔安國傳，〔唐〕孔穎達正義：《尚書正義》，卷18，頁241。

就位。供賜禮畢，罷。[15]

這些言語，相當於今天正式場合中的「請起立、敬禮、請坐」等禮辭，不能看作文體。

由此觀劉勰所謂「漢置鴻臚以唱拜為贊」，此「贊」也與文體無關。鴻臚即大鴻臚，也是相禮之贊者，《漢書》〈百官公卿表〉：「典客，秦官，……武帝太初元年更名大鴻臚。」應劭注曰：「郊廟行禮，贊九賓，鴻聲臚傳之也。」[16]《漢官解詁》胡廣注曰：「鴻，聲也。臚，傳也。所以傳聲贊導九賓也。」[17]可見大鴻臚主要職責是引導眾賓依次行禮，「唱拜」即「唱名引拜」[18]，如《漢官舊儀補遺》述宗廟三年大祭儀：

> 太常導皇帝入北門。群臣陪者，皆舉手班辟抑首伏。大鴻臚、大行令、九儐傳曰：「起。」復位。皇帝上堂盥，侍中以巾奉觶酒從。帝進拜謁。贊饗曰：「嗣曾孫皇帝敬再拜。」前上酒。卻行，至昭穆之坐次上酒。[19]

故大鴻臚等禮官需儀容大方，聲音更要洪亮傳遠，《後漢書》〈何熙

---

15 〔南朝宋〕范曄：《後漢書》〈禮儀志（中）〉（北京市：中華書局，1965年），卷5，頁3121。

16 〔漢〕班固：《漢書》〈百官公卿表〉（北京市：中華書局，1962年），卷19，頁730。

17 〔漢〕胡廣注：《漢官解詁》，收入〔清〕孫星衍輯，周天遊點校：《漢官六種》（北京市：中華書局，1990年），頁15。

18 詹鍈：《文心雕龍義證》〈頌贊〉，引《斠詮》：「『唱拜』猶言『贊拜』，古者臣下朝拜天子，相者從旁習禮也。」《考異》：「以唱名引拜於殿上以謁君為職，故云唱拜。」詹鍈：《文心雕龍義證》〈頌贊〉（上海市：上海古籍出版社，1989年），頁341注5。

19 〔漢〕衛宏撰，〔清〕紀昀等輯：《漢官舊儀補遺》，《漢官六種》（北京市：中華書局，1990年），頁57。

傳〉載熙「身長八尺五寸，善為威榮，贊拜殿中，音動左右」。[20]

　　由此可見，贊者在禮儀中程式化的導引禮儀之辭，雖為「古之遺義」，卻並不具有文體意義，它僅僅追求「辭達」，這與能夠發展為獨立文體的核心性禮辭是有區別的[21]，故也就不可能在日後「內容逐漸擴充、在言辭上則向文辭規整、音韻和諧方面發展」而形成文體贊。[22]

　　還有研究者認為，贊者地位是「卑微而低下」的，與此相關的贊體也是「以說解為主的低微文體」。[23]如上所述，贊體與贊者之禮辭無甚關係，故此說法自然沒有道理。但因其對禮儀參與人員「尊卑」問題存在誤解，故作簡要辨析。贊者在禮儀活動中主要發揮輔助作用，但其身分則因人而異，沒有絕對尊卑，只是相對於其輔助的主持者而言身分為「賤」，如《儀禮》〈冠禮〉：「主人揖贊者」鄭玄注：「贊者賤，揖之而已。」賈公彥疏：「正謂贊者降于主人，與賓一等，為賤也。」[24]從《周禮》所述官職看，許多職官都要在禮儀活動中充當贊者，但從其地位上看，很多則為卿、大夫、士等貴族階層。以太宰為例，太宰是君王之下統領百官的最高長官，由卿擔任。在一些禮儀活動中，太宰主要贊王行事，如：

　　　　祀五帝，……及納享，贊王牲事。及祀之日，贊玉幣爵之事。
　　　　祀大神示，亦如之。享先王，亦如之，贊玉幾玉爵。大朝覲會

20 〔南朝宋〕范曄：《後漢書》〈何熙傳〉（北京市：中華書局，1965年），卷47，頁1593。

21 參看郗文倩：《中國古代文體功能研究》第二章第三節「禮儀文體的獨立」。郗文倩：《中國古代文體功能研究》（上海市：上海三聯書店，2010年）。

22 張立兵：〈贊的源流初探〉，《文學遺產》2008年第5期（2008年）。

23 余琳：〈贊體起源考〉，《文學評論叢刊》第12卷第1期（南京市：南京大學出版社，2009年），頁153。

24 〔漢〕鄭玄注，〔唐〕賈公彥疏：《儀禮注疏》〈冠禮〉（北京市：中華書局，1980年，《十三經注疏》本），卷2，頁951。

同，贊玉幣、玉獻、玉几、玉爵。大喪，贊贈玉含玉。作大
事，則戒於百官，贊王命。王視治朝，則贊聽治。視四方之聽
朝，亦如之。[25]

綜上，劉勰追溯贊體之濫觴「虞舜之祀，樂正重贊」等是沒有道
理的。

除此以外，劉勰還舉二例，其一「益贊于禹」出自《尚書》〈大
禹謨〉：

益贊于禹曰：「惟德動天，無遠弗屆。滿招損，謙受益。時乃
天道。[26]

傳曰：「贊，佐；屆，至也。益以此義佐禹，欲其修德致遠。」益即
伯益，舜時東夷部落的首領，相傳助禹治水有功，禹要讓位於益，益
避居箕山之北。這裡伯益勸導大禹要以德治天下，並明瞭滿招損、謙
受益的道理。此處贊為輔佐之義，以言語輔佐其政，這與作為文體的
贊無關。

其二，「伊陟贊于巫咸」出自《史記》〈殷本紀〉：

帝太戊立伊陟為相。⋯⋯伊陟贊言于巫咸，巫咸治王家有成，
作〈咸艾〉，作〈太戊〉。[27]

此例與上同理。伊陟「贊言」於巫咸，也是以言語輔佐其治，以箴戒

---

25 〔漢〕鄭玄注，〔唐〕賈公彥疏：《周禮注疏》〈天官冢宰〉，卷2，頁650。
26 〔漢〕孔安國傳，〔唐〕孔穎達正義：《尚書正義》〈大禹謨〉（北京市：中華書局，
　　1980年），卷4，頁第137。
27 〔漢〕司馬遷：《史記》〈殷本紀〉（北京市：中華書局，1982年），卷3，頁100。

勸導為主，這裡的贊也和文體無關，更無讚美之義。相類似的用法如《左傳》〈襄公二十七年〉：「大叔儀不貳，能贊大事。」[28] 又《國語》〈晉語八〉叔向曰：「君子比而不別，比德以贊事。」[29] 故此處「贊」均為協助之意，也不涉及文體，亦無讚美讚歎之意，故〈左庵文論〉：

> 「益贊于禹」，「伊陟贊于巫咸」，此仍當為助字之義。彥和下云「嗟歎以助辭」，亦似誤會贊有讚歎之義。蓋惑於當時之詁訓，其實本義不如是也。[30]

綜上，先秦時期「贊」並沒有作為文體意義而使用，「贊」也沒有讚美讚頌之義。

三　最早以「贊」命名的文本——馬王堆帛書〈易贊〉

真正作為文體的贊正式出現是在漢代，文人借用先秦語料庫中語意明確的「贊」字為同樣具有輔助說明意義的書寫形式命名，遂產生文贊、像贊、史贊、婚物贊等贊體形式。馬王堆漢墓出土帛書〈易贊〉即為最早以「贊」命名的文本。

〈易贊〉出自馬王堆帛書《周易》。《周易》含經文〈六十四卦〉一篇，傳文六種七篇，分卷上卷下。[31] 其中，以「子曰易之義」開始的一篇傳文內容最為複雜，整理者根據文首字句將其命名為〈易之

28　《左傳》〈襄公二十七年〉（北京市：中華書局，1990年），頁1129。

29　《國語》〈晉語八〉（上海市：上海古籍出版社，1979年），頁468。

30　詹鍈：《文心雕龍義證》（上海市：上海古籍出版社，1989年），頁341。

31　關於傳文結構篇數還有六種六篇、六種七篇等說法，參邢文：《帛書《周易》研究》（北京市：人民出版社，1997年），頁29-34。

義〉。該篇包含五個部分，五個部分環環相扣，其中第一部分即自名曰「易贊」。該文以《周易》的陰陽之義開篇，論「天之義」、「六剛無柔」、「地之義」、「六柔無剛」，進而歷舉卦義爻辭，說天地定位、六畫成章之理，繼而說以柔剛之失，收之於「天之義」、「地之義」的辯證之論，隨後總結上述內容，名曰「此〈易贊〉也」。這部分闡明《周易》陰陽精義，從文章寫作的角度看可作為全篇總論，為下文進一步詳細的闡說提供導引鋪墊，其後第二、三、四部分則分別詳說乾、坤，即以「乾六剛能方，湯武之德也」與「坤六柔相從順，文之至也」繼之，申論「六剛」、「六柔」之義，再其後則分別詳說乾、坤，這三部分研究者分別命名為〈乾坤之參說〉、〈乾之詳說〉與〈坤之詳說〉。最後，以子曰「乾坤也者，易之門戶也；乾陽物也，坤陰物也，陰陽合德而剛柔有體，以體天地之化，而達於神明之德」等今本〈繫辭下〉的諸章，來說明「易之要，可得而知矣」，既承第二、三、四部分的乾坤諸說，又以「易之要」之論回應申說第一部分的「易之義」，構成一部結構整飭的易學著作。[32]

　　從全篇文章的內容和結構看，作者將第一部分總說的內容命名為「贊」，顯然是想表明這部分意在闡明文章主旨要義，並引導出下文進一步的詳細論述。「易贊」與下文細論從內容上看是總說和分述，從功能上看則是引導和被引導或服務和被服務的關係，從篇幅看也較後者為精短，作者將此部分命名為「贊」，很明顯是借用「贊」字「明、助」之義，因此，這段文字可以看做是最早的贊體之文。

　　關於帛書《周易》經傳的成書時代說法不一，但整體看，其形成有可能最晚至秦亡以後。[33]也就是說，至遲在秦漢之際，具有文體意

---

32 邢文：〈論帛書《周易》的篇名與結構〉，《考古》1998年第2期。

33 李學勤：〈帛書《周易》的幾點研究〉，《文物》1994年第1期，頁49。關於帛書《周易》成書年代的不同說法，可以參見邢文：《帛書《周易》》研究》（北京市：人民出版社，1997年），頁52-61。

義的「贊」就已經產生了，其命名以及文體功能也都十分明確。而從其語言形式上看，則通篇散體，一般將這類贊體稱之為「文贊」。

文贊在漢代還有鄭玄〈易贊〉、〈書贊〉，原文皆亡佚。《易贊》輯本今見於《周易鄭康成注》書末（又稱《易論》）。[34]從佚文看，《易贊》談「易」之三義即簡易、變易、不易；對八卦及重卦的作者提出自己的觀點；對三代《易》名做了解釋：「夏曰《連山》，殷曰《歸藏》，周曰《周易》等」，因此，〈易贊〉可視為鄭玄對《周易》的解題；〈書贊〉佚文一卷今見《尚書鄭玄注》卷九末。[35]從佚文看，主要對《尚書》的名稱含義做了解釋，並對《古文尚書》的來歷、篇數以及傳授情況做了說明，亦可視為鄭玄對《尚書》的解題。

上述三篇文贊均為散體，這是其文體特徵之一。而從內容和功能上看，文贊意在對相關著作意旨、命名、來歷、篇數等情況加以闡述說明，這與漢代開始大量出現的序體功能是非常相似的。漢代序體文文本數量多，形態複雜，名稱各異，或稱「序」、「敘」，或稱「敘錄」、「敘傳」，還有如《論衡》〈自紀〉自有名目而實為序文的情況。而從其存在形態上看，有獨立成文的，如胡廣〈百官箴序〉、班固〈兩都賦序〉，有散見於整部書籍中的，如《毛詩》、《漢志》大小序文等。因此孔穎達就將〈書序〉與《毛詩》大小序等序體形態進行比較，認為鄭玄名「贊」不稱「序」是考慮到二者的存在形態不同而有意為之的：「鄭玄謂之『贊』者，以序不分散，避其序名，故謂之贊。贊者，明也，佐也，佐成序義，明以注解故也。」[36]漢代正是古代文體發生發展的活躍期，很多文體都處在生成整合的階段，因此才

34　〔漢〕鄭玄：《周易鄭康成注》（臺北市：臺灣商務印書館，1986年，《景印文淵閣四庫全書》第7冊），頁145。

35　〔漢〕鄭玄注，〔宋〕王應麟輯，〔清〕孔廣林增訂：《尚書鄭注》（北京市：商務印書館，1937年，《叢書集成初編》第3572冊），頁99。

36　〔唐〕孔穎達：〈序〉，《尚書正義》（北京市：中華書局，1980年，《十三經注疏》本），卷1，頁113。

會出現文贊與序體名不同而實相近的情況。《漢志》顏師古注「《尚
書》古文經四十六卷」引鄭玄〈敘贊〉云「後又亡其一篇」[37]，此
〈敘贊〉或即上述〈書贊〉，「敘贊」二字並稱即顯示出敘（序）體與
文贊二體內容相近的特點。也正因此，當序體漸漸發達，文贊的功能
就漸被序體取代，故劉師培稱文贊這一「無韻之贊」與序體實源出於
一途，然而「鄭玄之後滅而不彰……東漢以後，無支流矣」[38]。

四　漢代像贊與贊體稱美義涵的衍生

像贊是撰寫銘刻在畫像一側用以說明畫像內容的簡短文字，多為
四言韻文，贊體之「稱頌」意涵的產生與此密切相關，對後世影響最
大。故古代文體論者在談到贊體起源時，常常先及像贊，如蕭統「圖
像則贊興」[39]。李充「容象圖而贊立，宜使辭簡而義正」[40]。像贊的
產生以及稱美意涵的產生均直接源於漢代圖畫人物的風尚。對此，筆
者已有專文加以討論。[41]這裡僅做概括和補充說明。

首先，漢代流行以圖像人物的方式以示表彰紀念，東漢頌揚之風
甚烈，這種觀念也就表現得尤為明顯，這是像贊產生的大環境。帝王
命人在麒麟閣、甘泉宮、未央宮、南宮雲台等宮廷建築中繪製遠古聖
賢、股肱大臣以及皇室成員、賢良文學等畫像，各級地方政府在公堂
圖畫歷屆長官，民間也如法炮製，在墓地祠堂等公共空間為古帝王、

---

37 〔漢〕班固：《漢書》〈藝文志〉（北京市：中華書局，1962年），卷30，頁1706。

38 〔清〕劉師培：《文心雕龍講錄二種》，陳引馳編校：《劉師培中古文學論集》（北京市：中國社會科學出版社，1997年），頁154、156。

39 〔南朝梁〕蕭統編，〔唐〕李善注：《文選》（上海市：上海古籍出版社，1986年），頁2。

40 〔晉〕李充：〈翰林論〉，〔清〕嚴可均：《全上古三代秦漢三國六朝文》，《全晉文》（北京市：中華書局，1965年），卷53，頁1767。

41 郗文倩：〈漢代圖畫人物風尚與贊體的生成流變〉，《文史哲》2007年第3期。

名臣、列女、孝子畫像。一些畫像還形成專題如古帝王系列、列女孝子系列等。畫像作為一種影響廣泛的具有表彰、紀念和教化意義的社會活動也使得畫像成為一種流行的建築裝飾，這一點從考古發現的大量漢代畫像石即可見一斑。史載東漢趙岐生前自為壽藏（墓室），「圖季札、子產、晏嬰、叔向四像居賓位，又自畫其像居主位。」[42]無論趙岐的行為出於自信、自炫抑或想以此表達某種理想追求，我們都可從中窺到當時的社會心理，圖像行為已經成為一種表彰和榮耀，是傳播聲名的重要方式。

其次，早期畫像是以單純的圖像傳遞訊息的，並未有文字的參與。但隨著文字使用領域的擴展，至遲在兩漢之際，出現文字與畫像配合的像贊形式。應劭《漢官儀》在介紹「尹」這一職官時說：「尹，正也。郡府聽事壁諸尹畫贊，肇自建武，訖於陽嘉。」[43]也就是說，從東漢光武帝建武年間（西元25年）到東漢順帝陽嘉年間（西元132年）長達一百餘年的時間裡，要在郡府辦公場所給歷屆執政者畫像作贊。文字參與到圖像教化活動中，與漢代整個社會文字水平的提升、文化的下移以及各級政府及地方官員移風易俗的自覺意識密切相關。[44]

第三，從迄今保留較為完整的山東武氏祠堂漢代畫像石所提供的像贊樣本看，早期贊文是說明性文字，很少含有稱頌內容。[45]這些文

---

42 〔南朝宋〕范曄：《後漢書》（北京市：中華書局，1965年），卷64，頁2124。

43 〔清〕嚴可均：《全上古三代秦漢三國六朝文》，《全後漢文》（北京市：中華書局，1965年），卷35，頁670。

44 郗文倩：〈漢代文字水平的提高與文體的發展〉，《中國古代文體功能研究》（上海市：上海三聯書店，2010年）。

45 巫鴻撰，柳楊、岑河譯：《武梁祠——中國古代畫像藝術的思想性》（北京市：生活・讀書・新知三聯書店，2006年）對相關圖像、文字考釋甚詳，可參看。儘管目前我們看到的漢代畫像石屬於祠堂墓地建築，其建築裝飾風格不能完全代表漢代各類宗廟、政府辦公機構、皇宮的建築裝飾，但考慮到漢代「事死如生」的觀念、地下建築以及隨葬品模仿地上建築和生人器物的特點，畫像石刻仍然可作為研究漢代

本大致分為兩類，一是題注式，一種是贊文式。[46]前者在圖畫旁側題寫畫面所描述的人物名姓、車馬器物名稱，偶有標明人物當時的身分，或簡短幾字注明畫面所繪史事，此類情況占多數，如「曹沫劫持齊桓公」圖題注「管仲」、「齊桓公」、「曹子劫桓」、「魯莊公」；「荊軻刺秦」圖題注「荊軻」、「樊於其（于期）頭」、「秦王」、「秦武陽」[47]等。這些說明文字和畫像內容表現出緊密黏著的關係，離開了圖像，這些文字即淪為一個個名詞，無所依傍，不知所指，功能模糊，也就不具有文體意義。第二類贊文式則是四言簡短韻文，題刻於畫面一側（角），介紹畫面故事、人物身分行事，並偶有評價。如：

> 伏戲（羲）倉精，初造王業，畫卦結繩，以理海內。（伏羲圖）
>
> 曾子質孝，以通神明，貫（感）神祇，著號來方。後世凱式。（以正）憮綱。讒言（三）至，慈母投杼。（曾子圖）
>
> 閔子騫：與假母居，愛有偏移，子騫衣寒，御（車）失棰。（閔子騫圖）
>
> 老萊子楚人（也）。事親至孝，衣服斑連。嬰兒之態，令親有歡。君子嘉之，孝莫大焉。（老萊子圖）[48]

畫像情況的重要參照。此外，一種文體形式在一個時期大致會呈現出共同的特點，漢代畫像作贊有廣泛的社會影響和使用空間，也應該有類同的趨向，故仍以此為代表。

46 需要說明的是，研究者對上述兩類文字一般統稱為「榜題」，僅將第二類看做是贊文。本文之所以將第一類也看做贊文，理由是這些文字與畫面配合默契而緊密，功能明確，已經具有文體的必備要素，與第二類的差別僅在於文字內容的多寡，而文字的多寡、內容的腴瘠甚至辭采的樸質與華麗都只是表象，不能作為判定文體的根本因素。

47 巫鴻撰，柳楊、岑河譯：《武梁祠──中國古代畫像藝術的思想性》（北京市：生活・讀書・新知三聯書店，2005年），頁320、323。

48 巫鴻撰，柳楊、岑河譯：《武梁祠──中國古代畫像藝術的思想性》（北京市：生活・讀書・新知三聯書店，2005年），頁264、290、292、294。

畫像贊以畫為主，以贊為賓，贊不能喧賓奪主，但又要發揮宣明畫面內容和意義的特殊作用，因此文字內容僅限於給觀圖者以相應的知識提示即可。同時受畫面空間所限，像贊的篇幅宜短不宜長，敘述評價都要盡量簡潔、概括，故劉勰稱讚體「促而不廣」、「結言於四字之句，盤桓乎數韻之辭。」上述武氏祠堂像贊就多在八句以內。

　　漢代畫像藝術存在格套化、類型化的傾向，許多人物形象相仿、姿態類同，缺乏獨具個性的畫像元素。當這些畫像展示於宗廟宮殿、政府公堂、祠堂墓地等公共禮儀空間時，建造者希望觀者借助於圖像旁的文字準確理解畫像所繪人物行事，不至於張冠李戴，故像贊在此主要承擔說明畫面、敘述史事的功能，其名曰「贊」，顯然也是因為其內容的輔助說明作用，仍然是將「明、助」之義的「贊」字移借作文體之名。

　　第四，由於東漢時期畫像作贊已經成為一種表彰活動，人們對圖像表彰稱美功能的認識也就漸漸連帶附加到像贊這一文字形式上，遂使得稱頌讚美也成為像贊文體的附加功能，並與頌體發生聯繫。[49]

　　如生活在曹魏時期的桓範作《世要論》〈贊象〉對一度流行的「贊象」行為進行了總結，認為其旨在於頌美，所讚揚的對象應是那些「惠利加於百姓，遺愛留於民庶」的人物。由此得出結論：「夫贊象之所作，所以昭述勳德，思詠政惠，此蓋詩頌之末流矣……」[50]此說發劉勰將頌贊二體並列討論的先聲。而對比漢代《說文解字》和

---

49 劉師培：《文心雕龍講錄二種》：「贊之作法，以四言有韻為最通見。……漢人所為贊，篇幅亦不甚長，其體則與頌相近，如：班孟堅〈十八侯銘〉即為前漢之功臣贊；夏侯孝若〈東方朔畫贊〉亦與揚子雲之〈趙充國頌〉無別。又，《三國》〈蜀志〉〈楊戲傳〉（卷十五）稱，戲作〈季漢輔臣贊〉，贊昭烈以下臣子，是皆頌體也。」〔清〕劉師培：《文心雕龍講錄二種》，陳引馳編校：《劉師培中古文學論集》（北京市：中國社會科學出版社，1997年），頁156。

50 〔唐〕魏徵、褚遂良、虞世南合編：《群書治要》（臺北市：世界書局，2011年），卷47，頁634。

《釋名》二書對「贊」的解釋，同樣可以看出這種觀念的遞變：

> 贊，見也。(《說文解字》)
> 稱人之美曰贊。贊，纂也。纂集其美而敘之也。(劉熙《釋名》
> 〈釋典藝〉)

《說文》釋其造字的本義。段注曰：「此以疊韻為訓，疑當作『所以見也。』謂彼此相見必資贊者，注皆曰：『贊，佐也。』《周禮》〈大宰〉注曰：『贊，助也。』是則凡行禮必有贊，非獨相見也。」而劉熙《釋名》採取的是音聲求義的訓詁方法，解釋現實生活中已經形成且具有社會意義的觀念、名稱，反映出東漢時期人們對包括文體在內的諸多名物的獨特理解。「纂集其美而敘之」即成「贊文」，由此「贊」衍生出「稱美」之義。漢代是文字新陳代謝極為旺盛的時代，物質與文化的日益豐富和交流的擴展帶來名物的增加，新字和新義大量湧現[51]，贊之衍生出讚美義即為這一文化環境的產物。

　　像贊依圖像而生，本具有較強的依附性，但上述內容完整的四言贊文卻具有獨立的潛質，因而就有可能脫開其產生的語境，成為獨立閱讀欣賞的對象，甚至被收錄到各類文集、選本中，成為學習賞析的範本。《後漢書》卷四十八〈應奉傳〉(附應劭傳) 載：

> 初，(劭) 父奉為司隸時，並下諸官府郡國，各上前人像贊，劭乃連綴其名，錄為狀人紀。[52]

顯然，這些贊文能夠被整理結集更多在於其能獨立「狀人」的緣故。

---

51 簡宗梧：〈論漢代文字的新陳代謝〉，周鳳五、林素清編著《古文字學論文集》(臺北市：國立編譯館，1999年)。

52 〔南朝宋〕范曄：《後漢書》(北京市：中華書局，1962年)，卷48，頁1614。

而東漢時期文人積極參與畫像作贊也對贊體的繁榮起到推波助瀾的作
用。前文引應劭《漢官儀》郡府辦公場所給歷屆執政者畫像作贊要
「注其清濁進退，所謂不隱過，不虛譽，甚得述事之實。」這就非得
有相當的洞見及文筆才可以辦到，蔡邕就是其中書畫文兼善的佼佼
者，《太平御覽》七五〇卷引孫暢之〈述畫〉曰：「漢靈帝詔蔡邕圖赤
泉侯楊喜五世將相形像於省中，又詔邕為贊，仍令自書之。邕文畫
書，於時獨擅，可謂備三美矣。」[53]文人的參與可以使得某種文體從
最初的樸質簡省一變而為典雅華麗，一些主觀情感也可隨文舒展，如
曹植系列畫贊，雖也敘述人物史事，但言辭古雅，讚美之情溢於言
表，如〈庖羲贊〉：

> 木德風姓，八卦創焉。龍瑞名官，法地象天。庖廚祭祀，罟網
> 魚畋。瑟以像時，神德通玄。[54]

對比前引武梁祠堂「伏戲像贊」之簡述事蹟、言詞質樸、情感內斂，
差異十分明顯。

而一旦脫開原來的文體語境，約束減少，亦會促成文體新變。如
蔡邕〈焦君贊〉：

> 狩獥焦君，常此玄墨。衡門之下，棲遲偃息。泌之洋洋，樂以
> 忘食。鶴鳴九皋，音亮帝側。乃徵乃用，將受袞職。昊天不
> 弔，賢人遘慝。不惟一志，並此四國。如何穹蒼，不昭斯惑。
> 惜哉朝廷，喪茲舊德。恨以學士，將何法則。[55]

53　〔宋〕李昉：《太平御覽》（北京市：中華書局，1960年），卷750，頁3331。

54　曹植作有系列畫像贊，見〔清〕嚴可均：《全上古三代秦漢三國六朝文》，《全三國
　　文》（北京市：中華書局，1965年），卷17，頁1144。

55　〔清〕嚴可均：《全上古三代秦漢三國六朝文》，《全後漢文》（北京市：中華書局，
　　1965年），卷74，頁875。

本文「哀人之歿，而述德以贊之」[56]，故全篇滿是洋洋讚歎與唏噓悲情，與最初像贊僅解釋敘述人物史事完全不一樣了。由於不為畫像服務，贊體文本內容、情感、表現方式都會更加自由，這篇贊文後人稱為哀贊。

五　班固《漢書》「贊曰」的命名與意義

與漢代畫像贊幾乎同時出現的還有史贊。「史贊」之得名「贊」最早見於班固《漢書》，其篇末以「贊曰」對正文所述人物史事做總結性論斷，並收束全文。該書百卷共八十二則「贊曰」[57]，名稱一致，位置固定，功能明確，故最受人關注。史書論贊是中國傳統史學的一種特殊形式，班固「贊曰」實則是這一體例發展過程中之重要一環。劉知幾《史通》〈論贊〉云：

> 《春秋左氏傳》每有發論，假君子以稱之。二傳云公羊子、穀梁子，《史記》云「太史公」。既而班固曰「贊」，荀悅曰「論」，《東觀》曰「序」，謝承曰「詮」，陳壽曰評，王隱曰「議」，何法盛曰「述」，揚雄曰「譔」，劉昞曰「奏」，袁宏、裴子野自顯姓名，皇甫謐、葛洪列其所號。史官所撰，通稱史臣，其名萬殊，其義一揆。必取便於時者，則總歸論贊焉。[58]

---

56 〔明〕徐師曾：《文體明辨序說》（北京市：人民文學出版社，1962年），頁143。

57 《漢書》中沒有「贊曰」的篇章共十八篇，包括八篇表，〈律曆志〉、〈禮樂志〉、〈刑法志〉、〈天文志〉、〈五行志〉、〈地理志〉、〈藝文志〉七志，以及〈循吏傳〉、〈貨殖傳〉、〈游俠傳〉三傳。另外，〈韋賢傳〉、〈翟方進傳〉、〈元后傳〉之贊語題稱為「司徒掾班彪曰」，故該傳文及贊語當為班彪所作。

58 〔唐〕劉知幾撰，〔清〕浦起龍釋：《史通通釋》（上海市：上海古籍出版社，1978年），卷4，頁81。

推本溯源，先秦時期《左傳》等典籍中「君子曰」、「君子謂」、「君子是以知⋯⋯」、「君子以為⋯⋯」、「君子是以⋯⋯」等對史事人物有感而興的推論之辭即為早期之雛形。及至司馬遷編寫紀傳體《史記》，便師法先秦典籍而創「太史公曰」，為史家在敘述史實之外創設出一個抒發己見、評論史實人物的獨立空間，《漢書》「贊曰」顯然承襲於此。研究者發現，在百卷《漢書》中，八十二則「贊曰」中有三十一篇內容襲用「太史公曰」。[59]然而，《漢書》為這些論述另立新名，其意當不止於承襲前人，他更多表現出命名定體的較為自覺的意識，實則對史贊一體具有完備之功。

首先從命名上看，《漢書》之前，史書論贊多隨意命名，莫協於一，如《左傳》為「君子曰」，《史記》為「太史公曰」，續補《史記》者則署名「褚先生曰」，班彪《史記後傳》則題作「司徒掾班彪曰」等。而自班固起，首次捨棄人名稱謂，改為「贊曰」，顯示出明確的文體命名意識。史料顯示，班固所處的時代，人們對《史記》所發議論已經以「贊」稱之，班固〈典引〉曾有這樣一段記載：

> 永平十七年，臣與賈逵、傅毅、杜矩、展隆、郗萌等召詣雲龍門，小黃門趙宣持〈秦始皇帝本紀〉問臣等曰：「太史遷下贊語中，寧有非耶？」臣對：「此贊賈誼〈過秦篇〉云：『向使子嬰有庸主之才，僅得中佐，秦之社稷，未宜絕也』。此言非是。」即召臣入，問：「本聞此論非邪？將見問意開寤邪？」臣具對素聞知狀。詔因曰：「司馬遷著書，成一家之言，揚名後世。至以身陷刑之故，反微文刺譏，貶損當世，非誼士也。司馬相如洿行無節，但有浮華之辭，不周於用。至於疾病而遺

---

59 高禎霙：《《史》、《漢》論贊之研究》，潘美月、杜潔祥編：《古典文獻研究輯刊》二編（臺北市：花木蘭文化出版社，2006年），第12冊。

忠，主上求取其書，竟得頌述功德，言封禪事，忠臣效也。至
是賢遷遠矣。」[60]

趙宣手持〈秦始皇本紀〉詢問司馬遷「贊語」是否過當，意圖很明
顯，班固遂馬上意識到〈本紀〉文末借用賈誼〈過秦論〉總結秦亡教
訓並評論子嬰的一段話有為秦亡辯護的意思，亦可能包含對當時君王
的不敬，故答曰此「贊」有誤。之後漢明帝召見班固明示司馬遷貶損
當世，忠賢不及俳優文人司馬相如，明確警告班固著史的言論立場。
這段記述中，對《史記》之史論，漢明帝名曰「論」，而趙宣、班固
等明確稱為「贊」語，因此，班固最終以「贊」為《漢書》相關史論
命名，也是取便於時。「贊」之命名強調出贊文的基本功能，即「紀
傳之事有未備則於贊中備之，此助之義也；褒貶之義有未盡則於贊中
盡之，此明之義也」[61]。因此，「贊曰」二字較此前「某某人曰」，更
能表現出史書論贊的作用和功能，亦含有撇開主觀、持平而論的意
思。功能和命名的穩定與確立常常是某一文體定體的標誌，「贊曰」
的意義就在於此。

　　其次，從史贊所設置的位置上看，班固之前，撰史者發表議論的
位置多不固定，《左傳》「君子曰」之類散見各處自不必說，相對齊整
的《史記》「太史公曰」在位置的安排設置上也淩亂不一，或篇前，
或篇中，或篇末，然其又統一稱作「太史公曰」，很令後人疑惑，故
有研究者就因其所置的位置，將「太史公曰」分為序論、贊論及論
傳。[62]班固將「贊曰」統一置於篇末，就為撰史者明確提供了集中表
達態度、補足史實的固定空間。

60　〔漢〕班固：〈典引〉，〔清〕嚴可均：《全上古三代秦漢三國六朝文》，《全後漢文》
　　（北京市：中華書局，1965年），卷26，頁614。
61　范文瀾：《文心雕龍注》（北京市：人民文學出版社，1958年），頁173。
62　張大可：《史記論贊輯釋》（西安市：陝西人民出版社，1986年），頁1-5。

　　此外，班固還有意區分篇前序論與篇末贊語二者性質功能的差異。《漢書》中沒有「贊曰」的篇章集中在八表十志中的七志以及三篇類傳，然而這些篇目在篇前多有明顯的序論，用以說明義例、內容與編排要旨，對比《史記》篇首序論內容也題作「太史公曰」，顯示出班固文體觀念更趨明晰嚴謹。《漢書》「贊曰」在繼承早期史論的基礎上別立新名，從而使得史論形式得以成為穩定一體，此後范曄《後漢書》更將此文體發揮到極致，其紀傳每卷之後均有四言韻語之贊文，凡九十篇，三千二百六十四字。據《隋書》〈經籍志〉，范曄有《後漢書贊論》四卷，可見其史贊曾被單獨結集流傳。[63]《漢書》之後，各代正史以及其他沒有列入正史的編年體史書，幾乎都專有史家評論的內容[64]，雖名稱略有所別，但功能一致，劉知幾《史通》將其統稱為「論贊」，亦可見早期《漢書》「贊曰」在此類文體形成發展中的重要影響。

六　漢代的婚物贊：禮「義」的通俗化解釋文本

　　漢代還有一類解釋婚禮禮物內在含義的贊體，我們稱之為婚物贊。現在能見到的是署名鄭眾的贊文，散見於《通典》、《藝文類聚》、《太平御覽》以及《初學記》等處。根據記載，婚禮禮物共計三十種，分別為玄、纁、羊、雁、清酒、白酒、粳米、稷米、蒲、葦、卷柏、嘉禾、長命縷、膠、漆、五色絲、合歡鈴、九子墨、金錢、祿

63　范曄自己也對《後漢書》中論贊非常看重，他在獄中與諸甥侄書中說：「吾雜傳論，皆有精意深旨，既有裁味，故約其詞句。至於〈循吏〉以下，及〈六夷〉諸序論，筆勢縱放，實天下之奇作，其中合者，往往不減〈過秦〉篇。嘗共比方班氏所作，非但不愧之而已！……贊自是吾文之傑思，殆無一字空設，奇變不窮，同含異體，乃自不知所以稱之。」〔南朝梁〕沈約：《宋書》〈范曄傳〉（北京市：中華書局，1974年），卷69，頁1831。

64　二十五史除了《元史》外皆有論贊。

得香草、鳳皇（凰）、舍利獸、鴛鴦、受福獸、魚、鹿、烏、九子
婦、陽燧，女貞，各有贊文，嚴可均《全後漢文》卷二十二收錄十一
條。[65]此外《初學記》卷二十九獸部還有署名鄭眾的關於「羊」的贊
文，《全文》未收，故保留下來的漢代婚物贊共計十二條：

> 雁候陰陽，待時乃舉。冬南夏北，貴有其所。（雁）
>
> 粳米馥芬，婚禮之珍。（粳米）
>
> 稷為天官。（稷）
>
> 卷柏藥草，附生山巔。屈卷成性，終無自伸。（卷柏）
>
> 嘉禾為穀，班祿是宜。吐秀五七，乃名為嘉。（嘉禾）
>
> 長命之縷，女工所為。（長命縷）
>
> 九子之墨，藏於松煙。本性長生，子孫圖邊。（九子墨）
>
> 金錢為質，所曆長久。金取和明，錢用不止。（金錢）
>
> 舍利為獸，廉而能謙。禮義乃食，口無讒慝。（舍利）
>
> 雌雄相類，飛止相匹。（鴛鴦鳥）
>
> 女貞之樹，柯葉冬生。寒涼守節，險不能傾。（女貞）
>
> 群而不黨，跪乳有敬，禮以為贊，吉事之宜。（羊）[66]

　　據鄭眾介紹，三十種禮物除贊文外還各有謁文。謁文為拜見、請
謁時進行自我介紹、說明事由的文本，內容根據具體使用情況而定[67]，
鄭眾所載婚禮謁文還有「總言物之所象」的內容，表明婚禮程序中行

---

65 〔清〕嚴可均：《全上古三代秦漢三國六朝文》，《全後漢文》（北京市：中華書局，
　　1965年），卷22，頁591。《全文》實錄禮物二十九種，贊文有女貞贊，但禮物中未
　　載有女貞，或即為第三十種。

66 〔唐〕徐堅等撰，司義祖點校：《初學記》（北京市：中華書局，1962年），卷29，
　　頁709。

67 可參看本書第九章〈漢代拜見禮儀與名謁的使用〉。

送聘禮的內容和意義，這些言辭與贊文內容相近，可相互參看，比如羊、雁：

> 羊者，祥也，群而不黨。（謁文）
>
> 群而不黨，跪乳有敬，禮以為贄，吉事之宜。（贊）
>
> 雁則隨陽。（謁文）
>
> 雁候陰陽，待時乃舉。冬南夏北，貴有其所。（贊）

謁文和贊文分別以散體和韻文說明婚禮送羊、雁的緣由：羊樂群居、彼此相處融洽卻不結私黨，有君子之風，跪乳更顯孝敬有禮，羊與祥諧，更添吉祥之美意。雁南來北往，順陰陽之變，為知時而動、擇地而居的典範。事實上，在漢代一些重要的著述中，我們看到與上述說法相近卻又更為豐富深刻的闡述。如《春秋繁露》〈執贄〉解釋「羊」何以為贄：

> 羔有角而不任，設備而不用，類好仁者；執之不鳴，殺之不諦，類死義者；羔食於其母，必跪而受之，類知禮者；故羊之為言猶祥與！故卿以為贄。[68]

《白虎通義》卷九〈嫁娶〉也特別解釋了雁何以成為婚禮：

> 取其隨時南北，不失其節，明不奪女子之時也。又取飛成行，止成列也，明嫁娶之禮，長幼有序，不相逾越也。[69]

---

68 〔清〕蘇輿撰，鍾哲點校：《春秋繁露義證》〈執贄〉（北京市：中華書局，1992年），頁419。

69 〔漢〕班固：《白虎通德論》〈嫁娶〉（上海市：上海古籍出版社，1990年），卷9，頁70。

可見謁文、贊文實則是《春秋繁露》、《白虎通》等理論陳述的通俗化表達。

　　中國傳統自然觀中有用儒家的倫理綱常解釋、附會自然物特性的傾向。在古人眼裡，自然可看作是人類社會的一面鏡子，借助於自然物發言，更有說服力，於是，人與物兩個世界有了隱喻性關聯，解釋者相信兩個世界具有不可見的相似性，而這個「不可見」應當被指出來，不可見的類推也要有可見的標誌，於是，圍繞名物形成解釋系統，物的存在和價值正取決於此：「羊有跪乳之禮，雞有識時之候，雁有庠序之儀，而人取法焉。」[70]婚禮中的贊文正是構築解釋系統的一個環節。也正是憑藉這種理性的「附會」，我們看到古人為建立一個秩序社會所付出的特殊努力，這也使得基於這種觀念的相類似的文本不再是簡單的「襲用」，而成為富有創造性的作品。

　　比較其他贊文類別，漢代婚物贊在使用上還有些特殊的地方，即這些贊文撰寫在簡冊上，隨同禮物以及禮文（記載禮樂儀制之文）一起封表呈送：

> 六禮文皆封之。先以紙封表，又加以皂囊，著篋中。又以皂衣篋表訖，以大囊表之，題檢文言「謁表某君門下」。其禮物凡三十種，各有謁文。外有贊文各一首，封如禮文。篋表訖，蠟封題，用皂帊蓋於箱中。無囊表，便題檢文言：「謁篋某君門下」，便書贊文通共在檢上。[71]

70　〔唐〕徐堅等撰，司義祖點校：《初學記》（北京市：中華書局，1962年），卷29，頁709引譙周《法訓》。

71　〔清〕嚴可均：《全上古三代秦漢三國六朝文》，《全後漢文》（北京市：中華書局，1965年），卷22，頁591。此外據《通典》卷五十八記載東晉王堪所載具體婚禮奉送形式：「于版上各方書禮文、婿父名、媒人正版中，納采於版左方。裹以皂囊，白繩纏之，如封章，某官某君大門下封，某官甲乙白奏，無官言賤子。禮版奉案承之。酒羊雁繒采錢米，別版書之，裹以白繒，同著案上。羊則牽之，豕雁以籠盛，

婚禮為禮之本，小可通二族之好，大可關一國興亡，因此，婚禮之物才被賦予格外豐富的象徵和意義，並且還要將這些象徵和意義以特殊的贊文形式予以揭示。記錄者相信，當這些文本被仔細撰寫，與相關禮物配搭、封表、奉送，其中的意義也會被人們傳誦，並成為文化傳統的一部分。

由此可見，婚物贊文仍在發明贊體「明、助」之意。漢代努力探索建設謹慎嚴肅、豐富深邃、秩序井然的禮儀文化，然而「禮」抽象空虛，器物無言而沉默，需要依靠複雜的解釋系統來說明建立權威，從而使「禮」變成實在可感、意義明確的真實存在。這種解釋系統由諸多方面構成，有單純的理論闡述，有繁瑣的經解疏證，更有悅人耳目的簡短文辭。它們在諸多方面滲透蔓衍，遂使諸多儀節、器物飽含深意。因此，漢代文體是以某種複雜樣態介入到國家禮儀文化建設中的，在文體形成及具體撰作過程中除去「技巧」、「知識」以外，參與者尚需保有社會關懷、思想評判、文化重建的趣味和能力，這也是一種將言語修辭與家國命運聯繫在一起的特殊情懷。

以上對贊文的發生發展進行了詳細的考辨梳理，可以說，贊體之形成似乎一開始就表現為一種文字狀態，而非像許多早期文體以口頭吟詠誦唱為發端。換句話說，贊體是一種以文字為呈現方式的、旨在輔助說明的文體，在其流變中才因像贊而產生讚美之義。贊體的產生得益於漢代知識者的主動參與，贊體「明也、助也」的文體功能為文人留下雖小巧卻相當自由的闡釋發揮空間，解釋名物、論議史事、評贊人物、闡述觀念、抒發情感等都可在這一方寸之地騰挪移轉。也正因此，贊體在漢代才應用於不同社會領域，產生多種文體形態，後世也表現活躍，在今天仍富有生命力。[72]

繒以筥盛，采以奄盛，米以黃絹囊盛。米稱斛數，酒稱器，脯臘以斤數。」〔唐〕杜佑撰，王文錦等點校：《通典》（北京市：中華書局，1982年），卷58，頁1649。

72 如汪曾祺〈名優逸事〉寫四位京劇演員逸事，文末即為亦莊亦諧的四言贊文，就是

　　劉勰在《文心雕龍》〈序志〉中提出「原始以表末、釋名以章義、選文以定篇、敷理以舉統」的文體學研究模式，這一方法今天看來仍十分有效。追溯並還原歷史語境，消除與古代文體的隔膜，繪製文體發展地圖，梳理文體譜系仍舊是當今文體學研究的基點。和劉勰等古代文體論者相比，今人或有與古代文體歷史語境的隔膜之短，但也有學術條件和學術眼光的優長，因此能從更廣泛的文化背景下宏觀審視中國古代文體發展軌跡，還原其獨特的文體系統，並對古代各種文體論述加以辨析。同時，文體個案研究可以幫助我們豐富觀察古代文體的視角，增加解釋的可能性，如此，方可在條件成熟的情況下提出更為明確的概念和理論建構，推動學術研究思辨性的發展，並最終使得文體學研究走向系統和成熟。

　　　　——本章主要內容原刊於《文藝研究》二〇一四年第八期

典型的述贊體。可見贊體仍是文人展示才情的視窗。汪曾祺：《汪曾祺全集》（北京市：北京師範大學出版社，1998年），第6冊，頁376-381。

第八章
批評與自我批評：漢代的罪己詔

一　引言

　　文體的形成與社會文化語境緊密相關，一時之社會意識均可投射其中。在某種程度上，文體不僅可以左右社會文化的走向，以特有的方式規範和支配社群權利，甚至可以使特權或個體慾望獲得合法性，罪己詔即是其中的代表。「罪己詔」一詞最早出現于《舊唐書》[1]，是帝王反省罪己的文書，多頒布於災異發生或政令失誤之時。但從現有資料看，真正意義上的「罪己詔」在漢文帝時既已出現。他在即位第二年（西元前178年）冬因發生日食而頒詔，對自己德行不夠、布政不均、不能治育群生而遭天譴表達深深的戒懼和愧疚，並聲明要採取相應補救措施以示改過誠意，自此以後，罪己詔便頻頻出現。據筆者統計，兩漢二十四位皇帝（不含呂后、新莽、更始帝），除西漢高帝、惠帝、昭帝、平帝、孺子嬰（王莽攝政）以及東漢沖帝外，其餘十八位皇帝都下過罪己詔，所下罪己詔近八十份（其中近六十份與災異有關），與後世相比，頻率和數量也都是比較高的[2]，罪己詔遂在漢

1　劉昫：《舊唐書》卷一二四〈李納傳〉：「及興元之降罪己詔……」〔唐〕劉昫：《舊唐書》〈李納傳〉（北京市：中華書局，1975年），卷124，頁3536。

2　關於漢代罪己詔的數量學界統計不盡相同，這主要因為漢代罪己詔並未有固定命名，而每篇文字表述也不完全一致，故無法確定非常嚴格的認定標準。筆者認為罪己詔頒布的前提是「有事做錯或做得不好而感到自責自罪」，這是本文罪己詔選錄分類的標準，因祥瑞而頒布帶有「朕既不德」、「朕既不明」、「朕既不敏」等自謙語句的詔書不在此列。災異類罪己詔受到關注最多，吳青：〈災異與漢代社會〉，《西北大學學報》1995年第3期統計五十八條，西漢二十八：文二、宣四、元十、成

代穩定為一種具有獨特內涵的文體，成為帝王政治生活的重要組成部分，也引起後人關注。趙翼在《廿二史箚記》中感歎「漢詔多懼辭」，認為這些表達戒懼的詔書多出於「繼體守文」之君，他們雖然沒有高祖、武帝那樣的英氣才華，卻都小心謹畏，故多「蒙業而安」，因此在他看來，「兩漢之衰，但有庸主，而無暴君，亦家風使然也」[3]。而數量眾多的罪己詔無疑是最能展示「戒懼」之情的文本了。

根據頒布原因，漢代罪己詔大致可以分為兩類。一類為災異類罪己詔，因日食地震、特殊星相以及水、旱、火、蟲等災異而頒布，此類數量眾多，占將近八成。另一類為政過類罪己詔，是為檢討政治行為失當而頒布的詔書，如漢成帝曾因自己批建工程巨大的陵寢，致使百姓疲極，天下匱竭而頒詔表示愧悔，稱自己「執德不固，謀不盡下」[4]，言辭甚為誠懇。此類詔書中，漢武帝征和四年（西元前89年）所頒「輪臺罪己詔」影響最大。該詔書透露了武帝晚年心跡，頗具感染力，故屢屢為後人稱道。然而，與災異類罪己詔相比，政過類罪己詔不僅數量少，且大多更像是深度「自謙」，故作為罪己詔，前者更具代表性，本文也以此為討論重點。

作為君王自上而下發布給臣民的專用禮儀文書，詔書往往顯示教誨民眾的優勢姿態，如《釋名》所說：「詔，昭也。人暗不見事宜，則有所犯，以此示之，使昭然知所由也。」[5]但罪己詔卻是皇帝發布用以自我批評的文本。那麼漢代君主為何要頒詔罪己？在君權的背後隱藏著怎樣的約束和壓力？發布一紙文書在多大程度上能夠化解這樣

九、哀二、莽一；東漢三十：光武四、明三、章三、和四、殤一、安五、順四、質一、桓五，大致與筆者統計相類。而王寶頂：〈漢代災異觀略論〉，《學術月刊》1997年第5期統計為四十條，筆者認為缺略較多。

3　〔清〕趙翼著，王樹民校證：《廿二史箚記校證（訂補本）》（北京市：中華書局，1984年），頁42。

4　〔漢〕班固：《漢書》（北京市：中華書局，1962年），卷10，頁320。

5　任繼昉：《釋名匯校》（濟南市：齊魯書社，2006年），頁344。

的壓力？它們在漢代政治生活中發揮著怎樣的功能？後世又呈現怎樣微妙的變化？雖然研究者在討論漢代災異現象時常常提及此類文書，但上述問題尚未深入探討[6]，本文試圖做一索解。

二　天人感應的壓力

作為中國古代獨有的詔書形式，罪己詔產生最主要的心理動因就是漢代天人感應、陰陽災異觀念的盛行。「典籍所忌，震食為重。」[7]我們看到，災異類罪己詔中有三分之一是因日食而引發，如最早漢文帝所頒罪己詔稱「日有食之，適（譴）見於天，災孰大焉！」[8]在漢人眼裡，日者乃眾陽之宗，人君之表，君德衰微，則日食應之，故日食的出現特別引人矚目。在詔書中，文帝對上天的警告表示驚懼，認為自己「下不能治育群生，上以累三光之明，其不德大矣。」同時表示自己勇於承擔罪責，「天下治亂，在予一人」，並提出了整改的若干方案，如召賢良方正能直言進諫者指摘自己的行政過失、減少百姓徭役費用、罷兵省馬等等，以顯示自己積極改良的決心和誠意。作為中國古代最早的罪己詔，這則內容詳盡、措辭誠懇的文書給後世帝王提供了精神和文字範本，後世相關罪己詔儘管文字或詳或略，但內容和修辭大都無出其右。罪己詔中另有約六成因地震引發，如東漢光武帝二十年九月戊辰「地震裂」，遂制詔曰：「日者地震，南陽尤甚。夫地者，任物至重，靜而不動者也。而今震裂，咎在君上。鬼神不順無德，災殃將及吏人，朕甚懼焉。」[9]此外，帝王還因異常星象、風雨

6　正式發表的有關討論罪己詔的論文是比較少的。中國政法大學蕭瀚作過演講〈罪己詔與古代政道〉以及成都大學王怡短文〈罪己詔與責任政治〉（均網路所見）談及罪己詔所表露的政權合法性問題對本文有啟發。

7　〔南朝宋〕范曄：《後漢書》（北京市：中華書局，1965年），卷6，頁265。

8　〔漢〕班固：《漢書》（北京市：中華書局，1962年），卷4，頁116。

9　〔南朝宋〕范曄：《後漢書》（北京市：中華書局，1965年），卷1下，頁74。

不調、水旱蟲災、疫病流行甚至火災等詔頒罪己，西漢文帝、元帝、成帝、東漢桓帝、章帝等都頒布過此類詔書。

中國古代社會以農耕為主體經濟，自然天象是對生產生活影響最大的因素，所以古人很早就建立起一套天象觀測的方法，並形成記錄各種災異的傳統，如《春秋》每年記載人事只有寥寥幾條，記載「日有食之」就達三十六條，地震記載也有六、七十條，此外，有關星辰之變，雨、雪、旱、雲等自然災害也一一記錄在案，自此，史官記錄災異成為定制，同時有關天人感應的解釋系統也慢慢建立起來。古人認為，「天」無聲無臭，風雨雷電、日月星辰等自然變化就是它的具體表現，而這些表現又和人事特別是帝王言行有著極為密切的關係。這種思想在漢代進一步系統化，到西漢中後期發展為陰陽災異學，說祥瑞、言災異遂成為統治者階層頻繁使用的主要輔政手段之一。宣帝時的眭孟、夏侯勝，元帝、成帝時的京房、翼奉、劉向、谷永，哀帝、平帝時的李尋、田終術等均善言災異，故至東漢，帝王因災異而頒罪己詔的比例也大大增加。

在漢儒所宣導的天人感應理論系統中，災異說和祥瑞說是一事兩端，漢代帝王也常因天降祥瑞頒詔，文中往往稱自己「不德」、「不逮」卻獲蒙嘉瑞而倍感惶恐。不過，今天看來有些祥瑞的出現是上之所好，下必從焉的產物，趙翼就認為漢代多現鳳凰有些恐怕就是普通的鶹雀之類[10]。因此，偶爾也會有明智的皇帝只接受災異譴告而拒絕祥瑞，如光武帝專門下詔不許呈報祥瑞。在漢人眼裡，權力無限的君王之上還有一個權利更加無限的「天」，如果君主政令失誤、不德不仁，天就會以災異示警，反之則降祥瑞賜福嘉獎。而正是這種面對災異的戰戰兢兢、面對祥瑞的誠惶誠恐，成為制度之外約束帝王言行以

---

10 〔清〕趙翼著，王樹民校證：《廿二史劄記校證（訂補本）》（北京市：中華書局，1984年），頁64。

使皇權不至於過度膨脹的軟性心理砝碼。故余英時說儘管大一統之後帝王擁有絕對權利，但自秦漢以下，並沒有出現傳說中桀紂一類暴君，至少可以說昏君遠多於暴君，就是因為君權雖無形式化、制度化的限制，卻仍有一些無形的、精神上的制約[11]，罪己詔文本的出現就顯示了這樣的文化心理。

三　文本象徵與政治修辭策略

漢代帝王屢下罪己詔，公開承認中樞領導無力，在整個歷史上都是罕見的。帝王面對災異誠惶誠恐，謙恭自罪，坦誠的解釋它們和自己政治行為之間的連帶關係，並展示改過自新的一系列政策措施，這裡有基於神秘主義信仰的真誠，也包含在其位謀其政的責任感和自我反省精神，故贏得後世讚譽。但事實上當帝王以最為莊重嚴肅的詔書形式將自我批評昭告天下時，這則公文也是在發揮其隱性功用，體現出某種政治修辭策略。

首先，它在一定程度上反證君權的合法性。漢代政權起於大澤，是在貴族政治廢墟上建立的新政權，對皇權本身的合法性和合理性有著如饑似渴的需求。儘管滅暴秦建立新政是順應民意，然而在反省秦朝二世而亡的原因時，知識者也對現實政治社會有一種整體的覺醒與批判，即經常包含了對現實政治社會的全面否定。[12]如作為對秦朝「獨制天下而不為所制」的深刻反思，漢代士大夫發出「天下乃皇天之天下」的呼聲，認為「方制海內非為天子，列土封疆非為諸侯，皆以為民也！……天下乃天下之天下，非一人之天下也！」[13]儘管這些

---

11 余英時：《中國思想傳統的現代詮釋》（南京市：江蘇人民出版社，2006年），頁80。

12 閻步克：《士大夫政治演生史稿》（北京市：北京大學出版社，1996年），頁331。

13 〔漢〕班固：《漢書》（北京市：中華書局，1962年），卷72，頁3089；卷85，頁3467。

論說並非意在顛覆政權[14]，但對於憑藉武力得天下的漢代皇權來說，這些言論無疑帶來極大壓力。儒者轅固生曾與黃生在景帝面前爭論湯武政權的合理性問題，黃生認為湯武不是受命，而是弒君，轅固生反駁說，桀紂虐亂，天下之心皆歸湯武，湯武政權就是受命。黃生聽罷遂根據「上下之分」的君臣觀念提出更有力的質疑：「冠雖敝，必加於首；履雖新，必關於足。何者，上下之分也。今桀紂雖失道，然君上也；湯武雖聖，臣下也。夫主有失行，臣下不能正言匡過以尊天子，反因過而誅之，代立踐南面，非弒而何也？」轅固生無言以對，只好搬出漢高祖：「必若所云，是高帝代秦即天子之位，非邪？」爭論至此，黃生當然無法作答，氣氛陷入尷尬，於是景帝連忙解圍道曰：「食肉不食馬肝，不為不知味；言學者無言湯武受命，不為愚。」史載此後「學者莫敢明受命放殺者。」[15]面對這場爭論，漢景帝的態度和心理無疑頗值得玩味。若同意黃生所言湯武弒君，那麼漢代滅秦就要受到質疑；而若站在轅固生一邊，承認湯武受命，漢滅秦當然有了堅實的歷史依據，但又違背古來推崇的「上下之分」觀念，因此只好不談。這場辯論儘管不了了之，卻透露出新政權的根基確有很大漏洞。

因此，漢代思想建設很大一部分就是為君權的合理合法尋找根據，這樣的努力體現在多方面，比如製造君權超驗性神話，這對於由微賤起於顛沛的創業之君尤為必要。於是史載高祖即位前就有神驗吉兆：「初妊身，有蛟龍之神；既生，酒舍見雲氣之怪；夜行斬蛇，蛇嫗悲哭；始皇、呂后，望見光氣」；光武帝出生「時夜無火，室內自明」、當年還長出「三本一莖九穗，長於禾一二尺」的嘉禾等[16]。在某

---

14 如呂思勉所言：「漢人好言易姓革命者，非欲徒取諸彼以與此，其意乃欲於政事大有所改革。」呂思勉：〈萬盧劄記〉，《論學集林》（上海市：上海教育出版社，1987年），頁721。

15 〔漢〕司馬遷：《史記》（北京市：中華書局，1959年），卷121，頁3123。

16 劉盼遂：《論衡集解》（北京市：古籍出版社，1957年），頁44-45。

種程度上，罪己詔的出現也隱含著這樣的意圖，因為其頒布有個前提，即它將「天道」當作最高政治權力的授予者。皇權從天而降，但災異也從天而降，如果權利合理合法，為什麼會天降災異？是否意味著天命已變呢？面對這樣令人倍感惶惑的問題，罪己詔作出了盡可能迅速而合理的解釋：既然「天」與皇權之間有如此密切的關係，那麼，當老天要找一個對象進行責罰的時候，首先就要落在天命之人，反之，帝王自我承擔罪責，也就同時表明了自己的特殊身分，天災的責任者和皇權的擁有者是一致的，罪己詔的頒布意在使人心有所安，不至於產生更大恐慌和懷疑。

　　所以我們會看到，罪己詔在斟酌辭令時是有特殊考慮的，或者在檢討自己之前，先將君權天地所授的事實作為「發語詞」，如文帝因日食頒詔：

　　　　朕聞之，天生民，為之置君以養治之。人主不德，布政不均，
　　　　則天示之災以戒不治。[17]

或者強調責任者的唯一性，如罪己詔文本中的標誌性言辭「天下治亂，在予一人」、「百姓有過，在予一人」、「天著厥異，辜在朕躬」、「厥咎不遠，在余一人」、「天變婁臻，咸在朕躬」[18]、「永思厥咎，在予一人」、「災異屢見，咎在朕躬」、「萬方有罪，在予一人」[19]等。

　　因此，對鞏固皇權而言，罪己詔是一種看似謙遜卻更加有效的辦法，在壟斷災變解釋權的同時也限定了歸罪資格。所以，儘管罪己詔中羅列諸多罪責，強調「萬方有罪，在予一人」，但帝王卻永遠不會

17　〔漢〕班固：《漢書》（北京市：中華書局，1962年），卷4，頁116。
18　〔漢〕班固：《漢書》（北京市：中華書局，1962年），卷4，頁116；卷9，頁296；
　　卷10，頁309；卷11，頁343；卷98，頁4023。
19　〔南朝宋〕范曄：《後漢書》（北京市：中華書局，1965年），頁111、117、182。

因此而引咎辭職，或真的將「聽上去很美」的「禪讓」傳說付諸實踐。事實上，西漢時確有「迂鈍」的臣子直言不諱主張當政者禪讓，然而君王對於這一威脅君權的說法態度也相當明朗。史載昭帝元鳳三年，《春秋》學家眭弘借泰山大石自立，勸昭帝禪位賢人，後以妖言惑眾之罪伏誅；宣帝神爵二年，司隸校尉蓋寬饒又請宣帝學五帝「官（公）天下」禪位，獲大逆不道罪，後因不願下獄自刎。禪讓說與君權顯然是衝突的，言之雖美，但實施起來無異「與虎謀皮」[20]。

此外，儘管漢代強調君權神授，但以德配天更為人們認可，檢討己過、知錯就改無疑是衡量道德品質的基本指標，否則將很難成為道德表率，也無法教化臣民，故罪己詔也是君王構建魅力政治的另一個重要因素。閱讀漢代詔書我們會發現，帝王是非常強調自己的道德教化義務的，「教善懲惡，號使畏服。」[21]西漢前期尤其突出，許多詔書並不止於傳達君令，而是用大量篇幅講農桑之本，宣孝悌之道，或勸勇禁暴、勸善抑惡等，教化導民遂成為詔令類文書的重要內容和功能之一。漢代政治強調德與威的結合，對君王德行的輿論造勢可以作為政治潤滑劑，在剛性的律、令、法、制中游動滲透，發揮著軟化和文飾作用，增加政治制度的彈性和持久性，罪己詔也可看作是構成這一政治取向的重要表現因素。

因此，罪己詔包含著一定的政治策略，也就蒙上一層虛偽的陰影。文本漸漸成為一種象徵，一種姿態。既然上天承運，那君王就以自責自省的方式顯示以德配天的修養功夫，帝王是否真的感到罪過和歉疚似乎就不必認真追究了。因此我們才會看到漢代年幼的帝王也會頒布罪己詔，如殤帝即位時僅百餘天，死時兩歲，在位期間仍有詔書

---

20 後來王莽以禪讓名義建立新政，禪讓與篡權搭上關係，這一說法就漸漸淡出視野了。顧頡剛：《秦漢的方士與儒生》（上海市：上海古籍出版社，1998年），頁72。

21 〔清〕王兆芳：《文章釋》，王水照：《歷代文話》第7冊（上海市：復旦大學出版社，2007年），頁6281。

代言，表達遇災異天氣的憂懼愧疚。又如東漢質帝八歲即位，在位不到一年，也曾因春夏大旱頒詔罪己，稱「朕以不德，托母天下，布政不明，每失厥中」[22]。凡遇到天災異常帝王反省自責漸漸成為慣例，它構成君主專制下政治哲學的重要一環，並不完全來自於皇帝的自我意志。[23]

四　回應天譴與修政實踐

罪己詔是表達帝王懺悔反省之意的文體，一旦發布，確也能發揮一定的修政功能。

首先，罪己詔不是單純自責並表示悔過之心就了事，往往還展示招賢納士、虛心求諫、延問得失的姿態，故罪己詔常常又是求言詔、求賢詔，這無疑能夠給社會提供更多的諫諍空間，這在君尊臣卑觀念被逐漸確立的漢代，尤其重要。

余英時在談及古代政治傳統時曾說道，漢儒在政治性格上發生了一種基本改變，在漢初表現出來的一個特殊方面即「儒家的法家化」，其中最大特色就是拋棄孟子的「君輕」論、荀子的「從道不從君」論，而代之以法家的「尊君卑臣」論。早期叔孫通為劉邦定朝儀，稱「采古禮與秦儀雜就之」[24]，事實上也就是「秦人尊君卑臣之法」[25]。難怪施行之後劉邦方知皇帝之貴，頗為受用。漢惠帝曾在長安未央宮與長樂宮之間修路，本已動工，叔孫通指出此路設計不妥，會影響高帝廟，惠帝聽罷立刻要毀掉這條路，然叔孫通勸阻道：

---

22 〔南朝宋〕范曄：《後漢書》（北京市：中華書局，1965年），卷6，頁278。

23 如李媛認為明代皇帝修省罪己已成為一種機制，但對君權的限制仍很有限。李媛：〈明代皇帝的修省與罪己〉，《西南大學學報》2010年第1期。

24 〔漢〕司馬遷：《史記》（北京市：中華書局，1982年），卷99，頁2722。

25 〔宋〕黎靖德編，王星賢點校：《朱子語類》（北京市：中華書局，1986年），頁3222。

人主無過舉。今已作，百姓皆知之，今壞此，則示有過舉。[26]

意思是皇帝永遠不會犯錯，即便錯了，也不能公開糾正，使人知道皇帝也有過錯。這種對於君王「尊嚴」的維護已經到了極致了。此後，一些漢儒不斷演繹和強化君尊臣卑的觀念，武帝時公孫弘「每朝會議，開陳其端，令人主自擇，不肯面折庭爭」[27]，將君尊臣卑的觀念推廣到君臣生活方式中，也似乎要從根本上閹割先秦儒家「諫諍」的傳統。而董仲舒則將君尊臣卑的觀念演繹的更為系統徹底：「忠臣不顯諫，欲其由君出也。」「功出於臣，名歸於君。」「善皆歸於君，惡皆歸於臣。」[28]這些說法與叔孫通「人君無過已」，公孫弘「不肯面折庭爭」可謂一脈相承。董仲舒想用「天人感應」來限制君權，但漢武帝接受其建議「獨尊儒術」並非欣賞其「貶天子」之說，而是看重他用儒家外衣巧妙的包裹了法家「君尊臣卑」的政治內核。[29]

　　在上述觀念下，君臣都很難面對君王坦言錯誤的現實。但是，當上天顯示災異印證君王有過錯，君王也自陳悔過並昭示天下、誠懇表達採賢納言的願望時，臣子也在一定程度上有了相對寬鬆的政治言論空間，群臣借此指摘政敵，條陳為政方略，規諫皇帝，修敝起廢。翻檢兩漢史籍，君臣借災異議政的事俯拾即是，罪己詔的頒布無疑對調節君王政治具有一定積極意義。

　　其次，罪己詔多是因災異而發，為了表示改過，常常附帶實施有關災害救助、社會福利救濟、優待撫恤等社會保障措施，這些措施也在一定程度和一定範圍內減輕了百姓的生存危機，緩和了社會矛盾。

---

26 〔漢〕司馬遷：《史記》（北京市：中華書局，1982年），卷99，頁2725。

27 〔漢〕司馬遷：《史記》（北京市：中華書局，1982年），卷112，頁2950。

28 〔清〕蘇輿撰，鍾哲點校：《春秋繁露義證》（北京市：中華書局，1992年），頁53、176、325。

29 余英時：〈反智論與中國政治傳統〉，《中國思想傳統的現代詮釋》（南京市：江蘇人民出版社，2006年）。

不過，這些措施僅是對災變天譴的一種應答，更多帶有「即興」成分，如果不能變成制度而長久廣泛的推行並調整，也很難持久有效。研究者發現，秦漢時期有許多好的社會保障主張和學說，但不同時期的實踐效果卻相去甚遠，究其原因，就在於「家天下」的統治使得這些主張難以制度化，也就難以延續，更易因統治者個人意志而改變。因此，各種社會保障政策措施的採納實施，只能寄希望於「聖君」的自省和對臣民的體恤以及賢臣循吏的身體力行，這就很難有穩定和持續的效果。[30]

此外，漢代帝王頻頻頒布罪己詔，檢討政治得失，表達「戰戰慄慄，夙夜思過失，不敢荒寧」小心敬畏的心情，無疑可以成為一種表率和姿態，為督促責罰三公大臣以及各級行政長官提供了更充足的理由，故有些罪己詔就同時責備臣子政事不利，如宣帝五鳳四年因日食頒詔稱：「皇天見異，以戒朕躬，是朕之不逮，吏之不稱也。」元帝永光二年因日食頒詔，一方面表明自己「戰戰慄慄，夙夜思過失，不敢荒寧」，一面責備「有司執政，未得其中，施與禁切，未合民心」。永光四年又因日食頒詔罪己，文中譴責「公卿大夫好惡不同，或緣奸作邪，侵削細民」，責令他們「勉思天戒，慎身修永」。[31]

儘管作為皇帝自責的專用文本，罪己詔文字中大多不涉及罪臣內容，有時甚至有意為大臣開脫罪責，如漢章帝因日食頒罪己詔稱：「上天降異，止於朕躬。非群司之咎，其咎朕而已。」[32]漢成帝時大臣王鳳兩次因災異引過乞骸骨，安帝兩次頒詔罪己挽留，稱自己「秉事不明，政事多闕，故天變屢臻，咸在朕躬」[33]，勸他務專精神，安

30　王文濤：《秦漢社會保障研究——以災害救助為中心的考察》（北京市：中華書局，2007年），頁269。

31　〔漢〕班固：《漢書》（北京市：中華書局，1962年），卷8、卷9，頁268、289、291。

32　〔晉〕袁宏撰，張烈點校：《後漢紀》（北京市：中華書局，2002年），頁217。

33　〔漢〕班固：《漢書》（北京市：中華書局，1962年），卷98，頁4023。

心自持。然而在時人觀念中，官吏特別是三公確負有「調陰陽，正四時，節風雨」[34]的職責，故災異來臨，三公難躲其咎，常遭策免。如《後漢書》載，安帝永初五年四月丙戌郡國地震，三天後太尉張禹免；延光元年四月癸未京師、郡國二十一雨雹，十日後司空陳襃免。不論災後引咎是否出於真誠，帝王對三公的斥責和罷免都是一種嚴厲的處罰，有著強大的威懾力。《漢書》載元帝綏和二年（西元前7年）熒惑守心，推算其凶應在帝王，有人建議成帝轉嫁災禍於大臣，於是元帝下詔重責丞相翟方進，翟自殺。研究者曾經對東漢因自然災害策免三公的情況做了詳盡的考察，發現僅安帝永初元年至獻帝興平元年的八十八年中就有三十七年發生了因自然災害而策免三公的事件，平均兩年多一次，被罷免的三公累計達五十三人次，其中司徒九人次，司空二十四人次，太尉二十人次。安帝永初元年（西元107年）徐防「以災異寇賊策免，就國。」范曄認為：「凡三公以災異策免，始自防也。」[35]但研究發現，在徐防之前因災去職的三公就已有十餘位，武帝元封元年，黃河氾濫十餘郡，流民二百萬口，武帝以丞相石慶老邁不能議政為由，賜其告歸。此後因災免職的三公還有元帝時丞相于定國、御史大夫薛廣德；成帝時御史大夫尹忠、丞相薛宣、翟方進；哀帝時大司空師丹；光武帝大司空朱浮；明帝太尉趙熹、司徒李訢等，王莽罷免大司馬董賢也是以「陰陽不調，災害並臻」為藉口，故在漢代災後三公攬過請辭、或被策免幾成慣例。[36]

　　儘管早在漢文帝就曾下詔廢除秘祝之官，為的是他們在禳解時經常把災害移給臣下，但事實上漢代帝王大都很難做到這一點，更多是

34 〔漢〕劉向撰，趙善詒疏證：《說苑疏證》（上海市：華東師範大學出版社，1985年），頁39。

35 〔南朝宋〕范曄：《後漢書》（北京市：中華書局，1965年），卷44，頁1502。

36 王文濤：《秦漢社會保障研究——以災害救助為中心的考察》（北京市：中華書局，2007年），頁258-261。

要大臣分擔大部分甚至全部罪責，這甚至一度成為制度。[37]皇帝往往災後不久便將三公策免，以最快速度回應天譴，表達悔過誠意。雖然君王頒罪己詔與股肱大臣的自我彈劾、甚至被罷免都顯示出畏懼天譴的改過姿態，但帝王頒詔卻有利於獲得民心，穩固地位，三公大臣則要搭上政治前途甚至身家性命，兩者的實際效果卻是不一樣的。可是，既然天子都反躬自責，「糞土之臣」接受責罰又有什麼話可說呢？因此，儘管「災異之作，以譴元首，而歸過股肱」有違「禹湯罪己」之本意[38]，但在漢代，這確是一件被大家所認可的方式。

　　因此，對天譴的畏懼、君王的表率和威儡、政治前途身家性命的威脅等等都構成特殊壓力，促使股肱大臣們高度重視防災救助，恪盡職守，勉力政事，甚至有些基層長官也主動擔負天譴的責任，如《後漢書》載西華大旱，縣令戴封祈禱上天請雨無獲，乃積薪坐其上自焚。也許誠心感動了上天，「火起而大雨暴至，於是遠近嘆服」。[39]事實上，災區的地方長官確實也難逃其咎，如果救災不力，輕者免官，重者判刑。因此，研究者認為與其他朝代相比，漢代官吏在重視災害社會救助方面表現得較為突出，而天降災異的威儡力也大大超過監察機構的監督糾舉，這是漢代社會救助有別於其他朝代的特色[40]，亦可看作罪己詔的連帶效應。

37　《漢官舊儀》：「有天地大變，天下大過，皇帝使侍中持節乘四白馬，賜上尊十斛，養牛一頭，策告殃咎。使者去半道，丞相上病。使者還，未白事，尚書以丞相不起病聞。丞相不勝任，使者奉策書，駕騮駱馬，即時布衣，步出府，免為庶人。」〔清〕孫星衍等輯，周天游點校：《漢官六種》（北京市：中華書局，1990年），頁40。

38　《宋書》〈五行志〉載有司因日食奏免太尉，詔曰：「災異之作，以譴元首，而歸過股肱，豈禹、湯罪己之義乎。其令百官各虔厥職。後有天地眚，勿復劾三公。」〔梁〕沈約：《宋書》〈五行志〉（北京市：中華書局，1972年），頁1011。

39　〔南朝宋〕范曄：《後漢書》（北京市：中華書局，1962年），卷81，頁2684。

40　王文濤：《秦漢社會保障研究——以災害救助為中心的考察》（北京市：中華書局，2007年），頁270。

五　結語

　　漢代帝王頒布罪己詔，客觀上有安定人心的作用，從漢代臣子言災異以及帝王頒布罪己詔的數量以及頻率看，君臣上下對這種文本形式所發揮的作用以及心理效應當是認可的。臣民既不必對帝王的勇於認罪感激涕零，官吏連帶受到處罰也不必覺得冤枉。然而，在後世，帝王頒詔罪己則有時會帶來特殊效應。

　　如唐德宗即位不久，先後有節度使反叛，長安一度失守，德宗倉皇逃亡。次年春，他痛定思痛，頒罪己大赦詔，稱自己長於深宮，暗於國事，積習易溺，居安忘危，不知稼穡之艱難，不恤征戍之勞苦，乃致造成社會動盪。後悔自己天譴於上而不寤，人怨於下而不知，表示將弘遠圖，布新令以改過。史載此詔傳到基層，「四方人心大悅」，「士卒皆感泣」[41]，民心軍心為之大振，不久動亂即告平息。又唐憲宗元和三年冬迄翌年春持續大旱，帝乃下罪己詔求雨，七日後雨降，白居易即作〈賀雨〉詩頌其事，讚憲宗心繫下民，感歎頒詔罪己「順人人心悅，先天天意從」，此種諧和之氣沖融凝結為雲，散作習習清風，化作綿綿喜雨，致使萬物熙熙。最後再次盛讚這則詔書的特殊意義：「乃知王者心，憂樂與眾同。皇天與后土，所感無不通」、「君以明為聖，臣以直為忠。敢賀有其始，亦願有其終。」[42]在白居易的描述中，這則罪己詔與其說是畏懼天譴，不如說是帝王與民同憂樂的聖明表現。可見隨著神秘主義信仰的減淡，帝王獨權觀念深入人心，催生罪己詔的原初動力已經大為弱化，罪己詔展示帝王美德聖明的功能就被放大了。罪己詔作為一種特殊的、必然要公之於眾的文書遂成為展示君王自我擔當、道德自律、行政反省、廣恩厚施等諸多優良品質

---

41 〔宋〕司馬光：《資治通鑑》（北京市：中華書局，1956年），頁7392。

42 〔唐〕白居易撰，顧學頡校點：《白居易集》（北京市：中華書局，1979年），頁1。

的平臺，可引發特殊的社會效應。史載五代時後晉開運元年滑州河決，殃及數郡，出帝頒詔大發民工治水。既塞，帝欲刻碑紀其事，中書舍人楊昭儉諫曰：「陛下刻石紀功，不若降哀痛之詔；染翰頌美，不若頒罪己之文。」[43]帝善其言而止。可見對於罪己詔的微妙作用，君臣有著怎樣的默契，在某種程度上，頒布罪己詔已成為一種取悅民眾、緩和矛盾、凝聚人心的君王統治權術了。

　　——本章主要內容原刊於《福建師範大學學報》二〇一二年第六期

43　〔宋〕司馬光：《資治通鑑》（北京市：中華書局，1956年），頁9273。

第九章
漢代拜見禮儀與名謁的使用

　　古人生活節奏慢，講究禮儀，日常生活中有許多程序化的規定，有些日後就進一步發展成為生活的藝術。名謁作為漢代上層社會、知識階層經常使用的交際工具，體現出時人對文字書寫形式的看重，展示了當時的書寫風貌，也反映了古人生活的一個側面。作為一種特殊的文體，名謁在漢代人生日用當中有著重要意義，隨著時間的延續，也逐漸蘊含了豐富的文化內涵。

一　釋「名謁」

　　名謁古稱「謁」，是拜訪者將名字和其他介紹性文字寫在竹片或木片上的特殊文書形式。漢人劉熙《釋名》卷六〈釋書契〉：「謁，詣也，詣告也。書其姓名於上，以告所至詣者也。」[1]《史記》〈張儀列傳〉：「臣請謁其故。」《索隱》：「謁者，告也，陳也。」[2]故名謁本就有表明來意，請求進見、邀請等含義。

　　「謁」在東漢末期又被稱為「刺」，王充《論衡》〈骨相篇〉曰：「韓生謝遣相工，通刺倪寬，結膠漆之交，盡筋力之敬。」[3]「通刺」即遞送名謁之意。清代史學家趙翼在《陔餘叢考》中對謁、刺作

1　〔漢〕劉熙撰，任繼昉匯校：《釋名匯校》〈釋書契〉（濟南市：齊魯書社，2006年），卷6，頁328。
2　〔漢〕司馬遷：《史記》〈張儀列傳〉（北京市：中華書局，1959年），卷70，頁2283。
3　〔漢〕王充著，黃暉校釋：《論衡校釋》〈骨相篇〉（北京市：中華書局，1990年），卷3，頁118。

了詳盡的考證和辨析，認為謁、刺「古人通名，本用削木書字，漢時謂之謁，漢末謂之刺，漢以後雖用紙，而仍沿用刺」[4]。我們今天習慣稱之為名謁、名刺。紙的使用普及之後，這類文書又稱為名紙、門狀、門刺、牓子、拜帖、名帖、名束、名片等，不過，使用方式大致不變，《清稗類鈔》〈風俗類〉「謁客」條：

> 凡至官廳及人家，投謁、答謁，由從僕以名剌交閽人，既通報，客即先至客堂，立候主人。[5]

這裡說的是清末民初時候的情景，名謁形制等細節與漢代肯定有很大差異，卻可見持謁拜訪習俗的源遠流長。

二　名謁的使用方法

名謁（名刺）是漢代人不可或缺的交際工具，東漢時東漢經學家、占候家郎顗曾批評掌握人才選舉權的三司「非有周、召之才，而當則哲之重」，致使人們競相投私謁，拉關係走後門的惡劣風氣日長：

> 每有選用，則參之掾屬，公府門巷，賓客填集，送去迎來，財貨無已。其當遷者，競相薦謁，各遣子弟，充塞道路，開長奸門，興致浮偽。[6]

可見，執謁拜見是最習見的社交場景。然古人持刺謁見，並不像我們今天雙方面對面互遞名片，而是要通過中間人傳遞，這個中間人被稱

4　〔清〕趙翼：《陔餘叢考》（北京市：中華書局，1963年），卷30，頁638「名帖」條。

5　〔清〕徐珂編撰：《清稗類鈔》〈風俗類〉（北京市：中華書局，1984年）。

6　〔南朝宋〕范曄：《後漢書》〈郎顗傳〉（北京市：中華書局，1965年），卷30，頁1067。

為門人或通謂之閽人。也就是說，名謁在謁者與受謁者之間有一個傳遞過程，謁者自己或派人投謁，閽（門）人接過來，再呈與受謁者。至於傳遞者，依主人的情況而不同，或為手下小吏，或為門徒僕從。而帝王則有專門的負責傳遞名謁的官員，稱「中涓」或「涓人」《漢書》〈石奮傳〉：

> 於是高祖召其姊為美人，以奮為中涓，受書謁。

師古曰：「中涓，官名，主居中而涓潔者也。外有書謁，令奮受之也。」[7]《史記》《集解》如淳曰：「謁主通書，謂出納君命。石奮為謁中涓，受陳平謁是也。《春秋傳》曰涓人疇，《漢儀注》，天子有中涓如黃門，皆中官也。」[8]

如果比較講究、禮數比較周到的話，名謁不直接以手傳遞，兩漢三國時期多將名謁放在門人侍從所奉持的一具小小書案上。《太平御覽》卷七一〇引李尤〈書案銘〉曰：

> 居則致樂，承顏接賓。承奉奏記，通達詔刺。尊上答下，道合仁義。[9]

「承顏接賓」、「通達詔刺」，明確表明書案具有這一功用。[10]名謁以

7　〔漢〕班固：《漢書》（北京市：中華書局，1962年），卷46，頁2193。

8　〔漢〕司馬遷：《史記》，〈高祖功臣侯者年表〉（北京市：中華書局，1959年），卷18，頁881。

9　〔宋〕李昉等：《太平御覽》（臺北市：臺灣商務印書館，1986年，景印文淵閣四庫全書》第899冊），卷710。

10　班固：《漢書》卷七十七〈鄭崇傳〉曰哀帝欲封傅太后從弟商，鄭崇切諫，「因持詔書案起」，李奇注：「持當受詔書案起也。」《後漢書》卷十一〈劉玄傳〉云其寵姬韓夫人尤嗜酒，「每侍飲，見常侍奏事，輒怒曰：『帝方對我飲，正用此時持事來

書案呈奉的情景，在河北望都漢墓壁畫摹本（圖一）[11]、成都曾家包
東漢畫像石（圖二）[12]、安徽馬鞍山三國吳朱然墓所出彩繪漆案

圖一　河北望都漢墓壁畫摹本　圖二　成都曾家包東漢畫像石（右為局部摹本）

（圖三）[13]中都可以看到。如望都壁畫二人一立一跪，右側跪者榜題
曰「白事吏」，為傳遞信息者，左側立者微微俯身，雙手捧持一具書
案，榜題曰「侍閤」，顯然刻畫的是呈遞謁貼的情景。朱然墓漆案則
繪有一跪伏持案者，榜題曰「黃門令」，為奉案者的身分。

　　乎。』起抵破書案」。抵，注云：「擊也。」這是書案用來呈遞上下公文即「承卷奏
　　記」的情景。漢代畫像石、壁畫等更多見日常「奉案進食」等場景，見揚之水：
　　〈兩漢書事〉，《中國典籍與文化》2004年第3期。

11 北京歷史博物館等：《望都漢墓壁畫》（北京市：中國古典藝術出版社，1955年），
　　圖版7、27。

12 成都市文物管理處：〈四川成都曾家包東漢畫像磚石墓〉，《文物》1981年第10期，
　　圖版4。

13 《中國漆器全集‧4‧三國——元》（福州市：福建美術出版社，1998年），圖11。

圖三　三國吳朱然墓彩繪漆案（右為局部摹本）

　　有中間人傳遞名謁雖則程序麻煩，卻是不可或缺的禮節儀程，後世依然。宋陳元靚《事林廣記》卷十一〈儀禮類〉「進退之節」條：「見長者門外下馬，以刺授將命者；無將命，則自命僕人展刺。」[14]

　　由閽人傳遞名謁可以為受拜訪者提供很多便利，比如保持私人空間、自由支配時間，更主要的是可以根據拜訪者的身分、地位、事由等決定是否同意拜見或以何種級別接見等，這在講究等級、名實、內外、尊卑、秩序的時代也是不可或缺的程序。《史記》〈酈生陸賈列傳〉載沛公引兵過陳留，酈食其持謁拜訪，稱要與沛公籌劃天下大事，使者接謁稟報傳遞：

　　　　沛公方洗，問使者曰：「何如人也？」使者對曰：「狀貌類大
　　　　儒，衣儒衣，冠側注。」沛公曰：「為我謝之，言我方以天下
　　　　為事，未暇見儒人也。」使者出謝曰：「沛公敬謝先生，方以
　　　　天下為事，未暇見儒人也。」酈生瞋目案劍叱使者曰：「走！
　　　　復入言沛公，吾高陽酒徒也，非儒人也。」使者懼而失謁，跪

14　〔宋〕陳元靚：《事林廣記》乙集（北京市：中華書局，1999年），卷下「儀禮類」，
　　頁54。

拾謁，還走，復入報曰：「客，天下壯士也，叱臣，臣恐，至
失謁。曰：『走！復入言，而公高陽酒徒也』。」沛公遽雪足杖
矛曰：「延客入！」[15]

司馬遷對這個故事頗感興趣，詳細鋪寫細節，酈生瞋目案劍叱喝使
者，使者懼而失謁，跪拾謁，又自陳因恐懼而失謁以及沛公聞此開門
延客的情節都很有戲劇性效果。

按照正規禮儀，拜謁者與被拜謁者之間常常不直接見面，而由閽
人傳遞名帖信息，故無形中增加了他們的權利，閽人有時會持了來客
的名謁而不去及時通報主人，使得拜見者倍感冷落、氣悶。《後漢書》
〈耿純傳〉載漢末亂世，耿純求用於地方當權派李軼，然「連求謁不
得通，久之乃得見」[16]。此之謂「不得通」，便是被閽人所難。《後漢
書》〈孔融傳〉載融曾受聘於司徒楊賜，「河南尹何進當遷為大將軍，
楊賜遣融奉謁賀進，不時通，融即奪謁還府，投劾而去」[17]。投劾為
呈遞彈劾自己的狀文，即辭職去官。

由於閽人的濫權而使得交際雙方見面不暢，是禮儀活動當中寄生
的惡習，宗臣〈報劉一丈書〉曾描述訪客拜望為門客阻撓的尷尬：

且今之所謂孚者何哉？日夕策馬，候權者之門。門者故不入，
則甘言媚婦人狀，袖金以私之。即門者持刺入，而主人又不即
出見；立廄中僕馬之間，惡氣襲衣袖，即饑寒毒熱不可忍，不
去也。抵暮，則前所受贈金者，出報客曰：「相公倦，謝客
矣！客請明日來！」即明日，又不敢不來。夜披衣坐，聞雞

---

15 〔漢〕司馬遷：《史記》（北京市：中華書局，1959年），卷97，頁2704。

16 〔南朝宋〕范曄：《後漢書》（北京市：中華書局，1965年），卷21，頁761。

17 〔南朝宋〕范曄：《後漢書》〈孔融傳〉（北京市：中華書局，1965年），卷70，頁
2262。

鳴，即起盥櫛，走馬抵門，門者怒曰：「為誰？」則曰：「昨日
之客來。」則又怒曰：「何客之勤也？豈有相公此時出見客
乎？」客心恥之，強忍而與言曰：「亡奈何矣，姑容我入！」
門者又得所贈金，則起而入之；又立向所立廄中。幸主者出，
南面召見，則驚走匍匐階下。主者曰：「進！」則再拜，故遲
不起；起則上所上壽金。主者故不受，則固請。主者故固不
受，則又固請，然後命吏內之。則又再拜，又故遲不起，起則
五六揖始出。出揖門者曰：「官人幸顧我，他日來，幸無阻我
也！」門者答揖。大喜奔出，馬上遇所交識，即揚鞭語曰：
「適自相公家來，相公厚我，厚我！」且虛言狀。即所交識，
亦心畏相公厚之矣。相公又稍稍語人曰：「某也賢！某也
賢！」聞者亦心許交贊之。此世所謂上下相孚也。[18]

門者萬般阻撓，收受賄金方勉強通報，拜訪者不敢怒不敢言，極盡卑
微之態，屈辱的感受是痛徹心肺的。王定保《唐摭言》卷十談及唐代
劉魯風往江西投謁所知，頗為典謁所阻，因賦一絕曰：

萬卷書生劉魯風，煙波千里謁文翁。
無錢乞與韓知客，名紙毛生不為通。[19]

這裡的「名紙毛生」是用禰衡故事，《後漢書》〈文苑傳〉說禰衡遊於
潁川，「乃陰懷一刺，既而無所之適，至於刺字漫滅」。[20]魯風詩中滿

---

18 宗臣：〈報劉一丈書〉，《宗子相集》（臺北市：臺灣商務印書館，1986年，《景印文
　　淵閣四庫全書》第1287冊），頁180-181。

19 〔唐〕王定保：《唐摭言》（上海市：上海古籍出版社，1978年），卷10，頁106「海
　　敘不遇」條。

20 〔南朝宋〕范曄：《後漢書》〈文苑傳〉（北京市：中華書局，1965年），卷80，頁
　　2653。

腹抱怨，即由於「頗為典謁所阻」。可見，自漢而唐，風習不變，甚至成為中國傳統社交風習的一部分，《西遊記》也有唐僧師徒到達西天求取真經時也曾被索要「人事」而如來佛祖知道後竟不以為然的情節，顯然這是對此類社交活動中的寄生行為的幽默性譏諷。

也有被拜訪者意識到這個問題，對閽人提出警告者，如《後漢書》〈陳忠傳〉談及晉平公聽從叔向勸告，保證下情上通，乃下令曰：「吾欲進善，有謁而不通者，罪至死。」[21]

元末時名謁稱拜帖，放置在拜匣內投遞，明清直到民國最是普遍，使用方法也沒有太大的變化。會客持拜帖而往，拜帖放在拜匣裡，由僕從手捧，到得門首，開了拜匣，取出拜帖遞與閽人，閽人再呈與主人。不僅僅是名帖，凡各種往來的禮帖、請帖、庚帖等等也莫不如此。這一生活中慣用的常套，在明清小說中便成為鋪敘故事的有聲有色的細節。清李綠園《歧路燈》第九回：

> 一日，譚孝移正在讀畫軒中：忽聽德喜兒稟說：「柏老爺到。」孝移急出相迎，只見蝦蟆夾個拜匣，扶著相公，徑上軒來。為禮坐下，柏公叫道：「蝦蟆拿拜匣來。」蝦蟆將拜匣遞于柏公，柏公揭開，取一個紅單帖，捧與孝移，說道：「明日奉邀過午一敘。」孝移接帖在手，看是「十五日」三個字，下寫「柏永齡拜訂」。

可知主客相見，雖已是面對面，也必要有仲介方才合禮。

用來裝拜帖和書柬的，清代又有護書。《歧路燈》第二回，曰譚孝移吩咐王中，「叫車夫宋祿套上車兒，再到帳房問閽相公討十數個眷弟帖兒，街上回拜客。王中料理已妥，夾著護書兒，到樓下請上

---

21 〔南朝宋〕范曄：《後漢書》（北京市：中華書局，1965年），卷46，頁1557。

車。孝移又叫拿出一個全帖兒，放在護書內，出街升車。叫王中將帖兒預先投遞，凡前日來賜光的，俱投帖答拜」。第七十一回，譚紹聞「皮箱中取初新衣換了，護書內取出門生手本。推的車到儀門停住。德喜將手本投在宅門，門上接入內傳」。又第七十三回，「紹聞此時急解開護書，拿出書四封，叫雙慶道」云云。所謂「眷弟帖兒」，乃用於平交。「全帖」，即多摺的「全柬式」，特見尊重，這裡是譚孝移欲為其子請先生。「手本」，方以智《通雅》卷十一《器用》〈書劄〉五拜帖「上行謂之手本」。可知護書的使用與拜匣大抵相同，亦是漢代名謁制度的流變。[22]

三　名謁的書寫

名謁的書寫有兩種情況，一是提前寫好，以便隨時取用，如前引漢末狂士禰衡遊歷許都，陰懷一刺，無從投遞，最後「刺字漫滅」就是提前寫好的。有時執謁者有一些經常要拜訪的固定對象，相關名謁就要提前寫好，以便隨時取用。在出土文物中，相關「問起居」的名謁出土最多，當都是提前寫好的生前沒有用完，死後隨葬墓中。如江西南昌東吳高榮墓出土名謁共二十一枚，以隸書寫就，內容完全相同（圖四）：

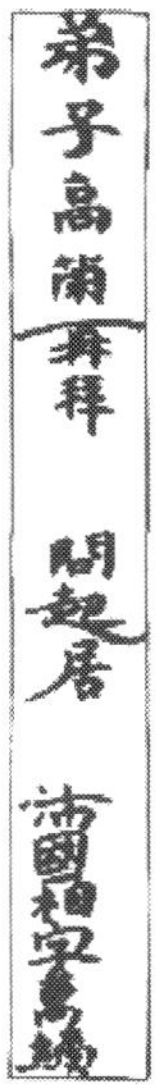

圖四　摹本

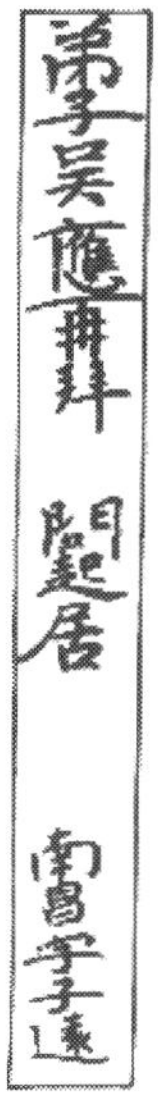

圖五　摹本

22 揚之水：〈說不盡的拜匣〉，《紫禁城》2007年第2期。

　　　　弟子高榮再拜　　問起居　　沛國相字萬綏

名謁中自稱弟子，當是墓主高榮定期向業師問安的名謁。由於要經常拜謁，故提前寫好。

　　又八〇年代湖北省鄂城縣鄂城水泥廠一號墓系東吳早期墓，出土木刺六枚，長二十四至二十五釐米、寬三點三釐米、厚〇點四釐米。分別為：

　　　廣陵
　　　廣陵史綽再拜
　　　廣陵史綽再拜
　　　廣陵史綽再拜　　問起居
　　　童子史綽再拜　　問起居　　廣陵高郵字澆瑜
　　　童子史綽再拜　　問起居　　廣陵高郵字澆瑜[23]

　　又一九八四年安徽馬鞍山市雨山鄉安民村東吳朱然墓出土名謁十四枚。每枚長二十四點八、寬三點四、厚〇點六釐米。行文分三種：

　　　一、「弟子朱然再拜　　問起居　　字義封」
　　　二、「故郭朱然再拜　　問起居　　字義封」
　　　三、「丹楊朱然再拜　　問起居　　字義封」

這是拜謁者以不同的身分向不同的人拜謁問安而提前寫就的名謁。此外出土木制名謁三枚，每枚長二十四點八、寬九點五、厚三點四釐米。頂端中央墨書「謁」字，其右書「□節右軍師左大司馬當陽侯丹

23　李均明、何雙全編：《散見簡牘合輯》（北京市：文物出版社，1990年），頁85。

楊朱然再拜」。稍晚如如江西南昌東湖區永外正街一號晉墓木刺五枚，大小均同，其中三枚內容一樣，一（圖五）為：

　　　弟子吳應再拜　　問起居　　南昌字子遠

另兩枚為：

　　　豫章吳應再拜　　問起居　　南昌字子遠
　　　中郎豫章南昌鄉吉陽里吳應年七十三字子遠[24]

豫章，郡名，在今江西南昌一帶。中郎，郎官的一種，為帝王近侍官，戰國始設，漢代沿置，其職為管理車、騎、門戶，擔任皇帝的侍衛和隨從。初分為車郎、戶郎、騎郎三類，長官則設有車、戶、騎三將，其後逐漸不加區分。針對不同的拜謁對象，墓主吳應所持名謁或稱弟子，或申明地望，或稱官職。

　　另一種情況是根據事由以及拜謁對象臨時寫就。《後漢書》〈劉盆子傳〉載赤眉樊崇立西漢劉氏遠族後裔十五歲放牛娃劉盆子為帝，起事將帥大都為不通文理的粗率之人：

　　　至臘日，崇等乃設樂大會，盆子坐正殿，中黃門持兵在後，公
　　　卿皆列坐殿上。酒未行，其中一人出刀筆書謁欲賀，其餘不知
　　　書者請起之，各各屯聚，更相背向。[25]

臨時書寫名謁本為正常，不知書而請人代寫也無不可，關鍵是場面混亂異常，禮儀程序遂變成一場鬧劇，難怪大司農楊音按劍罵曰：「諸

---

24 李均明、何雙全編：《散見簡牘合輯》（北京市：文物出版社，1990年），頁86、89。
25 〔南朝宋〕范曄：《後漢書》（北京市：中華書局，1965年），卷11，頁481。

卿皆老傭也！今日設君臣之禮，反更殽亂，兒戲尚不如此，皆可格殺！」不過，他的話似無震懾力，且引起更大混亂：

> 更相辯鬥，而兵眾遂各逾宮斬關，入掠酒肉，互相殺傷。衛尉諸葛稚聞之，勒兵人，格殺百餘人，乃定。盆子惶恐，日夜啼泣，獨與中黃門共臥起，唯得上觀閣而不聞外事。

政治根基本不牢固，若想單憑藉形式化的禮儀來修復，也是枉然。這場混亂，名謁是導火線。

從出土文物看，名謁一般長二十四釐米左右，相當於漢代一尺左右，寬七釐米左右，比較便於攜帶。兩面書寫，正面文字類似於現在信封上的收信人，反面的內容相當於信的內容，每一面二到五行，間隔清晰，條目清楚，各項內容一目了然，一般包括拜謁人的名姓、職官、籍貫，拜謁的事由等，以便於受謁者清楚的了解持謁者（或其所代表的人物）身分，以決定以何種形式應對接待。名謁功能不同，內容略有差異，略分為以下幾類：

1 拜訪求見通報名姓謁

此類名謁最為常見。一九八五年連雲港海州區錦屏鎮陶灣村黃石崖附近的西郭寶墓出土了兩件墓主的自用名謁，其一書寫：「東海太守寶再拜　謁　西郭子筆」，中間高起上寫「謁」，即為求見謁。

拜訪名謁上有時還記載所奉錢物禮品數量名稱，如漢高祖為亭長時，聽說呂公宿於沛縣縣令家，未帶分文前去拜訪祝賀，當時蕭何主事，宣布「進不滿千錢，坐之堂下」。於是，劉邦乃詐為謁曰「賀錢萬」，謁入，呂公大驚，起，迎之門。[26]

---

26 〔漢〕班固：《漢書》（北京市：中華書局，1962年），卷1，頁3。

2 邀請謁

　　西郭寶墓另一件名謁即書寫：「東海太守寶再拜　　請　　西郭子筆」，中間上端高起寫「請」，即為邀請謁。

　　邀請時有時不必邀請者親自前往，而是派屬吏代為，名謁裡也有相應的內容，如一九九一年連雲港東海縣溫泉鎮尹灣村西漢墓（漢成帝元延三年，西元前10年）六號東海郡太守功曹史師饒墓出土名謁木牘十枚，其中有（圖六）：

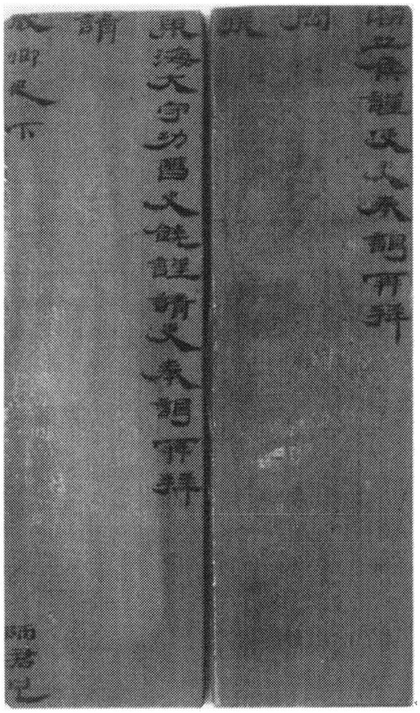

> 東海大守功曹史饒謹請吏
> 奉謁再拜　　請　威卿足下
> 師君兄

同墓還有楚相派人來請師饒的：

圖六　尹灣村西漢師饒墓名謁

> 進東海太守功曹　　師卿
> （正面）
> 楚相延謹遣吏奉謁再拜　　請　君兄足下　　鄭長伯

有時謁主還要特意注明不能親自來邀請的理由，如師饒墓出土名謁有：

> 奏東海太守功曹　師　卿（正面）
> 琅邪太守賢迫兼職不得離國謹遣吏奉謁再拜　　請　君兄馬足下
> 南陽楊平卿

3 問起居，問病

前面所引問起居名謁當都不是完整的使用過的名謁，完整的當有兩面，如師饒墓有其弟子派吏問師饒起居的：

　　　進主吏師　　卿（正面）
　　　弟子□迫疾謹遣吏奉謁再拜　　問　君兄起居　卒史憲丘驕孺

問病。如師饒墓有容丘侯派人持謁探望師饒身體狀況：

　　　進　師君兄（正面）
　　　容丘侯謹使吏奉謁再拜　　問　疾

有良成侯派吏問病：

　　　進師君兄（正面）
　　　良成侯願謹遣使吏奉謁再拜　　問　疾（背面）

不過，有些名謁內容較複雜，比如漢代婚禮名謁，時人稱謁文，除記錄所奉禮物名稱（數量）外，還要解釋相關禮物的象徵意義，與其他同類文本相比，它就當屬於「大製作」了，或需有較高文才以及必要的知識儲備方可撰寫得出。故《後漢書》要將謁文列入張超的「代表作」中[27]。「謁」與「謁文」一字之別或許就顯示出一般性禮儀文書與「事出於沉思，義歸乎翰藻」[28]的創作之「文」的區別與聯繫。

---

27 范曄：《後漢書》〈文苑傳〉卷八十下：「（張超）著賦、頌、碑文、薦、檄、箋、書、謁文、嘲，凡十九篇。」〔南朝宋〕范曄：《後漢書》，〈文苑傳〉（北京市：中華書局，1965年），卷80下，頁2652。

28 〔梁〕蕭統編，〔唐〕李善注：《文選》（北京市：中華書局，1977年），頁2。

在書寫方面，由於名謁用於交際，故無一例外都用通行工整的隸書寫成，無一處懈怠，波折明顯、提按有度，著墨清晰，沒有草筆現象，力求工整、穩健，實用而美觀，給人良好印象（圖九），正所謂「尺牘書疏，千里面目也。」事實上，從上述內容看，名謁有時也確實具有書信的功能。《釋名》卷六〈釋書契〉：「書姓名於奏上，曰書刺，作『再拜』、『起居』，字皆達其體，使書盡邊，徐引筆書之，如畫者也。」[29]這裡的「體」當是眾所共尊之書體，書寫時要緩緩落筆，講究筆筆到位，字體要能被大家普遍接受且不失雅重，故即便當時章草盛行，也不用。從這一點上看，名謁也是研究漢代書刻史中的重要參照資料。[30]

四　名謁的附加含義

名謁在漢代人交際生活中不可或缺的禮儀文書，若省卻此儀節，就會留下違禮的話柄，嚴重者可帶來殺身之禍。《後漢書》〈梁統傳附玄孫冀傳〉載孫冀宮內外兼寵，威權大震，「遼東太守侯猛，初拜不謁，冀托以它事，乃腰斬之」[31]。但在實際使用名謁時也有一些特例，衍生出一些附加含義。

由於名謁上有較為詳細的姓名、籍貫、官職等身分信息，故可作為身分證明使用，有時也可成為本人親自到謁的憑據，如《漢書》〈何并傳〉載：「（何并）即且遣吏奉謁傳送。」[32]不過，如此使用名謁似乎只權貴方可。《漢書》〈霍光傳〉載其兄孫霍雲仰仗家族威勢形

29 〔漢〕劉熙撰，任繼昉匯校：《釋名匯校》〈釋書契〉（濟南市：齊魯書社，2006年），卷6，頁333。

30 王元軍：〈漢代名謁書及其文化約定〉，《漢代書刻文化研究》（上海市：上海書畫出版社，2007年）。

31 〔南朝宋〕范曄：《後漢書》（北京市：中華書局，1965年），卷34，頁1183。

32 〔漢〕班固：《漢書》（北京市：中華書局，1962年），卷77，頁3266。

使特權，經常不按例朝請，「稱病私出，多從賓客，張圍獵黃山苑
中，使蒼頭奴上朝謁」。文穎注曰：「朝當用謁，不自行而令奴上謁者
也。」[33]

　　同樣，在交際活動中持謁是禮儀行為，不可不用，書寫亦不可過
於省略，反之若省略上述禮儀細節，則意味著獲得特權，享受極高榮
譽。如上引孫冀即獲得「入朝不趨，劍履上殿，謁贊不名」[34]的賞
賜，禮儀比蕭何。

　　因此，在特定情形下，若本人不來而僅僅差人送來名謁就有可能
含有倨傲、輕慢之意，有時會在交際活動中引起激烈反應，如朱穆與
劉伯宗就為此絕交，《後漢書》〈朱穆傳〉注引其絕交書曰：

　　　　昔我為豐令，足下不遭母憂乎？親解縗絰，來入豐寺。及我為
　　　　持書御史，足下親來入台。足下今為二千石，我下為郎，乃反
　　　　因計吏以謁相與。足下豈丞尉之徒，我豈足下部民，欲以此謁
　　　　為榮寵乎？咄！劉伯宗于仁義道何其薄哉。[35]

　　再如，拜訪投謁為大家認可的交際禮儀，但若為私利拜訪行私
謁、險謁為不德、不廉的表現，故政府官員若「不受私謁」[36]即可謂
清廉而獲得讚譽。而對於權貴之家中的女眷，同樣以不納、不行私
謁、險謁為賢德。《後漢書》〈皇后紀上〉〈序〉談及歷史上后妃的道
德標準，其中就有：「閨房肅雍，險謁不行也。」注曰：言能輔佐君
子，和順恭敬，不行私謁。……又曰：「而無險詖私謁之心。」[37]

33　〔漢〕班固：《漢書》（北京市：中華書局，1962年），卷68，頁2950。

34　〔南朝宋〕范曄：《後漢書》（北京市：中華書局，1965年），卷34，頁1181。

35　〔南朝宋〕范曄：《後漢書》（北京市：中華書局，1965年），卷43，頁1468。

36　〔南朝宋〕范曄：《後漢書》（北京市：中華書局，1965年），卷54，頁1760。

37　〔南朝宋〕范曄：《後漢書》（北京市：中華書局，1965年），卷10，頁397。

　　而通過宮中嬖寵的女子干求請託或泛指通過有權勢的婦女干求請託，被稱為「女謁」，在漢人眼裡，女謁是不祥之兆，這種觀念可追溯到孔子時代。《史記》〈孔子世家〉載孔子因魯君耽於女樂、怠於政事而去魯，離開時歌曰：

> 彼婦之口，可以出走。彼婦之謁，可以死敗。
> 優哉游哉，聊以卒歲。

《集解》王肅曰：「言婦人之口請謁，足以使人死敗，故可以出走也。」[38]《孔子家語》卷五亦載此故事。不過根據劉向《說苑》的說法，女謁不祥的說法可更早追溯到商湯時期：「湯之時大旱七年，雒坼川竭，煎沙爛石。於是使人持三足鼎祀山川，教之祝曰：『政不節邪？使人疾邪？苞苴行邪？讒夫昌邪？宮室榮邪？女謁行邪？何不雨之極。』蓋言未已而天大雨。」[39]推古以鑑今是古代知識者的論說習慣，上種說法未必符合歷史事實，但卻是漢代知識者的共識，如《後漢書》〈楊賜傳〉：「夫女謁行則讒夫昌，讒夫昌則苞苴通，故殷湯以之自戒，終濟亢旱之災。」[40]而漢代帝王參與的請雨儀式中，祝辭即承襲商湯上述祝辭：

> 君親之南郊，以六事謝過自責曰：「政不善與？民失職與？宮室崇與？婦謁盛與？苞苴行與？讒夫倡與？」[41]

38　〔漢〕司馬遷：《史記》（北京市：中華書局，1959年），卷47，頁1918。
39　趙善貽：《說苑疏證》（上海市：華東師範大學出版社，1985年），卷1，頁20。
40　〔南朝宋〕范曄：《後漢書》（北京市：中華書局，1965年），卷54，頁1776。
41　〔南朝宋〕范曄：《後漢書》〈禮儀志中〉（北京市：中華書局，1965年），卷5，頁3117注1引何休注。

女謁盛行，違情常理，故為妖祥而遭天懲，特需祈禱謝過自責，這種觀念是有著很深的思想史淵源的。漢代講災異，重妖祥，這是在神秘主義信仰時代為保持社會秩序、思想秩序而逐漸形成的一套獨特而系統的話語體系，《漢書》〈藝文志〉「雜占」條特記載了驅除妖祥怪異的占術之書若干卷，如《禎祥變怪》二十一卷、《人鬼精物六畜變怪》二十一卷、《變怪誥咎》十三卷、《執不祥劾鬼物》八卷、《請官除妖祥》十九卷等。雜占雖說「紀百事之象」，但漢人似乎更關注異常之「妖」象，因為「人失常則妖興」，考察各類妖象，確定其類屬性質，推測其禍福吉凶所指，由此就能對世事政治進行準確判斷。漢代的「妖」內容複雜。《漢書》〈五行志中之下〉說：「凡草物之類謂之妖」[42]，以此區別於蟲孽、畜禍和人痾，與《左傳》宣公十五年「地反物為妖」[43]暗合，冬溫、春夏不和、霜不殺草、桑穀共生、十二月李梅實、枯樹復生等皆是。但呂宗力通過細查綜觀《漢書》〈五行志〉發現，漢代無論天地星辰人畜，凡見異常，均可稱「妖」。如社會上出現身分錯置、性別倒亂、人畜不分的奇裝異服，就是服妖；人類生理形態或行為的奇異現象，如女變男身、人身生毛或頭生角、人有畸形或異形、人死復生、人食人等，即為人妖。家畜家禽出現怪異反常形態或行為，如犬馬雞生角、犬與豕交、豕入居室、牛生五足、雄雞自斷其尾、雌雞化為雄等，就被視作犬妖、豕妖、牛妖、馬妖、雞妖。與野生及神奇動物有關的稱鼠妖、狼妖、鳥妖、龍妖、魚妖等。與天象氣候有關的妖孽異象有雨妖、脂夜之妖、星隕之妖。此外，山崩地裂、城門自壞，皆屬妖徵兆，宮室火災，就是妖火。而語言文字表達中出現的異常現象、反常言論，就被稱作妖言等。[44]女謁

---

42 班固：《漢書》〈五行志中之上〉（北京市：中華書局，1962年），卷27，頁1353。

43 〔晉〕杜預注，〔唐〕孔穎達正義：《春秋左傳正義》（北京市：中華書局，1980年，《十三經注疏》本），頁1888。

44 呂宗力：《漢代的謠言》（杭州市：浙江大學出版社，2011年），頁41。

是反常的社會行為，當然不祥。而如何破除女謁之不祥，漢代知識者給出的帶有神秘色彩的答案卻含著理性的因數，《漢書》〈李尋傳〉：「陰雲邪氣起者，法為牽於女謁，有所畏難……唯陛下執乾剛之德，強志守度，毋聽女謁邪臣之態。」[45]

五　名謁在後世的延續和演變

今天看來，作為名片式的交際工具，以竹、木為材質的漢代名謁在攜帶使用時都是要頗費些心神氣力的，然而，漢人對名謁的使用卻頻繁而鄭重，史書也留意記錄這一細節，東漢以後，造紙業的發展為名謁的製作提供了新材料，攜帶使用都便利了許多，名稱有異但使用方式與漢代相類，然而，隨著知識階層人數的擴大、士大夫交遊愈來愈廣，而每到逢年過節交際活動頻繁之時，人們便不親自登門，而是派僕從門人投謁了事，如此，名謁就漸漸少了原有的鄭重，失了交際活動中最為關鍵的誠摯之心，名謁也就終成形式主義的擺設，南宋末年周密在《癸辛雜識》〈前集〉〈送刺〉就講到作偽投刺的趣事：

> 節序交賀之禮，不能親至者，每以束刺簽名於上，使一僕遍投之，俗以為常。余表舅吳四丈性滑稽，適節日無僕可出，徘徊門首，恰友人沈子公僕送刺至，漫取視之，類皆親故，於是酌之以酒，陰以己刺盡易之。沈僕不悟，因往遍投之，悉吳刺也。異日合併，因出沈刺大束，相與一笑，鄉曲相傳以為笑談。[46]

---

45 〔漢〕班固：《漢書》（北京市：中華書局，1962年），卷75，頁3184。

46 〔宋〕周密撰，吳啟明點校：《癸辛雜識》（北京市：中華書局，1988年），頁35。

又談及製作名帖的敷衍：

> 今時風俗轉薄之甚。昔日投門狀，有大狀，小狀，大狀則全
> 紙，小狀則半紙。今時之刺，大不盈掌，足見禮之薄矣。

將本來莊重的禮儀拜見活動變為風趣討巧的遊戲，可見人們對此形式
主義的厭倦且無可奈何。雖也有耿介者身體力行，力避此形式，如同
書引《雜說》載司馬公自在臺閣時，不送門狀，曰：「不誠之事，不
可為之。」然而，「禮」與「儀」本就是一事之兩面，儀式中的程式
化特點也為形式主義埋下伏筆，此類情形古今雖程度不同卻概莫能
外，明朝文徵明在〈賀年〉詩中就曾這樣自嘲：

> 不求見面惟通謁，名紙朝來滿蔽廬。
> 我亦隨人投數紙，世情嫌簡不嫌虛。

　　不過，明清以後拜帖的形式愈見繁複，或全束或單帖，或加封或
不加封套。又質地和尺寸的大小也有分別，總之要以式樣和規格的種
種不同見尊卑親疏。[47]這些講究在交往中實在忽略不得，因此竟也弄出
不少爭奇鬥豔的故事，趙翼《陔餘叢考》卷三十「名帖」條便很檢出
一些有趣的笑料來，可見人情事態[48]，如在名帖紙張色彩上做文章：

> 皇甫庸《近峰聞略》：劉瑾用事時，百官門狀啟禮悉用紅紙，
> 故京師紅紙價頓長十數倍。然則古來名紙門狀尚皆用白紙，今

---

47 揚之水：〈說不盡的拜匣〉，《紫禁城》2007年第2期；〈從名刺到拜帖〉，《收藏家》
　　2006年第5期。
48 〔清〕趙翼撰，曹光甫校點：《陔餘叢考》（上海市：上海古籍出版社，2011年），
　　頁580-582。

所用紅帖，則自劉瑾始也。……《迪吉錄》記海瑞為南塚宰，有幣物為賀者皆不受，名紙用紅帖者亦以為侈而惡之。又可知是時尚未全用紅紙，而奔競者則益踵事增華。

又有在名帖材質上花心思，用紅綾金字者：

《嘯虹筆記》載，茅潯陽每謁嚴嵩，用赤金縷姓名縫紅綾作束，嵩以為尊之也，而闇人利其金，每傳報後輒取金去，以是嵩敗，茅竟免交通律。

又有用紅絨織錦者：

《湧幢小品》記張江陵盛時，諂之者名帖用織錦，以大紅絨為字，而繡金上下格為蟒龍蟠曲之狀，江陵見之嘻笑，然不以為非也。江陵不通賄賂，獨好尊大，故人以此媚之。

明代萬曆年間名相張居正祖籍江陵，故稱張江陵。可見上有所好。下必從焉，有喜坐轎者就有愛抬轎者。

　　名帖上書字紙大小、落款名目也都有諸多故事，瑣屑處亦可見人情之微妙：

王弇州《觚不觚錄》云：親王投刺，例不稱名，有書王者，有書別號者，體至尊也，惟魯王則一切通名。自分宜當國，而親王無不稱名矣。至江陵，則無不稱晚生矣。當江陵時，襲封者至稱門生矣。（《觚不觚錄》又云：故事，投制東面皆書一正字，萬曆丙子，入朝投刺皆不書正字，為江陵諱也。明人小說，又記正德中，一大臣謁劉瑾，刺稱「門下小廝」。嘉靖

中，一儀部謁翊國公，刺稱「渺渺小學生」。又有自稱「將進
僕」、「神交小子」、「未面門生」者。）即此一事之沿革，亦可
以觀世風也。

　　該書又記載翰林名帖書寫原為蠅頭小字以謹樸，明中葉漸以大字
為上，有人便對此好自為大加以嘲諷，《湧幢小品》曰：

　　御史與主事文移，御史署名頗大。王偉為職方時口占云：「諸
　　葛大名垂宇宙，今人名大欲如何。」後偉為兵部侍郎，有客賀
　　曰：「大名今屬公矣。」又占曰：「諸葛大名非用墨，清高二字
　　蕭千秋。如今一紙糊塗帳，滿面松煙不識羞。」

名帖上稱謂的變化也可見時代風氣，如《冬夜箋記》云：

　　昔見前輩往來名刺，親戚則寫眷，世交則寫通家，同年子弟寫
　　年家。自明末尚聲氣，並無半面者亦稱社稱盟，今則改為同
　　學，且無論有科第與否，俱寫年家矣。

又《分甘餘話》：

　　順治中，社事盛行，京師往來投刺，無不稱社盟者。楊雍建疏
　　言之，部議飭禁，遂止不行。二十年來京師通謁，無不用「年
　　家眷」三字，有人戲為詞曰：「也不論醫官道官，也不論兩廣
　　四川，但通名一概年家眷。」

　　梁漱溟先生曾說：文化是人們生活的式樣罷了。作為文字與名物
的結合體，名謁在漢代乃至後世的交際生活中頻頻登場亮相，雖則形

制簡單、文字簡省，也會因日常習見而熟視無睹，實際上卻是不可或缺的重要角色，它們展示出時人生活的細節，亦可見思想風俗變遷以及世態人情之面貌，可幫助後人勾畫描摹出更為豐富多彩的古代歷史生活畫卷。

第十章
漢代剛卯及銘文考論

　　漢代喪葬、佩飾、日用及陳設用玉中，有許多玉器無論造型或紋飾都有一定的辟邪厭勝之意，體現當時社會流行的辟邪厭勝思想。[1]但有銘文的玉器仍是較為少見的，剛卯就是其中較為獨特的一類，它作為漢時玉器特有的器型，與司南、翁仲一起構成三大辟邪玉佩件。從傳世史料和出土文物看，這類玉器上銘文首句或為「正月剛卯」，或為「疾日嚴卯」，因此又被分別稱為剛卯和嚴卯，但一般統稱為剛卯。

　　以玉作為通神辟邪之物，這種習俗有著非常深厚的信仰基礎。《山海經》所述五五〇餘座山中出產玉石的就有二〇七座，占接近一半，如〈南山經〉：「又東三百八十里，曰猨翼之山，其中多怪獸，水中多怪魚，多白玉，多腹蟲……又東三百七十里，曰瞿父之山，無草木，多金、玉。又東四百里，曰句餘之山，無草木，多金、玉。」〈北山經〉：「又北二百五十里，曰求如之山，其上多銅，其下多玉……又北三百里，曰帶山，其上多玉，其下多青碧。」[2]等等。〈西山經〉還特別介紹玉神異的功能用途：

　　　　又西北四百二十裡，曰峚山……其中多白玉，是有玉膏，其原沸沸湯湯，黃帝是食是享。是生玄玉，玉膏所出，以灌丹木。丹木五歲，五色乃清，五味乃馨，黃帝乃取峚山之玉榮，而投之鍾山之陽。瑾瑜之玉為良，堅粟精密，濁澤而有光。五色發

1　徐琳：〈兩漢用玉思想研究之一──辟邪厭勝思想〉，《故宮博物院院刊》2005年第1期（總第135期）。

2　袁珂：《山海經校注》（成都市：巴蜀書社，1993年），頁13、81-82。

　　作，以和柔剛。天地鬼神，是食是享，君子服之，以禦不祥。[3]

優質的玉，形同符籙，佩戴可防禦災害，守衛身體，因此，佩玉是中國古老的服飾習俗。

　　玉器因其堅硬質脆本不是刻寫文字的好材料，以往一般玉器也很少有銘文，然而到了漢代，出現必須刻寫銘文的辟邪玉配——剛卯，其獨特的銘文成為當時社會流行的辟邪厭勝思想的很好注腳，本文將其納入文體史加以關照，以期能進入歷史深處體察漢代文體使用和傳播的具體形態，並進一步理解各類文字形式在古代人生日用方面的意義。

　　關於漢代剛卯，從清代至二十世紀五〇年代，相繼有學者對相關記錄和出土剛卯實物及其銘文進行圖錄考訂，成果甚豐，如翟中溶《奕載堂古玉圖錄》（勞榦文章所記錄，原書未見）；吳大徵《古玉圖考》（清光緒十五年上海同文書局石印本，又見《續修四庫全書》〈子部〉〈譜錄類〉1107冊）；那志良《剛卯》（《大陸雜誌》第十一卷第十一期，1955年12月出版）；那志良《中國古玉圖釋》〈剛卯〉（臺灣：南天書局，1990年版）；陳大年〈剛卯嚴卯考〉（《說文月刊》第三卷第十二期，1944年）；勞榦〈玉佩與剛卯〉（原文刊於《中央研究院歷史語言研究所集刊》27本，1956年4月。後收錄於《勞榦學術論文集·甲編》下冊，臺灣：藝文印書館，1976年）。近年來亦有學者發表相關文章，如尤仁德〈漢代玉佩剛卯嚴卯考論〉（《人文雜誌》一九九一年第六期）；徐琳〈漢代用玉思想研究之一——辟邪厭勝思想〉（《故宮博物院院刊》二〇〇八年第一期）等。早期學者研究雖多有臆斷之辭（如陳大年），但整體看來考訂詳盡，結論允當，其中以勞榦和那志良研究最為謹慎，雖有誤判，卻為後學提供了相較參照的成

3　袁珂：《山海經校注》（成都市：巴蜀書社，1993年），頁48。

果。近年雖有更多出土文物可比照，但新的研究成果除個別字句的釋讀有補益，整體未超出前人。本文擇其善者而從，文中提及上述文章除特殊情況就不再加注。

一　剛卯的形制、佩戴方式和功用

史料中有關剛卯的記載最早見於《漢書》〈王莽傳〉：「正月剛卯。」顏師古注引服虔曰：

> 剛卯以正月卯日作佩之，長三（尺）〔寸〕，廣一寸，四方，或用（五）〔玉〕，或用金，或用桃，著革帶佩之。今有玉在者，銘其一面曰：「正月剛卯」。

又引晉灼曰：

> 剛卯長一寸，廣五分，四方。當中央從穿作孔，以采絲（茸）〔茸〕其底，如冠纓頭蕤。刻其上面，作兩行書，文曰：「正月剛卯既央，靈殳四方，赤青白黃，四色是當。帝令祝融，以教夔、龍，庶疫剛癉，莫我敢當。」其一銘曰：「疾日嚴卯，帝令夔化，順爾固伏，化茲靈殳，既正既直，既觚既方，庶疫剛癉，莫我敢當。[4]

這是最早有關剛卯形制、銘文的記載。顏師古又注曰：「今往往有土中得玉剛卯者，案大小及文，服說是也。」

此外，《後漢書》〈輿服下〉在簡述君臣佩玉制度的歷史時也說到剛卯，認為漢代佩玉制度承秦制，但又有補充，「加之以雙印佩刀之

4　〔漢〕班固：《漢書》〈王莽傳〉（北京市：中華書局，1962年），卷99中，頁4110。

飾。」此處「雙印佩刀」當作「雙卯佩刀」，因為緊接下文分別解釋
了「佩刀」和「雙卯」（剛卯嚴卯）這兩種配飾因佩戴者身分等級不
同而在質料、形制、色澤等方面的差異，從其描述的形制以及銘文內
容看，說的正是剛卯而非「雙印」。文中說：

> 佩雙印（當為卯——筆者注），長寸二分，方六分。乘輿、諸
> 侯王、公、列侯以白玉，中二千石以下至四百石皆以黑犀，二
> 百石以至私學弟子皆以象牙。上合絲，乘輿以縢貫白珠，赤罽
> 蕤，諸侯王以下以綟赤絲蕤，縢綟各如其印（當為卯——筆者
> 注）質。刻書文曰：「正月剛卯既決，靈殳四方，赤青白黃，
> 四色是當。帝令祝融，以教夔龍，庶疫剛癉，莫我敢當。疾日
> 嚴卯，帝令夔化，慎爾周伏，化茲靈殳。既正既直，既觚既
> 方，庶疫剛癉，莫我敢當。」凡六十六字。[5]

《後漢書》注者劉昭顯然對此「雙印」沒有細加辨析，故在注釋中反
而引《漢舊儀》大段有關璽印的解釋，事實上〈輿服篇〉中所談銘文
全為剛卯銘文的典型句式，與璽印無關。

此外，據考古報告，目前出土所見剛卯形制與記載大致相同：揚
州雙山二號墓（東漢明帝永平十年廣陵王劉荊及夫人墓）出土白玉剛
卯長一寸，廣五分，高二點二釐米；安徽亳縣鳳凰臺一號墓（東漢曹
操長夫人丁氏家族墓）出土嚴卯一，長二點二五釐米、寬一釐米；安
徽亳縣鳳凰臺一號墓（東漢丁崇墓）出土剛卯一，長二點二五、寬一
釐米、厚一釐米；河北景縣廣川東漢墓出土玉剛卯，高二點三釐米，
寬一釐米，高一釐米；江蘇揚州市邗江區甘泉東漢二號墓出土玉嚴
卯，高二點二釐米。

---

5 〔南朝宋〕范曄：《後漢書》〈輿服下〉（北京市：中華書局，1965年），卷30，頁3671-
　3673。

　　如下圖。圖左玉嚴卯，江蘇揚州市邗江區甘泉東漢二號墓出土，現藏於南京博物館，三十二字，內容與文獻相符。圖右玉剛卯，河北景縣廣川鄉後村東漢墓出土，現藏於河北省文物研究所，文字與《漢書》顏師古注引相同。

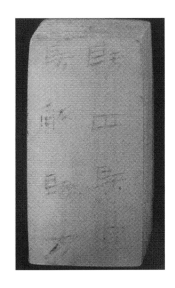

　　從上述史料提供的信息看，剛卯為長方柱形配飾，中間穿孔以繫彩色絲線，其大小不一，大者長三寸方一寸（漢時一寸相當於現在二點一至二點三釐米），小者長一寸或一寸二分，方五分或六分，尺寸可能因材而作，因料而定，並無固定規格，只要便於穿掛佩戴即可。顏師古根據當時出土的剛卯，認為服虔所說大型器為是，而《說文解字》也說：「毅改，大剛卯也，以逐精鬼，從殳亥聲。」[6]《急就篇》中有「射魃辟邪除群凶」之句，顏師古注：「射魃辟邪皆神獸名也。魃，小兒鬼也，射魃，言能射魃鬼也。辟邪，言能避禦妖邪也。謂以寶玉之類，二獸之狀以佩戴之，用除去凶災而保衛其身也。一曰射魃，謂大剛卯也。以金玉及桃木刻而為之。一名毅改，其上有銘，而

6　〔漢〕許慎：《說文解字》（北京市：中華書局，1963年），卷3下，頁66。

旁穿孔，繫以彩絲，用繫臂焉，亦所以逐精魅也。」[7]而今所見出土
則多是小型剛卯，與晉說合。

　　而從材質上看，漢代剛卯質地多樣，有玉、金、桃木、黑犀、象
牙等，依身分等級而不同。金屬剛卯目前還未發現，犀角、象牙、桃
木質的剛卯易腐而不易保留，僅勞榦〈玉佩與剛卯〉一文談及與居延
漢簡同出有兩件木質剛卯（其一認定為剛卯當係誤判，詳情見下），
但是否為桃木還未確定，我們現在能見到的剛卯大都為玉質。

　　從文獻記載看，剛卯一般成對佩戴，與其他飾物構成組配，可以
說是先秦時期玉組佩方式的延續。《後漢書》〈輿服〉載：

> 古者君臣佩玉，尊卑有度；上有韍，貴賤有殊。佩，所以章
> 德，服之衷也。韍，所以執事，禮之共也。故禮有其度，威儀
> 之制，三代同之。五霸迭興，戰兵不息，佩非戰器，韍非兵
> 旗，於是解去韍佩，留其係璲，以為章表。故《詩》曰「鞙鞙
> 佩璲」，此之謂也。韍佩既廢，秦乃以采組連結于璲，光明章
> 表，轉相結受，故謂之綬。漢承秦制，用而弗改，故加之以雙
> 印（卯）佩刀之飾。[8]

文中談及漢代雙卯的出現以及所屬佩玉制度和歷史的源遠流長，認為
夏、商、周三代君臣都佩玉，用以彰顯威儀德行。春秋爭霸，戰事不
斷，佩玉不利作戰，故和蔽膝一樣從禮儀服飾中去掉了，僅僅保留貫
串佩玉的絲條，以為標記，所以《詩》〈小雅〉〈大東〉有「鞙鞙佩
璲」的句子。到秦代才開始用彩帶連結佩玉，光耀標記，轉相結受，

7　〔漢〕史游著，〔唐〕顏師古注，〔宋〕王應麟補注：《急就篇》（長沙市：嶽麓書社
　　1989年），頁193-194。

8　〔南朝宋〕范曄：《後漢書》〈輿服下〉（北京市：中華書局，1965年），卷30，頁3671-
　　3672。

所以叫作綬。漢承秦制，沿用不改，又增加雙卯和佩刀這樣的飾物。可見，剛卯或在秦漢之際就已作為一種辟邪之物出現，只是到了漢代才正式進入禮儀配飾的範圍。

二　剛卯上的銘文

佩帶剛卯之俗，與漢人於五月五日以五彩絲繫臂一樣，均意在「辟兵及鬼，令人不病溫（瘟）。」[9]是以吉煞凶，祈祝祥和平安。不同的是，剛卯特別發揮了文字的功能，顯示出漢代對文字的崇信，以及文字使用領域的廣泛。

剛卯形制為長方體，可以說是工藝比較簡單的玉器。然而，古代玉器器型多有講究，作為備受漢代人寶愛且唯一必須刻上銘文的配飾，其銘文有哪些內容？文字和器物的構型間是否有關聯呢？

從出土和現代館藏漢代剛卯看，其銘文與上述史料所記載的大同小異，以下就以《漢書》注引晉灼記載為例，參照《後漢書》記載以及現存出土文物的銘文對剛卯銘文進行分析：

> 正月剛卯既央，靈殳四方，赤青白黃，四色是當。帝令祝融，以教夔、龍，庶疫剛癉，莫我敢當。
> 疾日嚴卯，帝令夔化，順爾固伏，化茲靈殳，既正既直，既觚既方，庶疫剛癉，莫我敢當。（《漢書》）
> 正月剛卯既決，靈殳四方，赤青白黃，四色是當。帝令祝融，以教夔龍，庶疫剛癉，莫我敢當。
> 疾日嚴卯，帝令夔化，慎爾周伏，化茲靈殳。既正既直，既觚既方，庶疫剛癉，莫我敢當。（《後漢書》）

---

9 〔漢〕應劭撰，吳樹平校釋：《風俗通義校釋》（天津市：天津人民出版社，1980年），頁415。

銘文首句：

> 正月剛卯既央，靈殳四方

此句漢書顏師古注引服虔曰：「剛卯以正月卯日作佩之」，這是現存最早的解釋。何以必須正月卯日製作佩戴？勞榦解釋說：

> 所以用正月的卯日，因為正月為一歲之始，而卯日在正月，按建除家之法（見《淮南子》〈天文訓〉），正月卯日當為「除日」，「除」有除災害之意，和驅除疫病，正相符合。

中國古代在先秦時期就有擇日習俗，為了趨利避害，舉事常常擇日而行，這樣便形成了所謂的「吉日」和「疾日」之說。[10]吉日主指丁亥日和庚寅日，疾日即為凶日，主要有子卯日和端午日。嚴卯銘文曰「疾日嚴卯」即由此而來。卜日、擇日的觀念和生活習俗在中國古代思想信仰中有著根深柢固的基礎，變化也是極為緩慢的。先秦時期就已有卜日、擇日的專業人士「日者」，《史記》〈日者列傳〉集解引《墨子》曰：「墨子北之齊，遇日者。」[11]降至秦漢，日者還相當活躍，近些年來睡虎地秦墓、江陵王家臺秦墓等出土多類《日書》竹簡，屬於古人從事婚嫁、生子、喪葬、農作、出行等各項活動時選擇時日吉凶宜忌的數術類圖書，其所涉及的內容與王充《論衡》〈譏日篇〉所談到的「葬曆」、「祭祀之曆」、「沐書」及裁衣、工伎之書等內容當屬於同一類。西漢時期，長安市肆還多有日者身影，司馬遷還專門為日者司馬季主立傳。只不過此時，日者的社會地位下降，遭到大

---

10 劉自兵：〈先秦時期的「日者」與擇日制〉，《山西大學學報》2007年第2期。
11 〔漢〕司馬遷：《史記》〈日者列傳〉（北京市：中華書局，1959年），卷127，頁3215。

夫士人的鄙視，被視為「卑汙」[12]。東漢時王充「疾虛妄」，曾對日者的理論進行了駁斥，從另一面也可看出此風俗信仰在整個社會中的深入程度。

關於「央」字的解釋多語焉不詳。比較明確的是那志良引宋人馬永卿的說法，認為是茂盛之意，「剛卯既央」為強劉既盛，顯然此解多比附。陳大年將此句斷為「正月剛，卯既央」，即剛卯刊刻於正月剛日、陽光初出之際。又解卯「冒也」，為陽氣冒出之時。此說於古無徵，多隨意揣測，勞榦、那志良等均已駁斥此說。還有人認為「央」或作「決」，但如此語意難明，韻也不合，似應以「央」為是。依筆者淺見，此處「央」或為「殃」之減省字，災禍殃咎之義。漢代民間文字使用常有漏字、錯字、訛字等情況，顯示出文字簡化的趨勢，比如銅鏡銘文中的文字就有簡省偏旁、更換偏旁、同音替代、省略重複部分、省筆代複等多種情況。[13]出土〈神烏賦〉中將「蟄蟲彷徨」寫作「執蟲坊皇」、「投於汙廁」寫作「投於汙則」、「踟躕徘徊，徜徉其旁」寫作「踟躕非回，尚羊其旁」。[14]出土鎮墓文中也常將「墓皇墓主」寫作「莫黃莫主」、「安穩如故」寫作「安隱如故」、「增財益口」寫作「曾財益口」、「無他殃咎」寫作「無他央咎」、「以神瓶鎮郭門」寫作「以神瓶震郭門」。[15]「既」本有完畢、完盡之義，《春秋》桓公三年：「日有食之，既。」《公羊傳》：「既者何？盡也。」[16]《莊子》〈應帝王〉：「吾與汝既其文，未既其實。」李頤注曰：

12　〔漢〕司馬遷：《史記》〈日者列傳〉（北京市：中華書局，1959年），卷127，頁3216。

13　林素卿：〈兩漢鏡銘初探〉，《中央研究院歷史語言研究所集刊》第63卷第2期（1993年），頁325-370。

14　裘錫圭：〈〈神烏賦〉初探〉，《文物》1997年第1期。

15　唐金裕：〈漢初平四年王氏朱書陶瓶〉，《文物》1980第1期；陳直：〈漢初平四年王氏朱書陶瓶考釋〉，《考古與文物》1981年第4期。

16　〔漢〕何休解詁，〔唐〕徐彥疏：《春秋公羊傳注疏》（北京市：中華書局，1980年，《十三經注疏》本），卷4，頁2214。

「『既』，盡也。」[17]此句話大概可解釋為：「正月卯日刻佩此物可消盡殃咎。」

　　「靈殳四方」句。勞榦認為，此處之「殳」明言「四方」，與此配對的嚴卯上又有「既觚既方」一語，則此「殳」指表示威嚴的觚棱之杖，而非如吳大徵、陳大年等認為是指銘文字體「殳書」。據《說文》：「殳，以杖殊人也。」而有關「殳」的形制特點，《說文》引《禮》曰：「殳以積竹，八觚，長丈二尺，建於兵車，旅賁以先驅。」[18]《詩經》「伯也執殳，為王先驅。」描述女子心目中的理想英雄就是一副執殳的威嚴姿容。「觚」為一種多棱形木櫝，漢代史游《急就篇》開篇有「急就奇觚與眾異，羅列諸物名姓字……」[19]敦煌漢代烽燧遺址出土《急就篇》就是三棱形木櫝，閱讀時可轉著面看。[20]《論語》〈雍也〉：「觚不觚，觚哉觚哉。」[21]注以為觚為盛酒器，腹部作四條棱角，足部也做四條棱角。舊注多以觚失棱比喻王室之失政，是以觚棱喻方正威嚴。此外，漢代凡「方」、「棱」、「嚴」皆有威意，故翟方進字子威，馬嚴字威卿，馬棱（稜）字伯威，皆見兩漢書本傳。所以，剛卯中的「剛」、「嚴」、「觚」、「方」，皆是威嚴的同義詞。而殳和剛卯，同具棱角，亦都表示威嚴，也就是說，四四方方有棱有角是剛卯應有之意，倘若無棱角，也就不成其為剛卯了。由此，勞榦認為剛卯和嚴卯是同義的形，並無區別。

　　赤青白黃，四色是當。

---

17 陳鼓應注譯：《莊子今注今譯》（北京市：中華書局，1983年），頁220。

18 〔漢〕許慎：《說文解字》（北京市：中華書局，1963年），頁66。

19 張麗生：《急就篇研究》（臺北市：臺灣商務印書館，1983年）。

20 李零：《簡帛古書與學術源流》（北京市：生活‧讀書‧新知三聯書店，2004年），頁125圖6。

21 楊伯峻：《論語譯注》（北京市：中華書局，1980年），頁62。

　　剛卯有穿以彩色絲線穿掛，這和漢代盛行五行觀念有關，按理當有赤青白黃黑五種顏色，而剛卯僅僅談及四色，獨缺黑色。陳大年認為劉氏以火德王，其色尚赤，黑色屬水，水剋火，故避去黑色；而那志良認為主要是詞句的關係，銘文為四言，故無法列入五色。這些說法都顯得牽強。勞榦認為這可能與秦人所祭帝有關，赤青白黃為秦時上帝，剛卯用此四字，當是襲用秦時之舊。《漢書》〈郊祀志〉云：

> （高帝）二年（冬），東擊項籍而還入關，問：「故秦時上帝祠何帝也？」對曰：「四帝，有白、青、黃、赤帝之祠。」高祖曰：「吾聞天有五帝，而四，何也？」莫知其說。於是高祖曰：「吾知之矣，乃待我而具五也。」乃立黑帝祠，名曰北畤。有司進祠，上不親往，悉招故秦祀官，復置太祝、太宰，如其故儀禮。[22]

至於為什麼只有四帝，漢代已「莫知其說」，現在除去認為秦人信仰和漢代五行說可能有若干不同外，也不能做更多的解釋。此句是說，赤青白黃四帝，可以擔當驅邪的大任。

> 帝令祝融，以教夔龍，庶疫剛癉，莫我敢當。

　　「帝令祝融，以教夔龍」，此「帝」或認為是天帝，或認為是四方四色之帝，皆可。祝融是火行之神，《禮記》〈月令〉：「孟夏之月……其帝炎帝，其神祝融。」注曰：「祝融，顓頊帝之子曰黎，為火官。」[23] 夔龍為神獸，《說文》曰：「夔，神魖也，如龍，一足。」

22　〔漢〕班固：《漢書》〈郊祀志〉（北京市：中華書局，1962年），卷25上，頁1210。

23　〔漢〕鄭玄注，〔唐〕孔穎達疏：《禮記正義》〈月令〉（北京市：中華書局，1980年，《十三經注疏》本），卷15，頁1365。

《玉篇》:「夔,黃帝時獸。」馬融《廣成頌》有:「左挈夔龍,右提蛟鼉」[24]句。此兩句意為:四方之帝命令火神祝融,驅逐夔龍,掃除不祥。

「庶疫剛癉,莫我敢當。」《爾雅》〈釋沽〉:「庶,眾也。」《釋名》〈釋天〉:「疫,役也。言有鬼行役也。」[25]《論衡》〈訂鬼〉:「顓頊氏有三子,生而亡去為疫鬼。」[26]剛,剛猛之意,凡有力者皆謂之剛。「剛癉」,張衡〈東京賦〉描述大儺儀式有「飛礫雨散,剛癉必斃;煌火馳而星流,逐赤疫於四裔……殘夔魖與罔像,殪野仲而殲遊光」句,《昭明文選》注:「癉,難也,言鬼之剛而難者,皆盡死也。」[27]「敢當」,漢人習語,意為所當無敵,故有鎮墓之石獸被稱為石敢當。此兩句謂一切疫鬼以及有力難纏之鬼,均不能抵擋這剛卯的威力。

嚴卯文字與剛卯略有些差異,但因剛卯與嚴卯實同義異名,故銘文可比照互參。僅將不同詞句加以釋讀:

「疾日嚴卯」前已有解。「夔化」,或認為是「夔龍」之誤,因「龍」之簡寫「龍」與「化」字相類。或認為「帝令夔化」即剛卯「帝令祝融,以教夔龍」的縮語,《說文解字》:「化,教行也。」指教化於人,而「夔化」係借指教化神獸。由於剛卯銘文是有類符籙化的咒語,故此亦可備一說。

「順爾固伏」,句法與《詩經》〈大雅〉〈抑〉的「謹爾侯度」和「慎爾出話,敬爾威儀」以及《禮記》冠禮祝辭中的「棄爾幼志,順

24 〔清〕嚴可均:《全上古三代秦漢三國六朝文》,《全後漢文》(北京市:中華書局,1965年),卷18,頁570。

25 任繼昉:《釋名匯校》,〈釋天〉(濟南市:齊魯書社,2006年),頁37。

26 黃暉:《論衡校釋》(北京市:中華書局,1990年),卷22,頁935。

27 〔南朝梁〕蕭統編,〔唐〕李善注:《昭明文選》(上海市:上海古籍出版社,1986年),卷3,頁123。

爾成德」、「敬爾威儀，順爾成德」相近。《漢書》〈輿服志〉作「慎爾周伏」，出土剛卯中有作「慎璽固伏」，此「璽」當為「爾」之誤刻。順、慎二字古音分屬諄真二部，協音可通。《荀子》〈富國〉：「為人上者，不可順也。」注：「順當讀為慎。」《廣韻》：「順，從也。」「固」有必意，堅持，一定。《尚書》〈皋陶謨〉：「禹拜稽首固辭。」[28]「周」或為「固」之誤。「伏」，《說文解字》釋為「司（伺）」，段玉裁注：「伏伺，即服事也。」此句意為謹慎行事，恪盡職守。

　　「化茲靈殳」之化，意為教化使之遷惡從善，《荀子》〈不苟〉：「神則能化矣」注「謂遷善也。」此句與嚴卯順化二字對舉，意謂虁龍經馴化必順從人意，伺奉於人。

　　「既正既直，既觚既方」句式近乎於《詩經》〈小雅〉〈大田〉的「既方既皂，既堅既好」。正、直、觚、方是說器型方正剛直，有稜有角，以顯示器物辟邪功能力量強大，有威嚴。不過，剛卯在漢代為禮儀服飾配飾，可能有更多教化含義的引申，隨身佩戴此物，或也帶有箴銘意味，希望佩戴者具有方正剛直的精神以及威儀萬方的容姿。

　　剛卯銘文是韻腳整齊、文意固定的套句，出土和傳世的漢代剛卯銘文大多遵循這種套句，只不過用字稍有差異。安徽亳縣鳳凰臺一號墓出土剛卯上「庶疫剛癉」寫成「痒蠖剛癉」，嚴卯寫成「赤疫剛癉」，以「璽」代稱「爾」，以「命」代「令」，其餘皆相同。[29]河北廣川剛卯則將「庶疫剛癉」寫成「赤殳剛癉」，揚州劉荊墓出土嚴卯無發表具體文字。江蘇揚州市邗江區甘泉東漢二號墓出土一件嚴卯，現藏於南京博物館，三十二字，據《中國古玉全集》圖版說明，文字與

28　〔漢〕孔安國傳，〔唐〕孔穎達疏：《尚書》〈皋陶謨〉（北京市：中華書局，1980年，《十三經注疏》本），卷4，頁24。

29　亳縣博物館：〈亳縣鳳凰臺一號漢墓清理簡報〉，《考古》1974年第3期，頁187-190。圖見《中國出土玉器全集》第6冊（安徽卷）（北京市：科學出版社，2005年），頁154。

文獻相合。之所以有「庶疫」、「痒蠪」、「赤疫」、「赤殳」的不同寫
法，有些可能分別代表了幾種不同的疾病或鬼怪，有些則是字體簡化
的原因。

　　據勞榦記載，與居延漢簡同出的有剛卯兩枚，其一長一點五釐
米，寬〇點九釐米，銘文與文獻所載三十四字的剛卯一致，唯「四色
是當」作「四色賦當」，「庶疫剛癉」作「庶疫岡單」。另一件長一點
五釐米，寬一釐米，文字與一般所見剛卯皆異：

　　若一心堅明，安上去外英，長示六□。（以上甲面）
　　□□□□，剛□□□，□□□明。（以上乙面）
　　□書□七，□□□章，□□□□。（以上丙面）
　　五鳳四年，□□□□，□□丞光。（以上丁面）

勞榦將之列作剛卯，並因此推斷：「剛卯是可以不必拘守一定的格
局，也可以做其他另外的文字」。[30]但那志良認為其文字與剛卯、嚴卯
完全無關，將之視為剛卯是有待討論的，他認為：「作為一個剛卯和
嚴卯的重要條件，是上面的銘，其形狀或是長方，或是扁方，都沒有
太大關係，只要文字相同，便可以視為剛卯或嚴卯。這件東西的基本
條件與剛卯、嚴卯不合。」[31]這個說法是有道理的。

三　剛卯的禁絕

　　漢代民間信仰極為駁雜，天地神祇、疾疫厲鬼都是民眾信仰中所
關注的對象。與以往不同的是，漢代民間信仰儀式中對文字言辭的興

30　勞榦：〈玉佩及剛卯〉，《中央研究院歷史語言研究所集刊》第27期（1956年4月），
　　頁183-196，又載《勞榦學術論文集甲編》（臺北市：臺灣藝文印書局，1976年）。
31　那志良：《中國古玉圖釋》（臺北市：南天書局，1990年），頁324。

趣大大增加，或祝或咒，或誦禱或刻寫，意在發揮語言的神祕力量，漢代剛卯的出現和流行與此密切相關，因此，剛卯也是極具時代特點的飾物。

然而，剛卯在王莽時期一度被禁絕佩戴，只因「剛卯」二字含「劉」字偏旁，與王莽篡位立王姓廢劉姓相沖剋，《漢書》〈王莽傳〉記載王莽的一段話：

> 今百姓咸言皇天革漢而立新，廢劉而興王。夫「劉」之為字，「卯、金、刀」也，正月剛卯，金刀之利，皆不得行。博謀卿士，僉曰天人同應，昭然著明。其去剛卯莫以為佩，除刀錢勿以為利，承順天心，快百姓意。[32]

顏師古注曰：「今往往有土中得玉剛卯者，案大小及文，服說是也。莽以劉字上有卯，下有金，旁又有刀，故禁剛卯及金刀也。」剛卯因與劉（劉）字有關而被禁絕使用，同樣，王莽也因劉字含刀部而禁絕刀形幣流通，「乃更作小錢，徑六分，重一銖，文曰『小錢直一』，與前『大錢五十』者為二品，並行。」

王莽後，東漢時剛卯有一度流行，但魏晉後就少有了，或許與這次禁絕有一定關係。明代郎瑛在《七修類稿》卷四十五中設「剛卯」一節，是後人對漢代剛卯形制、來源、流變、銘文、用途等較為詳細的一次記載。他認為漢代正月作剛卯而佩之以逐精鬼與「宋人立春日戴春勝春幡之事」是一樣的習俗。又引《野客叢書》解釋剛卯的含義：

> 剛者強也，卯者劉也，正月佩之，尊國姓也。兼而論之，乃欲

---

32 〔漢〕班固：《漢書》〈王莽傳〉（北京市：中華書局，1962年），卷99中，頁4109-4110。

> 尊王而辟邪爾。故王莽傳曰：「正月剛卯，金刀之利皆不得行。」據此。是欲滅漢之意。

郎瑛還談及自己收錄的一枚玉嚴卯，其銘文中「疾日」作「疫曰」，「夔化」作「夔龍」，「靈殳」作「靈昌」，與史料中的記載也有些不同。在比較了前人關於剛卯及其文字的說法後，郎瑛感歎道：

> 嗚呼！一物之微，在漢已有不同注者，故各有異，後人不見其物，不會諸說，安知義耶？[33]

作為一種特殊的帶有銘文咒語的辟邪器物，剛卯確實作為一種記憶被永久封存在歷史長河中了，元方回在〈五月初三日雨寒痰嗽〉詩中有「佩符豈有玉剛卯，挑藥久無金錯刀。」句，也表達了這種感慨。

多年致力於古代名物研究的揚之水先生曾提醒人們關注古代「文物」身上所附著的情感色彩，強調的文物的「生命」，認為其生命過程可分作兩部分，一是作為原初的「物」，即在被使用著的時代，它一面以它的作為有用之物服務於時人，一面也以裝飾、造型等愉悅時人的審美目光；一是「文」物。即「物」本身承載著古人對社會生活和日常生活的營造，亦即「文」。[34]事實上，這種「營造」不僅存在於時人的生活中，也綿延於歷史的敘述裡，並在這一過程中不斷添抹色彩，我們在辨明「文物」的用途、形制、文飾等要素的同時，也要盡可能認出其底色與添加色，由此揭示「物」中或凝聚或覆蓋的層層之「文」，去尋覓其中曾經最動人情志的那一段旋律。

——本章主要內容原刊於《江夏學院學報》二〇一四年第四期

---

33 郎瑛：《七修類稿》（上海市：上海書店出版社，2001年），頁481。
34 揚之水：〈關於「名物新證」〉，《南方文物》2007年第3期。

第十一章
漢代告地書及其文體淵源述論

　　在中國古代傳統的有關生死信仰中，對於靈魂和死後冥世的觀念由來已久。然而較前代相比，秦漢人對死後世界的想像和理解顯得更為具體，由此形成對後世產生極大影響的豐富的喪葬文化。複雜的喪葬活動將淒涼哀痛、無法迴避的死亡演變成對死者一次重大出行的隆重安排，這在很大程度上撫慰了死者親屬的哀戚。與地面之上熱鬧豐富的墓葬建築、雕像繪畫相比，伴隨亡者下葬的文書卻悄無聲息地以其特有的文字方式傳達出特定時期、特定地域的人們面對死亡時所採取的態度。秦漢人認為，陰陽二世屬於不同的世界，由不同的人所掌管，死者需要出示相關證件來證明自己的身分、財產，如此方能有資格進入這個相對陌生的世界，獲得在那裡生活的合法權，因此，借鑑地上通關公文寫就的隨葬文書——告地書，就出現在西漢墓葬中。時人希望憑藉這特殊的通行證，亡者能在陰陽兩界順利而合法的轉換，並能如願入登冥府戶籍，安於地下生活，也就不再干擾生人。告地書多出土於西漢初年楚國故地墓葬，有著較為明顯的地域和時代特點。對此考古學者已對相關文書做了文字上的疏通與考釋以及歷史背景的考察，但並未將其作為文體類別做通盤研究，故有些問題認識還存在模糊，比如同為隨葬文書，告地書與其後出現的鎮墓文、買地券都有鎮墓性質，也都模仿地上文書，但何以隨時代而發生變化？相關文書究竟產生於怎樣特殊的歷史語境、承載何種特殊社會心理需求？文體「借用」行為的發生條件是怎樣的？本文將對此進行探索。

一　告地書釋例

告地書通常寫在木牘上，其行文格式略同人間官方文書，主要記錄日期、死者姓名、籍貫、所攜帶物品以及移交對象等。而且，常常和遣策（即隨葬物品清單，記載隨葬物品名稱、數額等）同出，目前所見最早的一則是荆州高臺十八號漢墓（文帝前元七年，西元前173年）所出告地書，該書置於遣策之前，其文云：

> 七年十月丙子朔，庚子，中鄉起敢言之，新安大女燕自言：與大奴甲乙、大婢妨徙安都，謁告安都，受名數。書到為報，敢言之。十月庚子，江陵龍氏丞敬移安都丞，亭手。[1]

這是一名叫「起」的中鄉長官替由江陵徙往安都的墓主人燕向江陵丞提出遷徙的申請，該申請獲得江陵丞龍氏的批准。據漢制，平民若出行，需按例「自言」（自我介紹）提出申請，由縣丞或與縣丞相當的官吏批辦，因此文中寫明「徙安都」乃大女燕「自言」即自願遷徙，同時文書中還寫明與之同行的還有大奴甲、乙和大婢妨以及時間和地點。「名數」在這裡就是指戶籍（或名籍），名籍要填寫戶主與同住家屬傭人名字，以及奴婢與應報之財產數，在這則告地書中，名叫「起」的官員請求江陵丞將此事告知安都長官，希望能接受大女燕的「名數」，登報戶籍，故下文云「書到為報。」這是江陵丞發函給安都丞的主要目的。關於「安都」，研究者曾一度認為是具體的地名，而「安都丞」就是實際的地方官吏，但研究者從南朝時期墓葬出土的同樣作為明器的兩款買地券中發現，「安都」均和「黃神后土」、「土

1　黃盛璋：〈江陵高臺漢墓新出「告地策」、「遣策」與相關制度發覆〉，《江漢考古》1994年第1期。

黃土祖」、「土文土武」、「墓上、下、左、右、中央墓主」、「丘丞塚伯」等諸多掌管亡人的冥府官吏並列，因此，顯而易見，這裡的「安都」即地下冥府，相當於後世所謂「冥都」；「安都丞」就是江陵的「地下丞」。[2]這裡是向地下官吏通報燕到來的文書，告地書即成為進入冥世的身分和報到證明。

文末的「亭手」，似有些難以理解，不過研究者認為，由於這是一則模擬的公文，書寫者不必一定為江陵丞龍氏，極有可能是中鄉下設之亭的長官代為書寫，如此，則「亭手」應當是亭長（或亭父）的手書。此牘背面另有「產手」二字，極有可能與「亭手」之意相同，或者「產」即為書寫者名，只不過非公文正文，故書於背面。秦漢時期鄉以下置亭，十里一亭，亭設亭長或亭父、求盜等職，掌管「關閉掃除」、「逐捕盜賊」[3]等事務，是最基層的行政長官，替轄區內亡人書寫證明文書也在情理之中。[4]

不過，在筆者看來，所有這些官方口吻和簽名可能都是對正式官方文件的模仿，即仿其體例，求其權威。因為從後世同為陪葬文書的買地券、鎮墓文看，書寫者多為巫道等神職人員，這些文體儘管各自有獨特的功能，但作為陪葬明器，它們與許多鎮墓類器物一樣，都有鎮墓之意，希求生者、死者各得其所，相安無事。早期告地書也有同樣的功能，應當也是出自這類人員之手。儘管漢代有較為濃重的神秘主義信仰，巫祝等神職人員在社會生活中也發揮著重要的作用，但漢代知識分子和官吏對巫祝人員無甚好感，甚至有賤視、拒斥之意，[5]因此，政府官員當不會插手冥界事務。

2　劉國勝：〈高臺漢牘「安都」別解〉，中國古文字學會、中山大學古文字研究所：《古文字研究》第24輯（北京市：中華書局，2002年），頁444-448。

3　〔漢〕司馬遷：《史記》（北京市：中華書局，1959年），卷104，頁2779注引應劭云。

4　湖北省荊州博物館：《荊州高臺秦漢墓：宜黃公路荊州段田野考古報告之一》（北京市：科學出版社，2000年）。

5　林富士：《漢代的巫者》（臺北市：稻香出版社，1988年）。

　　我們再來看江陵鳳凰山一六八號墓（漢文帝前元十三年，西元前167年）所出告地書（與遣策同出）：

　　　十三年五月庚辰，江陵丞敢告地下丞：市陽五（夫）〔大夫〕
　　　遂自言：與大奴良等廿八人，大婢益等十八人，軺車二乘，牛
　　　車一兩，口馬四匹，聊馬二匹，騎馬四匹，可令吏以從事，敢
　　　告主。[6]

這則文書仍然模仿地上文書，以地上江陵丞的口吻書寫這則證明文書，由他根據本地市陽里居民「遂」的自我介紹，將其情況批轉移告給冥世掌理相關事務的地下丞。告地書記載隨他下葬的奴婢人數合計四十六人，車三輛，各種馬合計十匹。有趣的是，同出的遣策也標明隨葬物品包括「車三乘，馬十匹，人四十六，船一艘。」而從考古發現所見實際出土明器中也有車三，馬十，船一以及圓雕木偶四十六，三者基本相符。可見，這是地下模仿地上，顯示出時人處理冥世事務時的一絲不苟。

　　不過，並非所有告地券書寫內容都如此詳盡，有些則比較簡單，如江陵鳳凰山十號墓（景帝四年，西元前153年）所出告地書與遣策為同一木牘，寫在遣策之後：

　　　四年後九月辛亥，平里五大夫倀（張）偃（敢）告地下主：偃
　　　衣器物，所以□（撰）具器物，可令吏以律令從事。[7]

「偃衣器物」就是死者所攜帶的隨葬用品，即遣策所開列「撰具」的

6　黃盛璋：《歷史地理與考古論叢》（濟南市：齊魯書社，1982年）。

7　黃盛璋：〈江陵鳳凰山漢墓出土稱錢衡、告地策與歷史地理問題〉，《考古》1977年第1期。

內容。又如長沙馬王堆三號墓（漢文帝前元十二年，西元前168年）所出告地書置於遣策之後，其文亦較簡：

> 十二年二月乙巳朔，戊辰，家丞奮移主藏郎中：移藏物一編，書到，先選〔撰〕具奏主藏君。[8]

強調「移藏物一編」即將遣策所載物品移告地下主藏君。主辦者為一名奮的家丞。

上述買地券所謂「地下丞」、「地下主」「主藏郎中」、「主藏君」，顯然都是地下主吏，「（敢）告地下丞」、「敢告地下主」模仿的是秦漢政府文移中的常用套語，如雲夢秦簡爰書（治獄文書）就有「敢告某縣主」、「敢告主」的說法。[9]

二　告地書產生的心理動因

那麼，時人為什麼將這樣的文書與亡者一同埋葬？他們希望這樣模仿人世公文的告地書能發揮怎樣的效力呢？

一些研究者認為，從出土文物看，告地書秦以前不見，目前所出多為西漢初年（上引諸文牘就為文、景時期），這就和秦漢時期嚴格的戶籍制度有密切關係。戶籍受到特別的重視是因為它關係到服兵役、納口錢、算賦等事宜。秦國商鞅變法，富國強兵，首先就是改革

8　湖南省博物館、中科院考古研究所：〈長沙馬王堆二、三號漢墓發掘簡報〉，《文物》1974年第7期。

9　爰書，是一種專用文書，秦時主要用於記錄囚犯供詞，漢代適用範圍有所擴大，似乎一切文書證明材料，凡為法律認可其合法性的，在一定條件下都可以稱為爰書。參見薛英群：《居延漢簡通論》（蘭州市：甘肅教育出版社，1991年），頁146-147；高敏：〈釋「爰書」──讀秦漢簡牘劄記〉，《益陽師專學報》1987年第2期。

行政區劃（併諸小鄉聚集為大縣）與田制（開阡陌）、戶籍制度（伍鄰連坐），秦國還創立「占」即如實自報的登報制度，如果不如實全面登報就要受到嚴厲懲罰。故秦律規定出生登報戶籍（名數），死時削籍，如果匿戶，將獲得嚴重處罰。劉項楚漢之爭進行了四年的拉鋸戰，不僅人口死亡眾多，逃亡散失數量更大，秦時建立的戶籍制度基本崩潰，所以，劉邦一即帝位，首先就進行戶籍登報與相關制度的整頓改革，建立漢代新的戶籍制度並制定相關法律法規。高祖五年即皇帝位，第一道詔書即令民「各歸其縣」，奴婢可免為庶人，顯然是要重新登報戶口，此令應即緊接其後。登報戶口限期三十日，逾期不報，即「耐為隸臣妾」也就是被判三年徒刑，淪為奴隸。[10]秦以及漢初統治者對戶籍制度的看重顯然在時人心理產生強烈影響，故反映在墓葬中。生著死削，地下生活也要模仿地上，所以到地下第一件事就是要登報戶籍，一點兒也不能馬虎，這就是告地書產生的社會心理。

　　另外，研究者發現，出土告地書的墓葬多在原楚國故地，即今湖北江陵、湖南長沙及江蘇北部地方，因此這一風俗也許還有一定的地域性特點。據江陵《包山楚簡》所載，楚國對戶籍登記制度極為重視，楚王親自過問，中央與各地皆設官專管，戶籍藏於「王府之籍」，封以三合之鐦，啟視與更動至少也要三個官吏一同進行。而失報戶口則稱為「溺籍」，因何失報？誰人負責？都要認真追查到底。按《周禮》規定，三年「大比」，即三年進行一次大的戶口查登，這項制度楚國也已實行。因此告地書皆發現於楚地就和楚地嚴格的戶籍傳統有一定的關係。[11]

---

10 黃盛璋：〈邗江胡場漢墓所謂「文告牘」與「告地策」謎再揭〉，《文博》1996年第5期。

11 黃盛璋：〈江陵高臺漢墓新出「告地策」、「遣策」與相關制度發覆〉，《江漢考古》1994年第1期。

三　告地書與傳（過所）

　　以上我們分析了漢初告地書產生的社會心理，當地上戶籍制度被嚴加強調的時候，對於「謂死如生」的漢代人而言，他們也將地下著籍看得十分重要，並且相信死者一旦持有相關的身分和財產證明，即能較為順利得到冥世官方認可，從而獲得合法居住生活的權利，故有的告地書要強調「受名數，書到為報。」不過，從告地書的運用情況看，登報戶籍似乎只是將這類證明書隨葬的重要心理動因，而從告地書的書寫內容和具體功能來看，似乎更多模仿的是秦漢時期的一種類似通行證性質的文書，這類文書早先稱為「傳」，東漢時又有「過所」的稱謂。

　　傳，《說文》注「遞也。」「傳遞者」，乘傳奔走之信使也。《周禮》〈秋官〉就記載有信使類官員，即行夫，主要負責掌理各邦國無需行禮的福慶喪荒等小事，乘車傳達王命。出使時，必持旌節標明身分，以使行程暢通無阻。行夫時常還要隨從大小行人出使他國，做傳遞信息的仲介。「傳」遂用來指稱官方信使的憑證，〈地官〉〈掌節〉曰：「凡通達於天下者，必有節以傳輔之。」鄭玄注：「輔之以傳者，節為信耳，傳所齎操及所適。」[12]〈司關〉：「凡所達貨賄者，則以節傳出之」，鄭玄注：「商或取貨於民間，無璽節者，至關，關為之璽節及傳出之，其有璽節亦為之傳。」[13]在這則注釋裡，鄭玄還說：「傳如今之過所文書。」可見，「過所」名稱的出現要晚於「傳」，大約在東漢時已通用。劉熙《釋名》亦稱：「過所，至關津以示之也。」晉崔

12　〔漢〕鄭玄注，〔唐〕賈公彥疏：《周禮注疏》（北京市：中華書局，1980年，《十三經注疏》本），頁740。

13　〔漢〕鄭玄注，〔唐〕賈公彥疏：《周禮注疏》（北京市：中華書局，1980年，《十三經注疏》本），頁739。

豹《古今注》釋「傳」：「如今之過所也。」[14]可知「過所」的名稱在晉時也還使用。

　　秦漢時期，「傳」已發展為一般吏民出入關道河津及行止的身分證明或通行憑證。「傳」的使用在漢文帝時曾有過一些波動，《漢書》〈文帝紀〉十二年載：「除關無用傳」。[15]《漢書》〈景帝紀〉元年詔曰：「孝文皇帝臨天下，通關梁不異遠方。」張晏注：「孝文十二年，除關不用傳，令遠近若一，四年復置諸關用傳出入。」為什麼四年復置諸關用傳出入，這是由於七國叛亂的緣故，應邵解釋說：「文帝十二年出關無用傳，至此復用傳，以七國新反，備非常。」[16]因此，傳首先是作為維護社會治安，鞏固國家政權、整頓社會秩序的重要措施而推行使用的。

　　有關傳的形制，崔豹《古今注》〈問答釋義〉曾有這樣的描述：「凡傳皆以木為之，長五寸，書符信於上，又以一板封之，皆封以御史印章，所以為信也。」[17]這應是官傳的標準形制。從居延漢簡出土的木傳看，既無「御史印章」，其大小也無定制，內容更是有繁有簡，可見在實際使用的過程中形制並不是非常嚴格。而對於「傳」的內容，相關概括性的介紹比較少，不過，賈公彥在《周禮》〈地官〉〈司關〉疏中曾對「過所」的內容和使用方法做過描述：「過所文書……當載人年幾及物多少，至關至門，皆別寫一通，入關家門家，乃案勘而過，其自內出者，義亦然。」[18]另外《居延漢簡》中也保存有較為完整的「傳」，可作為賈說的例證，如：

14　〔晉〕崔豹：《古今注》（北京市：商務印書館，1956年），頁28。

15　〔漢〕班固：《漢書》（北京市：中華書局，1962年），卷4，頁123。

16　〔漢〕班固：《漢書》（北京市：中華書局，1962年），卷5，頁143。

17　〔晉〕崔豹：《古今注》（北京市：商務印書館，1956年），頁28。

18　〔漢〕鄭玄注，〔唐〕賈公彥疏：《周禮注疏》（北京市：中華書局，1980年，《十三經注疏》本），頁739。

> 永始五年閏月巳巳朔、丙子，北鄉嗇夫忠，敢言之：義成里崔
> 自當，自言為家私市居延，謹案自當毋官獄訟事，當得取傳謁
> 移肩水金關，居延縣索關，敢言之。
> 閏月丙子，䉜得丞彭，移肩水金關，居延縣索關，如律令。掾
> 晏，令史建。[19]

這則「傳」是義成里一個名叫崔自當的人持有的，他要去居延為家裡
買東西，便首先提出申請，北鄉嗇夫忠為他開了證明，證明崔自當沒
有犯罪，也沒有徭役，意即他是一個清白的人，不是為了逃避什麼才
離開本地的，該證明上報獲得批覆。可見，從使用程序上看，一般庶
民如需出行用傳，當先由本人言明事由，即「自言」，申請於鄉嗇夫
這一基層長官，證明申請人無訟獄、欠稅之事，然後再上報縣丞，待
批准後，由掾、令史書將「傳」交申請人，各關津驗「傳」放行。而
「傳」上一般書寫持傳者姓名及鄉里籍貫，所去目的和理由以及批准
書，承辦者的簽署等等。

　　這則「傳」的文字內容與前面介紹的荊州高臺十八號漢墓（文帝
前元七年，西元前173年）所出告地書非常相似。前文引大女燕的告
地書還配有文書封套，所謂「書函之蓋也」，上面「江陵丞印」四字
分兩行書寫，排列成正方形，如同印章一般，這種形制也正是模仿的
官「傳」的標準形制即被稱為「檢」或「封」，作為出入津關的通行
憑證之用。[20]

　　從居延漢簡看，傳（過所）的文字內容無定制，根據出行的不同
情況分別撰寫，如170.3A為公務用傳，特別強調持行者應享受的待
遇，如：

---

19 黃盛璋：《歷史地理與考古論叢》（濟南市：齊魯書社，1982年），頁202。
20 湖北省荊州博物館：《荊州高臺秦漢墓：宜黃公路荊州段田野考古報告之一》（北京
　　市：科學出版社，2000年）。

　　元延二年七月乙酉，居延令尚、丞忠移過所縣道河津關：遣亭
　　長王豐以詔書買騎馬酒泉、敦煌、張掖郡中，當舍傳舍，從者
　　如律令。守令史詡、左褒。七月丁亥出。[21]

這裡申明持傳者王豐可以在傳舍停留休息，由傳舍按官爵等級提供
膳食。

　　有的則只證明持傳者的名姓身分、出行事由，請沿途按律放行，
如：

　　元始元年九月丙辰朔乙丑，甲渠守侯政移過所，遣萬歲燧長王
　　遷，為燧載堊門亭塢辟，市里勿苛留止，如律令，／掾□[22]

「堊」，指黑色土。「塢辟」即「塢壁」，指防禦用的土障、土堡。這
則「過所」由一名叫「政」的甲渠守侯簽發，他派遣名叫王遷的萬歲
燧長在門亭等防守工事處建立烽燧並備土，希望沿途所經過的市鎮鄉
里予以放行。

　　然而儘管如此，由於有著特定的功能，傳在撰寫時一些文體基本
要素如時間、持傳者、出行事由、公文的申報和接受官員（部門）等
等都是必備的，甚至「如律令」之類顯示政府公文權威的言辭也是常
見的套語，而告地書模仿的正是這些內容。在漢人眼裡，死者從陽世
到冥府，意味著一次特殊的重大出行或遷徙[23]，生死兩界，旅程中必
要途經重重關卡，故須按律逐層申請獲得通關文書，於是，憑藉對陽

---

21 謝桂華：《居延漢簡釋文合校》（北京市：文物出版社，1987年）。
22 薛英群：《居延漢簡通論》（蘭州市：甘肅教育出版社，1991年），頁141。
23 這一點在漢代墓葬壁畫中有著生動鮮活的展現，可參見巫鴻：〈從哪裡來？到哪裡
　　去？——漢代喪葬藝術中的「柩車」和「魂車」〉，《禮儀中的美術——巫鴻古代美術
　　史文編》（北京市：生活・讀書・新知三聯書店，2005年）。

世嚴格的戶籍和出行制度的理解，人們就替亡者準備了隨身攜帶的通關身分證明，並在文書中向地下土主通報名籍以及身分財產等內容。考古發現，告地書有時與記錄隨葬物品清單的遣策放置在一起，有時與表明戶籍財產的名數牘捆綁在一起，顯示出時人對此類明器一絲不苟的態度，如前面所談到的大女燕墓中，死者隨身攜帶的告地書牘和名數牘（戶籍簿）正面相向而合，二牘背面均有絲綢捆縛的痕跡，說明這兩牘原本就是捆縛在一起的，原屬同一件公函中的兩個部分（即所謂「合檄」的形式）。

　　由此看來，在時人的觀念裡，人間社會普遍使用的政府公文有著足夠的信譽和權威，只要地上與地下的官僚體制一併運轉正常，只要死者如生前一樣遵循國家行政體制的管理，那麼，手持這樣的證明文書，死者就可以在去往冥界的長途跋涉中通行無阻，並最終在冥世安家落戶。從隨葬生活實用器具、僕從偶人，到一本正經的書寫文牘證明，甚至攜帶戶籍簿，諸如此類細密周到的安排讓我們感受到時人對地下世界真實性的認可。因此，告地書用以隨葬與其說是象徵性的，不如說是現實功利的，時人盡可能地在為亡者——也為將來的自己——平安進入另一個實在的世界作出各種穩妥的安排。

　　　　——本章主要內容原刊於《南都學壇》二〇一一年第三期

第十二章
東漢鎮墓文的文體功能及其文體借鑑

　　對文字的重視並不是任何宗教信仰中不可或缺的因素，然而從流傳在民間的各類手冊符籙、出土的簡帛文書以及銅器、磚瓦、碑石上的銘文看，漢代民間信仰卻對言辭文書格外重視，東漢時期頗為流行的鎮墓文就是其中的代表，它和同期出現的買地券（死者購買冥界土地的契約證明文書）以及西漢初年的告地書（一種將死者從陽間移交到冥世的身分和財產證明文書）[1]共同構成頗具特色的墓葬文書系列，且以其較為濃重的巫術宗教色彩尤為引人注目[2]，它在官府文書威嚴的語言軀殼內附加了巫術咒語脅迫、恫嚇等情感性言辭，呈現出獨特的修辭特點，這些都是該文體基於自身功能而做出的自覺選擇。以往研究對此類文書在文體發展史上的意義有所忽略，本文將加以討論。

1　可參看吳天穎：〈漢代買地券考〉，《考古學報》1982年第1期；魯西奇：〈漢代買地券的實質〉，《中國史研究》2006年第1期；黃盛璋：〈江陵高臺漢墓新出「告地策」、「遣策」與相關制度發覆〉，《江漢考古》1994年第1期。

2　鎮墓文一語最早由羅振玉在《古器物識小錄》一書中使用，現一般為學術界所接受。較早進行概括且深度研究的有日本學者池田溫先生和中國學者吳榮曾先生。他們一九八一年分別發表〈中國歷代墓券略考〉（《東洋文化研究紀要》第86冊，1981年）和〈鎮墓文中所見到的東漢道巫關係〉（《文物》1981年第6期）。前文以資料收集為主，後者則更多觸及對鎮墓文的性質及其所反映的早期道教相關問題。此後，鎮墓文開始引起研究者重視。

一　鎮墓傳統與鎮墓文

「鎮墓」是一種歷史悠久的喪葬傳統，其目的一方面要驅邪鎮惡、安寧墓土，並以此安寧死者，另一方面也希望能護衛生者，為生者祈福，由此維持陰陽兩界的平衡，漢代人認為靈魂不滅，死後歸陰變鬼是必然歸宿，《說文》鬼部：「人所歸為鬼」的定義正是這一觀念的凝鍊。然而，儘管在漢代人的想像中冥世是人間社會的翻版，但是就根本而言，它還是一個令人感到陌生擔心的未知世界。而且，時人認為陰陽兩界是可以溝通的，活人和死人之間雖然有分界，但這個分界有時也很模糊，「死」鬼可以隨時干擾生人，故這種交往既是福之源，但更是禍之根，因為神相對公正，鬼卻似乎更為難纏。從各種史料所提供的線索來看，在戰國乃至秦漢人眼裡，鬼魂對生人的影響大都是負面的，輕者戲弄、干擾人們的正常生活，重者致人疾病、傷害牲畜，甚至引起災害瘟疫，乃至危害生者。因此，時人對鬼魂是充滿恐懼的，即便是親友的亡魂也以不見為妙。[3]基於此，在為死者穩妥安排陰間衣食住行的同時，活著的人們也盡可能依據人間的生活經驗和權力對冥世進行干預，以求得亡者生活的合法與平安，保持陰陽兩界基本秩序的穩定。

東漢鎮墓文就是在這樣的情形下大量出現的，故許多鎮墓文中常常有強調「生死異簿」的內容，如「生人入比，死人入棺」、「生人之死陽解，生自屬長安，死人自屬丘丞墓」、「生人得九，死人得五，生死異路，相去萬里」、「生人上就陽，死人下歸陰，生人上就高臺，死人深自藏，生人南，死人北，生死各自異路」[4]等等。然而，與西漢初

3　彭衛、楊振紅：《中國風俗通史・秦漢卷》第二節「鬼怪世界」對此有詳細的分析解說，可參看。彭衛、楊振紅：《中國風俗通史・秦漢卷》（上海市：上海文藝出版社，2002年），頁583-592。

4　王育成：〈南里王陶瓶朱書與相關宗教文化問題研究〉，《考古與文物》1996年第2期，頁7。

年的告地書以及同期出現的買地券相比，儘管同為隨葬文書，都帶有安穩墓主的性質，但在具體功用上還是有所不同，選取借鑑的文書形式也有差異。告地書模仿的是地上通行文書「傳」，它產生於對戶籍制度、庶民出行制度相對嚴格的西漢初年，反映了時人對地下著籍十分看重，他們相信死者一旦持有相關身分和財產證明，即能順利得到冥世官方認可，從而獲得合法居住生活的權利。而買地券則完全模仿地上買賣土地的契約文書，是為亡者購買地下生活空間做憑據。因此，這兩類隨葬文書根據不同需要分別選取模仿了相關實用文書，依賴的是這些通行文書自身獨特的文體信譽和權威。

　　而鎮墓文雖延續了以文書形式隨葬的傳統，但與上述兩類文書相比，其文體功能更強調「鎮墓」的意義，故在眾多地上實用文書中，它首先選擇了官方上對下發布的指令性公文作為模仿對象，希望借助於等級觀念獲得更大的文體權威。因此，許多鎮墓文假借天帝特派神師的名義，昭告丘丞、墓伯等地下諸神接納死者，為死者解謫（罪責）、為生人除殃，如熹平二年（173）張叔敬瓦缶丹書文字：

> 熹平二年十二月乙巳朔十六日庚申，天帝使者告張氏之家、三丘五墓、墓左墓右、中央墓主、塚丞塚令、主塚司令、魂門亭長、塚中游徼等；敢告移丘丞墓柏、地下二千石、東塚侯、西塚伯、地下擊犆卿、耗里伍長等：今日吉良，非用他故，但以死人張叔敬薄命蚤死，當來下歸丘墓。黃神生五嶽，主死人錄，召魂召魄，主死人籍。生人築高臺，死人歸，深自埋。眉鬚以落，下為土灰。今故上復除之藥，欲令後世無有死者。上黨人參九枚，欲持代生人，鉛人持代死人。黃豆瓜子，死人持給地下賦。立制牡厲，辟除土咎，欲令禍殃不行。傳到，約束地吏，勿復煩擾張氏之家。急急如律令。[5]

5　魯西奇：〈漢代買地券的實質〉，《中國史研究》2006年第1期。

天帝是天上的君主，具有主宰人間和幽冥的雙重權力，文中以天地使
者的口吻告令地下神祇以及歿亡人的先人等各路鬼魂接受死者張叔敬
的到來。這些神祇上至中央墓主、塚丞塚令、主塚司令、丘丞墓伯、
地下二千石，下至魂門亭長、耗（蒿）里伍長、塚中游徼等等，其中
有許多模仿的都是地上官制名稱。文中稱此文書到後當約束地吏，接
受死者入籍，文末有「急急如律令」的官文書套語。鎮墓文意在強調
生死異路，各有所歸，故一面以官文書形式下達指令，一面想辦法安
撫死者在地下的生活，比如說明已隨葬鉛人代為服役、承擔挖墓動土
驚擾地下神祇的罪殃[6]、隨葬黃豆瓜子以繳納地下賦稅等等。此外，文
中稱死者薄命早死，恐故於疾疫，故文中還聲明「上復除之藥，欲令
後世無有死者」，以防止疫病曼延至生者，顯示出鎮墓文的巫術成分。

與此相近的還有東漢初平四年（192）的王氏鎮墓瓶：

> 初平四年十二月，己卯朔，十八日丙申。直危天地使者，謹為
> 王氏之家，後死黃母，當歸舊閱。慈（茲）告丘丞、莫（墓）
> 伯、地下二千石、蒿里君、莫黃（皇）、莫主、莫故夫人、決
> 曹、尚書令、王氏塚中先人：無驚無恐，安隱（穩）如故。令
> 後曾（增）財益口，千秋萬歲，無有央（殃）咎。謹奉黃金千
> 斤兩，用填（鎮）塚門。地下死籍消除，無他央（殃）咎，轉
> 要道中人，和以五石之精，安塚墓，利子孫。故以神瓶震
> （鎮）郭門。如律令。[7]

6　東漢人認為土地歸土神所管，破土即對神靈有所冒犯，故要行祭祀，祈求解除罪責
　　禍殃。王充：《論衡》卷二十五〈解除〉篇曰：「世間繕治宅舍，鑿地掘土，功成作
　　畢，解謝土神，名曰：『解土』。為土偶人，以像鬼形，令巫祝延，以解土神。已祭
　　之後，心快意喜，謂鬼神解謝，殃禍除去。」
7　魯西奇：〈漢代買地券的實質〉，《中國史研究》2006年第1期。

文中也以天地使者的口吻令告各地下鬼吏，確保亡人在地下生活安穩，無恐無咎；家族後代，興旺順利。同時恩威並施，表明要奉獻黃金千萬斤。

　　在漢代人的眼裡，天帝擁有無上的權利，主宰著人間和幽冥世界，一些鎮墓文遂以天帝的名義號令地下官吏。不過絕大多數鎮墓文還是由天帝所派遣的使者來發號施令的，而這些使者一般又是發布鎮墓文的巫師、道士的自稱。天帝使者有時又稱為天地使黃神越章、天地神師黃越章、天地神師使者、神師黃神越章等。由於鎮墓文為民間信仰儀式中通行的文體，文字水準所限，故常用同音字代替，有時也把「天帝」訛為「天地」、黃神稱為「黃帝」，而「黃帝」又往往誤為「皇帝」。[8] 稱天帝派黃神指令地下冥吏是因為黃神總管死人簿籍，故有的鎮墓文說道：「黃神生五嶽，主死人錄，召魂召魄，主死人籍。」[9] 傳世的漢印中，也有不少黃神印，當時即作為道教驅鬼鎮邪的神靈之物。

　　也有一些鎮墓文形制簡短，但仍保留有上下號令的公文因素，如靈寶縣張灣楊氏鎮墓瓶：

> 天地使者，謹為楊氏之家鎮安穩塚墓，謹以鉛人金玉，為死者解適，生人除罪過。瓶到之后，令母人為安，宗君自食地下租歲三千石，今后出子子孫孫宦位至三公，富貴將相不絕。移丘丞墓伯下當用者，如律令。[10]

8　漢代文字使用存在簡化的趨勢，比如研究者曾分析銅鏡銘文中的文字就有簡省偏旁、更換偏旁、同音替代、省略重複部分、省筆代複等多種情況。林素清：〈兩漢鏡銘初探〉，《中研院歷史語言研究所集刊》第63本第2分冊（1993年），頁325-370。此外，出土的漢代漆器、磚瓦等器物上的文字也存在類似情形。

9　吳榮曾：〈鎮墓文中所見的東漢道巫關係〉，《文物》1981年第3期，頁61。

10　河南省博物館：〈靈寶張灣漢墓〉，《文物》1975年第11期。

文中明確表明天地使者為「鎮安穩塚墓」，移告丘丞墓伯等地下官吏，解除生人亡者的罪責，家族興旺，富貴福祿。

二　鎮墓文、公文與巫術咒語

　　鎮墓文寫法並無非常嚴格的約定，有繁有簡，但內容基本上包含兩層意思：死者地下生活安寧祥和，甚至可以消除死籍，登入仙籍；活著的人則獲得富貴福祿，永無災殃。與告地策和買地券平和相告或平等簽署契約不同的是，鎮墓文采用的是命令性的口吻，文中常常用「謹告」、「令」、「不得……」等字眼，文末則有「急急如律令」或「如律令」等公文套語，顯然仿效的是漢代官方以上對下的指令性公文，由此看出鎮墓文基於特殊功能下的文體選擇。指令性文書一般都由上級針對下級官吏發布命令或提出要求，其實施是以發布者的官級權威和意志力量為前提的，原則上下級應當無條件服從並按照指令行事。鎮墓文以這類公文作為借鑑吸納的文體樣式，看重的正是該文體所隱含的權力因素。

　　然而，從另一方面看，鎮墓文的使用更是一種巫術行為，使用者希望借助於施法者以及語言的魔力驅邪鎮惡、安寧墓土，亦防止鬼魂出來遊蕩干擾生者，故鎮墓文內容多為要求及命令，多祈使性的短句，也就體現了巫術咒語的一般修辭特點。

　　在原始觀念中，語言是有神秘魔力的，語言和它所指代的實際事物差不多是等值的，因此古人相信，憑藉語言的作用就能使客觀現實發生相應的變化，產生預期的結果，語言巫術也就成為促成願望或承諾得以實現的特殊方式。而在巫術與宗教儀式中出現的被認為具有超自然力量的神秘套語一般被人們稱為咒語。學界對咒語的概念有不同理解，在使用上有廣義狹義之別。廣義的咒語，包括巫術與宗教儀式中的所有「神秘」語言，它將禱詞、神諭也涵蓋在內。而狹義的咒

語，則僅指那種以語言靈力崇拜為主的神秘套語。它在民間信仰中的神奇效力從根本上看不是來自神靈的力量，而是主要依靠語言自身的魔力。[11]另外，咒語巫術常常由號稱掌握法術的巫覡方士等神職人員實施，他們一般要鄭重其事地舉行儀式，同時借助法劍、法印等法器，以及咒語或符籙等手段來增強巫術影響的力度，因此，人們對咒語魔力的信仰同時又是建立在對這些神職人員意志力和法力崇拜的基礎之上的。人們相信，在實施咒語巫術的時候，憑藉語言靈力加上施咒者自身法力就可以有無上的權威，所以，巫術咒語常常是用毋庸置疑的口吻發出命令，甚至進行威脅、恫嚇，強行要求自然萬物或鬼怪妖魔聽從命令。當然，驅鬼咒語也有些口氣較為和緩，如有時對鬼神表示一定的尊敬，或同鬼神談談條件、講講道理，但在整體上還是表現出一種壓制性的態度。中國古代文獻上記載的較早的咒語皆表現出向自然物直接發號施令的修辭特點，在言辭中，施咒者自身的權威性也充分體現出來，如《史記》〈殷本紀〉載商湯向鳥獸發出咒語：「湯出，見野張網四面，祝曰：『自天下四方皆入吾網。』湯曰：『嘻，盡之矣！』乃去其三面，祝曰：『欲左，左。欲右，右。不用命，乃入吾網。』」[12]又如《禮記》〈郊特牲〉記載了年終蠟祭的咒語「土反其宅，水歸其壑，昆蟲毋作，草木歸其澤！」[13]以及《山海經》〈大荒北經〉記載上古時期驅逐旱魃時所用的咒語：「魃時亡之，所欲逐之

---

11 參見黃濤：〈咒語、禱詞與神諭：民間信仰儀式中的三種「神秘」語言現象〉，《民間文化論壇》2006年第2期。文中還認為，禱詞是信教者以讚美、稟告、懇求、感謝等方式，向他們所信奉的神靈進行禱告以祈福禳災的語言。神諭指被認為體現神的意志的語言或其他象徵形式，以尋求神諭為目的的民俗活動有附體、占卜、托夢、神判等。二者與咒語的區別主要在於咒語源於巫力崇拜，禱詞、神諭出於神力崇拜。

12 〔漢〕司馬遷：《史記》（北京市：中華書局，1982年），卷3，頁95。

13 古時巫祝不分，故祝辭、巫術咒語二者在稱謂上區分並不十分嚴格。此二例嚴格上說屬於巫術咒語，但前例《史記》稱「祝」，後一例〈文體明辨序說〉稱：「此祝文之祖也。」

者，令曰：『神北行！』先除水道，決通溝瀆。」[14]都表現出命令的口吻，可見早期巫術咒語在言語修辭上就已有了較為鮮明的特點。

　　除此以外，在後世很多巫術咒語的實施中，施法者還常常借助借助神靈的威勢來增加巫術效力，或者請求、呼喚神靈，或直接打著各路神靈的旗號行事。如《後漢書》〈禮儀志〉記載漢代宮廷大儺活動中逐疫咒辭的唱和儀式：

> 先臘一日，大儺，謂之逐疫。其儀：選中黃門子弟年十歲以上，十二以下，百二十人為侲子。皆赤幘皁制，執大鼗。方相氏黃金四目，蒙熊皮，玄衣朱裳，執戈揚盾。十二獸有衣毛角。中黃門行之，宂從僕射將之，以逐惡鬼於禁中。夜漏上水，朝臣會，侍中、尚書、御史、謁者、虎賁、羽林郎將執事，皆赤幘陛衛。乘輿御前殿。黃門令奏曰：「侲子備，請逐疫。」於是中黃門倡，侲子和，曰：「甲作食㐫，胇胃食虎，雄伯食魅，騰簡食不祥，攬諸食咎，伯奇食夢，強梁、祖明共食磔死寄生，委隨食觀，錯斷食巨，窮奇、騰根共食蠱。凡使十二神追惡凶，赫汝軀，拉汝幹，節解汝肉，抽汝肺腸。汝不急去，後者為糧。」[15]

在這場聲勢浩大的儀式中，百人唱和的咒辭成為中心環節，辭中「食」字前面的「甲作」、「胇胃」、「雄伯」、「騰簡」等皆為各路神靈，這篇咒辭即通過呼喚這些神靈對諸多凶害、疫病、鬏邪之鬼進行威嚇、訓斥，窮追猛打。咒語唱完之後，還要持炬火，驅送疫鬼邪害遠離。這類請神協助的咒語看似發揮的是神靈的威儡力，然而能邀請

---

14 袁珂：《山海經校注》（上海市：上海古籍出版社，1980年），頁430。

15 〔南朝宋〕范曄：《後漢書》（北京市：中華書局，1965年），頁3128。

到神靈這一行為本身就顯示出一種法力的強大，因此在根本上仍然反映出巫師的神通廣大。

　　古人在與天地神靈鬼怪進行交往時目的是比較明確的，那就是趨利避害，因此表達願望時會有請求和報謝，也會有威脅和命令，這也是人們對言語修辭所進行的功利性調整。但是，儘管巫術咒語有多種多樣的內容和表現形式，其基本的立足點仍然是對語言魔力以及對實施者法力的崇信，故相對於禱詞、神諭等通神用語，咒語更顯現出施語者的力量和主動性，因此，役使、命令性的語言遂成為巫術咒語中最為常見的表達方式，鎮墓文也體現了這個特點。

　　我們來看一些較為簡短的鎮墓文，如一九七九年出土於寶雞的東漢鎮墓瓶：

> 黃神北斗，主為葬者阿丘鎮解諸咎殃。葬犯墓神墓伯，行利不便，今日移別殃害，須除死者阿丘等，無責妻子、子孫、侄弟、賓昏（婚），因累大神。如律令。[16]

文中的「北斗」為道士經常操縱的天神，「阿丘」當為死者的名字。「無責妻子」云云，說的是墓葬行為如若有所觸犯，殃害要移往別處，不可連累親屬。文中大量使用祈使句，顯示出巫術咒語的特點。同墓所出另一鎮墓瓶文辭與此相近：

> 黃神北斗，主為葬者睢方鎮解諸殃咎。葬犯墓伯，不利生人者，今日移別墓家，無殃睢方等，無責人子孫、子□、婦弟，因累大神，利生人後世子孫。如律令。

---

16 寶雞市博物館：〈寶雞市鏟車廠漢墓──兼談M₁出土的行楷體朱書陶瓶〉，《文物》1981年第3期。

可以看到，由於巫術咒語和指令性公文在修辭情境的相近，遂具有了在言辭形態上並行兼容的可能性，咒語借助指令性公文的軀殼以及權威，實施並加強著巫術的法力，這是兩種文體在鎮墓文中會合的根本原因。

巫術咒語大多帶有極為濃重的威脅口吻，口氣比較淩厲。而指令性公文雖然也意在表明命令毋庸置疑，但作為政府公文，還是有溫文爾雅的禮儀性成分，因此，借助其文體軀殼，大多數鎮墓文還保留有持重的一面。不過，也有個別鎮墓文在一本正經的公文形式之中，仍然露出傳統巫術咒語威脅恫嚇的面目口吻，如一九六〇年江蘇高郵邵家溝東漢遺址出土的一方木簡上寫道：

> 乙巳日死者鬼名天光，天地神師已知汝名，急去三千里。汝不即去，南山紿□令來食汝，急如律令！[17]

文中對死鬼進行威嚇恫嚇，稱天地神師已知其名，如不趕緊躲遠，就派南山某神怪來噬咬吞食。這則鎮墓文雖然在文末寫有「急如律令」的官文字樣，卻難以掩飾其巫術咒語的口吻。與此相類似的還有東漢永壽二年（156）鎮墓瓶陶文。全文長一六〇餘字，內容十分豐富，儘管有缺字，但結合其他相關文字材料，研究者還是能將其大意釋讀出來。文中仍以天地使者的名義下命令，結尾三字為「如律令」，整體借助的仍是公文框架。然而從言辭內容看卻又有典型的巫術咒語特點。文中稱：東漢桓帝永壽二年五月，某人死亡，故天地使者謹為某氏解除災禍妖邪。以黃帝印章為鎮，勒使四時及五行諸神，去捕捉疫病惡鬼。以驅鬼符咒，日夜兼程，乘坐四馬快車，越過障礙橋樑，攝捕各路鬼怪。名字不合的鬼怪可以逃亡，只能在附近通行，或在遙遠

---

17 江蘇省文物管理委員會：〈江蘇高郵邵家溝漢代遺址的清理〉，《考古》1960年第10期。

處生存，等待太上君赦免後，才可獲得自由。凡是名字相合的鬼怪，某神要殺盡你們的子孫後代，火神要將你們焚身碎骨，風伯雨師要吹散你們的骨灰，淹沒你們的魂魄，讓你們築成灰牆五百座。再令大風吹銷其上，雨水沖刷其下。而你們一旦被捕獲，經黃帝判決後，就會立即乘坐舟船，被押送至水神玄武，接受殺戮。[18]該文通篇充滿震懾威嚇的言語，我們似乎可以感受到施咒者的猙獰面目。

公文本是制度化的產物，儘管指令性公文也要特別強調命令的權威性，但在行文修辭上還要求符合禮儀，上下級皆有尊嚴，其中的強制性是隱含的。但上述這兩則穿著公文外衣的鎮墓文卻赤裸裸地表現威脅和恫嚇，對鬼怪一路窮追猛打，顯現出巫術咒語的原始面貌。也許正是由於這個原因，有研究者又稱上述這類文書為「劾鬼文」。其實，從上文的分析來看，它只是鎮墓文中更多表現出其血統中驅鬼巫術咒語修辭特性的一類而已，可看作鎮墓文內屬的文類。從這個角度看，儘管當時運用這樣的言語或許有一些特殊的原因，比如說有可能是死者死於疫病，人們出於對疫鬼作祟的恐懼而使用如此言辭激烈的口吻[19]，但從鎮墓文的文體血緣看，它的出現又是不奇怪的。

東漢還有一類被稱為「解注文」的鎮墓類文字，這類文書行文中常常帶有「注」類字樣，隨葬這類文字的目的，是為了禳解當時被稱為「注」的疫病災殃，劉熙《釋名》之〈釋疫病〉云：「注病，一人死，一人復得，氣相灌注也。」這類文字在行文修辭上亦表現出上述特點，也屬於鎮墓文內屬的文類。[20]

漢代各類官府公文、民間契約等實用性文體已經發展得十分成熟，社會應用也較為普遍，其功能和效力深深地烙印在社會民眾心

---

18 蔡運章：〈東漢永壽二年鎮墓瓶陶文考略〉，《考古》1989年第7期。

19 如這則長篇鎮墓文也被一些研究者稱為解注文，即一種以祛病禳災為目的的隨葬文字。

20 可參看劉昭瑞：《考古發現與早期道教研究》第二章第一節〈論考古發現的解注文〉。劉昭瑞：《考古發現與早期道教研究》（北京市：北京大學出版社，2007年）。

裡，這就為上述模仿地上公文的隨葬文體的出現提供了現實可能性。
與此同時，漢代人對冥界的想像和信仰、「視死如生」的喪葬習俗以
及傳統的鎮墓風俗，也為這些墓券的使用進一步提供了較為普遍的社
會心理支撐。東漢鎮墓文基於自身特殊的文體功能，在文體的選擇和
運用上有著極強的目的性，它將已經具有穩定形態的指令性公文作為
自身文體形態的基本框架，將巫術咒語隱藏其中，巧妙吸納兩種文體
共同的修辭特性和文體權威以加強自身的震懾力，從而形成一種特殊
的、極具時代特色的墓葬文體形式。使用這些墓券的人們相信這些文
書有著人間社會、國家法律所賦予的權威性，這種權威性並不因人間
冥界的不同而發生改變，而是具有某種共通性，是生者安排亡人生活
時可資信賴的文書樣式。

　　這裡還要說明的是，從後世鎮墓文、買地券等喪葬文書的出土遍
及全國各地來看，這類墓券的使用地域在東漢以後有了很大的擴展，
且至今還活躍在民間[21]。

　　由此我們可將漢代告地書、買地券和鎮墓文三類隨葬文書放在一
個文體序列中進行觀察。這三類文體儘管各有自己的獨特功能，但作
為墓葬文體，它們從最本質的功能上看又是無甚差別的，其大量出現
在漢代墓葬中，有著前後承傳、相互影響的關係。以往研究者認為，
西漢初年告地書與東漢鎮墓文、買地券不僅存在時間斷層，同時也有
分布區域上的差異，如告地策多集中於湖北、湖南及江淮地區等楚國
故地，而鎮墓文與買地券則出現在長安、洛陽為中心的關洛地區特別
是洛陽周圍地區，在同時期其他地區特別是原楚國故地反而甚少見
到，對此，雖然可以從考古發現的侷限、書寫載體的變化乃至楚文化
習俗的傳播與變異等多方面加以解釋，但畢竟缺乏強有力的可靠證

---

21 據民俗研究者的考察，目前在陝北的延安、榆林地區，晉西的呂梁、汾陽等地，買
　地券和鎮墓文的使用還非常活躍。在廣東、福建、重慶等地也有這種風俗。黃景
　春：〈西北地方買地券、鎮墓文使用現狀調查與研究〉，《民俗研究》2006年第2期。

據，所以說它們之間存在「傳承」又不是很準確。[22]事實上，如果我們從文體自身形成、發展和演變的角度考慮，就會發現上述現象的出現有其內在邏輯。漢代各類文體特別是包括官府公文、民間契約等在內的實用性文體已經發展的十分成熟，社會應用也較為普遍，其功能和效力深深地烙印在社會民眾心理，這就為模仿地上公文的隨葬文體的出現提供了現實可能性。使用這些墓券的人們相信，戶籍身分證明、土地契約、政府公文等，有著人間社會、國家法律所賦予的權威性，這種權威性並不因地上地下世界的不同而發生改變，而是具有某種共通性，是生者安排亡人生活時可資信賴的文書樣式。與此同時，漢代人對冥界的想像和信仰、「視死如生」的喪葬習俗以及傳統的鎮墓風俗也為這些墓券的使用進一步提供了較為普遍的社會心理支撐。在這樣的情形下，不同時間、不同地域的人們就以某種具有普遍意義的文字形式來表達自己對冥世基本的理解和信仰，並盡量用彼時彼地所認定的最為重要的方式對陰陽兩界的平衡進行干預，對自己和他人即將進入的地下世界的生活作盡可能穩妥地安排，這就使得在人世間最具一般意義的實用文書形式進入墓葬，同時又在地域、時代和使用群體上表現出一定的特殊性。

可見，當文人以個性化的創作表達獨特的才華、思想和情感的同時，眾多程式化的實用性文體卻以其略顯呆板的樣態，悄無聲息卻又綿綿不絕的傳遞和表達著「一般的知識、思想、信仰」，由此也可以促使我們進一步思考這些民間信仰儀式文書在鄉土社會生活所具有的獨特意義。

──本章主要內容原刊於《廣西師範大學學報》二〇一〇年
第五期。人大複印資料《中國古代、近代文學研究》
二〇一一年二月複印

22　魯西奇：〈漢代買地券的實質〉，《中國史研究》2006年第1期。

附錄
學術短章五則

　　以下幾篇短文是作為普及性讀物撰寫的，從行文上看，也是有意「不合規矩」，但其中所包含的觀察問題的視角與本書一脈相承，故附錄於此。

一　「徐趨」的講究

　　〈觸龍說趙太后〉是《戰國策》裡的精彩段落。當時秦國趁趙國政權交替之機，大舉攻趙，先後佔領三座城池，趙國形勢危急，遂向齊國求援。齊國同意出兵，但定要趙威后的小兒子長安君為人質。趙威后最溺愛長安君，執意不肯。大臣於是強諫，趙太后大怒，明告左右：「有復言令長安君為質者，老婦必唾其面！」外敵壓境、主政者又任性固執，事情陷入僵局。此時，觸龍「徐趨」上殿覲見，不僅使緊張氣氛緩和下來，還成功的說服了太后，這個故事遂成為一段遊說佳話。史書記載策士遊說、大夫進諫，或是談大道理，或是講講寓言故事，或者再以磅礴汪洋的辭令和氣勢作助推器，希望收到更好的效果。而觸龍這次遊說，卻如行雲流水，不見一絲痕跡。他為何輕鬆打破僵局？整個過程何以如此自然妥帖？這要從「徐趨」的學問說起。

　　古人對走路的動作分辨得很細，有「時」（待）、「行」、「步」、「趨」、「走」、「奔」等說法，《爾雅》〈釋宮〉認為這是根據走路的場合不同來分的：「室中謂之時（即『待』，今寫作『呆』，即『停留不動』），堂上謂之行，堂下謂之步，門外謂之趨，中庭謂之走，大路謂之奔。」漢代劉熙《釋名》〈釋姿容〉則從走路的動作和速度快慢來

解釋：「兩腳進曰行，徐行曰步，疾行曰趨，疾趨曰走」。古人之所以分得這麼細，關鍵是這些都牽扯到禮，更關乎生活實際。屋內地方狹窄，當然要慢慢走，地方開闊，就可以步子大一些，速度快一些，大路之上，當然可以撒丫子拚命跑了。古書上講某人逃跑，就是「出奔」，唯恐跑得慢。

　　「趨」是疾行，也就是快走。這快走很有講究。《禮記》〈曲禮〉說：「帷薄之外不趨，堂上不趨，執玉不趨」，堂上地方小、手裡捧著玉怕摔了都不能「趨」，而如果有帷幕擋著，裡面的人看不見你，也可以「不趨」，這就關乎禮儀了。因為在古人眼裡，面見尊者、長者以及地位比自己高的人都要「趨」，對方眼巴巴的看著你，你卻慢條斯理踱著方步過去，當然顯得倨傲無禮，這一點，古今沒有太大的不同。比如〈曲禮〉說：「遭先生于道，趨而進。」「先生與之言則對，不與之言則趨而退」。《論語》〈子罕〉：「子見齊衰者，冕衣冠者與瞽者，見之，雖少，必作，過之，必趨。」就是說孔子講禮貌有仁德，見到穿喪服的、穿禮服的以及眼睛看不見的，都要快步走，以示尊敬和照顧。可見，古人對「趨」還是「不趨」是非常在意的。漢代皇帝寵信某個大臣，給他特殊的待遇，就是「劍履上殿，入朝不趨」，意思是上朝可以穿鞋帶劍，從容漫步，不必快走，西漢開國功臣蕭何、東漢曾跋扈一時的外戚梁冀都曾獲得這樣的恩賜。

　　觸龍見趙太后是臣見君，太后周圍沒有帷幔，按禮當然要「趨」。然而，觸龍只是「徐趨」，意思是動作緩慢卻又做出「趨」的樣子，這當然是違禮的行為。於是，見面後，觸龍便很自然的說道：「老臣病足，曾不能疾走，不得見久矣，竊自恕」，解釋自己趨而不急的原因，向太后表達歉意。以老邁之身、病足之體前來探望太后，在人情上首先占了分數。接下來觸龍又很自然的轉而問及太后的身體狀況以及飲食起居，於是太后「色少解」，僵局方被打破。之後敘寒溫，談家常，說兒女，讓太后明白愛子女當為其計長遠，最終說服了太后。

觸龍舉重若輕，話題不離日常人情，對於身為母親的趙太后無疑是用對了方子。寫作《戰國策》的人著意留下「徐趨」的細節，想必也是意識到這個環節的不可或缺吧。

　　　　　　　　　　　—— 原刊於《語文建設》二〇一二年第二期

二　作為蒙學課本的《論語》

　　《論語》是本語錄，其記錄編輯過程不詳，一般認為它是原始記錄的彙集，早期篇目數量不定，據東漢王充說：「夫《論語》者，弟子共紀孔子之言行，敕記之時甚多，數十百篇」（《論衡》〈正說〉）。班固《漢書》〈藝文志〉也稱論語十二家，各家篇目不盡相同。王、班二人當各有所本，只是今天大多不可輯考，流傳下來的只是當時所記的一部分而已。不過，無論是門人所記，抑或後人摘編，《論語》所記，都是經過篩選的，因此多為孔子言論中的精華，至少在當時記錄者眼裡是如此。孔子所處的春秋時代非常注重言辭，所謂「言之無文，行而不遠」，孔門四科就特別設「言語」科，而孔子所推崇的君子也要言而有文，「文質彬彬，然後君子」，所以，《論語》所記言語簡明深刻，語約意豐，它的內容以及特有的文體樣式給後世都帶來極大影響。

　　《論語》在漢代開始廣為傳播，地位不低，影響力不小，但並不是「經」，而是兒童開蒙讀物。《太平御覽》卷六一四引《東觀漢記》：「和熹鄧后七歲讀《論語》，志在《書》傳。」《三國志》〈魏書〉〈鍾會傳〉注引其母傳曰：「夫人性矜嚴，明於教訓，會雖童稚，勤見規誨。年四歲授《孝經》，七歲誦《論語》。」鍾會幼年據漢不遠，可能是沿襲漢時風俗。故《論語》在漢人眼裡，有著特殊的位置。漢文帝朝已置《論語》博士，當時亦稱傳記博士，稱其為「傳」，只因其非先王之書，是孔子所傳說，故稱。因此，《論語》在

漢代雖不是經，卻常常和五經捆綁在一起。《漢書》〈藝文志〉分群書為七略，《論語》就附在六藝略中，六藝，指《易》、《詩》、《書》、《禮》、《樂》、《春秋》六經，它們列居諸略之首，是因為其經學地位。和《論語》同時歸入此類的還有《孝經》、小學（字書）兩類。這三類有幸和經書歸在一起，想必編輯者認為它們都屬於進入知識領域和培養基本道德的啟蒙讀物，其重要性並不亞於經書。此外史載東漢徐防曾針對太學試博士弟子提出建議：「五經各取上第六人，《論語》不宜射策。」（《後漢書》〈徐防傳〉）射策是漢代選士的一種考試方法。主考人將若干考題寫在策上，覆置案頭，受試人拈取其一（即「射」），再按所射題目作答，相當於命題作文。漢代射策以經術為內容，但從徐防這個建議來看，或者《論語》在此前也是射策「題庫」之一。

　　《論語》、《孝經》以及字書在漢代都屬於學習初階讀物。比如「小學」類，乃字書，類似於現代的字典或識字課本，不同的是，我們所見漢代的一些字書如《急就篇》是將單字按類排列成三言七言等韻語形式，還是很便於記誦的。如說姓名：「宋延年，鄭子方，衛益壽，史步昌」；說臟器：「腸胃腹肝肺心主，脾腎五藏膽齊乳。」《孝經》歸入六藝略，也有特殊的時代特點。漢代提倡「孝」，「夫孝者，天之經，地之義，民之行也。」（《漢書》〈藝文志〉）所以，在漢代，孝子倍受推崇，現今所見漢代畫像石中就有諸多孝子故事，漢代「舉孝廉」也是升官的重要管道，故《孝經》成為童蒙道德開啟之必讀書，相當於現在「思想品德」一類教材。

　　而《論語》作為蒙書，當有以下幾個優勢：其一，《論語》講「仁」，講「禮」，又充滿修身格言和人生哲理、人生經驗，故欲成長成才、修身立世，不可不讀；其二，《論語》所記言語簡明深刻，語約意豐，也是很好的言語修辭課本；此外，《論語》和孔子在漢代還都沒有被神化和過度闡釋，因此，或許在漢人眼裡，該書對孔子和弟

子師徒相互問答的原始語境保存得比較好，是可以作為教學範本，師生共學的。

　　《論語》等書不僅給孩子讀，也是一般平民的掃盲課本，近些年來出土的敦煌漢簡和居延漢簡就有這幾類書，是邊防哨卡普通兵士學習初階讀物。這一傳統一直延續到後世，南北朝時期《顏氏家訓》〈勉學〉云：「自荒亂以來，諸見俘虜，雖百世小人，知讀《論語》、《孝經》者，尚為人師。」杜甫〈最能行〉寫三峽一帶民風荒僻，文化不發達，「小兒學問止《論語》」，可見，《論語》還是歸在基本教育書目裡面的。此後唐開成年間《論語》、《孝經》增列為經，到了宋代，經過程頤等理學家的表彰，《論語》的地位發生改變，開始神化。南宋時朱熹繼承程頤的觀點，把《論語》和《孟子》以及《禮記》中的《大學》、《中庸》合稱「四書」，認為《大學》為曾參作，《中庸》為子思（孔子孫孔伋）作，勾畫出它們前後相承的「道統」。元代以後，朝廷規定科舉考試都要從「四書」、「五經」裡出題，而「四書」題尤多[1]，如此一來，《論語》和孔子的地位和影響就進一步擴大甚至神化了。

　　不過，對於後世很多讀者，作為蒙學課本的《論語》似乎更值得青睞，因為它本身就是師生教學相長的紀錄，蒙學課本的身分，離它最近，也最貼切。老師嚴於律己，敏思好學，因材施教，是好老師；學生洗耳恭聽，時時發問，手執刀筆，隨時記錄，以供日後思考揣摩精進，也是好學生。《論語》以結構鬆散的語錄形式，不按主題分篇，也不按主題名篇，章與章之間找不找聯繫，單篇文章又常常三言兩語，神龍見首不見尾，卻能激發閱讀者的想像力，讓我們依稀看到師生問學的情形，恍見記錄者和被記錄者的音容笑貌，甚至偶爾也可隔千年做知人之冥想。這些實實在在的語錄文字背後，隱含著諸多軟性因素，而這些因素孩童初讀未必能察覺，但它的影響也許會在日後

1　參曹道衡、劉躍進：《先秦兩漢文學史料學》（北京市：中華書局，2005年），頁151。

一點一點釋放出來的。

　　根據王充的介紹，《論語》當時是寫在八寸長的竹簡上的，故有研究者據此認為它的地位不如經，因為當時「五經」的簡長二尺四寸。其實。單憑竹簡的長短定尊卑理由並不充分。至於為何《論語》用短簡，按照王充的解釋主要是為了挾持的便利：「以八寸為尺，紀之約省，懷持之便也。以其遺非經，傳文紀識恐忘，故以但八寸尺，不二尺四寸也。」（《論衡》卷二十八）近年來出土的郭店楚簡中也有四類儒家的語叢，形式相似，語句也有類似之處，而其竹簡長度分別為七點五、六點五、七點六、六點五寸（戰國—西漢尺），與張衡所說類似，可見，這類書，包括論語，都屬於當時的「袖珍本」，記錄、攜帶、翻檢都比較方便，只就啟蒙讀物看，這樣的尺寸也是十分相宜的。

　　　　　　　　——原刊於《中國教育報》二〇一四年一月十五日

三　演繹中的孔子和《論語》

　　說笑話、講故事、拿人尋開心說事兒，對象素材一般都是熟悉的或親切的，陌生的太小眾，不容易引起共鳴，令人畏懼的當然敬而遠之，減了說笑傾聽的興趣。孔子是名人，婦孺皆知；《論語》是經典，但卻是最親切最通俗的一部，顯然都是編排的好對象、好材料。更何況，人已作古，書也是古書，不能站出來辨偽，更不能控告名譽權，便只能聽憑後人演繹了。

　　最為人熟悉的是《列子》〈湯問〉兩小兒辯日，故事中，孔子被問得啞口無言。人們多認為孔子淵博，這裡借小兒戲言拿他的不知尋開心，滿足了一點虛榮心，這也是笑話的功能，當然也附帶「聖人也有知識盲點」的教育意義，足以令信口開河者噤口。

　　男女之事歷來是編故事的話題，可《論語》裡孔子說了很多話，

卻不談鬼神，更少談女人，唯一說過一句唯女子與小人難養之類的話，還惹得許多人反感。但《論語》裡又神龍見首不見尾的說到見南子的事，為此還和最忠實的徒弟子路起了爭執，也引起人們的好奇，於是，孔子和女人也成了後人編排的好題材，清馬驌《繹史》卷八十六注引《沖波傳》講了這麼個故事：

> 孔子去衛，適陳。途中見二女採桑。子曰：「南枝窈窕北枝長」。答曰：「夫子在陳必絕糧，九曲明珠穿不得，著來問我採桑娘」。夫子至陳，大夫發兵圍之。令穿九曲珠，乃釋其厄。夫子不能。使回、賜返問之。其家謬言：「女出外」。以一瓜獻二子。子貢曰：「瓜，子在內也」。女乃出，語曰：「用蜜塗珠，絲將繫蟻，蟻將繫絲如不肯過，用煙熏之」。子依其言，乃能穿之。於是絕糧七日。

故事裡，孔子拿兩位採桑女的身材開玩笑，而女子不急不惱，卻以隱詩預言孔子要遇到大麻煩。想必孔子當時聽了並不在意，此後一干人果在陳被圍受困，無奈之下，方想起女子的話來，遂生悔意，著二弟子返回討教，且對女子略設的隱謎認真回應，於是女子方告訴了穿九曲珠的妙法。在我看來，這個故事裡，孔子是頗有些輕薄態的。而採桑女以智者姿態回應，又善良解圍，面對這樣的女人，孔子當頗有些訕訕吧。不過，在愛他敬他的人眼裡，對此卻有不同的理解，如袁珂先生說他是「風趣盎然的老人」[2]。

　　對女人目不斜視、不動聲色當然才符合聖人形象，但讓孔子對女人進行道德評判似亦合乎身分。漢劉向《列女傳》〈阿谷處女〉就講了這樣的故事。故事說孔子和弟子南遊，在阿谷山隧旁，見一佩戴玉

2　袁珂：〈孔子與神話及民間傳說塑造的孔子形象〉，《文學遺產》1995年第1期。

瑱的女子水邊浣衣。孔子時代，玉是禮器，不能隨便戴的，所以這塊玉飾引起孔子注意，於是他遞給子貢一酒杯，讓他假意向女子討水，「以觀其志」。子貢尊師命，跑去搭訕說：我們從北方邊鄙之地來要到楚國去，天熱口乾，心浮氣躁，想討杯水喝。女子很明白他是沒話找話，答道：

> 阿谷之隧，隱曲之地，其水一清一濁，流入於海，欲飲則飲，何問婢子？

意思是這裡是荒僻之地，水歸大海，想喝就喝吧，何必問我？不過，她還是接過杯子，在河裡舀了一杯水。《列女傳》仔細描摹了女子這一舉動：

> 迎流而挹之，投而棄之；從流而泡之，滿而溢之。跪置沙上，曰：「禮不親受。」

她先逆水灌滿杯，倒出去，涮一涮，然後又順流接上滿滿一杯，跪放在沙岸上，讓子貢自取，稱不願違禮。子貢還報其辭，孔子點點頭，又拿出琴，抽掉上面轉動弦線的軸，讓子貢再去試探。子貢曰：

> 向者聞子之言，穆如清風，不拂不窹，私復我心。有琴無軫，原借子調其音。

意思是，剛才聽君一席話，沐如春風，和我的想法一樣。現在我有一琴無軸，請幫我調調。女子則說：

> 我鄙野之人也，陋固無心，五音不知，安能調琴！

子貢回來報告，孔子說：我明白了，她遇到賢人，就會表示禮敬。遂又拿出麻布五匹，讓子貢贈送與她，再觀其志。子貢委婉的表明贈送之意，似乎含有送聘禮的意思，因女子答曰：「妾年甚少，何敢受子」，稱年齡小不敢接受。孔子聽完學生的檢查報告說：我了解了，這個女人又通達人情又知禮儀，《詩》有云「漢有游女，不可求思」就是說的她呀。

編故事的人一本正經，搬出孔子這位大牌做幕後策劃，變著法兒地讓徒弟來回折騰，最終證明那女人又通人情又知禮，於是女子得入〈辯通傳〉，流芳百世，成為古代女人們的道德行為範本，而今人看來，孔子和弟子們沒事找事，這個故事就有點喜劇色彩了。

孔子和弟子們的經歷常是演繹的好題材，傳說孔子曾派弟子向富人借糧，富人指著門匾上高，矮，甜，苦四個字考問含義。弟子答：高不過天，矮不過地，甜不過蜜，苦不過黃連。富翁說：錯啦。空手而回。孔子遂密授真言，終於高高興興把糧借回來了。原來孔子的答案是：高不過高堂父母，矮不過妻子兒女，甜不過新婚夫婦，苦不過沒娘的孩子。這裡，孔子變成了民間謎語大師。

還有的故事裡，孔子索性變成點石成金的神仙。湖北興山縣一帶有傳說孔子與眾弟子來到雞公嶺山下的秀水河邊，見這裡明山秀水，便落腳辦學。後來又決定動身周遊，剛挑擔想走，捆書繩斷了，簡冊散了一地，大夥急得滿頭大汗。正巧一農夫在地裡套牛耕田，孔子走上前說：「請將先生牛鼻繩贈我一用吧。」農夫說：「對不起先生，牛鼻無繩，怎能耕田？」孔子說：「天作證，若將繩賜我，以後放牛不用牽，犁地不用鞭。」農夫無奈，解下繩子給了孔子。自那以後，秀水河一帶果然放牛不用牽、耕田不用繩（鞭）了。民間這類故事最多，什麼形象的孔子都有，老百姓樂意編排，時間地點人物事件，煞有其事。

再看《論語》。此書從漢代起就是童蒙課本，凡是受過教育的多

爛熟於心，故其文字篇章也常是笑話的素材。只是和民間故事相比，這些笑話就顯得有點學問，是文人們書讀煩了無聊時耍的小聰明，閱讀這些笑話，腦袋要稍微轉個彎兒。如明馮夢龍《笑府選》一六六「公冶長」條就拿《論語》篇目說笑：

> 孔門弟子入試，臨揭曉，聞報：「子張第十九」。眾曰：「他一貌堂堂，果有好處。」又報子路第十三，眾曰：「這粗人也中得高，虧他那一陣氣魄。」又報顏淵第十二名，眾曰：「他最有學問，屈了他些。」又報公冶長第五名，駭曰：「那人平時不見怎的，如何倒中得高？」一人曰：「虧他有人扶持。」問：「誰扶持他？」曰：「丈人。」

這裡「子張第十九」、「子路第十三」等均為《論語》原有篇目，此處拿來做考試時榜上的名次。榜上有名的各位弟子在《論語》中都有涉及，也約略透露些身世秉性，故方有眾人聽榜後的感歎。如〈子張〉篇裡曾子說子張：「堂堂乎張也」，所以笑話裡眾人感歎他長得好考試就得便宜；又如子路好武不好文，在《論語》裡經常顯得率直魯莽，故眾人稱其為「粗人」，也驚訝其得個不錯的名次；顏淵最有學問，卻僅中第十二名，人們覺得他委屈。《論語》裡孔子曾說過公冶長不賴，把女兒嫁給他，所以笑話裡眾人說他背靠大樹好乘涼。這則笑話從文字縫隙間窺探這些文化名人，以世俗的眼光加以揣度、議論。錯位的理解、一本正經的插科打諢，故事便有了滑稽的意思。不過，經此調侃，孔子和弟子們也都活起來了。

　　《論語》裡說孔子也睡覺也做夢，且常夢見周公，晚年一度夢不見還難過得不得了，但他對白日睡覺深惡痛絕，為此罵大白天睡覺的宰予「朽木不可雕也，糞土之牆不可汙也。」於是，明馮夢龍《笑府選》四〈晝寢〉遂以此為藍本編笑話：

> 一師晝寐，及醒，謬言曰：「我乃夢周公也。」明晝其徒效
> 之。師以界方擊醒，曰：「汝何得如此。」徒曰：「亦往見周公
> 耳。」師曰：「周公何語？」答曰：「周公說昨日並不曾會尊
> 師。」

又第五則〈晝寢二〉：

> 夫子責宰予以朽木糞土，宰予不服曰：「吾自要見周公，如何
> 怪我？」夫子曰：「日間豈是夢周公時候？」宰予曰：「周公也
> 不是夜間肯來的人。」

此外，《論語》〈鄉黨〉曾記載一個引起後人無數爭議的對話片
段：一次馬廄著火，孔子不問馬只問「傷人乎？」孔子為什麼只問人
不問馬？《論語》隻言片語，沒有前因後果上下文，這個問題遂成一
大懸疑。有人說孔子以人為本；有人說孔子不夠人道。朱熹聽見這些
爭論，解釋說：「非不愛馬，然恐傷人之意多，故未暇問。蓋貴人賤
畜，理當如此。」（《四書集注》）這回答似乎比較妥貼。不過，在道
學家眼裡，瞎猜就不對，背下來學著做就好了，《笑府選》十四「不
問馬」條就嘲笑了這木頭先生：

> 一道學先生在官時馬廄焚，童僕共救滅之回報。道學問之曰：
> 「傷人乎？」對曰：「幸不傷，但馬尾燒卻了些。」道學大
> 怒，責治之。或請其罪，曰：「豈不聞孔子『不問馬』，如何輒
> 以馬對。」

讀書讀呆了，是笑料，但有時懂點算數，或腦筋急轉彎，也有些

機趣，《笑府選》卷一六五「孔門弟子」條就是個要動點兒腦筋的笑
話：

> 或問孔門七十二賢人，已冠者幾人？未冠者幾人？答曰：已冠
> 者三十人，未冠者四十二人。問：何證？曰：「《論語》云：
> 『冠者五六人』，五六得三十；『童子六七人』，六七四十二
> 也。」又問那三千弟子後來都甚結果？答曰：「時將戰國了，
> 兩千五百都充了軍去，那五百個做了客商。」又問何證，曰，
> 《論語》注云：「兩千五百人為師，五百人為旅。」

這則笑話非馮氏原創，實乃齊俳優石動筩的戲語（見《太平廣記》所
引隋侯白《啟顏錄》）。王國維《二牖軒隨錄》、錢鍾書《管錐編》皆
有考證，並以為石動筩之戲語亦有所本，皇侃《論語義疏》〈先進〉
中早有此解，大概漢代經師說經夙有持此說者。金庸大概很欣賞這個
別解的機智，所以忍不住攘竊到自己書裡來了。金庸《射雕英雄傳》
第三十回，黃蓉難一燈大師的徒弟：孔門弟子七十二人中，其中冠者
幾人、少年幾人？其人愕然不能置對。黃蓉遂笑他道：「我說你不明
微言大義，難道說錯了？剛才我聽你讀道：冠者五六人，童子六七
人。五六得三十，成年是三十人；六七四十二，少年是四十二人。兩
者相加，不多不少，恰是七十二人。」[3]
　　故事怎樣講的都有，笑話也無處不在，腹笥太儉，不能知其用事
來歷，那也不要緊，關鍵是要放鬆，領會其中的匠心或風趣處，或有
微芒，小心自警即可，若板著面孔正襟危坐，必要坐實，或找出天經
地義的教訓，在領會上便打了折扣。

　　　　　　　　——原刊於《古典文學知識》二〇一一年第一期

3　王培軍：〈小說旁證〉，《文匯讀書週報》，2003年3月14日。

四　漢武帝的一則求賢詔

漢武帝劉徹在元封五年四月曾頒布了一則求賢詔，其文曰：

> 蓋有非常之功，必待非常之人。故馬或奔踶而致千里，士或有
> 負俗之累而立功名。夫泛駕之馬，跅弛之士，亦在禦之而已。
> 其令州郡察吏民有茂才異等，可為將相及使絕國者。

此詔頒布時，漢武帝四十五歲，已在位三十年，此後，他還將繼續執
政二十四年，成為在中國兩千多年歷史上享國時間最長的君主，這記
錄直到十八世紀才被清朝的康熙皇帝打破。談到漢武帝，人們往往毀
譽參半，讚揚者認為其憑藉雄才大略、文治武功開創了一個英雄時
代；而批評者也從此處著眼，認為其「好大喜功」、「窮兵黷武」，大
大透支了國力，這種批評甚至在漢宣帝的時候就開始了，史載夏侯勝
就曾上書直言「武帝多殺士卒，竭民財力，天下虛耗。」故而東漢班
固在武帝本紀贊中也只談其「文治」，不談其武功。

　　然而，無論怎樣講，漢武帝在位期間所開創的局面，後人無法繼
續。這是一個特殊的君王，膽大、想像力豐富、不拘形跡，上面這則
求賢詔就顯得極有個性，體現出獨特的用人觀念。文中首句「蓋有非
常之功，必待非常之人」，毫不掩飾其理想主義的英雄氣魄，卻又顯
得異常理智。武帝明確表示，要想成就不世之功，關鍵要有一批特殊
人才。而人才能否盡其才，關鍵在於是否善於使用，即把握「禦之」
的技巧，就好像蠻野踢踏的不良之馬，一旦馴服照樣能至千里。詔書
對特異人才的「特異」之處表現出充分的理解，認為馬有餘力，方能
敗駕，士行卓異，不入俗檢，才會被世人譏論斥逐。因此，武帝昭告
各州縣察舉之吏，選才不求四平八穩，但凡有茂才異等，可成將相或
能出使遠域的人才，都一概薦舉。在歷史上定功立業的帝王很多都表

達過招攬輔翼之才的渴望，劉邦曾歌「大風起兮雲飛揚，威加海內兮歸故鄉，安得猛士兮守四方。」（〈大風歌〉）曹操也展示「山不厭高，海不厭深。周公吐哺，天下歸心」的胸懷（〈短歌行〉），而漢武帝則不僅在延攬人才方面大開大合，不拘成俗，在駕馭使用人才方面亦捭闔自如。

武帝招攬人才不計流品，宮廷中既有正統大儒董仲舒，亦有風流名士司馬相如、詼諧滑稽的東方朔以及很多跅馳放蕩之士。他亦擅長激勵人才，張騫出使西域獲得聲名富貴，當時諸多吏士爭相上書言外國事，武帝不聞其所從來，只要能出使外域，就為其配備車馬人員，賜予節旄派遣出行。而一旦在途中被盜失物或失指，武帝則案之重罪，以激其自贖，再求出使。所以儘管史稱此舉激勵「妄言無形之徒」爭相應募，但也恰恰在此風氣下，有關外域的各類知識方逐漸累積，這對漢代民族意識、國家意識的才建立起到關鍵性作用。

對有特異才華的豪傑之士，武帝也是條縷在手，駕馭自如。尤善操縱賞罰以激勵人才。如衛青、霍去病等屢屢出塞，為國宣力，儘管身為外戚，有貴人做後盾，但武帝對他們封侯增邑的犒賞也是重要的動力。再如李廣、張騫、公孫敖、趙食其等在與匈奴作戰時皆曾因損兵甚多、延誤軍期等罪過貶為庶人，後皆重新詔用，使之立功。而對於一些持功蹇傲者，武帝又有意給他打擊挫折，如楊僕已破南越有功，然恰逢東越叛亂，武帝想命其為將再次出征，但擔心他自矜功伐，便在出發前下詔歷數其此前諸多罪過，以激其立功自贖。而對於真正畏懦膽怯之人，武帝則誅無赦，如大司農張成、山州侯劉齒攻打東越，畏懦不敢前進，武帝誅之。或有冒領軍功者，武帝也明察其詐，如左將軍荀彘擊朝鮮，與張僕爭功嫉妒，最終被棄市。故史家趙翼感歎：「賞罰嚴明如此，孰敢挾詐避險而不盡力哉！史稱雄才大略，故不虛也。」[4]

4　〔清〕趙翼：《廿二史劄記》，卷2，「漢武用將」條。

　　武帝這一套用人機制往往能激發人的雄略之氣，哪怕是單車使者，亦能斬名王定屬國於萬里之外。如此後傅介子出使大宛，歸途中聽說匈奴使者在龜茲，便率其從人誅殺匈奴使者，龜茲遂歸順漢朝。樓蘭王曾殺漢使，霍光決計懲罰他，乃遣介子攜金幣，揚言要賞賜外國，樓蘭王起初並不受誘惑，介子於是假裝離開，對譯者說：「我們漢朝有重賜，樓蘭王不要，那我就給西邊國家了。」樓蘭王貪漢物，果然來見，介子遂設宴款待，並趁酒酣之時將其引至帳後，令埋伏的壯士斬殺之。樓蘭王一死，帳內外大亂，介子乃正言大聲道：「王負漢罪，天子遣我誅之。漢兵方至，毋敢動，動則滅國矣。」遂持樓蘭王頭顱歸漢，其勇武鎮定頗令人讚許。

　　漢使多非常之才，皆具膽識策略，善於隨機應變，故萬里征使，常能遂心如願。如常惠因地制宜調發屬國軍隊定亂也是一個典型的例子。史載烏孫國為匈奴所攻，上書請求救援，常惠遂領命攻入右谷蠡王地盤，獲名王都尉以下四萬人，馬牛羊七十餘萬頭。適逢龜茲貴人姑翼叛反，常惠遂帶諸國兵攻龜茲，迫使龜茲獻出姑翼。又如莎車國殺死漢所置莎車王萬年及漢使奚充國，並將其屬地歸於匈奴，而此時恰逢馮奉世送大宛國使者到伊修城，馮以為此時若不打擊莎車國則其日後強大必為西域之患，於是發諸屬國兵萬五千人拔其城，莎車王自殺。這些使者出類拔萃的表現使得漢威行於絕域，兵威服諸外夷，而究其根本，與武帝善於鼓勵和激發人才潛質有著密切關係。此後東漢著名的班超出使西域，平叛定夷，立下奇功，也是這一傳統的延續。

　　武帝是一位個性鮮明的帝王，自身不拘形跡，看待世事亦不拘泥於成規俗見，這些做派與其用人政策都是相輔相成的。其母王娡曾嫁金王孫，生有一女，後娘家占卜王娡當大貴，遂奪回獻給時為太子的景帝，後成為王皇后。儘管漢代婦女再婚不是什麼稀奇事，但這畢竟不是一件太光彩的事情，周圍人對此隱匿不提，而武帝聽說後，公然親自尋訪其同母姊，賜其名號田宅。武帝的皇后衛子夫曾是歌妓，其

寵愛的李夫人曾是娼女。後世外戚常常是國家的禍患，而武帝時所重
用的幾位外戚卻大都立下赫赫戰功，衛青是衛子夫的弟弟，任大司馬
大將軍；霍去病是衛子夫姊子，為大司馬驃騎將軍；而霍去病的同父
異母兄弟霍光也被任命為大司馬大將軍，成為漢朝宮廷中樞人物，並
被武帝託付行「周公之事」輔佐太子劉弗陵，乃至此後大司馬兼將軍
一職遂約定俗成為外戚輔政之官。外戚中只有李夫人之兄李廣利被任
命為貳師將軍，作戰不利投降匈奴為武帝晚年政績投下陰影。

　　然而，就在武帝頒布此求賢詔之前，許多得力的幹將已經紛紛過
世，《漢書》在記錄這則詔書時說：「元封五年，大將軍大司馬（衛）
青薨，名臣文武欲盡。」因此，尋找股肱大臣迫在眉睫。這則詔書既
是對此前成功駕馭人才的經驗總結，又表現出對尋找得力幹將的急切
和渴望。詔書言簡意賅，但在其精簡的言辭背後，又有著怎樣豐富的
故事和情感，需要讀者走近些，才能從貌似程式化的公文中讀出其中
淋漓的元氣。

　　　　　　　　　　　——原刊於《文史知識》二〇一三年第二期

五　木蘭如何「帖花黃」

　　北朝樂府民歌〈木蘭詩〉裡，少女木蘭替父從軍，十二年沙場出
生入死，一回到告別已久的閨房，就急忙「脫我戰時袍，著我舊時
裳。當窗理雲鬢，對鏡帖花黃」。作者選取「換裝」和「梳妝」兩個
細節來表現木蘭渴望恢復女兒身的急切心情，是非常妥貼傳神的。

　　古代女子為突出其性別特徵，一靠著裝，即所謂「服」，二靠各
種裝飾點綴，因此，各類藝術作品塑造女性人物形象時，也往往從這
兩方面著筆。不過在古人看來，遮蓋軀體的服裝只是主體部分的形象
塑造，要想求其完美的藝術效果，還必須顧及上下左右的空間創意，

即在頭、足、掛飾和飄帶等方面多加留意[5]。而其中，頭部的裝飾尤其重要，抓住了「首要」，就容易吸引觀眾和讀者的視線。優美的髮髻和各種精美的頭面部飾物有著各自獨特的形式美感，既可突出女子的俊俏可愛、端莊優雅，又能與寬衣大袖的服裝形成映襯，增加許多亮點，從而使得整體形象達到完美和諧。漢樂府古詩〈陌上桑〉正面描述羅敷的美貌就是這樣入手的：「頭上倭墮髻，耳中明月珠。湘綺為下裙，紫綺為上襦。」而〈木蘭詩〉中木蘭梳理「雲鬢」、黏貼「花黃」也都屬於這方面的裝飾細節。

　　「雲鬢」，一般解釋為像烏雲般青黑濃密而又柔軟的頭髮，不過在古代，即便這樣美麗的頭髮也是不能隨意下垂披肩，而是要梳理纏繞之後在頭上堆疊如雲的，因此「雲鬢」應當還包含髮髻的樣式，暗含著造型美感。古代女子髮髻樣式繁多，形狀各異，「雲鬢」究竟是怎樣的造型，我們不得而知，唐代〈簪花仕女圖〉曾講述一種「雲髻」的梳妝方式，可資參考：先將長髮理順，然後分別向頭頂反綰。將額前與腦頂的頭髮梳成立壁狀，左右兩側頭髮也向頭頂集中，再將頭後的頭髮向上反綰，與左右和前面三個方向的長髮會合於頭頂，呈高高的雲髻形狀，最後加上簪花等裝飾物，使之不易雜亂，同時更顯挺拔流暢。不過，〈木蘭詩〉所說「雲鬢」或許就是一種比喻的說法，未必就指稱特定的髮型。

　　對於女子妝容而言，頭部髮型裝飾是極為重要的。不過，如果和面部裝飾比較，它就同樣要退居次要地位了，因為人類對於各種服飾的思考和創意，很大程度上還是為了烘托人體的中心部位——面孔，這才是整個著裝修飾的中心。在古人的審美觀念裡，美麗端莊的髮髻、雅致華麗的襖袍裙襦若同一張毫無修飾的面孔相配，也很難稱得上盡善盡美，因此，除了描眉、傅粉、點唇等今天還在普遍使用的化

5　袁傑英編：《中國歷代服飾史》（北京市：高等教育出版社，1994年），頁227。

妝手法外，古人還在面部貼加「花黃」（又稱「花子」「花鈿」「靨
鈿」）等裝飾物，或貼於額頭鬢角眉梢，或黏在嘴角兩頰酒窩處，這
種裝飾的流行大概就發端於木蘭所處的南北朝時期，之後不同的時
代，流行的花色和材質也不同。那麼，「花黃」是什麼東西？又是用
什麼方法貼在面部上呢？

　　根據古人的記載，「花黃」是以彩色光紙、雲母片、蟬翼、蜻蜓
翅、魚骨、綢羅等為原料，經過精細的加工，製成各種形狀如花朵、
小鳥、小魚、小鴨等，顏色以金黃、粉紅、翠綠為多，然後再用膠黏
貼在面上。黏貼花子用的膠相傳出於遼東，有很好的黏性，甚至是可
以黏合羽箭，不過這種膠以嘴呵噓就能溶解，如此，黏貼和取下就十
分方便了。毛熙震〈酒泉子〉：「曉花微微輕呵展，裊釵金燕軟。」歐
陽修〈訴衷情〉：「清晨簾幕卷清霜，呵手試梅妝。」都是描繪的這種
化妝情形。古代女子面部貼花有時並不只用一個花子，也不僅僅貼在
一個地方，有時會在幾處同時黏貼不同的花子，歐陽炯〈女冠子〉：
「薄妝桃臉，滿面縱橫花靨，豔情多」，這就十二分的吸引別人的目
光了。

　　木蘭貼的是什麼樣的「花黃」，她貼在嘴角還是額頭上呢？不管
怎樣，她以當時最為流行的化妝手法精心打扮自己，將壓抑了十二年
的愛美的女兒天性釋放出來，「出門見火伴，火伴皆驚忙。同行十二
年，不知木蘭是女郎。」這種「驚豔」的效果正是她想要的，面對同
伴的驚詫，木蘭是何等驕傲和調皮得意：「雄兔腳撲朔，雌兔眼迷
離。雙兔傍地走，安能辨我是雄雌！」

參考文獻

一　傳統典籍

周振甫　《周易譯注》　北京市　中華書局　1991年

黃懷信、張懋鎔、田旭東　《逸周書匯校集注》　上海市　上海古籍
　　　　出版社　2007年

陳鼓應　《老子注譯及評介》　北京市　中華書局　1984年

楊伯峻　《春秋左傳注》　北京市　中華書局　1990年

《國語》　上海市　上海古籍出版社　1978年

劉　向　《戰國策》　上海市　上海古籍出版社　1985年

鄭玄注　劉寶楠正義　《論語正義》　上海市　上海書店　1986年

董治安、鄭傑文　《荀子匯校匯注》　濟南市　齊魯書社　1997年

尸佼著　汪繼培輯　《尸子》　上海市　上海古籍出版社　1989年

陳奇猷　《韓非子新校注》　上海市　上海古籍出版社　2000年

袁　珂　《山海經校注》　成都市　巴蜀書社　1996年

高誘注　《呂氏春秋》　上海市　上海書店　1986年

張雙棣　《淮南子校釋》　北京市　北京大學出版社　1997年

司馬遷　《史記》　北京市　中華書局　1982年

班　固　《漢書》　北京市　中華書局　1962年

班　固　《東觀漢紀》　北京市　中華書局　1985年

范　曄　《後漢書》　北京市　中華書局　1965年

張烈點校　《後漢紀》　北京市　中華書局　2002年

蘇輿撰　鍾哲點校　《春秋繁露義證》　北京市　中華書局　1992年

孫星衍等輯　周天游點校　《漢官六種》　北京市　中華書局　1990年

劉黎明　《焦氏易林校注》　成都市　巴蜀書社　2011年

劉向撰　趙善詒疏證　《說苑疏證》　上海市　華東師範大學出版社
　　　1985年

劉向撰　趙善詒　《新序疏證》　上海市　華東師範大學出版社
　　　1989年

孫彥林等　《晏子春秋譯注》　濟南市　齊魯書社　1991年

崔寔著　繆啟愉輯釋　《四民月令輯釋》　北京市　農業出版社
　　　1981年

班　固　《白虎通德論》　上海市　上海古籍出版社　1990年

應劭撰　吳樹平校釋　《風俗通義校釋》　天津市　天津人民出版社
　　　1980年

劉熙著　任繼昉匯校　《釋名匯校》　濟南市　齊魯書社　2006年

劉盼遂　《論衡集解》　上海市　古籍出版社　1957年

趙　曄　《吳越春秋》　南京市　江蘇古籍出版社　1999年

劉歆撰　葛洪集、向新陽、劉克任校注　《西京雜記校注》　上海市
　　　上海古籍出版社　1991年

陳　壽　《三國志》　北京市　中華書局，1959年

沈　約　《宋書》　北京市　中華書局　1974年

劉義慶撰　徐震堮著　《世說新語校箋》　北京市　中華書局　1984年

宗懍撰　宋金龍校注　《荊楚歲時記》　太原市　山西人民出版社
　　　1987年

崔　豹　《古今注》　《景印文淵閣四庫全書》　臺北市　臺灣商務
　　　印書館　1983年

鍾嶸著　陳延傑注　《詩品注》　北京市　人民文學出版社　1998年

詹　鍈　《文心雕龍義證》　上海市　上海古籍出版社　1989年

顏之推撰　王利器集解　《顏氏家訓集解》　上海市　上海古籍出版
　　　社　1993年

釋慧皎撰　湯用彤校注　《高僧傳》　北京市　中華書局　1992年

劉　昫　《舊唐書》　北京市　中華書局　1975

徐堅等撰　司義祖點校　《初學記》　北京市　中華書局　1962年

歐陽詢撰　汪紹楹校　《藝文類聚》　上海市　上海古籍出版社
　　　1965年

虞世南　《北堂書鈔》　《景印文淵閣四庫全書》　臺北市　臺灣商
　　　務印書館　1983年

杜佑撰　王文錦等點校　《通典》　北京市　中華書局　1982年

李昉等　《太平御覽》　《景印文淵閣四庫全書》　臺北市　臺灣商
　　　務印書館　1983年

李昉等編　《太平廣記》　北京市　中華書局　1961年

周密撰　吳啟明點校　《癸辛雜識》　北京市　中華書局　1988年

司馬光　《資治通鑑》　北京市　中華書局　1956年

黎靖德編　王星賢點校　《朱子語類》　北京市　中華書局　1986年

孟元老撰　鄧之誠注　《東京夢華錄注》　北京市　中華書局　1982年

宋　濂　《元史》　北京市　中華書局　1976年

顧炎武著　黃汝成集釋　《日知錄集釋》　長沙市　嶽麓書社　1994年

趙翼著　王樹民校證　《廿二史札記校證（訂補本）》　北京市　中
　　　華書局　1984年

趙　翼　《陔餘叢考》　石家莊市　河北人民出版社　2007年

張英、王士禎　《淵鑒類函》　北京市　中國書店　1985年

阮　元　《十三經注疏》　北京市　中華書局　1980年

永　瑢　《四庫全書總目》　北京市　中華書局　1965年

《諸子集成》　上海市　上海書店　1986年

蕭統編　李善注　《文選》　上海市　上海古籍出版社　1986年

郭茂倩　《樂府詩集》　北京市　中華書局　1979年

張溥輯　《漢魏六朝百三名家集》　臺北市　臺灣商務印書館　1986年

嚴可均　《全上古三代秦漢三國六朝文》　北京市　中華書局　1958年

姚鼐纂集　胡士明、李祚唐標校　《古文辭類纂》　上海市　上海古
　　　籍出版社　1998年

逯欽立　《先秦漢魏晉南北朝詩》　北京市　中華書局　1983年

王水照　《歷代文話》　上海市　復旦大學出版社　2007年

跋陀羅譯　《華嚴經》《中華大藏經》　北京市　中華書局　1985年

鳩摩羅什譯　《大智度論》　《中華大藏經》　北京市　中華書局
　　　1985年

僧　佑　《弘明集》　《景印文淵閣四庫全書》　臺北市　臺灣商務
　　　印書館　1983年

二　專著

北京歷史博物館等　《望都漢墓壁畫》　北京市　中國古典藝術出版
　　　社　1955年

曾昭燏、蔣寶庚、黎忠義　《沂南古畫像石墓發掘報告》　北京市
　　　文化部文物管理局　1956年

王重民、王慶菽、向達、周一良、啟功、曾毅公　《敦煌變文集》
　　　北京市　人民文學出版　1957年

杜國庠　《杜國庠文集》　北京市　人民出版社　1962年

馮沅君　《馮沅君古典文學論文集》　濟南市　山東人民出版社
　　　1980年

常任俠　《絲綢之路與西域文化藝術》　上海市　上海文藝出版社
　　　1981年

周紹良、白化文編　《敦煌變文論文錄》　上海市　上海古籍出版社
　　　1982年

《中印文化關係史論文集》　北京市　生活・讀書・新知三聯書店
　　　1982年

黃盛璋　《歷史地理與考古論叢》　濟南市　齊魯書社　1982年

聞一多　《聞一多全集》　北京市　生活・讀書・新知三聯書店
　　　　1982年

張麗生　《急就篇研究》　臺北市　臺灣商務印書館　1983年

朱光潛　《詩論》　北京市　北京三聯書店　1984年

逯欽立　《漢魏六朝文學論集》　西安市　陝西人民出版社　1984年

敦煌文物研究所　《1983年全國敦煌學術討論會文集》　石窟・藝術
　　　　編（上）　蘭州市　甘肅人民出版社　1985年

北京魯迅博物館、上海魯迅紀念館　《魯迅藏漢畫像一》　上海市
　　　　上海人民美術出版社　1986年。

張曼濤主編　《佛教與中國文化》　上海市　上海書店　1987年

謝桂華　《居延漢簡釋文合校》　北京市　文物出版社　1987年

呂思勉　《論學集林》　上海市　上海教育出版社　1987年

林富士　《漢代的巫者》　臺北市　稻香出版社　1988年

周紹良編　《敦煌語言文學研究》　北京市　北京大學出版社　1988年

秦簡整理小組　《秦漢簡牘論文集》　蘭州市　甘肅人民出版社
　　　　1989年

傅起鳳、傅騰龍　《中國雜技史》　上海市　上海人民出版社　1989年

褚斌傑　《中國古代文體概論（修訂版）》　北京市　北京大學出版
　　　　社　1990年

松浦友久　《中國詩歌原理》　瀋陽市　遼寧教育出版社　1990年

李均明、何雙全編　《散見簡牘合輯》　北京市　文物出版社　1990年

英　群　《居延漢簡通論》　蘭州市　甘肅教育出版社　1991年

薛英群　《居延漢簡通論》　蘭州市　甘肅教育出版社　1991年

肖亢達　《漢代樂舞百戲藝術研究》　北京市　文物出版社　1991年

魯　迅　《中國小說史略》　《魯迅全集》第九卷　北京市　人民文
　　　　學出版社　1991年

王子今　《秦漢交通史稿》　　北京市　中共中央黨校出版社　1994年

廖序東　《楚辭語法研究》　　北京市　語文出版社　1995年

李夢溪主編　《中國現代學術經典・顧頡剛卷》　石家莊市　河北教
　　　育出版社　1996年

閻步克　《士大夫政治演生史》　北京市　北京大學出版社　1996年

《中國漆器全集》　福州市　福建美術出版社　1998年

顧頡剛　《顧頡剛民俗學論文集》　上海市　上海文藝出版社　1998年

顧頡剛　《秦漢的方士與儒生》　上海市　上海古籍出版社　1998年

蕭滌非　《漢魏六朝樂府文學史》　北京市　人民文學出版社　1998年

《佛教與中國文化》　北京市　宗教文化出版社　1999年

周作人　《周作人民俗學論集》　上海市　上海文藝出版社　1999年

陸侃如、馮沅君　《中國詩史》　濟南市　山東大學出版社　1996年

傅　剛　《昭明文選研究》　北京市　中國社會科學出版社　2000年

湖北省荊州博物館　《荊州高臺秦漢墓：宜黃公路荊州段田野考古報
　　　告之一》　北京市　科學出版社　2000年

《中國畫像石全集》　濟南市　山東美術出版社　2000年

方廣錩　《中國佛教文化大觀》　北京市　北京大學出版社　2001年

彭衛、楊振紅　《中國風俗通史・秦漢卷》　上海市　上海文藝出版
　　　社　2002年

王子今　《睡虎地秦簡〈日書〉甲種疏證》　武漢市　湖北教育出版
　　　社　2003年

余英時　《中國思想傳統的現代詮釋》　南京市　江蘇人民出版社
　　　2006年

黃　侃　《文心雕龍劄記》　上海市　上海古籍出版社　2006年

王子今　《秦漢社會史論考》　北京市　商務印書館　2006年

王子今　《錢神——錢的民俗事狀和文化象徵》　西安市　陝西人民
　　　出版社　2006年

巫鴻　柳楊、岑河譯　《武梁祠——中國古代畫像藝術的思想性》
　　　北京市　生活・讀書・新知三聯書店　2006年
林　庚　《林庚楚辭研究兩種》　北京市　清華大學出版社　2006年
王文濤　《秦漢社會保障研究——以災害救助為中心的考察》　北京
　　　市　中華書局　2007年
王元軍　《漢代書刻文化研究》　上海市　上海書畫出版社　2007年
劉昭瑞　《考古發現與早期道教研究》　北京市　北京大學出版社
　　　2007年
湯用彤　《漢魏兩晉南北朝佛教史》　武漢市　武漢大學出版社
　　　2008年
郗文倩　《中國古代文體功能研究——以漢代文體為中心》　上海市
　　　上海三聯書店　2010年
余冠英　《漢魏六朝詩論叢》　北京市　商務印書館　2010年
孫昌武　《中國佛教文化史》　北京市　中華書局　2010年
李　零　《蘭臺萬卷——讀漢書藝文志》　北京市　生活・讀書・新
　　　知三聯書店　2011年

三　研究論文

江蘇省文物管理委員會　〈江蘇高郵邵家溝漢代遺址的清理〉　《考
　　　古》　1960年第10期
於豪亮　〈「錢樹」、「錢樹座」和魚龍曼延之戲〉　《文物》　1961
　　　年第11期
山東博物館、蒼山縣博物館　〈山東蒼山元嘉元年畫像石墓〉　《考
　　　古》　1975年第2期
河南省博物館　〈靈寶張灣漢墓〉　《文物》　1975年第11期
黃盛璋　〈江陵鳳凰山漢墓出土稱錢衡、告地策與歷史地理問題〉
　　　《考古》　1977年第1期

郭沫若　〈關於築〉　《高漸離》附錄　北京市　人民文學出版社
　　　　1979年

方鵬鈞、張勛燎　〈山東蒼山元嘉元年畫像石題記的時代和有關問
　　　　題〉　《考古》　1980年第3期

俞偉超　〈東漢佛教圖像考〉　《文物》　1980年第5期

沙金成　〈「很」不通「狠」〉　《學術月刊》　1981年第2期

吳榮曾　〈鎮墓文中所見的東漢道巫關係〉　《文物》　1981年第3期

〈寶雞市鏟車廠漢墓 —— 兼談M₁出土的行楷體朱書陶瓶〉　　《文
　　　　物》　1981年第3期

成都市文物管理處　〈四川成都曾家包東漢畫像磚石墓〉　《文物》
　　　　1981年第10期

吳天穎　〈漢代買地券考〉　《考古學報》　1982年第1期

王子今　〈漢代的鬥獸和馴獸〉　《人文雜誌》　1982年第5期

支菊生　〈荀子成相與詩歌的「三三七言」〉　《河北大學學報》
　　　　1983年第3期

許志剛　〈祖道考〉　《世界宗教研究》　1984年第1期

阮榮春　〈「東漢佛教圖像」質疑 —— 與俞偉超先生商榷〉　《東南
　　　　文化》　1986年第2期

高　敏　〈釋「爰書」—— 讀秦漢簡牘劄記〉　《益陽師專學報》
　　　　1987年第2期

蔡運章　〈東漢永壽二年鎮墓瓶陶文考略〉　《考古》　1989年第7期

黃寶生　〈印度戲劇的起源〉　《外國文學評論》　1990年第2期

豐家驊　〈「很如羊」舊解質疑〉　《學術月刊》　1991年第4期

林素清　〈兩漢鏡銘彙編〉　《歷史語言研究所輯刊》　第63期
　　　　1993年2月

黃盛璋　〈江陵高臺漢墓新出「告地策」、「遣策」與相關制度發覆〉
　　　　《江漢考古》　1994年第1期

吳　焯　〈關中早期佛教傳播史料鉤稽〉　《中國史研究》　1994年
　　　　第4期

吳　青　〈災異與漢代社會〉　《西北大學學報》　1995年第3期

王育成　〈南里王陶瓶朱書與相關宗教文化問題研究〉　《考古與文
　　　　物》　1996年第2期

王寶頂　〈漢代災異觀略論〉　《學術月刊》　1997年第5期

邢　文　〈論帛書〈周易〉的篇名與結構〉　《考古》　1998年第2期

胡大雷　〈中古祖餞詩初探〉　《廣西大學學報》　1998年第6期

林素清　〈兩漢鏡銘彙編〉　周鳳五、林素清　《古文字學論文集》
　　　　臺北市　國立編譯館　1999年

姚小鷗　〈「成相」雜辭考〉　《文藝研究》　2000年第1期

李　立　〈論祖餞詩三題〉　《學術研究》　2001年第11期

黃　徵　〈〈降魔變文〉研究〉　《南京師大學報》　2002年第4期

劉國勝　〈高臺漢牘「安都」別解〉　中國古文字學會、中山大學古
　　　　文字研究所　《古文字研究》　第24輯　北京市　中華書局
　　　　2002年

戴　燕　〈祖餞詩的由來〉　《南京師範大學文學院學報》　2003年
　　　　第6期

王子今、王心一　〈「東海黃公」考論〉　《陝西歷史博物館館刊》
　　　　第11輯　西安市　三秦出版社　2004年

錢志熙　〈從群體詩學到個體詩學──前期詩史發展的一種基本規
　　　　律〉　《文學遺產》　2005年第2期

魯西奇　〈漢代買地券的實質〉　《中國史研究》　2006年第1期

葛曉音　〈漢魏三言體的發展及其與七言的關係〉　《上海大學學
　　　　報》　2006年第5期

黃　濤　〈咒語、禱詞與神諭：民間信仰儀式中的三種「神秘」語言
　　　　現象〉　《民間文化論壇》　2006年第2期

傅道彬　〈鄉人、鄉樂與「詩可以群」的理論意義〉　《中國社會科
　　　　學》　2006年第2期

黃景春　〈西北地方買地券、鎮墓文使用現狀調查與研究〉　《民俗
　　　　研究》　2006年第2期

揚之水　〈說不盡的拜匣〉　《紫禁城》　2007年第2期

揚之水　〈關於「名物新證」〉《南方文物》　2007年第3期

郗文倩　〈漢代圖像人物風尚與贊體的生成、流變〉　《文史哲》
　　　　2007年第3期

葛曉音　〈早期七言的體式特徵和生成原理——兼論漢魏七言詩發展
　　　　滯後的原因〉　《中國社會科學》　2007年第3期

周遠斌　〈論三言詩〉　《文學評論》　2007年第4期

張永安　〈敦煌毗沙門天王圖像及其信仰概述〉　《蘭州大學學報》
　　　　2007年11期

王子今　〈秦漢人的富貴追求〉　《浙江社會科學》　2008年第3期

葉當前　〈六朝送別活動中的集體賦詩〉　《安慶師院學報》　2008
　　　　年第8期

李　媛　〈明代皇帝的修省與罪己〉　《西南大學學報》　2010年第
　　　　1期

趙敏俐　〈七言詩的起源及其在漢代的發展〉　《文史哲》　2010年
　　　　第3期

後記

　　本書是在福建師大文學院良好的學術氛圍中完成的。學院提供各種便利條件，為我的科研工作創造比較寬鬆的學術空間，諸位同仁給了我很大支持和鼓勵，在此表示深深的感謝。陳慶元先生對我給予最大程度的信任，盡其所能為我尋找種種歷練機會，以使我強健精神，開闊學術視野；鄭家建先生多次過問我書稿的撰寫和出版事項，李小榮先生督促我的學術成長，在此一併表達我最誠摯的謝意。

　　本書中大多數章節已先行發表於《文學遺產》、《文史哲》、《文藝研究》、《文藝理論研究》、《中山大學學報》、《福建師範大學學報》等學術期刊上，這一方面使我獲得了信心，另一方面也讓我及時得到學界同行的意見和建議，從而令研究走向更穩妥的軌道。在一次次投稿、等待以及最終接到錄用通知的過程中，我也經歷了自信、懷疑、戰戰兢兢乃至欣喜若狂又復歸平靜的心理變化，這種心理變化也許正是一個人在一些關鍵的成長階段所必須經歷的。因此，這本書稿也可算是我學術成長的見證了。這些年來，儘管科研經費在逐年增加，但學術環境似乎並沒有水漲船高，學術研究所應有的認真單純以及研究者的熱情正在被蠶食。然而，總有一些人在這條道路旁，為踽踽獨行的人們挑燈守候，對此，我心懷感激和尊敬。

　　研究的道路是孤寂的，也是充實而愉悅的。在焦躁不安的文化等待時刻，我希望自己能平心靜氣。

二〇一六年四月三日於福州倉山寓所

作者簡介

郗文倩

　　福建師範大學文學院教授，博士生導師，主要從事先秦兩漢文學及文體學研究。在《文學遺產》、《文史哲》、《文藝研究》、《文藝理論研究》等刊物上發表學術論文多篇，出版專著《古代禮俗中的文體與文學》（北京市：人民出版社，2015年）、《中國古代文體功能研究》（上海市：上海三聯書店，2010年）等。近些年來主持國家社科基金、中國博士後科學基金特別資助等各類科研專案多項。同時致力於傳統文化和文學的普及教育工作。

本書簡介

　　本書主要是在古代禮俗視野下討論早期中國文體發展史中的多種文化傳統和形式。關注禮俗為文體所提供的產生發展空間，了解具體語境下文體與禮俗的互動，探究各種言辭句式的組合以及與人類行為及思維的有機聯繫，揭示其中所蘊涵的精神觀念、思想信仰和藝術品質。書中特別強調文體的歷史「活性」，故研究中包括了對言辭環境的復原以及對文體創作動因、社會環境、禮儀功能以及觀者反應的考察。

福建師範大學文學院百年學術論叢·第三輯 1702C05

古代禮俗中的文體與文學

作　　　者	郗文倩
總　策　畫	鄭家建　李建華
發　行　人	陳滿銘
總　經　理	梁錦興
總　編　輯	陳滿銘
副總編輯	張晏瑞
編　輯　所	萬卷樓圖書股份有限公司
排　　　版	林曉敏
印　　　刷	百通科技股份有限公司

發　　　行　萬卷樓圖書股份有限公司
　　　　　　臺北市羅斯福路二段 41 號 6 樓之 3
　　　　　　電話 (02)23216565
　　　　　　傳真 (02)23218698
　　　　　　電郵 SERVICE@WANJUAN.COM.TW
香港經銷　　香港聯合書刊物流有限公司
　　　　　　電話 (852)21502100
　　　　　　傳真 (852)23560735

ISBN 978-986-478-179-9
2018 年 9 月再版
2016 年 12 月初版

定價：新臺幣 440 元

如何購買本書：

1. 劃撥購書，請透過以下郵政劃撥帳號：
　　帳號：15624015
　　戶名：萬卷樓圖書股份有限公司
2. 轉帳購書，請透過以下帳戶
　　合作金庫銀行　古亭分行
　　戶名：萬卷樓圖書股份有限公司
　　帳號：0877717092596
3. 網路購書，請透過萬卷樓網站
　　網址 WWW.WANJUAN.COM.TW

大量購書，請直接聯繫我們，將有專人為
您服務。客服：(02)23216565 分機 10

如有缺頁、破損或裝訂錯誤，請寄回更換
版權所有·翻印必究

Copyright©2018 by WanJuanLou Books CO., Ltd.
All Right Reserved　　　　　　**Printed in Taiwan**

國家圖書館出版品預行編目資料

古代禮俗中的文體與文學 /郗文倩著.
-- 再版.-- 臺北市：萬卷樓, 2018.09
面；公分. --（福建師範大學文學院百年學術
論叢・第三輯・第 5 冊）

ISBN 978-986-478-178-2（平裝）
1.中國文學 2.文本分析 3.禮俗

820.8　　　　　　　　　　107014175